PUNTO DE PARTIDA

Patricia D. Cornwell

EDICIONES **B**
GRUPO ZETA

Barcelona • Bogotá • Buenos Aires • Caracas • Madrid • México D.F. • Montevideo • Quito • Santiago de Chile

Título original: *Point of Origin*

Traducción: Hernán Sabaté

1.ª edición: octubre 1999
1.ª reimpresión: febrero 2000

© 1998 by Cornwell Enterprises, Inc.
© Ediciones B, S.A., 1999
   Bailén, 84 - 08009 Barcelona (España)
   www.edicionesb.com

No a la venta en América Latina

Printed in Spain
ISBN: 84-406-9347-8
Depósito legal: BI. 370-2000

Impreso por GRAFO, S.A. - Bilbao

PUNTO DE PARTIDA

Patricia D. Cornwell

Traducción de Hernán Sabaté

Con amor
a Barbara Bush
(por la diferencia que marcaste)

La obra de cada cual quedará al descubierto, la manifestará el Día, que ha de revelarse por el fuego. Y la calidad de la obra de cada cual, la probará el fuego.

I Corintios 3,13

DÍA 523,6
PHEASANT PLACE, UNO
PABELLÓN DE MUJERES KIRBY
WARDS ISLAND, N. Y.

Eh, doctora,

Tic Toc

Hueso aserrado y fuego.

¿Todavía sola en casa con FIB el mentiroso? ¡Controla el reloj, doctora!

Emite luz oscura y teme TRENESTRENESTRENES.

GKSFWFY quiere fotos.

Visítanos. En la planta tres. Negocia con nosotras.

¡TIC TOC DOCTORA! (¿Hablará Lucy?)

Lucy Bu por la tele. Sal volando por la ventana. Ven con nosotras. Bajo las mantas, ven hasta el alba. Ríe y canta. La misma vieja canción.

¡LUCY, LUCY, LUCY y nosotras!

Espera y verás.

Carrie

1

Benton Wesley estaba quitándose las zapatillas de deporte en mi cocina cuando corrí hacia él con el corazón encogido de espanto, de odio y de horribles recuerdos. La carta de Carrie Grethen estaba entre un montón de correo y otros papeles cuyo repaso había ido posponiendo hasta un momento antes, cuando había decidido tomar un té de canela en la intimidad de mi casa de Richmond, Virginia. Era un sábado por la tarde; las cinco y treinta y dos del ocho de junio.

—Supongo que te envió eso al despacho —dijo Benton. No parecía alterado en absoluto; se inclinó hacia delante y se quitó los calcetines Nike blancos.

Con el pulso acelerado, comenté un detalle que él ya conocía.

—Rose no lee el correo marcado como personal y confidencial.

—Pues tal vez debería hacerlo. Da la impresión de que por ahí tienes un montón de admiradores.

Sus mordaces palabras resultaban hirientes.

Lo observé mientras, con los codos en las rodillas y la cabeza gacha, posaba los pies desnudos en el suelo. El sudor le resbalaba por los hombros y los brazos, de músculos bien definidos para un hombre de su edad, y mi mirada descendió por sus rodillas y sus pantorrillas hasta los tobillos ahusados que conservaban las marcas de los calcetines. Se pasó los dedos por los húmedos cabellos plateados y se inclinó hacia atrás en la silla.

—Señor... —murmuró al tiempo que se secaba el rostro y el cuello con una toalla—. Estoy demasiado viejo para esta mierda.

Hizo una profunda inspiración y exhaló el aire con creciente cólera. El reloj Breitling Aerospace de acero inoxidable que le había regalado por Navidad estaba sobre la mesa. Lo tomó y se lo ajustó en la muñeca.

—Maldita sea, esa gente es peor que el cáncer. Déjame ver la nota —dijo.

La carta estaba escrita con tinta roja, en mayúsculas y con una extraña caligrafía. Dibujada en la parte superior había una tosca cresta de un ave con una cola de largas plumas. Garabateada debajo de ella se leía una enigmática palabra en latín, *ergo*, que en aquel contexto no tenía ningún significado para mí. Desdoblé por las puntas la hoja de papel blanco y la dejé delante de él sobre la mesa de desayunar, una antigüedad francesa de madera de roble. Wesley no tocó el documento, que podía constituir una prueba; se limitó a estudiar detenidamente las extrañas palabras de Carrie Grethen y empezó a confrontarlas con la base de datos sobre hechos violentos que tenía en su mente.

—El matasellos es de Nueva York y, por supuesto, el caso ha recibido mucha atención durante el juicio —señalé tratando de racionalizar y eludir el asunto—. Hace un par de semanas se publicó un artículo sensacionalista, de modo que cualquiera podría haber sacado de ahí el nombre de Carrie. Además, cualquiera puede averiguar la dirección de mi despacho, es una información pública. Probablemente la carta no tiene nada que ver con Carrie. Será de algún otro chiflado.

—Probablemente la carta es de ella. —Wesley continuó leyendo.

—¿Crees que podría enviar algo así desde un hospital psiquiátrico forense sin que nadie la controlara? —repliqué, y el miedo me encogió el estómago.

—Saint Elizabeth's, Bellevue, Mid-Hudson, Kirby. —Wesley no levantó la vista—. Los Carrie Grethen, John Hinckley Junior y Mark David Chapman son pacientes, no internos. Disfrutan de los mismos derechos civiles que nosotros y ocupan los centros penitenciarios y los psiquiátricos judiciales y confeccionan boletines para pedófilos en ordenadores y venden pistas sobre asesinos en serie a través del correo. También escriben cartas burlonas a los forenses jefe.

Su voz adquirió un tono más hiriente y sus palabras sonaron más mordaces.

Cuando finalmente alzó la mirada hacia mí, sus ojos soltaban llamaradas de odio.

—Carrie Grethen está burlándose de ti, gran jefa. Y del FBI. Y de mí.

—Del FIB —murmuré. En otras circunstancias, aquello quizá me hubiese resultado divertido.

Wesley se puso en pie y se colgó la toalla al hombro.

—Pongamos que es ella... —empecé a decir otra vez.

—Es ella. —Él no tenía la menor duda.

—Muy bien. Entonces, se trata de algo más que de una broma, Benton.

—Por supuesto. Carrie quiere asegurarse de que no olvidamos que ella y Lucy eran amantes, algo que aún no es dominio público. Lo que queda claro es que Carrie Grethen sigue dedicándose a hacer daño a la gente.

La mención de su nombre me resultaba insoportable, y me enfureció el hecho de que, en aquel momento, su presencia invadiera mi casa del West End. Era como si Carrie estuviese sentada con nosotros en torno a la mesa de desayunar y enrareciese el aire con su presencia malévola y repulsiva. Evoqué la visión de su sonrisa conciliadora y de sus ojos ardientes y me pregunté qué aspecto tendría al cabo de cinco años de estar entre rejas y de relacionarse con criminales locos. Carrie no estaba loca; nunca lo había estado. Lo suyo era un trastorno del carácter, una psicopatía que la convertía en una entidad violenta sin moral alguna.

Contemplé los arces japoneses que se mecían al viento en el jardín y el muro de piedra sin terminar que apenas me separaba de mis vecinos. El teléfono sonó bruscamente y atendí la llamada a regañadientes.

—Doctora Scarpetta —dije mientras observaba cómo la mirada de Benton repasaba la página escrita en tinta roja.

—Hola —dijo la voz familiar de Peter Marino desde el otro extremo de la línea—. Soy yo.

Marino era capitán del Departamento de Policía de Richmond y yo lo conocía lo suficiente para interpretar su tono de voz. Me preparé para recibir más malas noticias.

—¿Qué sucede? —le pregunté.

—Anoche se incendió una cuadra en Warrenton. Quizá lo hayas oído en las noticias —respondió—. El establo, veinte caballos muy valiosos y la casa. Todas las instalaciones ardieron hasta los cimientos.

Lo que me contaba no venía a cuento.

—¿Por qué me llamas para hablarme de un incendio, Marino? Para empezar, Virginia del Norte no entra en tu jurisdicción.

—Ahora, sí —señaló él.

La cocina me resultó pequeña y sofocante mientras esperaba a que me contara el resto.

—Los de ATF han pedido la intervención del GRN central —continuó Marino.

—O sea, nosotros —apunté.

—Bingo. O sea, tú y yo. Mañana por la mañana, a primera hora.

El Equipo Nacional de Respuesta de la Oficina de Alcohol, Tabaco y Armas de Fuego entraba en acción cuando había incendios en iglesias o comercios y en explosiones de bombas u otros desastres en los que la ATF tenía jurisdicción. Marino y yo no pertenecíamos a la ATF pero no era inusual que ésta y otras agencias gubernamentales nos llamaran cuando era necesario. En los últimos años, habíamos trabajado en los casos de las bombas del World Trade Center y de Oklahoma City y del accidente del vuelo 800 de la TWA. Yo también había colaborado en la identificación de la rama de los davidianos de Waco y había revisado las muertes provocadas por Unabomber. La experiencia, penosa, me había enseñado que la ATF sólo me incluía en su nómina cuando había muertos y que, si también llamaban a Marino, era porque había sospechas de asesinato.

—¿Cuántos? —pregunté al tiempo que cogía el bloc de anotar llamadas.

—No se trata de cuántos, doctora. Se trata de quién. El propietario del establo es un pez gordo de los medios de comunicación; ni más ni menos que Kenneth Sparkes; y parece que no se ha salvado.

—¡Oh, señor! —murmuré, y mi mundo quedó envuelto de pronto en tales sombras que no veía nada—. ¿Seguro?

—Bueno, no se ha hallado su cuerpo.

—¿Te importaría explicarme por qué no se me ha dicho nada del tema hasta este momento?

Noté que me invadía la cólera e hice esfuerzos por no volcarla sobre él, pues todas las muertes violentas que sucedían en Virginia entraban dentro de mi responsabilidad. No tenía por qué ser Marino quien me informara de ésta, y me irritaba que mi oficina de Virginia del Norte no me hubiera llamado a casa.

—No te enfades con tus colegas de Fairfax —dijo Marino, como si me hubiera leído los pensamientos—. En el condado de Fauquier pidieron que la AFA se encargara del caso; así ha ido la cosa.

Lo sucedido seguía sin gustarme, pero no era cuestión de perder el tiempo.

—Por lo que dices, deduzco que todavía no se ha recuperado ningún cadáver —comenté y tomé notas rápidamente.

—Pues no. Ése va a ser tu trabajo.

Antes de replicar, hice una pausa y dejé el bolígrafo sobre el bloc de notas.

—Marino, se trata de un incendio en una casa particular. Aunque se sospeche que ha sido provocado, cosa más que probable, no entiendo por qué ha de interesar a la ATF.

—Whisky, ametralladoras, por no hablar de compraventa de caballos de pura raza... Estamos hablando de un negocio —respondió Marino.

—Estupendo —murmuré.

—Sí. Es un asunto jodido. El jefe de bomberos te llamará antes de que acabe el día. Será mejor tener el equipaje preparado porque el helicóptero nos recogerá antes de que amanezca. Vamos con prisas, como siempre. Supongo que debes despedirte de tus vacaciones.

Benton y yo teníamos previsto marcharnos por la noche a Hilton Head a pasar una semana en la playa. No habíamos tenido tiempo para nosotros en todo el año y estábamos nerviosos e irascibles. Cuando colgué el teléfono, evité su mirada.

—Lo siento —le dije—. Estoy segura de que ya has entendido que es un caso de fuerza mayor...

Titubeé y lo miré. Él apartó la vista y continuó descifrando la carta de Carrie.

—Tengo que irme mañana, a primera hora. Quizá pueda reunirme contigo a mediados de semana —proseguí.

Benton no prestaba atención.

—Compréndelo, por favor —le rogué.

Siguió sin dar muestras de haberme oído, y comprendí que se sentía muy decepcionado.

—Has estado trabajando en los casos de los torsos —dijo mientras leía—. Esos cuerpos desmembrados aparecidos en Irlanda y aquí. «Hueso aserrado.» Y Carrie fantasea con Lucy y se masturba. Por lo visto alcanza el orgasmo varias veces cada noche, en su cama. Parece decir eso.

Sus ojos recorrían la carta mientras daba la impresión de hablar consigo mismo.

—Está diciendo que Lucy y ella todavía mantienen una relación —prosiguió—. Ese «nosotras» es su intento de apoyar su alegación de que es un caso clínico de disociación. Ella no está presente cuando comete los crímenes; es otra persona quien los comete. Desdoblamiento de personalidad: una alegación de locura predecible y bastante torpe. La creía un poco más original.

—Es perfectamente competente para comparecer ante un tribunal —respondí con un nuevo arranque de cólera.

—Los dos lo sabemos. —Tomó un sorbo de una botella de plástico de Evian—. ¿De dónde viene eso de «Lucy Bu»?

Una gota de agua le resbaló por la barbilla, y se la secó con el dorso de la mano.

Al principio me salieron unos balbuceos.

—Es un apodo familiar que tenía Lucy hasta que empezó a ir al parvulario. Más adelante ya no quiso que volviéramos a llamarla así. A veces, todavía se me escapa. —Hice una nueva pausa y la imaginé en esa época—. Supongo que le habló del asunto a Carrie.

Wesley respondió con una obviedad:

—Lo que sabemos seguro es que en un momento determinado Lucy confió plenamente en Carrie. Fue su primera amante, y todos sabemos que la primera relación nunca se olvida, por insatisfactoria que sea.

—No obstante, casi nadie escoge a una psicópata para esa primera relación —repliqué. Aún me resultaba increíble que Lucy, mi sobrina, lo hubiera hecho.

—Los psicópatas somos nosotros, Kay —dijo él, como si yo no hubiera oído nunca semejante argumento—. La persona atractiva e inteligente sentada a tu lado en un avión, o que espera detrás de ti en alguna cola, o que se cruza contigo entre bastidores, o que se engancha contigo en Internet. Hermanos, hermanas, compañeros de clase, hijos, hijas, amantes... Tienen el mismo aspecto que tú y que yo. Lucy no tuvo oportunidad de escoger. No era rival para Carrie Grethen.

El césped de mi patio trasero tenía demasiado trébol, pero la primavera había sido insólitamente fría, perfecta para los rosales, que se combaban y estremecían bajo las ráfagas de viento, dejando caer al suelo los pétalos de tonos pálidos. Wesley, el jefe jubilado de la unidad de estudio de personalidad del FBI, continuó hablando:

—Carrie quiere fotos de Gault. Fotos de las escenas de los crímenes y de las autopsias. Llévaselas, y a cambio te contará detalles de la investigación, joyas forenses que, según dice, faltan por encontrar. Asuntos que pueden proporcionar argumentos a la acusación cuando el caso se vea en los tribunales el mes que viene. Es su broma macabra, que pienses que has pasado algo por alto, algo que pudiera estar relacionado con Lucy.

Tenía las gafas de leer dobladas junto a su mantelito individual y decidió ponérselas.

—Carrie quiere que vayas a verla a Kirby —añadió.

Tras decir esto, me miró con nerviosismo.

—Es ella —murmuró desanimado, al tiempo que señalaba la carta—. Empieza a salir a la superficie. Estaba seguro de que lo haría.

—¿Qué es la luz oscura? —pregunté y me puse en pie, incapaz de permanecer sentada un segundo más.

—La sangre. —Wesley lo dijo con tono de seguridad—. Cuando heriste a Gault en el muslo y le cortaste la arteria femoral y murió desangrado. O así habría sido, de no haber mediado el tren para acelerar el final. Temple Gault.

Se quitó las gafas otra vez porque en el fondo se sentía perturbado.

—Gault sigue presente, tanto como Carrie Grethen. Son los gemelos malvados —añadió.

En realidad no eran gemelos, pero ambos se habían decolorado el cabello y se lo habían cortado casi al cero. La última vez que los había visto en Nueva York, los dos tenían una delgadez preadolescente y vestían similares indumentarias andróginas. La pareja había cometido varios asesinatos, hasta que conseguimos detener la pesadilla: a ella la capturamos en el Bowery y a él le di muerte en el túnel del metro. En esa ocasión, yo no pensaba tocarlo, ni verlo, ni cambiar una palabra con él, puesto que detener delincuentes o cometer homicidio, aunque fuera en defensa propia, no era mi misión en la vida. Sin embargo, Gault había querido así las cosas. Había hecho que sucediera porque morir a mis manos establecía un vínculo permanente entre él y yo. No podía librarme de Temple Gault aunque ya llevaba cinco años muerto. En mi mente seguía viendo pedazos sanguinolentos de su cuerpo esparcidos a lo largo de los raíles de reluciente acero y grupos de ratas que surgían de las densas sombras para lanzarse sobre su carne.

En mis pesadillas, sus ojos eran de un tono acerado con los iris moteados, y oía el ruido atronador de los trenes, cuyos faros eran cegadoras lunas llenas. Desde el día que lo maté, y durante varios años, había evitado hacer autopsias de personas arrolladas por trenes. Tenía a mi cargo los servicios forenses de Virginia y podía asignar casos a mis ayudantes, y eso es lo que hice en tales ocasiones. Incluso después del tiempo transcurrido, era incapaz de contemplar los escalpelos de disección con el mismo distanciamiento clínico, pues Gault me había forzado a hundir en su carne una de aquellas hojas de acero frías y afiladas. Seguía viendo entre la gente a hombres y mujeres disolutos que se parecían a él y, de noche, dormía más cerca de mis armas.

—Lucy tiene que saber esto. —Benton también se incorporó—. Aunque Carrie esté confinada de momento, va a causar más problemas que tendrán que ver con Lucy. Es lo que promete en esta carta.

Tras decir esto, Benton salió de la cocina.

—¿Qué otros problemas podrían producirse? —pregunté cuando ya me daba la espalda. Unas lágrimas casi me quebraron la voz.

Él se detuvo y se volvió para responder.

—Arrastrar a tu sobrina al juicio, por ejemplo. Un juicio con publicidad, destacado en *The New York Times* y comentado en *Hard Copy* y en *Entertainment Tonight*. En todo el mundo: «Agente del FBI, amante lesbiana de una loca asesina en serie.»

—Lucy ha dejado el FBI, con todos sus prejuicios, sus mentiras y sus preocupaciones sobre la imagen que da al mundo el poderoso Buró. —Se me llenaron los ojos de lágrimas—. Ya no queda nada más, nada que puedan hacer para seguir estrujando su espíritu.

—Kay, esto va mucho más allá del FBI —dijo él en tono cansado.

—Benton, no empieces a...

No tuve tiempo de acabar. Él se apoyó en el marco de la puerta que conducía al salón, en cuya chimenea ardían unos troncos, pues la temperatura no había superado los quince grados en todo el día. Me dirigió una mirada dolida. No le gustaba que le hablase de aquella manera y no quería asomarse a aquel lado más oscuro de su alma. No quería imaginar los actos malévolos que Carrie podía llevar a cabo, y, por supuesto, también le preocupaba yo. Sin duda, me llamarían a declarar en la fase de elaboración de la sentencia del juicio de Carrie Grethen y, como era tía de Lucy, seguramente mi credibilidad como testigo sería cuestionada; recusarían mi testimonio y mi reputación quedaría por los suelos.

—¿Por qué no salimos esta noche? —propuso Wesley en un tono más amable—. ¿Dónde te gustaría ir? ¿A La Petite? ¿O tomamos una cerveza y una hamburguesa en Benny's?

—Descongelaré una sopa. —Me enjugué las lágrimas y, con voz vacilante, añadí—: No tengo mucho apetito, ¿y tú?

—Ven aquí —me dijo él con ternura.

Me dejé envolver por sus brazos y él me estrechó contra su pecho. Cuando nos besamos, noté un sabor salado y, como siempre, me sorprendió la flexibilidad y firmeza de su cuerpo. Descansé la cabeza, y él me revolvió los cabellos con el mentón, cuya barba de dos días era blanca como la playa que ya había perdido la esperanza de disfrutar aquella semana. No habría prolongados paseos por la arena mojada ni largas conversaciones mientras cenábamos en La Jolla's o en Charlie's.

—Creo que debería ir a ver qué quiere —dije por último, cuando Benton ya me había vuelto la espalda y mostraba la nuca húmeda y acalorada.

—Ni se te ocurra.

—La autopsia de Gault se hizo en Nueva York. No tengo las fotos.

—Carrie sabe perfectamente qué forense hizo la autopsia de Gault.

—Si lo sabe, ¿por qué me la reclama a mí? —murmuré.

Apoyada contra él, mantuve los ojos cerrados. Benton hizo una pausa y me besó de nuevo en la coronilla mientras me acariciaba los cabellos.

—Ya lo sabes —murmuró—. Para manipularte, para tenerte en ascuas. Es lo que mejor hace la gente como ella. Quiere que le consigas esas fotos. Así podrá ver a Gault destrozado como un amasijo de carne, para fantasear y sacar placer de ello. Carrie trama algo y lo peor que podrías hacer es responderle.

—¿Y ese GKSWF, o como sea? ¿Se refiere a alguien en concreto?

—No lo sé.

—¿Y ese Pheasant Place, Uno?

—Ni idea.

Nos quedamos largo rato en el quicio de la puerta de la casa, que seguía considerando exclusiva e inequívocamente mía. Benton aparcaba su vida junto a mí cuando no intervenía como consejero en grandes casos aberrantes, tanto en el país como en el extranjero. No se me escapaba que a Benton le molestaba mi uso constante del «yo», o del «mi», aunque era consciente de que no estábamos casados y que nada de cuanto poseíamos por separado constituía ningún patrimonio común. Yo había pasado el ecuador de mi vida y no estaba dispuesta a compartir legalmente mis posesiones con nadie, ni siquiera con mi amante o con mi familia. Tal vez mi postura se considerase egoísta... y, en efecto, tal vez lo fuera.

Wesley insistió en el tema:

—¿Qué voy a hacer mañana mientras estés fuera?

—Ir a Hilton Head a comprar provisiones —respondí—. Asegúrate de que hay suficiente Black Bush. Y whisky escocés; más de lo habitual. Y bronceador con factor de protección 35 y 50, y pacanas de Carolina del Sur, tomates y cebollas.

Los ojos se me llenaron de lágrimas otra vez y carraspeé.

—Tomaré un avión y me reuniré contigo en cuanto pueda, pero no sé por dónde saldrá ese caso de Warrenton. Ya hemos hablado de esto muchas veces. Nos ha sucedido en otras ocasiones. La mitad de las veces no te va bien a ti, y la otra mitad soy yo quien pone pegas.

—Supongo que nuestras vidas son un asco —me dijo al oído.

—Nos lo hemos buscado —respondí y, sobre todo, sentí unas ganas incontrolables de echarme a dormir.

—Es posible.

Se inclinó hasta mis labios y deslizó las manos a sus lugares favoritos.

—Antes de la sopa, podríamos ir a la cama.

—Durante este juicio sucederá algo terrible —apunté. Y deseé que mi cuerpo le respondiera, pero no creí que pudiera.

—Todos juntos en Nueva York, otra vez. El Buró, tú y Lucy, en el juicio de Carrie. Sí, estoy seguro de que durante los últimos cinco años no ha pensado en nada más y que causará todos los problemas que pueda.

Me aparté de Benton al tiempo que, desde algún rincón oscuro, el rostro anguloso y macilento de Carrie surgió de pronto en mi mente. La recordé cuando era una chica inusualmente bonita y fumaba con Lucy en una mesa de pícnic por la noche, cerca de los campos de tiro de la academia del FBI, en Quantico. Volví a oír sus bromas en voz baja y alegre y a ver sus eróticos besos en la boca, profundos y largos, y sus manos enredadas en los cabellos de Lucy. Recordé la extraña sensación que recorría mi sangre cuando me escabullí en silencio, casi a hurtadillas. Carrie había empezado a echar a perder la vida de mi única sobrina y ahora llegaba la grotesca coda.

—Benton, tengo que hacer el equipaje —le dije.

—El equipaje está preparado. Confía en mí.

Ya había desabrochado rápidamente varias capas de ropa, ansioso por alcanzar mi piel. Siempre me deseaba más cuando yo no estaba en sintonía con él.

—Ahora no puedo tranquilizarte —le susurré—. No puedo decirte que todo saldrá bien porque no será así. Abogados y medios de comunicación nos perseguirán a Lucy y a mí. Nos arrojarán a los leones y Carrie tal vez termine en libertad. —Sostuve su rostro entre mis manos y añadí—: Verdad y justicia. El sistema americano...

—Basta. —Se quedó quieto y fijó los ojos en los míos con una mirada intensa—. No empieces otra vez. Antes no eras tan cínica.

—No soy cínica, y no soy yo quien empezó nada —le respondí, al tiempo que aumentaba mi cólera—. No fui yo quien empezó por un chico de once años y le corté pedazos de piel y carne y lo dejé desnudo, con una bala en la cabeza, cerca de un vertedero. Ni quien luego mató a un *sheriff* y a un guardián de la prisión. Y a Jayne, que era su hermana gemela, nada menos. ¿Recuerdas eso, Benton? ¿Te acuerdas? Recuerda Central Park en Nochebuena. ¡Las huellas de pies descalzos en la nieve y la sangre casi helada de la víctima, goteando de la fuente!

—Pues claro que me acuerdo. Estuve allí. Conozco los detalles tanto como tú.

—Seguro que no.

Empezaba a sentirme furiosa; me aparté de él y me abroché la ropa.

—Tú no metes las manos dentro de sus cuerpos destrozados ni tocas y mides sus heridas —proseguí—. No los oyes hablar después de muertos. No ves la cara de los seres queridos que esperan en una antesala desnuda, para escuchar una noticia cruel e indecible. Tú no ves lo que hago, desde luego que no, Benton Wesley. Tú ves expedientes limpios, fotos brillantes y frías escenas del crimen. Pasas más tiempo con los asesinos que con aquellos a quienes han arrebatado la vida. Y tal vez también duermes mejor que yo. Quizá todavía sueñas porque no te da miedo hacerlo.

Se marchó de mi casa sin decir una palabra porque yo había ido demasiado lejos. Había sido injusta y mezquina, y ni siquiera sincera. Wesley sólo conocía una manera de dormir, torturada y agitada. Rara vez soñaba, o al menos había aprendido a no recordar. Coloqué el salero y el frasquito de la pimienta en las esquinas de la carta de Carrie Grethen para que no se cerrara por los dobleces. Sus palabras burlonas, irritantes, constituían ahora una prueba que no debía tocarse ni alterarse.

La ninhidrina o una luz LumaLite quizá revelaran sus huellas en el papel, blanco y barato, o muestras grafológicas que podían compararse con las de las notas que me había escrito. Después demostraríamos que había escrito el mensaje en vísperas del juicio por asesinato que debía celebrarse en el Tribunal Superior de la ciudad de Nueva York. El jurado constataría que, después de cinco años de tratamiento psiquiátrico pagado por el contribuyente, Carrie no había cambiado. La interna no sentía remordimientos. Estaba encantada con lo que había hecho.

No tuvo ninguna duda de que Benton andaría por alguna parte

de la vecindad, pues no había oído que pusiera en marcha su BMW. Apresuré el paso a lo largo de unas calles recién pavimentadas y pasé ante grandes casas de ladrillo y estuco hasta que di con él. Se hallaba bajo unos árboles, contemplando una extensión rocosa del río James. El agua estaba muy fría y tenía el color del hielo, y los cirros eran vagos trazos de tiza en un cielo difuminado.

—Me marcharé a Carolina del Sur en cuanto vuelva a la casa. Tendré la despensa llena e iré a por ese whisky que dices —murmuró él, sin volverse—; y por el Black Bush.

—No es preciso que te marches esta noche —le dije y tuve miedo de acercarme más a él; los rayos de luz, oblicuos, hacían brillar sus cabellos, agitados por el viento—. Mañana por la mañana tengo que levantarme temprano. Puedes salir conmigo.

Benton guardó silencio y contempló el águila imperial que me había seguido desde que salí de la casa. Llevaba una cazadora roja, pero con los pantalones cortos de correr, empapados de sudor, parecía estar tiritando, y se apretaba el torso con fuerza con ambos brazos cruzados. Movió la nuez para tragar saliva, me di cuenta de que el dolor surgía de un rincón oculto que sólo a mí me permitía ver. En momentos así, no sabía por qué me aguantaba.

—No soy una máquina, Benton —le dije con voz calma por millonésima vez desde que había empezado a quererlo.

Él no dijo nada, y el agua del río, que emitía un sonido mortecino, apenas tenía energía suficiente para seguir su avance hacia el centro de la ciudad, como si se acercara sin darse cuenta hacia la violencia de las presas.

—Encajo todo lo que puedo —le expliqué—, mucho más de lo que soportaría la mayoría de la gente. No esperes demasiado de mí, Benton.

El águila sobrevoló en círculo las copas de los árboles; Benton parecía más resignado cuando, por fin, habló otra vez.

—Yo también encajo más que la mayoría. En parte, por ti.

—Sí, la cosa va en ambos sentidos.

Di un paso hacia él, por detrás, y deslicé los brazos en torno al fino nilón rojo que le cubría la cintura.

—Sabes perfectamente que en eso tengo razón —dijo.

Lo abracé con fuerza y clavé el mentón en su espalda.

—Uno de los vecinos está mirando —comentó—. Lo veo detrás de la puerta corredera de cristal. ¿Sabías que en este vecindario tan fino se esconde un mirón?

Colocó sus manos sobre las mías y me levantó los dedos, uno tras otro, sin ninguna intención especial.

—Por supuesto, si viviera aquí, yo también te miraría a escondidas —añadió con una sonrisa en la voz.

—Tú vives aquí.

—No. Sólo duermo.

—Hablemos por la mañana. Como de costumbre, me recogerán en el Eye Institute hacia las cinco —le expliqué—. Calculo que si me levanto a las cuatro... —Solté un suspiro y me pregunté si seguiría así toda la vida—. Deberías quedarte a dormir.

—No quiero levantarme a las cuatro —replicó él.

2

La mañana siguiente amaneció desagradable en un campo monótono y apenas azulado por las primeras luces. Me había levantado a las cuatro y Wesley, tras decidir que prefería marcharse cuando lo hiciera yo, me había imitado. Nos habíamos besado brevemente y apenas nos miramos mientras nos dirigíamos a nuestros coches respectivos, pues siempre era más fácil una despedida rápida. No obstante, al tomar por West Cary Street hacia Hughenot Bridge, una lánguida pesadez parecía haberse extendido por cada centímetro de mi cuerpo, y de pronto me sentí desalentada y triste.

Sabía por experiencia que era improbable que volviese a ver a Wesley aquella semana, y que no disfrutaría de descanso, de lectura ni de la oportunidad de dormir hasta muy adentrada la noche. Los escenarios de incendios nunca resultaban fáciles; mucho menos un caso que afectaba a un personaje importante en una comunidad de potentados del distrito federal, me obligaría a actuar políticamente y a hacer mucho papeleo. Cuanta más atención despertaba una muerte, más insistente era la presión pública.

En el Eye Institute no había ninguna luz encendida. El lugar no era ningún centro de investigación médica, ni llevaba tal nombre en honor de ningún benefactor o personaje importante apellidado Eye. Varias veces al año, acudía allí para que me ajustaran las gafas o me hicieran un examen de la vista y siempre me resultaba extraño aparcar cerca de unos campos desde donde con frecuencia me remontaban en el aire camino de alguna situación caótica. Abrí la puerta del coche mientras el sonido distante y familiar se acercaba sobre las oscuras copas de los árboles, e imaginé huesos y dientes quemados y esparcidos entre negros escombros empapados de agua. Imaginé los trajes impecables de Sparkes y su rostro inexpresivo, y el impacto me impregnó como una bruma helada.

La silueta de renacuajo apareció bajo una luna imperfecta mientras yo recogía un petate impermeable y la maleta de vuelo Halliburton, de aluminio plateado, llena de abolladuras y arañazos, en la que llevaba mi instrumental forense, incluido un equipo fotográfico. Un par de coches y una furgoneta aminoraron la marcha en Hughenot Road; los conductores que circulaban a aquella hora intempestiva no resistían la tentación de contemplar el vuelo bajo del helicóptero, a punto de tomar tierra.

Los curiosos entraron en el aparcamiento y se apearon de los vehículos para observar las palas que cortaban el aire en un descenso lento debido a los cables de electricidad, los charcos y el fango, la arena o el polvo que pudiera levantar.

—Debe de ser Sparkes —comentó un hombre ya mayor que había llegado en un Plymouth abollado y oxidado.

—Podría ser alguien que trae un órgano —señaló el conductor de la furgoneta, al tiempo que me dirigía una breve mirada.

Las palabras de los curiosos se esparcieron como hojas secas mientras el Bell Long-Ranger negro aparecía a la vista, atronador, con una velocidad medida y perfectamente iluminado, y terminaba el suave descenso. El aparato, pilotado por mi sobrina Lucy, se cernió inmóvil en un remolino de hierba recién cortada, bañó el suelo de blanco con las luces de aterrizaje y al fin se posó suavemente. Reuní mi equipaje y avancé contra el viento. El plexiglás era tan oscuro que no vi nada a través de él mientras abría de un tirón la puerta trasera, pero reconocí el brazo robusto que surgió del aparato para subir mi equipaje. Salté a bordo mientras otros coches reducían la velocidad para observar a los desconocidos forasteros y unos hilos de oro se extendían desde las copas de los árboles.

Alcé la voz sobre el rugido de los rotores, al tiempo que cerraba la puerta.

—Ya me preguntaba dónde os habíais metido.

—En el aeropuerto —respondió Pete Marino, mientras me sentaba a su lado—. Está más cerca.

—No es verdad —repliqué.

—Por lo menos allí te ofrecen café y hay aseos —apuntó él, y me di cuenta de que no lo había dicho por orden de importancia—. Supongo que Benton se ha marchado de vacaciones sin ti —añadió para fastidiar.

Lucy dio todo el gas al motor y las aspas aceleraron el giro.

—Acabo de tener una de mis premoniciones —me comentó Pete, tan gruñón como siempre, mientras el helicóptero adquiría potencia e iniciaba el ascenso—. Me parece que vamos directos a meternos en un buen lío.

La especialidad de Marino era investigar muertes, aunque la posibilidad de que le llegara la suya lo paralizaba. No le gustaba que lo transportaran por aire, sobre todo en un aparato que no tenía alas ni azafatas. Con el *Richmond Times Dispatch* hecho un revoltijo sobre los muslos, se negaba a contemplar el suelo, que se alejaba rápidamente, y la silueta de los rascacielos de la distante ciudad, que se alzaba despacio de la línea del horizonte como si alguien muy alto se incorporara.

En la primera página del periódico destacaba un artículo sobre el incendio, acompañado de una fotografía aérea a distancia en la que aparecían unas ruinas que humeaban en la oscuridad. Leí el artículo con atención, pero no averigüé nada que no supiera ya, pues la mayor parte de la información era una repetición de la noticia de la presunta muerte de Kenneth Sparkes, de su poder y de su estilo de vida de potentado en Warrenton. Yo no estaba al corriente de su afición por los caballos, ni de que uno llamado *Wind* había entrado el último un año en el Derby de Kentucky y estaba valorado en un millón de dólares, pero no me sorprendió. Sparkes siempre había sido emprendedor y tenía un ego tan desarrollado como su orgullo. Dejé el periódico en el asiento opuesto y advertí que el cinturón de seguridad de Marino estaba desabrochado, acumulando polvo en el suelo.

—¿Qué sucede si encontramos alguna turbulencia fuerte y no estás bien sujeto? —le grité para hacerme oír por encima del ruido de la turbina.

—Que derramaré el café —respondió, y se ciñó la pistola a la cintura. El traje caqui le quedaba como la piel de una salchicha a punto de reventar—. Por si no se te ha ocurrido pensarlo después de haber rajado tantos cuerpos, doctora, si este pájaro se cae no te servirá de nada el cinturón. Ni te servirían los airbags, si los hubiera.

En realidad, detestaba ponerse nada en la cintura y había llegado a llevar los pantalones tan bajos que me sorprendía que sus caderas los sostuvieran. Con un crujido del envoltorio, sacó dos galletas Hardees de una bolsa manchada de grasa. En el bolsillo de la camisa llevaba un paquete de cigarrillos, y tenía el típico rostro enrojecido de los hipertensos. Cuando me trasladé a Virginia desde Miami, mi ciudad natal, Marino era un detective de homicidios tan odioso como dotado para el trabajo. Recordé nuestros primeros encuentros en el depósito de cadáveres, cuando se dirigía a mí como «señora Scarpetta» al tiempo que intimidaba a mi personal y se apoderaba de todas las pruebas materiales que le apetecía. Para enfurecerme, se llevaba balas antes de que pudiera registrarlas, fumaba cigarrillos con guantes ensangrentados y bromeaba con cadáveres que una vez habían sido seres humanos vivos.

Contemplé por la ventanilla las nubes que se desplazaban por el cielo y pensé en cómo pasaba el tiempo. Marino tenía ya casi cincuenta y cinco años; me parecía asombroso. Llevábamos más de once años defendiéndonos e irritándonos el uno al otro casi a diario.

—¿Quieres una? —Me ofreció una galleta envuelta en papel encerado.

—No quiero ni verlas —repliqué con aspereza.

Pete Marino sabía cuánto me preocupaban sus horribles hábitos alimenticios y sólo pretendía llamar mi atención. Con cuidado, y utilizando su brazo carnoso como aparato de suspensión, echó más azúcar en el vasito de café de plástico que sostenía en equilibrio entre las turbulencias.

—¿Y un café? —me preguntó—. Yo te lo sirvo.

—No, gracias. ¿Y si nos ponemos al día? —Me concentré en el trabajo mientras mi tensión crecía—. ¿Sabemos algo más que ayer por la noche?

—Algunos restos del incendio todavía humean. Sobre todo en los establos —me informó—. Los caballos eran más de los que pensábamos. Debe de haber ahí más de veinte animales asados, entre ellos algunos purasangres, cuarterones y un par de potros con pedigrí. Ya sabrás que uno corrió el Derby. Imagínate sólo el dinero del seguro. Un presunto testigo ha dicho que se oía chillar a los animales como si fueran seres humanos.

—¿Qué testigo? —Era la primera noticia que tenía al respecto.

—Bueno, ha habido constantes llamadas de gente sin nada que hacer que dice haber visto tal cosa o saber tal otra. Siempre sucede lo mismo cuando un caso atrae mucha atención. No hace falta haber sido testigo de nada para saber que los caballos sin duda relincharían e intentarían derribar sus establos a coces. —Su tono de voz se volvió duro como el pedernal—. Atraparemos al hijo de puta que ha hecho eso. A ver si le gusta que le prendamos fuego a su culo.

—No sabemos si existe tal hijo de puta; al menos, no tenemos la certeza —le recordé—. Nadie ha hablado todavía de un incendio provocado, aunque desde luego doy por sentado que no nos han convocado para que sólo estiremos las piernas.

Pete volvió la atención a la ventanilla.

—Para mí, lo peor es cuando hay animales por medio. —Parte del café se le derramó en la rodilla—. Mierda... —Me dedicó una mirada de odio, como si yo tuviera alguna culpa—. Animales y niños. Sólo de pensarlo, me pongo enfermo.

Daba la impresión de que no le importaba en absoluto el hombre famoso que quizás había muerto en el incendio, pero yo conocía a Marino lo suficiente para entender que dirigía sus sentimientos hacia donde podía tolerarlos. No detestaba a los seres humanos ni la mitad de lo que pretendía que creyeran los demás y, cuando me hice una imagen de lo que él acababa de describir, vi purasangres y potros que tenían una expresión de espanto en los ojos.

También a mí me resultó insoportable el mero hecho de imaginar los relinchos y los golpes frenéticos de las pezuñas en su intento de astillar la madera. Las llamas habían fluido como ríos de lava por la finca Warrenton arrasando la mansión, los establos, el whisky de reserva envejecido y la colección de armas. El fuego no había respetado nada, salvo las paredes de piedra.

Dirigí la vista a la carlinga, donde Lucy hablaba por la radio; le estaba comentando algo al copiloto y los dos asintieron para señalar la presencia de un helicóptero Chinook por debajo del horizonte y de un avión, éste tan lejos que sólo era un reflejo de cristal. El sol iluminó gradualmente nuestro trayecto y me resultó difícil concentrarme; viendo a mi sobrina, me sentí herida otra vez.

Lucy había dejado el FBI porque éste se había asegurado de que lo hiciera. Mi sobrina había dejado el sistema informático de inteligencia artificial que había creado, los robots que había programado y los helicópteros que había aprendido a pilotar para su amado Buró. En cuanto a los sentimientos, Lucy se había distanciado y ya no estaba a mi alcance. No quise hablar con ella sobre Carrie.

Guardé silencio, me eché hacia atrás en el asiento y empecé a revisar el expediente del caso Warrenton. Hacía tiempo que había aprendido a concentrarme en el asunto que tenía entre manos, al margen de mis pensamientos o de mi estado de ánimo. Advertí que Marino me miraba otra vez al tiempo que tocaba el paquete de tabaco del bolsillo de la camisa para asegurarse de que no estaba sin su vicio. El ruido de las aspas giratorias se hizo muy potente cuando abrió la ventanilla y golpeó el paquete para sacar otro cigarrillo.

—No —dije y pasé una página—. Ni se te ocurra.

—No veo ningún rótulo de «No fumar» —replicó y se llevó un Marlboro a los labios.

—Nunca los ves, aunque tengas cien delante de las narices.

Revisé otras notas y de nuevo recordé con extrañeza uno de los comentarios del jefe de bomberos cuando habíamos hablado por teléfono la noche anterior.

—¿Incendio provocado para obtener dinero? —pregunté, y levanté la vista—. ¿Implicado el propietario, Kenneth Sparkes, que quizás ha resultado muerto accidentalmente en el fuego que él mismo provocó? ¿En qué te basas?

—No sería la primera vez que sucede —replicó Marino—. Seguro que hay un responsable y que éste es el dueño. —Dio una calada ansiosa y profunda—. Si es así, ya se ha llevado su merecido. Ya sabes, puedes apartarlos de la calle, pero no puedes apartar la calle de ellos.

—Sparkes no se educó en la calle —le informé—. Al contrario, consiguió varias becas Rhodes.

—Una cosa no tiene nada que ver con la otra —prosiguió Marino—. Recuerdo cuando lo único que hacía ese hijo de puta era criticar a la policía mediante su cadena de periódicos. Todo el mundo sabía que se dedicaba a la cocaína y a las mujeres. Sin embargo, no podíamos demostrarlo porque no contábamos con la colaboración de nadie.

—Exacto, nadie ha podido demostrar nunca tal cosa —asentí—. Y no se puede pensar de nadie que es un pirómano sólo por su política editorial.

No estaba dispuesta a seguir escuchando tonterías; tomé unos auriculares para no tener que seguir hablando con Marino y seguí la conversación que mantenían en la carlinga. Mientras, Pete se sirvió otro café, como si no tuviera problemas renales y de próstata.

—Hace años que vengo haciendo una lista de casos. No se lo había contado a nadie. Ni siquiera a ti, doctora. Si no se toma nota de estas cosas, se olvidan. —Tomó un sorbo de café—. Creo que hay mercado para un libro sobre el tema de los incendios provocados y sus autores. Uno de esos libritos que se encuentran junto a las cajas registradoras.

Me puse los auriculares y contemplé las granjas y los campos dormidos que se iban convirtiendo poco a poco en casas con grandes establos y largas calzadas particulares pavimentadas. Manadas de vacas y terneras se esparcían por extensiones de hierba valladas y un tractor levantaba polvo mientras avanzaba despacio entre campos cubiertos de heno.

Contemplé el paisaje, que se iba transformando lentamente en la rica zona de Warrenton, donde la criminalidad era baja y las mansiones, en propiedades de cientos de hectáreas, tenían casa de invitados, pistas de tenis y piscinas y unos establos excelentes. Sobrevolamos pistas de aterrizaje privadas y lagos con patos y gansos. Marino miraba boquiabierto el paisaje.

Nuestros pilotos guardaron silencio un rato, a la espera de entrar en la cobertura de las transmisiones del grupo situado en tierra. A continuación, oí la voz de Lucy, que cambió la frecuencia y empezó a trasmitir.

—Eco Uno, helicóptero Delta Alfa nueve uno nueve. ¿Me reciben?

—Afirmativo, Delta Alfa nueve —respondió la jefa del grupo, Teun McGovern.

—Estamos a diez millas al sur; solicitamos permiso para aterrizar con pasajeros —comunicó Lucy—. Hora estimada de llegada, ocho horas cero cero.

—De acuerdo. Aquí arriba se nota el invierno y la temperatura no va a subir.

Lucy sintonizó el Servicio de Observación Meteorológica

Automática de Manassas y escuché una larga retahíla mecánica de datos sobre viento, visibilidad, condiciones atmosféricas, temperatura, nivel de humedad y altitud según el tiempo de Sierra, que eran los más actualizados del día. No me encantó, precisamente, enterarme de que la temperatura había descendido cinco grados centígrados desde que había salido de casa e imaginé a Benton camino del calor, del sol y del agua.

—A la llegada estará lloviendo —dijo el copiloto de Lucy por el micrófono.

—Queda a treinta kilómetros al oeste, por lo menos, y los vientos vienen de esa dirección —asintió ella—. ¡Vaya mes de junio...!

—Parece que por debajo del horizonte se nos acerca otro Chinook.

—Recordémosles que estamos aquí —dijo Lucy, y cambió de nuevo a otra frecuencia—. Helicóptero Delta Alfa nueve uno nueve al Chinook que sobrevuela Warrenton: ¿vais a subir a este nivel? Estamos a las tres de vuestro rumbo, tres kilómetros al norte, a mil pies.

—Os vemos, Delta Alfa —respondió el helicóptero de rotores gemelos del Ejército, cuyo modelo llevaba el nombre de una tribu india—. Que tengáis buen aterrizaje.

Mi sobrina pulsó dos veces en el botón de transmitir. Su voz grave y calmada, difundida por el espacio y recibida por antenas de desconocidos, me resultaba extraña. Continué escuchando y, en cuanto pude, metí baza.

—¿Qué es eso de viento y frío? —pregunté con la mirada fija en la nuca de Lucy.

—Del oeste; veinte nudos, con ráfagas de veinticinco —sonó su voz en mis auriculares—. Y empeorará. ¿Vais bien ahí atrás?

—Estamos bien —respondí mientras volvía a pensar en la carta desquiciada de Carrie.

Lucy pilotaba el aparato vestida con el uniforme de faena de la ATF y acababa de ponerse unas gafas de sol Cébé. Se había dejado crecer el pelo, que le caía en graciosos rizos hasta los hombros y que me recordó la madera roja del eucalipto de Jarrah, pulimentada y exótica, en nada parecida a mis mechones cortos, de color rubio platino. Imaginé su ligero toque mientras accionaba los pedales antitorsión para mantener en línea el helicóptero.

Mi sobrina había aprendido a volar con la misma facilidad con que se aficionaba a cualquier otra cosa. Había conseguido la titulación de piloto privado y comercial en el mínimo de horas requerido y después había obtenido el certificado de instructora de vuelo por la simple razón de que le complacía transmitir sus dotes a otros.

No precisé ningún anuncio de que estábamos llegando al final del vuelo. El helicóptero surcaba el aire sobre bosques repletos de troncos caídos, esparcidos al azar. Las pistas de tierra y las veredas estrechas serpenteaban por el llano y, al otro lado de las suaves colinas, unas nubes grises crecían verticales y se convertían en vagas columnas de humo cansino producidas por un infierno que había traído consigo la muerte.

La granja de Kenneth Sparkes era un terreno ennegrecido, una extensión chamuscada de ruinas humeantes. Desde el aire, seguí el rastro que había dejado el incendio, la devastación de los espléndidos edificios de piedra, de los establos y del granero, hasta los amplios campos de labor abrasados. Los coches de bomberos habían derribado tramos de la valla blanca que rodeaba la propiedad y habían destrozado hectáreas de césped bien cuidado. A unos kilómetros de distancia había más pastos y una estrecha carretera pública asfaltada y, más allá, una subestación de energía eléctrica de la Virginia Power Co. y otro grupo de casas.

Invadimos la privilegiada finca de Sparkes en Virginia cuando aún no eran las ocho de la mañana y nos posamos a suficiente distancia de los escombros para que el giro de las aspas de nuestro aparato no los acabara de derribar. Marino saltó a tierra y echó a andar sin aguardarme mientras yo esperaba a que nuestros pilotos detuvieran el rotor principal y desconectaran todos los interruptores.

—Gracias por el viaje —dije al agente especial Jim Mowery, que había ayudado a Lucy en el vuelo.

—Ha pilotado ella —precisó Mowery, y abrió la puerta del compartimento de equipajes.

—Yo me quedo de vigilancia si queréis continuar a pie —añadió, dirigiéndose a mi sobrina.

—Parece que cada vez tienes más práctica en todo esto —dije a Lucy en tono intrascendente mientras nos alejábamos.

—Me las arreglo lo mejor que puedo —respondió ella—. Déjame llevar una de esas bolsas.

Me liberó del peso de la maleta de aluminio; en una mano firme como la suya, no parecía tan pesada. Avanzamos juntas, con indumentarias parecidas, aunque yo no llevaba armas ni radio portátil. Nuestras botas con refuerzos de acero estaban tan gastadas que se les saltaba la piel y estaban casi grises. Una capa de barro negro se había adherido a las suelas cuando ya nos acercábamos a la tienda hinchable gris que sería nuestro puesto de mando durante los días siguientes. Aparcado en las inmediaciones estaba el gran camión articulado Pierce, totalmente blanco, con sellos del departamento del Tesoro, luces de emergencia y rótulos de ATF e INVESTIGACIÓN DE EXPLOSIVOS anunciados en azul brillante.

Lucy iba un paso por delante de mí, con el rostro casi oculto bajo la visera de una gorra azul marino. Acababan de trasladarla a Filadelfia, de donde la enviarían muy pronto al distrito federal, y aquel pensamiento me hizo sentir vieja y acabada. Lucy ya era adulta. Pese a que era tan independiente como yo misma a su edad, me resistía a que se alejara más de mí; sin embargo, no se lo dije.

—Esto está bastante mal —observó ella para romper el hielo—. Por lo menos, el sótano tiene acceso a nivel del suelo, aunque sólo tiene una puerta, de modo que la mayor parte del agua forma ahora una charca ahí abajo. Vendrá un camión con unas bombas.

—¿Qué profundidad habrá?

Pensé en los miles de litros de agua que expulsaban las mangueras e imaginé una sopa fría y negra llena de peligrosos restos.

—Depende de dónde pises. Yo, en tu lugar, no habría aceptado este asunto —dijo Lucy en un tono de voz que me transmitió un cierto rechazo.

—Pues claro que lo habrías aceptado —repliqué, herida.

Lucy no había hecho el menor esfuerzo para disimular sus sentimientos respecto a trabajar conmigo en los casos criminales. No se mostraba brusca, pero a menudo, cuando estaba con sus colegas, actuaba como si apenas nos conociéramos. Recordé cuando, años antes, la visitaba en la universidad y ella no quería que los alumnos nos vieran juntas. No se avergonzaba de mí, por supuesto, pero me percibía como una sombra abrumadora, a pesar de todos mis esfuerzos por evitar precisamente esa situación.

—¿Has terminado de preparar el equipaje? —le pregunté con una tranquilidad fingida.

—Por favor, no me lo recuerdes —respondió.

—Pero sigues queriendo ir...

—Pues claro. Es una gran oportunidad.

—Sí lo es, y me alegro por ti —dije—. ¿Qué tal está Janet? Ya sé que debe de ser difícil...

—No estaremos tan lejos —replicó Lucy.

Yo conocía la realidad de la situación tan bien como ella. Janet era agente del FBI y las dos eran amantes desde sus primeros tiempos de instrucción en Quantico. Estaban trabajando para distintas fuerzas de seguridad federales y pronto vivirían en ciudades distintas. Era muy posible que la profesión interrumpiera su relación para siempre.

—¿Crees que hoy podríamos encontrar un momentito para hablar? —le dije mientras avanzábamos con cuidado entre charcos.

—Claro que sí. Cuando terminemos aquí, podemos tomarnos una cerveza, si encontramos un bar abierto en este pueblucho —respondió. El viento arreciaba.

—No me importa que se haga tarde —añadí.

—Allá vamos —murmuró Lucy con un suspiro cuando nos aproximábamos a la tienda—. ¡Eh, gente! —exclamó en voz alta—. ¿Dónde es la fiesta?

—La tienes delante.

—Doctora, ¿es que ahora se dedica a hacer visitas a domicilio?

—No. Hace de niñera de Lucy.

Además de Marino y yo, el grupo de agentes destacados para el caso constaba de nueve hombres y dos mujeres, contando a la jefa del equipo, McGovern. Todos llevábamos el mismo uniforme azul marino, tan desgastado, remendado y cómodo como las botas. Los agentes estaban inquietos e impacientes junto a la puerta trasera abierta del camión articulado, cuyo reluciente interior de aluminio se dividía entre estanterías y asientos, y cuyos compartimentos exteriores estaban abarrotados de carretes de cinta policial amarilla para acordonar escenas del crimen y latas de polvos de buscar huellas, picos, linternas, escobas, palancas y sierras.

Nuestro cuartel general móvil también disponía de ordenadores, fotocopiadora y fax, y del juego de gato hidráulico, ariete, martillo y cuchillo que se utilizaba para recuperar objetos de la escena del crimen o para salvar vidas humanas. De hecho, no se me ocurría nada que el camión no llevara, salvo quizás un chef de cocina y, más importante aún, un retrete.

Algunos agentes habían empezado a limpiar botas, rastrillos y palas en lavaderos de plástico llenos de agua jabonosa. Era un esfuerzo inacabable y, cuando hacía frío, los pies y las manos nunca llegaban a secarse o a descongelarse. Incluso las emisiones de los tubos de escape debían estar libres de residuos de petróleo y todas las herramientas eran accionadas por energía eléctrica o hidráulica y no por gasolina, en preparación del día en que todo lo sucedido sería dilucidado y juzgado.

McGovern estaba sentada tras una mesa en el interior de la tienda, con las botas desabrochadas y un tablero sujetapapeles sobre la rodilla.

—Muy bien —dijo, dirigiéndose a su equipo—. Ya hemos repasado la mayor parte del plan en el cuartelillo de bomberos, donde os habéis perdido un buen café con bollos —añadió para que lo supiéramos quienes acabábamos de llegar—. Pero prestad atención otra vez. Hasta ahora sabemos que, según se cree, el incendio se inició anteayer, la tarde del día siete, a las veinte horas.

McGovern tenía más o menos mi edad, y estaba adscrita a la oficina de campo de Filadelfia. Al mirarla comprendí que era la nueva mentora de Lucy, lo cual me hizo sentir una punzada de celos.

—Por lo menos, es la hora en que se disparó la alarma de incendios en la casa —continuó—. Cuando llegaron los bomberos, la mansión estaba envuelta en llamas y los establos también ardían. Los coches de bomberos no pudieron acercarse lo suficiente para hacer otra cosa que rodear el lugar y lanzar agua hasta anegarlo; o, al menos, intentarlo. Calculamos que hay ciento veinte mil litros de agua en el sótano. Tardaremos unas seis horas en extraerla, eso contando con cuatro bombas y siempre que no surjan obstáculos, esperanza vana. Ah, por cierto, no hay energía eléctrica y nuestro amable cuerpo de bomberos local va a instalar focos en el interior.

—¿Cuánto tiempo tardaron en acudir? —le preguntó Marino.

—Diecisiete minutos. Tuvieron que encontrar a gente libre de servicio. Aquí todos los bomberos son voluntarios.

Se oyó que alguien refunfuñaba.

—No sea tan duro con ellos. Utilizaron todos los camiones cisterna de la zona para tener suficiente agua, de modo que no fue ése el problema. —McGovern increpó a su gente—. Todo esto ardió como el papel y hacía demasiado viento para utilizar espuma, aunque de todos modos no creo que hubiera servido de gran cosa. —Se incorporó y se dirigió al camión—. La cuestión es que no nos cabe la menor duda de que fue un fuego rápido y voraz.

McGovern abrió una puerta en la que había una advertencia en rojo y empezó a repartir rastrillos y palas.

—No tenemos pistas respecto a la causa y al lugar en que se originó —prosiguió—, pero se cree que el propietario, Kenneth Sparkes, el magnate de la prensa, estaba dentro de la casa y no logró salir. Por eso hemos pedido que venga la doctora.

Me miró directamente, con ojos penetrantes que no se perdían nada.

—¿Por qué suponemos que estaba en casa en ese momento? —pregunté.

—Para empezar, parece estar desaparecido; y en la parte de atrás de la casa hay un Mercedes completamente quemado. Todavía no hemos comprobado la matrícula, pero damos por hecho que el coche es suyo —respondió un investigador de incendios—. Además, el hombre que se ocupa de herrar los caballos estuvo aquí un par de días antes del suceso, el jueves. Sparkes estaba en casa ese día y no dijo que pensara ir a ninguna parte.

—¿Quién se ocupaba de los caballos cuando él no estaba? —pregunté.

—No lo sabemos —respondió McGovern.

—Me gustaría tener el nombre y el número del herrero —le pedí.

—Desde luego. ¿Kurt? —dijo a uno de sus investigadores.

—Sí, aquí tengo los datos.

Pasó las páginas de un bloc con unas manos jóvenes, grandes y ásperas tras años de trabajo.

McGovern sacó unos cascos azules brillantes de otro compartimento y empezó a lanzarlos en torno a ella al tiempo que recordaba su misión a cada uno de los miembros del grupo.

—Lucy, Robby, Frank, Jennifer... Vosotros, al agujero conmigo. Bill, tú te ocupas del apoyo general y Mick se queda a ayudarte porque es tu primera acción con el equipo.

—Qué suerte.

—¡No me digas que para ti será la primera vez!

—No te pases, hombre —dijo el agente llamado Bill—. Hoy mi mujer cumple cuarenta años. No volverá a dirigirme la palabra mientras viva.

—Rusty se queda a cargo del camión —continuó McGovern—. Marino y la doctora están aquí según lo requerido.

—¿Sparkes había recibido alguna amenaza? —preguntó Marino, pues a él le correspondía buscar indicios de asesinato.

—De momento, usted sabe tanto como nosotros —respondió el investigador de incendios llamado Robby.

—¿Qué es eso del presunto testigo? —inquirí.

—Nos enteramos por una llamada telefónica —explicó el hombre—. Era un varón que no quiso dejar su nombre, y la llamada procedía de otra zona, de modo que no hemos podido seguir la pista. Tampoco hay modo de saber si era auténtica.

—Sin embargo, el hombre dijo que había oído a los caballos agonizantes —insistí.

—Sí, que chillaban como personas.

—¿Explicó por qué se encontraba tan cerca como para oír los relinchos? —Empezaba a sentirme irritada otra vez.

—Al parecer vio el incendio desde lejos y se acercó en coche para observarlo mejor —explicó el investigador—; luego pasó un cuarto de hora mirando y cuando oyó las sirenas de los coches de bomberos decidió largarse a toda prisa.

—No sabía nada de lo que está contando y eso me molesta —comentó Marino con aire amenazador—. Lo que dice ese hombre concuerda con el tiempo de respuesta; y sabemos cuánto les gusta a esos cabrones quedarse a ver cómo arden los fuegos que provocan. ¿Tiene alguna idea de la raza a que puede pertenecer?

—Apenas hablé con él treinta segundos —respondió Robby—. De todos modos no tenía ningún acento perceptible. Hablaba con gran calma y con voz suave.

Se produjo un silencio y los miembros del equipo asumimos nuestra decepción por no saber quién era el testigo, o si era auténtico. McGovern continuó leyendo el orden del día, que incluía las tareas asignadas a cada uno.

—Johnny Kostylo, nuestro querido jefe de puesto en Filadelfia, se encargará de los medios de comunicación y de los peces gordos locales, como el alcalde de Warrenton, que ya ha llamado porque no quiere que su ciudad dé mala imagen.

Levantó la mirada de la lista y observó nuestra expresión.

—Viene hacia aquí uno de nuestros auditores; y *Pepper* llegará en breve para ayudarnos.

Varios agentes expresaron con silbidos la admiración que sentían por *Pepper*, el perro olfateador de incendios provocados.

—Por suerte, *Pepper* no le da a la botella. —McGovern se puso el casco—. Porque ahí dentro hay casi cuatro mil litros de burbon.

—¿Sabemos algo más acerca de eso? —preguntó Marino—. ¿Si Sparkes tal vez vendía ese licor o si lo fabricaba él mismo? Porque me parece mucho alcohol para una sola persona...

—Según parece, Sparkes era coleccionista de los productos más refinados. —McGovern se refería a Sparkes como si no tuviera la menor duda de que éste había muerto—. Alcohol, habanos, armas de fuego automáticas, caballos caros... No sabemos hasta qué punto infringía la ley y por eso estamos aquí nosotros en lugar de los federales.

—Lamento decirlo, pero los federales ya andan husmeando por ahí. Querrán saber qué pueden hacer para ayudar.

—Qué encantadores...

—A lo mejor quieren darnos lecciones...

—¿Dónde están? —preguntó McGovern.

—En un Suburban blanco, a un kilómetro carretera abajo. Son tres y llevan puestos los chalecos con el rótulo del FBI. Ya están hablando con la prensa.

—Mierda. Siempre donde hay cámaras...

Hubo murmullos y risas despectivas dirigidas a los federales. No era ningún secreto que las dos agencias no se profesaban mucho cariño y que el FBI se solía llevar los honores cuando no siempre le correspondían.

—Hablando de temas desagradables —intervino otro agente—: el Budget Motel no acepta la American Express, jefa. ¿Tenemos que pasar por eso? ¿Tendremos que utilizar nuestras tarjetas de crédito privadas?

—Además, el servicio de habitaciones termina a las siete.

—Y el lugar apesta.

—¿Hay alguna posibilidad de trasladarse?

—Me ocuparé de eso —prometió McGovern.

—¡Cuánto nos cuidas! Por eso te queremos tanto, jefa.

Un coche de bomberos rojo brillante tomó el camino sin pavimentar, levantando polvo y piedrecillas. Era la motobomba que ayudaría a drenar agua de la escena del incendio. Dos bomberos con impermeable y botas altas de goma descendieron del vehículo y mantuvieron una breve conversación con McGovern antes de desenrollar las mangueras de cinco centímetros de diámetro con filtro en la boca. Las cargaron a hombros, las arrastraron al interior de la vivienda, tras las ruinosas paredes de piedra, y las dejaron caer en cuatro puntos distintos del suelo inundado. Volvieron al camión y bajaron de éste unas pesadas bombas portátiles Prosser, cuyos cables conectaron a un generador. Pronto el ruido de los motores se intensificó y las mangueras se hincharon, llenas de agua sucia que circulaba por ellas y se vertía en la hierba.

Me puse unos guantes de lona recia y un impermeable y me ceñí el casco. Después empecé a limpiar mis fieles botas Red Wing, chapoteando con ellas en tinas de agua fría jabonosa que empapaba las lengüetas de piel y rezumaba de los lazos. Como estábamos en junio, no había tenido la previsión de llevar ropa interior de abrigo bajo el uniforme de faena. Había sido una equivocación. Allí el viento era fuerte y venía del norte, y me parecía que cada gota de humedad rebajaba mi temperatura corporal un grado más. Detestaba la sensación de frío. Detestaba no poder fiarme de mis manos porque estuvieran insensibles o envueltas en gruesos guantes. McGovern se acercó a mí mientras yo, con el recio impermeable abrochado hasta la barbilla, me calentaba las yemas de los dedos echándoles aliento.

—Se prepara un día muy largo —comentó con un escalofrío—. ¿Qué ha sido del verano?

Me puse seria con ella.

—Teun, por tu culpa me he quedado sin vacaciones. Estás destruyendo mi vida privada.

—Al menos tú puedes presumir de tener vida privada.

McGovern empezó también a limpiarse las botas.

En realidad, «Teun» era una extraña abreviatura de las iniciales T. N., que respondían a algún horrible nombre sureño como Tina Nola, o eso me habían contado. Desde mi incorporación al equipo, siempre la había conocido por Teun y así la llamaba. Era una mujer competente, divorciada y con un hijo ya mayor. Enérgica y fuerte, tenía una buena estructura ósea y unos ojos grises que llamaban la atención. Podía llegar a ser violenta. Yo había presenciado alguno de sus arrebatos de cólera, que arrasaban como el fuego, pero también sabía mostrarse generosa y amable. Tenía un talento especial para investigar los incendios provocados y corría el rumor de que era capaz de intuir la causa de un incendio con sólo escuchar la descripción de la escena del suceso.

Me puse dos pares de guantes de látex mientras McGovern escrutaba el horizonte y su mirada se detenía largo rato en el hueco ennegrecido de la casa, en la que aún se mantenía en pie su estructura de granito. Seguí la dirección de su mirada hasta los establos chamuscados y oí en mi cabeza los relinchos de los caballos y el pateo de las pezuñas, agitadas por el pánico, contra las cuadras. Durante un instante sentí un nudo en la garganta. Había visto las manos despellejadas, con los dedos engarfiados, de personas enterradas vivas, y las heridas de muchas víctimas que habían tratado de defenderse de sus asesinos. Conocía bien la lucha por la supervivencia y no podía soportar la intensa escena que recorría mi mente como una película.

—¡Malditos periodistas!

McGovern alzó la vista hacia un pequeño helicóptero que sobrevolaba el lugar.

Era un Schweizer blanco sin identificación ni cámaras exteriores, al menos por lo que alcanzaba a distinguir. McGovern avanzó un paso y señaló abiertamente a todos los miembros de los medios de comunicación situados en un radio de cinco kilómetros.

—Esa furgoneta de ahí —me indicó—. De la radio; alguna emisora de FM local con una celebridad al micrófono, alguna locutora con un nombre como Jezabel, que cuenta historias conmovedoras sobre la vida y sobre su hijo impedido y sobre el perro de éste, que tiene tres patas y se llama *Sport*. Ahí hay otra unidad móvil de una radio; y ese Ford Escort de ahí será de algún periódico de mierda, joder. Probablemente, algún diario sensacionalista del distrito federal. También tenemos la chica del *Post*. —McGovern señaló un Honda—. Fíjate, es la morena de piernas macizas. ¿Te imaginas, venir aquí con falda? Seguramente, piensa que los chicos hablarán con ella. Pero éstos no son los federales; saben que es preferible no hacerlo.

McGovern se volvió y tomó un puñado de guantes de látex del interior del camión. Yo hundí más las manos en los bolsillos de mi uniforme. Estaba acostumbrada a las diatribas de McGovern contra los «medios de comunicación mentirosos y llenos de prejuicios» y apenas le hice caso.

—Y esto es sólo el principio —continuó—. Esos cabrones de la prensa van a invadir el lugar porque ya sé lo que ha sucedido aquí. No es preciso ser un experto en pistas para adivinar cómo ardió la casa y cómo murieron esos pobres caballos.

—Te noto más contenta de lo habitual —espeté con sequedad.

—No estoy alegre en absoluto.

Apoyó el pie en la reluciente puerta trasera del camión al tiempo que un viejo automóvil familiar se detenía en las inmediaciones. *Pepper*, el perro detector de incendios provocados, era un hermoso labrador negro. Llevaba una chapa de la ATF en el collar y estaba, sin duda, cómodamente acurrucado en el cálido asiento delantero, de donde no se movería hasta que llegara el momento de actuar.

—¿En qué puedo ayudar? —le pregunté—. Aparte de no entremeterme hasta que me necesites.

Teun tenía la mirada clavada en la lejanía.

—Yo, de ti, me quedaría con *Pepper* o me metería en el camión. Los dos están caldeados.

McGovern ya había trabajado varias veces conmigo y sabía que, si era preciso sumergirse en un río o rebuscar entre restos de incendios o de bombardeos, no me desentendía del trabajo. Sabía que yo era capaz de empuñar una pala y que no podía quedarme sentada sin hacer nada. Aquellos comentarios me sentaron mal y me pareció que, por alguna razón, me estaba buscando las cosquillas. Me volví para replicar otra vez y la encontré frente a mí, muy quieta, como un perro de presa al acecho. Tenía una expresión de incredulidad en los ojos, fijos en algún punto del horizonte.

—¡Cielo santo! —murmuró.

Seguí su mirada y a unos cien metros al este de nuestra posición y al otro lado de las ruinas humeantes de los establos observé un potro negro solitario. Desde donde estábamos, el espléndido animal parecía tallado en ébano, y distinguí sus músculos tensos y su cola agitada como si nos dedicara también la atención.

—Los establos... —dijo McGovern con asombro—. ¿Cómo diablos conseguiría salir?

Tomó la radio portátil y habló por el micrófono:

—Teun a Jennifer.

—Adelante.

—Echa un vistazo detrás de los establos. ¿Ves lo mismo que yo?

—Sí. Tengo a la vista al sujeto de cuatro patas.

—Asegúrate de que lo vean los del pueblo. Tenemos que averiguar si sobrevivió al incendio o se ha escapado de otra granja.

—Muy bien.

McGovern se alejó a grandes zancadas y con una pala al hombro. La vi avanzar por la pestilente zona encharcada y, con el agua fría hasta las rodillas, escoger un lugar cerca de lo que parecía haber sido la amplia puerta principal. A lo lejos, el caballo negro solitario vacilaba como si estuviera hecho de oscilantes llamas. Con las botas empapadas de fango, yo también avancé. Los dedos de mis manos se mostraban cada vez más reacios a colaborar. Que necesitara ir al baño, era sólo cuestión de tiempo, para lo cual usaría, como casi siempre, un árbol, un montículo o algún rincón del campo donde tuviera la seguridad de que no me viese nadie y no hubiese ningún hombre en un kilómetro a la redonda.

Al principio, no entré en el recinto cerrado por las paredes de piedra, sino que anduve despacio en torno a ellas, por el exterior. El hundimiento de las estructuras que aún quedaban en pie era un peligro evidente y extremo en escenarios de destrucción a gran escala y, aunque las paredes de dos pisos parecían firmes, para mí habría sido preferible que ya las hubiera derribado una grúa y se hubieran llevado los escombros en camiones. Continué la inspección bajo el viento frío y vigorizante, y el corazón se me encogió mientras me preguntaba por dónde empezar. Me dolían los hombros de transportar la maleta de aluminio, y el mero pensamiento de mover un rastrillo a través de los escombros empapados en agua me causaba dolor de espalda. Tuve la certeza de que McGovern estaba pendiente de mi capacidad de aguante.

A través de los huecos de las ventanas y de las puertas se veía el interior negro de hollín repleto de miles de aros de tonel de whisky bañados en el agua oscura. Imaginé el burbon de reserva estallando en los barriles de roble blanco y derramándose en un río de fuego, colina abajo, hasta los establos que habían albergado los preciados caballos de Kenneth Sparkes. Mientras los investigadores empezaban el trabajo de determinar dónde se había iniciado el fuego y, con suerte, su causa, yo crucé charcos y me encaramé a todo lo que parecía lo bastante firme para sostener mi peso.

Había clavos por todas partes y, con unas tenazas Buckman que eran un regalo de Lucy, extraje uno de la suela de mi bota izquierda. Me detuve en el interior del perfecto rectángulo de piedra de un dintel de la fachada principal de la antigua mansión. Allí me quedé mirando el panorama durante varios minutos. A diferencia de la mayoría de investigadores, yo no me dedicaba a sacar fotografías centímetro a centímetro conforme me adentraba en la escena de un crimen. Había aprendido a administrar el tiempo y a dejar que, primero, mis ojos estudiaran el terreno. Al echar un reposado vistazo a mi alrededor, observé muchos detalles que me sorprendieron.

La fachada de la casa, como era de esperar, seguramente había proporcionado una vista de lo más espectacular. Desde los pisos superiores, que ya no existían, seguramente se habían contemplado los árboles, las suaves colinas y las diversas actividades de los caballos que el propietario había comprado, negociado, criado y vendido. Dábamos por sentado que Kenneth Sparkes había estado en casa la noche del incendio, el siete de junio, y recordé que esa noche hacía un tiempo despejado y un poco más cálido, con una ligera brisa y con luna llena.

Estudié la estructura de la mansión recién destruida y observé los restos de sofás empapados en agua, los objetos de metal y de cristal, y los entresijos fundidos de varios televisores y otros aparatos. Había cientos de libros parcialmente quemados, cuadros, colchones y muebles. Todo ello había caído de los pisos superiores y se había acumulado en el sótano. Imaginé a Sparkes en el momento en que se había disparado la alarma de incendios; me lo representé en el salón con vistas, o en la cocina, preparándose tal vez algo para comer. Pero cuanto más exploraba dónde podía haber estado, menos entendía por qué no había escapado, a no ser que estuviera incapacitado para hacerlo por efecto del alcohol o de alguna droga, o que hubiese intentado apagar el fuego hasta que el monóxido de carbono lo dejara inconsciente.

Lucy y sus camaradas estaban al otro lado del hueco, donde procedían a abrir con una palanca una caja eléctrica que el calor y el agua habían oxidado con gran rapidez.

—Buena suerte —dijo McGovern mientras se acercaba al grupo—. Sin embargo, estoy segura de que no fue eso lo que originó el incendio.

Hizo a un lado el armazón ennegrecido de una tabla de planchar y continuó hablando. A continuación, apartó la plancha y lo que quedaba del cable. Por fin, quitó de en medio más aros de tonel a puntapiés, como si estuviese furiosa con el autor de aquel desastre.

—¿Os habéis fijado en las ventanas? —continuó—. Los fragmentos de cristal están en el interior. ¿Eso no os lleva a pensar que alguien irrumpió en la casa?

—No necesariamente. —Fue Lucy quien respondió, al tiempo que se ponía en cuclillas para observar mejor—. Cuando se produce un impacto térmico en la cara interior del cristal, éste se calienta y se expande más que la cara exterior, lo cual causa un desequilibrio de tensiones y el cuarteamiento por calor, que es claramente distinto de la rotura mecánica.

Mi sobrina le entregó a McGovern, su supervisora, un fragmento mellado de vidrio roto.

—El humo sale de la casa —continuó Lucy— y el aire exterior penetra. Se produce un equilibrio de presiones. No significa que nadie forzara la entrada.

—Tienes un notable —le dijo McGovern.

—De eso, nada. Un sobresaliente.

Varios agentes se rieron.

—Coincido con Lucy —intervino uno de ellos—. Hasta ahora, no he advertido ningún indicio de que alguien penetrase en la casa a escondidas.

La jefa del equipo continuó transformando el lugar de la catástrofe en un aula para los aspirantes a convertirse en investigadores oficiales de incendios.

—¿Recordáis que hablamos de que el humo se filtraba por los

ladrillos? —prosiguió, y señaló unas zonas de piedras, a lo largo del remate de la azotea, que parecía como si las hubieran barrido con cepillos de acero—. ¿O acaso eso se ha erosionado por efecto de los chorros de agua?

—No; el mortero está desprendido en parte. Es cosa del humo.

—Exacto. Del humo que empujaba a través de las grietas. —McGovern hablaba con rotundidad—. El fuego establece sus propias vías de ventilación. Aquí debajo, en la pared, ahí y allá... —señaló diversos puntos—, el fuego ha limpiado la piedra de todo rastro de hollín o resto de combustión incompleta. Además, tenemos vidrio y tubo de cobre fundidos.

—El incendio empezó en la planta baja —dijo Lucy—, en la parte más utilizada de la casa.

—A mí también me lo parece.

—Y las llamas alcanzaron tres metros de altura, hasta prender el primer piso y el tejado.

—Que podía contener una reserva de combustible bastante abundante.

—Algún material acelerador. De todas formas no soñéis con descubrir que el fuego se propagó desde arriba. De eso, ni hablar.

—No descartéis nada —señaló McGovern a su equipo—. Tampoco podemos estar seguros de si era necesario un material acelerador, porque no sabemos ni siquiera qué clase de combustible podía haber allí.

Los miembros del grupo seguían su trabajo entre chapoteos mientras dialogaban, y a nuestro alrededor se producía el sonido constante del goteo del agua y del runrún de las bombas. Me interesé por los colchones de muelles prendidos en mi rastrillo y me agaché a quitar piedras y pedazos de madera quemada con las manos. Siempre había que contemplar la posibilidad de que la víctima de un incendio hubiese muerto en la cama, y eché un vistazo a lo que habían sido los pisos superiores. Continué excavando, sin dar con nada remotamente humano, sólo los restos empapados y acres de todo lo que el fuego había consumido en la espléndida propiedad de Kenneth Sparkes. Alguna de sus anteriores posesiones humeaba todavía sobre pedestales que no habían quedado sumergidos, pero la mayor parte de lo que investigué estaba frío e impregnado del olor nauseabundo del burbon chamuscado.

La inspección de los restos prosiguió durante toda la mañana y, al pasar de cada cuadrícula de escombros a la siguiente, me dediqué a lo que sabía hacer mejor. Hundía las manos en los restos mojados, tanteaba con ellas y, cuando localizaba una silueta que me inquietaba, me quitaba los recios guantes de bombero y palpaba un poco mejor, con los dedos enfundados en látex. Las tropas de McGovern estaban repartidas y dedicadas a sus propios asuntos y, casi a mediodía, la jefa, chapoteando, volvió a mi encuentro.

—¿No descansas? —me preguntó.

—Todavía aguanto.

—No está mal para una detective de despacho... —me soltó con una sonrisa.

—Lo consideraré un halago.

—¿Ves lo claro que está el caso? —Señaló el lugar con un dedo enguantado y tiznado de hollín—. Unas llamas tan altas y tan calientes que han quemado las dos plantas superiores y casi todo lo que había en ellas. No estamos ante un simple cortocircuito, una plancha que alguien dejara enchufada o una sartén en llamas. Detrás de esto hay algo grande y muy listo.

A lo largo de los años, me había dado cuenta de que la gente que combatía el fuego hablaba de éste como si fuese un ser vivo y poseyera una voluntad y una personalidad propias. McGovern se había puesto a trabajar a mi lado, y lo que no podía arrojar lejos lo apilaba en una carretilla. Me detuve a limpiar lo que podía haber sido una falange de un dedo pero que finalmente resultó ser una piedra, y Teun McGovern señaló con el mango de madera de su rastrillo el cielo cubierto de nubes que se distinguía por el hueco.

—El nivel superior sería el último en caer —me indicó—. En otras palabras, los restos del tejado y de la segunda planta deberían quedar encima. Supongo que es eso lo que estamos removiendo ahora. —Con el rastrillo, golpeó una retorcida viga de acero que había sostenido el techo—. Sí, señor —continuó—. Por eso aparece por todas partes tanto material aislante y tantas tejas de pizarra.

Así continuó la inspección, sin que nadie se tomara descansos superiores a quince minutos. Los bomberos locales nos mantuvieron aprovisionados de café, refrescos y bocadillos e instalaron focos de cuarzo para que pudiéramos ver mientras trabajábamos en nuestro húmedo agujero. En cada extremo de la casa, una bomba Prosser aspiraba agua por la manguera y la vomitaba fuera de las paredes de granito, si bien, después de sacar miles de litros, no daba la impresión de que nuestra situación hubiese mejorado mucho. Faltaban horas para que el nivel empezase a descender perceptiblemente.

A las dos y media no pude aguantar más y salí de nuevo al exterior. Busqué el lugar más discreto, que fue tras las frondosas ramas de una gran higuera que había cerca de los establos humeantes. Tenía las manos y los pies entumecidos por el frío, pero sudaba bajo la recia indumentaria protectora cuando me agaché, siempre nerviosamente atenta a cualquiera que pudiese acercarse. Después, cobré ánimo para pasar ante toda la serie de cuadras carbonizadas. El hedor a muerte me invadió las fosas nasales y pareció ocupar el interior de mi cráneo.

Los restos de los caballos estaban lastimosamente amontonados uno encima de otro, con las patas encogidas como los brazos de un púgil y la piel cuarteada por la hinchazón y el encogimiento de los músculos al calcinarse. Yeguas, sementales y potros estaban consumidos hasta los huesos, y de los esqueletos quemados se alzaban todavía ligeras columnas de humo. Tuve la esperanza de que hubieran muerto de asfixia antes de que las llamas los alcanzaran.

Conté diecinueve cadáveres, entre ellos dos potros de un año y un potrillo de meses. El hedor a crin quemada y a muerte era sofocante y me envolvió como una pesada capa mientras cruzaba el césped y volvía a la casa en ruinas. En el horizonte, el único caballo superviviente me contemplaba otra vez, inmóvil, solitario y pesaroso.

McGovern seguía rastrillando y usando la pala para apartar de en medio los escombros; sentí una perversa complacencia al percatarme de que empezaba a cansarse. El día ya estaba muy avanzado; el cielo se había vuelto más oscuro y el viento era un poco más intenso.

—El caballo sigue ahí —le comenté.

—Ojalá pudiera hablar.

Se enderezó y se frotó la región lumbar.

—Debe de haber alguna razón para que esté suelto —comenté—. Resulta absurdo pensar que salió del establo por su cuenta. Supongo que alguien se ocupará de él, ¿no?

—Estamos trabajando en ello.

—¿No podría colaborar algún vecino? —No quería dejar el tema porque el animal me estaba llegando al corazón. Ella me dedicó una prolongada mirada y señaló hacia arriba.

—El dormitorio principal y el baño estaban justo ahí encima —anunció mientras levantaba de entre el agua sucia un fragmento de mármol blanco—. Accesorios de latón, el suelo de mármol, los grifos de un jacuzzi; también el marco de una mampara que, por cierto, estaba abierta en el momento del incendio. Si buscas a medio palmo a tu izquierda, encontrarás lo que queda de la bañera.

El nivel del agua continuó descendiendo; las bombas la aspiraban del interior de la casa y la vaciaban fuera, donde formaba riachuelos sobre la hierba. En las cercanías, varios agentes desmontaban el suelo de vieja madera de roble, que mostraba profundas quemaduras en su superficie. Muy pocos de los maderos se habían salvado del fuego. Las investigaciones prosiguieron y se acumularon los indicios de que el origen del incendio estaba en el primer piso, en la zona del dormitorio principal, donde recuperamos tiradores de latón procedentes de cómodas y de otros muebles de caoba y cientos de perchas. También revolvimos el contenido del armario principal, cuyo cedro chamuscado albergaba restos de ropa y de zapatos de hombre.

A las cinco, el nivel del agua había descendido otro palmo y dejaba a la vista un panorama que parecía un vertedero lleno de armazones carbonizados de aparatos y de asientos.

McGovern y yo continuamos las excavaciones en la zona del baño principal, pescando frascos de pastillas de venta con receta, champús y lociones corporales, cuando por fin descubrí el primer indicio de muerte. Con cuidado, quité el hollín de un afilado fragmento de cristal.

—Creo que aquí hay algo... —apunté, y mi voz sonó anegada por el goteo del agua y por la aspiración de las bombas.

McGovern iluminó con la linterna lo que yo tenía en las manos y se quedó inmóvil.

—¡Oh, cielos! —exclamó, asombrada.

Unos ojos muertos, lechosos, nos miraron a través del cristal roto, bañado en agua.

—Una ventana, o quizá una puerta de ducha de cristal, cayó sobre el cuerpo y evitó que al menos una parte de éste se quemara —comenté.

Aparté otros fragmentos de cristal, y McGovern se desconcertó al instante cuando contempló un cuerpo grotesco. Enseguida supe que no se trataba de Kenneth Sparkes. La parte superior del rostro quedaba aplastada bajo un vidrio grueso y cuarteado, y los ojos tenían un tono gris azulado mate porque habían perdido su color original.

Alzaban la mirada hacia nosotros bajo unas cejas quemadas hasta el hueso. Unos mechones de cabello rubio, largo, se habían soltado y fluían como espectros, arrastrados por el agua sucia. Ya no había nariz ni boca, sólo huesos calcinados y dientes requemados hasta haber perdido todo resto de materia orgánica.

En el cuello parcialmente intacto y en el torso cubierto con otros fragmentos de cristales, fundida con la carne calcinada, había una tela oscura que debía de haber sido una blusa o una camisa. Aún se distinguía la urdimbre. Nalgas y pelvis también habían quedado en relativo buen estado bajo los cristales. La víctima llevaba vaqueros. Tenía las piernas quemadas hasta el hueso, pero las botas de piel habían protegido los pies. El cuerpo no tenía antebrazos ni manos y no encontré rastro alguno de los huesos correspondientes.

—¿Quién puede ser? —preguntó McGovern, perpleja—. ¿El hombre vivía con alguien?

—Lo ignoro —respondí mientras apartaba a paladas un poco más de agua.

—¿Qué opinas? ¿Era mujer? —dijo McGovern al tiempo que se inclinaba para echar una mirada más de cerca, sin dejar de apuntar con la linterna.

—No querría jurarlo ante un tribunal hasta haberla examinado mejor. Pero sí, me parece que era una mujer —contesté.

Alcé la vista al hueco del techo e imaginé el cuarto de baño en el que, posiblemente, había muerto. Después, mientras el agua fría me lamía los pies, saqué unas cámaras de mi equipo. *Pepper*, el perro buscador, y su adiestrador acabaron de cruzar un umbral, y Lucy y los demás agentes se acercaron chapoteando al conocer nuestro hallazgo. Pensé en Sparkes; nada encajaba, salvo que la noche del incendio había una mujer en la casa. Temí que los restos mortales del magnate también siguieran en algún rincón del edificio.

Varios agentes se acercaron y uno de ellos me trajo una bolsa para guardar cadáveres. La desplegué y tomé más fotografías. La carne se había adherido al vidrio y habría que separarla. Lo haría en el depósito y señalé que también habría que llevar allí todos los restos que rodeaban el cuerpo.

—Voy a precisar ayuda —dije a los presentes—. Traeremos un tablón y unas mantas, y que alguien llame a la funeraria local encargada de trasladar cadáveres. Necesitaremos una furgoneta. Con cuidado: el cristal corta. Trasladaremos el cuerpo tal como está. Boca arriba, tal como está ahora, así evitaremos que se desgarre la piel. Así. Ahora abran más la bolsa. Todo lo posible.

—No cabrá.

—Quizá podamos romper un poco más el borde de los cristales, aquí... —sugirió McGovern—. ¿Alguien tiene un martillo?

—No, no. La cubriremos tal como está. —Di nuevas órdenes, pues en aquel momento estaba al mando—. Envuelvan los bordes con esto para protegerse las manos. ¿Todos llevan los guantes puestos?

—Sí.

—Para los que no tengan trabajo aquí, quizás haya otro cadáver, de modo que sigan buscando.

Tensa e irritable, esperé a que dos agentes volvieran con un tablón y unas mantas plastificadas azules para cubrirlo.

—Bien —asentí—. Vamos a levantarlo. A la de tres.

Entre chapoteos, cuatro pares de manos pugnaron por alzar el cuerpo. Costaba horrores buscar a tientas un apoyo firme para los pies mientras agarrábamos un cristal mojado y resbaladizo, tan afilado que habría podido atravesar el cuero.

—Vamos allá —dije—. Uno, dos, tres... ¡Arriba!

Colocamos el cadáver sobre el tablón. Lo cubrí lo mejor posible con las mantas y lo sujeté todo firmemente con correas. Con pasos cortos y vacilantes, tanteamos nuestro avance en el agua, que ya no nos cubría las botas. El generador y las bombas producían un latido y un murmullo constantes que apenas percibíamos mientras trasladábamos nuestra morbosa carga hacia el hueco de lo que había sido una puerta. Me llegó el hedor a carne quemada y a muerte y el olor acre y pútrido de la tela, la comida, el mobiliario y todo lo que había ardido en la casa de Kenneth Sparkes. Jadeante y entumecida por la tensión y el frío, salí a la pálida luz del día, que declinaba rápidamente.

Bajamos el cadáver al suelo y me quedé a vigilarlo mientras el resto del equipo continuaba la excavación. Abrí las mantas, eché una mirada más detenida a aquel ser humano lamentablemente desfigurado, y saqué una linterna y una lupa de la maleta de aluminio. El cristal se había fundido en torno a la cabeza en el puente de la nariz, y los cabellos estaban impregnados de ceniza y de una sustancia rosada. Utilicé la luz y la lupa para estudiar las partes de la carne mejor conservada. Cuando descubrí una hemorragia en el tejido carbonizado de la zona temporal izquierda, a un par de centímetros del ojo, me pregunté si sería cosa de mi imaginación.

De pronto, Lucy apareció a mi lado mientras en las cercanías aparcaba una brillante furgoneta azul marino de la funeraria Wiser.

—¿Has encontrado algo? —preguntó Lucy.

—No lo sé con seguridad, pero eso parece una hemorragia, no la coagulación que se observa cuando la piel revienta.

—¿Cuando revienta por causa del fuego, te refieres?

—Sí, la carne se cuece y se expande, hasta cuartear la piel

—Lo mismo que sucede cuando cocinas un pollo en el horno.

—Exacto —corroboré.

Cuando una persona no está familiarizada con los efectos del fuego, el daño a la piel, al músculo y al hueso se confunden fácilmente con lesiones provocadas por actos de violencia. Lucy se acuclilló más cerca de mí y continuó observando.

—¿Ha aparecido algo más ahí dentro? —le pregunté—. Espero que no haya más cadáveres.

—De momento, no —respondió—. Pronto oscurecerá y lo único que podemos hacer es establecer un cordón de seguridad hasta que empecemos de nuevo por la mañana.

Observé al hombre con traje a rayas finas, que descendía de la furgoneta de la funeraria y se ponía unos guantes de goma. Sacó una camilla por la puerta trasera del vehículo y montó las ruedas con un sonoro estruendo metálico.

—¿Empezará esta noche, doctora? —me preguntó, y caí en la cuenta de que ya lo había visto en alguna parte.

—Llevemos el cadáver a Richmond y empezaré por la mañana —contesté.

—La última vez que nos vimos fue en el tiroteo de los Moser. Esa chica por la que se pelearon todavía causa problemas por aquí.

—¡Ah, sí! —Lo recordaba vagamente, pues había muchos tiroteos y mucha gente que creaba problemas—. Gracias por su ayuda —añadí.

Alzamos el cadáver por los bordes de la pesada bolsa de plástico. Lo dejamos sobre la camilla y deslizamos ésta en la furgoneta. Después, el hombre cerró de un golpe las puertas posteriores del vehículo.

—Espero que el de ahí no sea Kenneth Sparkes —observó.

—Todavía no hay identificación —le aseguré.

Con un suspiro, el hombre ocupó el asiento del conductor.

—Bien, permítame un comentario —dijo al tiempo que ponía el motor en marcha—. No me importa lo que digan de él. Era un gran hombre.

Lo vi alejarse y noté la mirada de Lucy fija en mí. Me tocó el brazo y murmuró:

—Estás agotada. ¿Por qué no descansas en casa esta noche y vuelves en el helicóptero por la mañana? Si encontramos algo más, te lo haremos saber de inmediato. No es necesario que te quedes por aquí.

Me esperaba un trabajo muy difícil, y lo más sensato era volver a Richmond de inmediato. Pero, a decir verdad, no tenía ganas de entrar en la casa vacía. Benton ya debía de estar en Hilton Head y Lucy se quedaba en Warrenton. Era demasiado tarde para pedir alojamiento a alguna amiga y, además, el cansancio me impediría mantener una conversación educada. Era una de esas ocasiones en que no se me ocurría nada que me tranquilizara.

—Tía Kay, Teun nos ha trasladado a un lugar mejor y tengo una cama libre en la habitación —añadió Lucy con una sonrisa, y sacó del bolsillo unas llaves de coche.

—Vuelvo a ser «tía Kay»...

—Mientras no haya nadie cerca.

—Tengo que comer algo —murmuré.

3

Compramos unas hamburguesas y unas patatas fritas en un Burger King de Broadview. Ya había oscurecido y hacía mucho frío. Los faros que se aproximaban me deslumbraban y no había píldora que pudiera aliviarme el dolor de las sienes ni el temor que albergaba en el corazón.

Lucy llevaba sus compactos y uno de ellos sonaba a elevado volumen mientras cruzábamos Warrenton en un Ford LTD negro de alquiler.

—¿Qué escuchas? —le pregunté a modo de insinuada protesta.

—Jim Brickman —respondió ella con voz tierna.

—No me suena —le dije entre notas de flautas y tambores—. A mí me parece música de nativos norteamericanos. ¿No podríamos bajarla un poco?

Muy al contrario, Lucy subió el volumen.

—David Arkenstone. *Spirit Wind.* Tiene que abrirte la mente, tía Kay. Esta que suena se llama «Destiny».

Lucy conducía como el viento y mi mente empezó a vagar.

—Quieres mostrarte excéntrica conmigo —señalé mientras imaginaba lobos y fuegos de campamento en plena noche.

—La música de ese David habla de encontrar tu camino y de fuerza positiva —continuó mientras la música se volvía más alegre y se añadían unas guitarras—. ¿No te parece que encaja?

Ante su complicada explicación no pude evitar una risa. Lucy tenía que saber cómo funcionaba todo y la razón de cada cosa. La música, ciertamente, resultaba tranquilizadora y me sentí más despejada y calmada de lo habitual.

—¿Qué crees tú que sucedió, tía? —Lucy rompió bruscamente el hechizo—. Lo que supones que pasó, realmente.

—Ahora mismo es imposible decirlo —le contesté—. Y no debemos dar nada por supuesto, ni siquiera el sexo del muerto o quién podía estar en la casa esa noche.

—Teun ya opina que el incendio fue provocado y yo creo lo mismo —declaró sin alterarse—. Lo extraño es que *Pepper* no alertó de nada en las zonas en las que pensábamos que lo haría.

—Como el baño principal de la primera planta —apunté.

—Allí, nada. El pobre *Pepper* trabajó como un burro y no consiguió su golosina.

El labrador había sido entrenado con recompensas de golosinas desde su juventud para que detectara destilados de hidrocarburos de petróleo, como queroseno, gasolina, líquido de encendedores, disolventes y aceites de lámpara.

Todos esos productos eran opciones posibles, si no comunes, del pirómano que quería provocar un gran incendio con sólo dejar caer una cerilla. Cuando en la escena de un incendio intervenían aceleradores del fuego, éstos se encharcaban y se extendían mientras sus vapores ardían. El líquido empapaba las telas, la moqueta o la ropa de cama; y no era soluble en agua, ni fácil de eliminar, de modo que si *Pepper* no había encontrado nada, era muy probable que no existiera.

—Para empezar a calcular la carga combustible lo que tenemos que hacer es descubrir qué había exactamente en la casa —prosiguió Lucy mientras la música dejaba en primer plano los violines, y las cuerdas y percusiones se volvían más tristes—. Después podremos hacernos una idea más concreta de qué y cuánto se necesitaría para poner en marcha una cosa así.

—Había cristal y aluminio fundidos y el cuerpo presentaba unas quemaduras tremendas en el cuerpo, los muslos y el vientre; en todas las zonas que no quedaron protegidas por la cristalera —precisé—. Eso me sugiere que la víctima estaba abajo, probablemente en la bañera, cuando la alcanzó el fuego.

—Me resulta raro pensar que un incendio como éste se inició en un baño de mármol —terció mi sobrina.

—¿Qué me dices de algo eléctrico? ¿Hay alguna posibilidad de que fuese algo así? —pregunté, y el rótulo luminoso del motel, rojo y amarillo, apareció flotando sobre la autopista, a un kilómetro largo de distancia, calculé.

—Bueno, se habían hecho reformas en la instalación eléctrica de la casa. Cuando el fuego alcanzó el circuito y el aislante se fundió, los cables hicieron contacto y soltaron chispas. Los interruptores también fallaron —explicó Lucy—. Es precisamente lo que cabía esperar, tanto si el incendio fue provocado como si no. Resulta difícil decirlo. Queda mucho que mirar y, por supuesto, los laboratorios intervendrán también. No obstante, sea cual fuere el origen del incendio, éste prendió muy deprisa. Se puede ver en los suelos. Existe una clara demarcación entre la zona quemada de verdad y la madera casi intacta, lo que significa alta temperatura y rapidez.

Recordé que la madera próxima al lugar donde estaba el cuerpo era exactamente como ella lo había descrito. Tenía el aspecto de piel de cocodrilo, con la superficie llena de ampollas, en lugar de estar quemada en profundidad por efecto de un fuego lento.

—¿Otra vez el primer piso? —pregunté, conforme se hacían más oscuras mis secretas sospechas acerca del caso.

—Probablemente. Además, sabemos que las cosas sucedieron deprisa por el panorama que encontraron los bomberos cuando aparecieron en la escena, diecisiete minutos más tarde. —Lucy calló un momento y luego continuó—: El baño, la posible hemorragia en el tejido cerca del ojo izquierdo... ¿Y qué? Quizás estaba dándose un baño o una ducha, se intoxicó con el monóxido de carbono y se golpeó la cabeza...

—Parece que, cuando murió, estaba completamente vestida —le recordé—. Botas inclusive. Si se dispara la alarma de humos cuando estás en el baño o en la ducha, dudo de que tengas tiempo de ponerte todo eso.

Lucy puso el volumen aún más alto y ajustó los bajos. Las campanas se acompasaban con los tambores y tuve insólitos pensamientos de incienso y de mirra. Deseé tumbarme al sol con Benton y dormir. Deseé que el mar me acariciase los pies mientras exploraba la playa en un paseo matinal y recordé a Kenneth Sparkes como lo había visto la última vez. Luego imaginé que aparecía y me traían lo que quedaba de él.

—Esta pieza se titula «The Wolf Hunt» —dijo Lucy, y entró en el aparcamiento de una tienda colindante de la Shell, de ladrillo pintado de blanco—. Y tal vez es en eso en lo que andamos metidos todos, ¿no? Tras la caza del gran lobo malvado.

—No —respondí cuando se detuvo—. Creo que buscamos un dragón.

Lucy se colocó una cazadora Nike sobre el arma y el uniforme.

—No es preciso que me veas hacer esto —dijo mientras abría la puerta—. Teun me mandaría a la luna de una patada.

—Llevas demasiado tiempo cerca de Marino —comenté, pues éste rara vez obedecía el reglamento y no era ningún secreto que llevaba cerveza a casa en el portaequipajes de su coche oficial camuflado.

Lucy entró. Dudé de que engañase a nadie con sus botas sucias y los pantalones azules desteñidos llenos de bolsillos y el penetrante olor del fuego. Un teclado y un cencerro empezaron a sonar a diferente ritmo en el cedé mientras yo esperaba en el coche, muerta de sueño. Lucy volvió con un paquete de seis latas de Heineken y continuamos en el coche mientras yo me adormilaba entre flautas y percusiones hasta que unas imágenes repentinas me hicieron incorporarme de un brinco en el asiento. Vi unos dientes blancos como la tiza, desnudos, y unos ojos muertos de color gris azulado. El cabello flotaba, a mechones, como pelusa de maíz sucia en un agua negra, y en torno a lo que quedaba del cadáver se extendía una intrincada telaraña chispeante de cristal fundido y deformado.

—¿Te encuentras bien? —Lucy me miró y su voz sonó preocupada.

—Creo que me he quedado dormida —respondí—. Estoy bien.

El motel Johnson's quedaba delante de nosotras, al otro lado de la autovía. Era de piedra, tenía un toldo de latón rojo y blanco, y un rótulo encendido, de color amarillo, aseguraba que estaba abierto las veinticuatro horas y que tenía aire acondicionado. La parte del rótulo donde se leía «COMPLETO» estaba apagada, lo cual era buen augurio para quienes necesitaban un lugar donde pasar la noche. Bajamos del coche y una alfombrilla de bienvenida decía HOLA en la puerta de la recepción. Lucy hizo sonar un timbre. Una gran gata negra acudió a la puerta y, a continuación, pareció que surgía de la nada una mujerona que nos franqueó el paso.

—Tenemos una habitación doble reservada —dijo Lucy.

—La habitación debe quedar libre a las once —anunció la mujer cuando estuvo de nuevo al otro lado del mostrador—. Les daré la quince, al fondo, por ahí.

—Somos agentes de la ley... —dijo Lucy.

—Eso ya lo he imaginado, guapa. La otra señora acaba de estar aquí. Tenéis la estancia pagada.

Un rótulo que había sobre la puerta decía que no se admitían cheques pero se aceptaba la MasterCard y la Visa, y pensé en McGovern y su capacidad resolutiva.

—¿Necesitáis dos llaves? —preguntó la mujer, y abrió un cajón.

—Sí, gracias.

—Aquí tienes, guapa. Y allí tenéis un par de buenas camas. Si no estoy cuando se marchen, dejen las llaves en el mostrador.

—Me alegro de comprobar sus medidas de seguridad —comentó Lucy con sarcasmo.

—Claro que las tengo. Doble cerradura en cada puerta.

—¿Hasta qué hora funciona el servicio de habitaciones? —Lucy continuó jugando con ella.

—Hasta que acaba turno esa máquina de Coca-Cola de ahí —replicó la mujer con un guiño.

Tenía por lo menos sesenta años, grandes mofletes, los cabellos pelirrojos teñidos y un recio corpachón que presionaba cada centímetro de los pantalones de poliéster marrón y del suéter amarillo. En los estantes, las mesas, y atornilladas a la pared, había tallas y objetos de cerámica. También había un pequeño acuario con un extraño surtido de renacuajos y pececillos. No pude evitar preguntarle por ellos.

—¿Los cría usted?

La mujer me dedicó una sonrisa tímida.

—Los capturo en esa charca de ahí atrás. No hace mucho, uno de ellos se convirtió en rana y se ahogó. No sabía que las ranas no pueden vivir bajo el agua.

—Voy a hacer una llamada desde esa cabina —dijo Lucy, y abrió la puerta—. Por cierto, ¿qué ha sido de Marino?

—Creo que unos cuantos han salido a comer a alguna parte —respondí.

Lucy salió con nuestra bolsa del Burger King y sospeché que llamaba a Janet y que nuestras hamburguesas estarían frías cuando nos las comiéramos. Me apoyé en el mostrador, observé la mesa desordenada de la mujer que había al otro lado y leí el titular de la primera página del periódico local: GRANJA DE MAGNATE DE PRENSA DESTRUIDA EN UN INCENDIO. Reconocí una citación judicial entre los papeles y unos avisos de recompensa por información sobre asesinatos, acompañados de esbozos compuestos de violadores, ladrones y asesinos. A pesar de todo, Fauquier era el típico condado tranquilo en el que la gente estaba perfectamente acomodada a la sensación de seguridad.

—Espero que no andará trabajando sola de noche —dije a la empleada, siguiendo mi inveterada costumbre de dar consejos sobre seguridad tanto si el otro lo quería como si no.

—Tengo a *Pickle* —replicó con voz afectuosa, refiriéndose a su oronda gata negra.

—Es un nombre interesante: «Escabeche.»

—Si alguien deja abierta una lata de escabeche, se lanza a por ella y mete la pata dentro. Lo hace desde que era un cachorro.

Pickle estaba sentada sobre las patas traseras en el umbral que daba paso a una sala que me figuré que era el cuarto privado de la mujer. Los ojos de la gata era dos monedas de oro fijas en mí y observé que no dejaba de mover la cola peluda. Puso expresión de fastidio cuando sonó el timbre y la dueña abrió la puerta a un hombre que lucía camiseta deportiva y sostenía una bombilla estropeada.

—Parece que ha vuelto a hacerlo, Helen —dijo, y presentó la prueba a la mujer. Ella se acercó a una cómoda y sacó una caja de bombillas mientras yo daba tiempo suficiente a Lucy para que terminara la llamada y dejara la cabina libre. Eché un vistazo al reloj, segura de que Benton ya debía de estar en Hilton Head.

—Aquí tienes, Big Jim —dijo la mujer, y le cambió la bombilla fundida por la nueva—. ¿Es de sesenta vatios, no? —Examinó la rota con atención—. ¡Ajá! ¿Te quedarás un poco más?

Lo preguntó como si esperase que así fuera.

—¡Y yo qué sé!

—¡Oh, vaya! —dijo Helen—. Así que las cosas todavía no andan bien...

—¿Cuándo han ido bien? —replicó el tipo y, con un gesto de cabeza, abandonó la recepción y salió a la noche.

—Ha vuelto a pelearse con su mujer —me comentó Helen, la

recepcionista, y también ella movió la cabeza—. Por supuesto, él ya ha estado aquí otras veces y ésta es, en parte, la razón de que se peleen. No tenía ni idea de que fuesen tantos los que engañan a su pareja. Aquí, la mitad del negocio se hace con gente que vive a cinco kilómetros a la redonda.

—Y a usted no se le escapa ninguno... —apunté.

—No, señor, ninguno. Pero lo que hagan no es asunto mío, mientras no rompan nada en la habitación.

—No estamos lejos de esa granja que se ha quemado... —dije a continuación.

Al oír mi comentario la mujer se animó.

—Esa noche estaba de turno. Las llamas salían como de un volcán en erupción. —Hizo un amplio gesto con los brazos—. Todos los huéspedes salieron a mirar y a escuchar las sirenas. Pobres caballos... Aún no he conseguido recuperarme de eso.

—¿Conoce usted a Kenneth Sparkes? —le pregunté.

—Sólo de oídas.

—¿Sabe algo de una mujer que tal vez residiera en la casa? ¿Ha oído algún comentario al respecto?

—Lo que cuenta la gente. —Helen estaba pendiente de la puerta, como si esperase que alguien apareciera en cualquier momento.

—Por ejemplo... —insistí.

—Bueno, supongo que el señor Sparkes es todo un caballero, ya sabe... —respondió Helen—. No es que por su estilo de vida sea muy popular por aquí, pero es todo un personaje. Le gustan jóvenes y bonitas. —Pensativa, la mujer se calló un instante y me dirigió una mirada mientras las polillas revoloteaban al otro lado de la ventana—. Hay gente que se molesta cuando lo ven por ahí con su conquista más reciente. Se diga lo que se diga, esto sigue siendo el viejo Sur, ya me entiende.

—¿Sabe de alguien que se sienta especialmente molesto? —pregunté.

—Pues... los chicos Jackson. Siempre andan metidos en algún lío —añadió sin dejar de observar la puerta—. Rechazan a la gente de color; y como a él le gustaba hacer alarde de compañías bonitas, jóvenes y blancas... En fin, se han oído comentarios; dejémoslo así.

Imaginé un grupo de miembros del Ku Klux Klan con cruces llameantes, a los defensores de la supremacía blanca, armados y con la mirada fría. Ya había visto las consecuencias del racismo anteriormente. Durante buena parte de mi vida había tenido en mis manos cuerpos que habían sufrido esa violencia. Con el corazón en un puño, me despedí de Helen, la recepcionista. Me esforcé por no sacar conclusiones precipitadas respecto a prejuicios, incendios provocados y una presunta víctima, cuyo cuerpo iba camino de Richmond en aquel momento y que podía ser el propio Sparkes y no una mujer. Por supuesto, quizá los autores sólo estaban interesados en la enorme propiedad de Sparkes y, sencillamente, ignoraban que hubiera alguien en casa.

Cuando salí, el hombre de la camiseta deportiva estaba en la cabina telefónica. Sostenía la bombilla nueva en la mano con aire distraído y hablaba con voz grave e intensa. Justo cuando pasaba cerca de él, lo oí estallar de cólera.

—¡Maldita sea, Louise! A eso me refiero: nunca cierras la boca —gritó por el aparato, y yo decidí llamar a Benton más tarde.

Abrí la puerta roja de la habitación número quince y Lucy, sentada ante un escritorio e inclinada sobre una libreta de notas en la que hacía cálculos y anotaciones, fingió que no estaba esperándome. Sin embargo, no había tocado la cena de comida rápida y me di cuenta de que tenía hambre. Saqué de la bolsa los *whoppers* y las patatas fritas y dejé unas servilletas de papel y la comida en una mesa contigua.

—Todo está frío —me limité a decir.

—Al final te acostumbras. —La voz de Lucy sonaba distante e inquieta.

—¿Prefieres tomar una ducha antes? —pregunté con cortesía.

—Primero tú —respondió ella, enfurruñada y concentrada en las matemáticas.

Para lo que costaba, la habitación estaba increíblemente limpia. Decorada en diversos tonos de marrón, había en ella un televisor Zenith que tenía tantos años como mi sobrina. También había lámparas y farolillos de papel, figuritas de porcelana, estáticos cuadros al óleo y colchas floreadas. La alfombra era de felpa gruesa y diseño indio, y el papel pintado de las paredes representaba escenas de bosques. Los muebles eran de formica o con una capa de barniz tan gruesa que no se apreciaba las vetas de la madera.

Inspeccioné el baño y vi que estaba revestido de resistentes baldosas blancas y rosas que probablemente se remontaban a los años cincuenta, las tazas eran de plástico y había unos envoltorios con pastillitas de jabón Lisa Luxury en el lavamanos. No obstante, lo que más me chocó fue la solitaria rosa roja de plástico colocada en una ventana. Alguien se había esforzado en que, con un mínimo de medios, los huéspedes se sintieran especiales, aunque no me pareció que la clientela se diera cuenta de ello o lo apreciara. Tal vez cuarenta años antes, cuando la gente parecía más civilizada que en estos últimos tiempos, esa habilidad y esa atención por los detalles sí habían sido valoradas.

Bajé la tapa del retrete y me senté para quitarme las botas, mojadas y sucias. Después forcejeé con botones y cierres hasta que logré despojarme de la ropa, que dejé revuelta y amontonada en el suelo. Tomé una larga ducha hasta que entré en calor y me quité de encima el olor a fuego y a muerte.

Cuando salí del cuarto de baño con una vieja camiseta de la Facultad de Medicina de Virginia y abrí una cerveza, Lucy trabajaba con su ordenador portátil.

—¿Qué haces? —le pregunté al tiempo que me sentaba en el sofá.

—Enredar, nada más. No sé suficiente para hacer mucho más que eso —respondió—. De todos modos el incendio no fue ninguna insignificancia, tía Kay; y no parece que lo prendieran con gasolina.

Yo no tenía nada que decir.

—¿Murió alguien en el baño principal? ¿Tal vez sí? ¿Cómo sucedió? ¿Y cuándo? ¿A las ocho de la tarde?

Respondí que lo ignoraba.

—Entonces, ¿qué? ¿La mujer está limpiándose los dientes cuando suena la alarma de incendios? —Lucy me miró fijamente—. ¿Y qué? —inquirió—. ¿Se queda allí y muere, sin más? —Hizo una pausa para estirar los hombros doloridos—. Responde, doctora. Tú eres la experta.

—No puedo ofrecerte ninguna explicación, Lucy —respondí.

—Y aquí lo tenemos, señoras y señores. La doctora Kay Scarpetta, la experta de fama mundial, no puede dar ninguna explicación. —Su tono de voz estaba volviéndose irritante—. ¡Diecinueve caballos! —prosiguió—. ¿Quién se ocupaba de ellos? ¿Sparkes no tiene un mozo de cuadras? ¿Y cómo es posible que uno de los caballos, ese pequeño semental negro, lograra escapar?

—¿Cómo sabes que no es una yegua? —repliqué en el momento en que alguien llamaba a la puerta—. ¿Quién es? —pregunté elevando la voz.

—¡Eh! Soy yo —anunció Marino con voz ronca. Fui a abrir.

Le franqueé el paso y, por su expresión, deduje que había novedades.

—Kenneth Sparkes está vivo, sano y salvo —anunció.

—¿Dónde está? —De nuevo, me sentía muy confundida.

—Al parecer, estaba de viaje por el extranjero y ha regresado cuando se ha enterado de la noticia. Se aloja en Beaverdam y no parece tener la menor idea de lo sucedido, ni de quién es la víctima —nos dijo Marino.

—¿Por qué en Beaverdam? —pregunté mientras calculaba mentalmente cuánto tardaría el viaje hasta aquel remoto rincón del condado de Hanover.

—Su preparador vive allí.

—¿Su preparador?

—El hombre que se ocupa de los caballos. No su entrenador, como en la halterofilia o algo así.

—Entiendo.

—Yo me marcho por la mañana, hacia las nueve —me anunció Marino—. Tú puedes seguir hasta Richmond o venirte conmigo, como prefieras.

—Tengo que identificar un cuerpo, de modo que he de hablar con ese hombre aunque diga que no sabe nada. Creo que te acompañaré —respondí. Lucy alzó la vista hasta cruzar su mirada con la mía—. ¿Quieres que nuestra intrépida piloto nos deje allí, o has conseguido un coche?

—Prefiero olvidarme del pajarraco —respondió Marino—; y supongo que no he de recordarte que la última vez que hablaste con Sparkes lo pusiste fuera de sí...

—No me acuerdo de eso —respondí; lo decía de verdad, pues había irritado a Sparkes en más de una ocasión, cuando disentíamos en los detalles del caso que, en su opinión, debíamos difundir a los medios.

—Pues te garantizo que él, sí, doctora. ¿Piensas compartir esa cerveza, o qué?

—No puedo creer que no tengas tu propia provisión —soltó Lucy al tiempo que volvía a concentrarse en el teclado de su portátil.

Marino se acercó al frigorífico y sacó una cerveza, que procedió a destapar.

—¿Queréis oír mi opinión al término de la jornada? —dijo—. Es la misma de antes.

—¿Y cuál es? —preguntó Lucy sin alzar la vista.

—Que detrás de esto está Sparkes. —Marino dejó el abridor sobre la mesilla auxiliar y, al llegar a la puerta, se detuvo con la mano en el tirador—. Para empezar, resulta demasiado oportuno y conveniente que estuviera de viaje cuando se produjo el suceso —apuntó, acompañándose de un bostezo—. Así pues, hubo alguien que le hizo el trabajo sucio, seguramente por dinero. —Sacó un cigarrillo del paquete del bolsillo de la camisa y se lo llevó a los labios—. En cualquier caso, eso es lo único que le importa a ese cabronazo: el dinero y su polla.

—¡Marino, por el amor de Dios! —protesté.

Quería que se callara y que se marchara, pero él hizo caso omiso a mis deseos.

—La peor noticia es que ahora, encima, tenemos entre manos probablemente un homicidio —señaló, al tiempo que abría la puerta—, lo cual significa que aquí un servidor se va a quedar pegado a este caso como una mosca a un panal de rica miel; y lo mismo sucederá con vosotras dos. —Sacó el mechero y el cigarrillo se movió en sus labios—. ¡Mierda! Es lo que menos me apetece hacer ahora mismo. ¿Sabéis a cuánta gente tiene en el puño ese cabronazo, probablemente? —Marino no tenía freno—: Jueces, comisarios, jefes de bomberos...

—Marino... —Lo interrumpí, porque no hacía sino empeorar las cosas—. Estás sacando conclusiones precipitadas. Sí, demasiado precipitadas.

Pete me apuntó con el cigarrillo aún sin encender.

—Espera y verás —añadió mientras abandonaba la habitación—. Esta historia te meterá en más de un berenjenal.

—Ya estoy acostumbrada a ello —respondí.

—Eso es lo que tú te crees.

Marino cerró de un portazo, con excesiva fuerza.

—¡Eh, que vas a romperlo todo! —exclamó Lucy gritando a pleno pulmón.

—¿Vas a trabajar toda la noche con este portátil? —pregunté a mi sobrina.

—Toda la noche, no.

—Se hace tarde y tú y yo tenemos que hablar de una cosa... —le dije, y me volvió a la cabeza el nombre de Carrie Grethen.

—¿Y si te digo que no me apetece? —Lucy no bromeaba.

—No importa lo que digas —repliqué—. Tenemos que hablar.

—Mira, tía Kay, si piensas empezar con lo de Teun y Filadelfia...

—¿Qué? —repliqué, desconcertada—. ¿Qué tiene que ver Teun?

—He notado que no te cae bien.

—No seas ridícula.

—Puedo leerte los pensamientos —continuó ella.

—No tengo nada contra Teun. Además, no quería hablarte precisamente de ella.

Mi sobrina guardó silencio y empezó a quitarse las botas.

—Lucy, he recibido una carta de Carrie.

Esperaba oír su respuesta, pero fue en vano.

—Es una nota muy rara, amenazadora y hostil, enviada desde el Centro Psiquiátrico Penitenciario Kirby, de Nueva York.

Hice otra pausa mientras Lucy dejaba caer una bota sobre la alfombra.

—En resumen, pretende asegurarse de que conocemos su intención de causar los máximos problemas posibles durante el juicio —expliqué—. No es que tal cosa deba sorprendernos mucho, pero, en fin, yo... —La frase me quedó a medias mientras Lucy se quitaba los calcetines mojados y se frotaba los pies húmedos—. Tenemos que estar preparados, eso es todo.

Lucy se desabrochó el cinturón de los pantalones y se bajó la cremallera como si no hubiera oído una palabra de lo que yo acababa de decir. Se quitó la camisa sucia, la arrojó al suelo y se quedó en ropa interior, con un sujetador deportivo y unas braguitas de algodón. A continuación se dirigió al baño. Tomé asiento y, perpleja, me quedé mirando su cuerpo hermoso y flexible hasta que oí correr el agua.

Era como si yo no hubiera reparado nunca en sus labios carnosos y en sus pechos, en sus brazos bien torneados y en sus piernas, curvilíneas y fuertes como el arco de un cazador. O tal vez simplemente me había negado a verla como una persona separada de mí y sexualmente activa, pues había preferido no entenderla ni aceptar su forma de vida. Me sentía avergonzada y confusa y, durante un instante fugaz, la vi como la amante de Carrie, voraz y en plena forma. No me parecía tan extraño que otra mujer deseara a mi sobrina.

Lucy se tomó su tiempo en la ducha y deduje que lo hacía a propósito, para retrasar la conversación que íbamos a tener. Debía de estar reflexionando. Sospeché que estaría furiosa y supuse que descargaría toda su cólera sobre mí. No obstante, cuando un rato más tarde asomó la cabeza, llevaba puesta una camiseta de los bomberos de Filadelfia que no hizo sino ensombrecer mi ánimo. La noté fría y envuelta en olor a limón.

—No es asunto de mi incumbencia, claro... —murmuré, y fijé la mirada en el logotipo que llevaba en el pecho.

—Me la dio Teun —respondió.

—¡Ah!

—Y tienes razón, tía Kay: no es asunto tuyo.

—Lo que me pregunto es si alguna vez aprenderás... —empecé a decir, también con el ánimo encendido.

—¿Si aprenderé...?

Lucy fingió una mueca de incomprensión destinada a irritar, a despreciar y a hacer que me sintiera sosa e insulsa.

—A no acostarte con las compañeras de trabajo.

Mis emociones se lanzaron por su propio camino tortuoso. Estaba siendo injusta y daba por buenas mis conclusiones sin las debidas comprobaciones. Y es que temía por Lucy de todas las formas imaginables.

—¿Que una persona me regale una camiseta significa que me acuesto con ella? ¡Hum! ¡Buena deducción, doctora Scarpetta! —Soltó Lucy, cada vez más furiosa—. Por cierto, que seas tú, precisamente, quien hable de no acostarse con compañeros de trabajo... ¡Pero si prácticamente vives con uno de ellos!

Tuve la certeza de que, de haber estado vestida, Lucy habría tomado la puerta y se habría perdido en la noche. Como no era así, me dio la espalda y se quedó mirando una ventana cubierta con un visillo. Se enjugó unas lágrimas de rabia mientras yo intentaba rescatar lo que quedaba de una situación que se me había escapado de las manos.

—Las dos estamos cansadas —dije, y suavicé el tono de voz—. Ha sido un día atroz y Carrie ya ha conseguido su propósito. Nos ha enfrentado.

Mi sobrina no se movió ni emitió sonido alguno; vuelta de espaldas a mí con la firmeza de un muro se enjugó el rostro otra vez.

—No insinúo que te acuestes con Teun —continué—. Sólo te prevengo de la decepción sentimental y del caos... En fin, admite que el peligro existe.

Lucy se volvió y me miró fijamente con expresión desafiante.

—¿Qué quiere decir eso de que el peligro existe...? —exigió saber—. ¿Teun es homosexual? No recuerdo que me lo haya dicho nunca.

—Puede que ahora mismo las cosas no vayan tan bien con Janet —proseguí—. Y la gente es como es.

Lucy tomó asiento al pie de la cama, y quedó claro que no me permitiría eludir aquella conversación.

—¿Qué significa eso? —preguntó.

—Eso, simplemente. A mí, las preferencias sexuales de Teun me traen sin cuidado. Pero ¿y si os sentís atraídas? ¿Por qué no habría de sentirse atraído cualquiera por cualquiera de las dos? Ambas sois inteligentes, atractivas, competentes y heroicas. Sólo quiero recordarte que Teun es tu supervisora, Lucy. —La sangre me latía en las sienes y la voz se me hizo más grave—. ¿Y entonces, qué? ¿Pasarás de una agencia federal a otra hasta que te encuentres fuera de la profesión a base de rodar de cama en cama?

Mi sobrina se limitó a mirarme fijamente mientras los ojos se le volvían a llenar de lágrimas. Esta vez no se los secó y las lágrimas le rodaron por el rostro y mancharon la camiseta que le había regalado Teun McGovern.

—Lo siento, Lucy —murmuré con suavidad—. Sé que la vida no es fácil para ti.

Las dos guardamos silencio mientras ella apartaba la mirada y seguía llorando. Por fin, soltó un profundo suspiro que le hizo temblar el pecho.

—¿Alguna vez has querido a una mujer? —me preguntó.

—Te quiero a ti.

—Ya sabes a qué me refiero.

—No me he enamorado de ninguna —respondí—. Que yo sepa.

—Es una respuesta muy evasiva.

—No era mi intención.

—¿Podrías?

—¿A qué te refieres?

—Que si podrías enamorarte de una mujer —insistió.

—No lo sé. Empiezo a pensar que no sé nada. —Fui todo lo sincera que sabía ser—. Probablemente, esa parte de mi cerebro está bloqueada.

—No tiene nada que ver con el cerebro.

No supe qué responder.

—Yo me he acostado con dos hombres —indicó ella—. Así pues, conozco la diferencia, para que lo sepas.

—No es preciso que te justifiques ante mí, Lucy.

—Cierto; no debería dar cuenta de mi vida privada a nadie...

—Pero vas a tener que hacerlo —precisé para volver al tema—. ¿Cuál crees que será el próximo movimiento de Carrie?

Lucy abrió otra cerveza y echó una mirada para comprobar si a mí aún me quedaba mucha.

—¿Enviar cartas a los medios? —sugerí, por decir algo—. ¿Cometer perjurio? ¿Acudir a declarar y explicar hasta el último detalle morboso de lo que las dos dijisteis, hicisteis y soñasteis?

—¿Cómo voy a saberlo? —replicó Lucy—. Ha pasado cinco años sin hacer otra cosa más que pensar y urdir planes mientras los demás estábamos muy ocupados.

—¿Qué más podría saber Carrie para soltarlo en el juicio? —tuve que insistir. Lucy se puso en pie y empezó a deambular por la estancia—. Tú confiaste en ella una vez —continué—. Le entregaste tu confianza, y ella fue cómplice de Gault desde el principio. Tú eras su fuente de información, Lucy. Y estabas justo en el centro de todos nosotros.

—Estoy demasiado cansada para hablar de esto —dijo.

Pero hablaría. Yo estaba decidida a que lo hiciera. Me levanté y apagué la luz del techo porque siempre me había resultado más fácil hablar en una atmósfera suave y envuelta en penumbras. Después mullí las almohadas de su cama y de la mía y abrí las sábanas. Al principio no aceptó mi invitación y continuó paseando hecha una furia mientras yo la observaba en silencio. Por fin, a regañadientes, se sentó en su cama y se acomodó.

—Ahora, durante un rato, hablemos de algo que no sea de tu reputación —empecé a decir con voz tranquila—. Hablemos de qué está en juego en ese juicio de Año Nuevo.

—Sé muy bien lo que está en juego.

Yo estaba dispuesta a hacer mi declaración previa como fuera, y levanté la mano para que me escuchara.

—Temple Gault mató al menos a cinco personas en Virginia; y sabemos que Carrie estuvo involucrada al menos en una de esas muertes, ya que aparece en un vídeo en el momento de meterle una bala en la cabeza a su víctima. Recuerdas eso, ¿verdad?

Lucy guardó silencio.

—Estabas conmigo cuando vimos aquel horrible reportaje por televisión, con primeros planos y en un subido color sangre —continué.

—Todo eso ya lo sé. —La cólera asomaba de nuevo en la voz de Lucy—. Hemos hablado de ello un millón de veces.

—La viste matar —proseguí—. La mujer que era tu amante cuando tenías diecinueve años y eras cándida y hacías el internado en la SII, encargada del programa CAIN.

Advertí que se encerraba cada vez más en sí misma conforme mi monólogo se hacía más doloroso. La SII era la Sección de Investigaciones de Ingeniería del FBI, que albergaba la Red de Inteligencia Artificial de Lucha contra el Crimen, un sistema informático conocido como CAIN. Lucy había ideado el CAIN y era la fuerza impulsora que había preparado su creación. Ahora tenía prohibido el acceso a él y no soportaba ni oír el nombre.

—Viste cómo tu amante cometía un asesinato después de haberte engañado de forma premeditada, a sangre fría. No eras rival para ella —comenté.

—¿Por qué haces esto? —dijo Lucy con voz inexpresiva. Tenía el rostro apoyado en el antebrazo.

—Es un toque de realidad.

—No lo necesito.

—Me parece que sí. Y, por cierto, ni siquiera hablaremos de los detalles personales que Carrie y Gault averiguaron acerca de mí.

Eso nos lleva a Nueva York, donde Gault mató a su propia hermana y al menos a un agente de policía. Las pruebas forenses muestran que no lo hizo solo. Las huellas dactilares de Carrie se recuperaron más tarde en algunos de los efectos personales de Jayne Gault. Cuando la capturaron en el Bowery, se encontró sangre de Jayne en los pantalones de Carrie. Por lo que hemos averiguado, también fue ella la que apretó el gatillo en esa ocasión.

—Es probable que lo hiciera —dijo Lucy—. Y todo eso ya lo sabía.

—Pero lo de Eddie Hearth, no. ¿Recuerdas la barra de caramelo y la lata de sopa que había comprado en el 7-Eleven? ¿La barra que encontraron junto a su cuerpo mutilado y agonizante? Se han recuperado huellas del pulgar de Carrie en esos objetos.

—¡Imposible! —Lucy estaba desconcertada.

—Hay más.

—¿Por qué no me has contado esto antes? Carrie lo hacía todo con él, era su cómplice; y es probable que lo ayudara a escapar de la cárcel también en esa ocasión.

—No tenemos la menor duda. Ya eran Bonnie & Clyde mucho antes de que tú la conocieras, Lucy. Ya había matado cuando tú tenías diecisiete años y aún no te habían dado un beso siquiera.

—Eso no lo sabes, tía. —Fue la necia réplica de mi sobrina. Después, hubo un instante de silencio tras el cual Lucy habló con voz temblorosa—: Así, ¿piensas que Carrie pasó dos años urdiendo el modo de abordarme y convertirme en...? ¿Y que hizo las cosas que hizo para...?

—Para seducirte —la ayudé—. No sé si elaboró sus planes con tanta antelación; y, francamente, no me importa. —Mi indignación iba en aumento—. Hemos removido cielo y tierra tratando de conseguir su extradición a Virginia para ser juzgada por esos delitos y no la hemos obtenido. Nueva York no quiere soltarla.

La botella de cerveza pendía de mi mano, floja y olvidada, cuando cerré los ojos y las imágenes de los muertos se sucedieron en mi cerebro. Vi a Eddie Hearth con la espalda apoyada en un contenedor de basuras mientras el agua se llevaba la sangre de las heridas, y al comisario y al guardián de la prisión asesinados por Gault y, probablemente, por Carrie. Yo había tocado sus cuerpos y había traducido su dolor en diagramas y protocolos de autopsia y gráficos dentales. No podía evitarlo: deseaba que Carrie muriese por lo que les había hecho a ellos, a mi sobrina y también a mí.

—Es un monstruo —dije. La voz me temblaba de dolor y de rabia—. Haré lo que sea para asegurarme de que recibe su castigo.

—¿Por qué me vienes con eso? —replicó Lucy en un tono aún más alto e irritado—. ¿Acaso crees que no quiero eso mismo?

—Estoy segura de que sí.

—Si quieres, yo misma le conectaré el interruptor o le pondré la inyección.

—No permitas que vuestra antigua relación te distraiga de la justicia, Lucy.

—¡Dios santo!

—Ya está resultándote una pugna abrumadora; y si pierdes la perspectiva, Carrie acabará saliéndose con la suya.

—¡Dios santo! —volvió a exclamar Lucy—. No quiero oír más.

Sin embargo, yo no estaba dispuesta a callar.

—¿No te preguntas qué pretende? Yo te lo diré con exactitud: manipular. Es lo que mejor sabe hacer. Y luego, ¿qué? La declararán no culpable por incapacidad mental y el juez la enviará de nuevo a Kirby. A continuación, experimentará una mejora súbita y espectacular, y el tribunal médico de Kirby decidirá que ha superado el trastorno. Es una jugada a dos bandas. Como no se la puede juzgar dos veces por el mismo delito, terminará de nuevo en la calle.

—Si sale libre —murmuró Lucy con voz gélida—, la encontraré y le volaré la tapa de los sesos.

—¿Qué clase de respuesta es ésa?

Observé su silueta. Lucy estaba sentada en la cama con la espalda muy erguida y apoyada en las almohadas. Se mantenía muy rígida y escuché su respiración mientras dentro de ella crecía el odio.

—Realmente, al resto del mundo no le importará con quién o con qué te acuestes, a menos que hagas lo que dices —continué con voz más calmada—. De hecho, creo que el jurado entenderá que entonces, cuando eras tan joven, pudiera producirse algo así. Carrie era mayor que tú, brillante y llamativa. En esa época era carismática y atenta... y también tu supervisora.

—Como Teun —apuntó Lucy, y no acerté a determinar si se estaba riendo de mí o no.

—Pero Teun no es ninguna psicópata —repliqué.

4

La mañana siguiente, me quedé dormida en el coche de alquiler y desperté entre campos de maíz y silos y arboledas de la época de la guerra de Secesión. Conducía Marino y dejamos atrás extensas fincas despobladas, unidas por alambradas y tendidos telefónicos, y patios delanteros salpicados de buzones de correo pintados como jardines de flores o con figuras de Tío Sam. Había estanques y cañadas, y zonas con césped y pastos para ganado plagados de zarzas. Sobre todo observé la presencia de casitas con vallas desvencijadas y tendederos de ropa cargados de prendas recién lavadas que ondeaban al viento.

Disimulé un bostezo con la mano y volví la cara, pues siempre había considerado una señal de debilidad las muestras de cansancio o de aburrimiento. Minutos más tarde, doblamos a la derecha por la 715, la carretera de Beaver Dam, y empezamos a ver vacas. Los establos tenían un tono gris, descolorido, y daba la impresión de que la gente nunca se preocupaba de retirar los vehículos que ya no funcionaban. El propietario de Hootowl Farm vivía en una gran casa blanca de ladrillo, rodeada de inacabables vistas de pastos y vallas. Según el rótulo de la entrada principal, la casa se había edificado en 1730. Tenía piscina y una antena parabólica que parecía lo bastante grande para interceptar señales de otras galaxias.

Betty Foster salió a recibirnos sin darnos tiempo ni a apearnos del coche. A sus cincuenta y tantos años, tenía unas facciones severas y la piel curtida por la intemperie. Llevaba el largo cabello canoso recogido en un moño, aunque caminaba con el paso atlético de una persona mucho más joven. Cuando me estrechó la mano con un apretón fuerte y firme me miró con sus ojos castaños transidos de dolor.

—Soy Betty —se presentó—. Usted debe de ser la doctora Scarpetta; y usted, el capitán Marino.

También estrechó la mano de Pete con gestos resueltos y confiados. Betty Foster llevaba vaqueros, una camisa de algodón sin mangas y unas botas marrones cubiertas de arañazos y con los tacones sucios de grumos de fango. Bajo su hospitalidad ardían otras emociones, y daba la impresión de sentirse ligeramente aturdida ante nuestra presencia, como si no supiera por dónde empezar.

—Kenneth está en el picadero —nos explicó—. Los ha estado esperando; aprovecho para decirles que está tremendamente trastornado. Adoraba a esos caballos, a cada uno de ellos. Y, naturalmente, está abrumado por la noticia de que hubo un muerto en el incendio.

—¿Cuál es, exactamente, su relación con él? —preguntó Marino mientras nos encaminábamos a los establos por el camino de tierra.

—He criado y preparado sus caballos durante años —respondió la mujer—, desde que se instaló en Warrenton. Tenía los mejores morgan de toda Nueva Inglaterra; y caballos de posta y purasangres.

—¿Él le traía sus caballos? —inquirí.

—A veces lo hacía. A veces me compraba añojos y los dejaba aquí para prepararlos durante un par de años. Después los incorporaba a su cuadra; o criaba caballos de carreras y los vendía cuando tenían edad suficiente para prepararlos para la pista. Yo también subía a su casa, en ocasiones dos o tres veces por semana. Sobre todo, me dedicaba a supervisar.

—¿Y Sparkes no tiene mozos de cuadra? —le pregunté.

—El último se despidió hace unos meses. Desde entonces, Kenny se ha ocupado del trabajo personalmente. No es que no pueda contratar a alguien, sino que ha de tener cuidado con quién emplea.

—Me gustaría saber más de ese mozo de cuadra —dijo Marino mientras tomaba unas notas.

—Un viejo encantador con un corazón muy malo —comentó la mujer.

—Puede que uno de los caballos sobreviviera al fuego —le dije.

Al principio, ella no hizo ningún comentario y nos acercamos a un gran establo rojo en el que había un rótulo que rezaba: CUIDA-DO CON EL PERRO.

—Un potro, supongo. Negro —insistí.

—¿Macho o hembra? —preguntó ella.

—No lo sé. No pude determinar el sexo.

—¿Vio si tenía una franja estrellada en la frente? —La mujer se refería a la marca de los caballos purasangres.

—No me hallaba lo bastante cerca —respondí.

—Bueno, Kenny tenía un potro llamado *Windsong* —dijo Betty Foster—. La madre, *Wind*, corrió el Derby y llegó la última, pero el mero hecho de haber corrido fue suficiente. Además, el padre había ganado unas cuantas carreras importantes. *Windsong* quizá era, pues, el caballo más valioso de Kenny.

—Pues es posible que consiguiera salir del establo —repetí—. Y que se salvara.

—Espero que no ande todavía suelto por ahí.

—Si así fuera, no creo que siga estándolo mucho rato. La policía ya está al corriente.

Marino no sentía un interés especial por el caballo superviviente, y cuando entramos en el picadero cubierto, nos recibió un golpeteo de cascos y el cloqueo de unos gallos enanos y de unas pintadas que deambulaban libremente por el recinto. Marino tosió y entornó los ojos porque el aire estaba cargado de polvo rojo, levantado por las pezuñas de una yegua morgan de capa castaña. Varios caballos piafaron y relincharon en sus establos cuando la yegua y un jinete pasaron junto a ellos y, aunque reconocí a Kenneth Sparkes en su silla inglesa, nunca lo había visto con botas y unos pantalones de faena sucios. Era un excelente caballista y, cuando nuestras miradas se cruzaron a su paso, no mostró el menor asomo de reconocimiento ni de alivio. Supe al instante que no nos quería por allí.

—¿Podríamos hablar con él en alguna parte? —pregunté a Betty Foster.

—Hay unas sillas ahí fuera. —Las señaló con un gesto—. O también pueden usar mi oficina.

Sparkes tomó velocidad y se lanzó hacia nosotros como un

vendaval. Las pintadas alzaron sus faldas emplumadas para apartarse apresuradamente.

—¿Sabía usted algo de una mujer que quizá se alojaba en la casa de Warrenton? —le pregunté mientras nos dirigíamos de nuevo al exterior—. Cuando acudía allí para encargarse de los caballos, ¿alguna vez vio a alguien?

—No —contestó Foster.

Acercamos unas sillas de plástico y tomamos asiento de espaldas al picadero, mirando al bosque.

—No obstante, Dios sabe que Kenny ha tenido bastantes novias y no siempre me he enterado... —continuó Betty Foster, al tiempo que se volvía en la silla para echar otro vistazo al interior del recinto—. A menos que tenga usted razón en lo de *Windsong*, el único caballo que le queda a Kenny es ese que monta. Lo íbamos a llamar *Black Opal*, pero al final lo dejamos en *Pal*.

Marino y yo no respondimos; nos limitamos a volvernos para observar a Sparkes, que desmontó y entregó las riendas a uno de los mozos de cuadra de Foster.

—Buen trabajo, *Pal*. —Sparkes dio unas palmaditas en el esbelto cuello y en la testuz del corcel.

—¿Hay alguna razón especial por la que este animal no estuviera con el resto de caballos, en la casa? —pregunté a Betty Foster.

—Todavía no ha alcanzado la edad adecuada. Apenas tiene tres años y aún necesita preparación. Por eso estaba aquí, afortunadamente para él.

Durante un breve momento, su rostro se contrajo de pena y apartó la cara al instante. Carraspeó, se levantó de la silla y se alejó al tiempo que Sparkes salía del picadero ajustándose el cinturón y las perneras de los vaqueros. Me puse en pie y, al igual que Marino, le estreché la mano con respeto. El magnate de la prensa sudaba profusamente a través de una camisa Izod roja y descolorida, y se secaba la cara con un pañuelo amarillo que se había desatado del cuello.

—Siéntense, por favor —inclinó con elegancia, como si nos concediese audiencia.

Ocupamos de nuevo nuestras sillas y Sparkes acercó la suya y la volvió para sentarse de cara a nosotros. Alrededor de los ojos, de mirada resuelta pero inyectados en sangre, se apreciaba la piel hinchada.

—Permítanme empezar diciéndoles cuál es mi firme convencimiento en este instante —señaló acto seguido—. Ese incendio no fue ningún accidente.

—Eso hemos venido a investigar, señor —aclaró Marino, más cortés de lo habitual.

—Además, creo que fue un atentado con motivaciones racistas. —Los músculos de la mandíbula de Sparkes empezaron a relajarse y su voz se llenó de furia—. Quienes fueran, dieron muerte a mis caballos intencionadamente y destruyeron todo lo que quiero.

—Si el motivo fue el racismo —dijo Marino—, ¿por qué no comprobaron que estuviera usted en la casa?

—Hay cosas peores que la muerte. Tal vez me quieren vivo para que sufra. Sólo hay que sumar dos y dos.

—Lo estamos intentando —dijo Marino.

—Ni siquiera se les ocurra la idea de cargarme toda esta mierda a mí. —Con el índice, nos señaló a los dos—. Sé perfectamente cómo piensa la gente como ustedes. Creen que yo mismo prendí fuego a la finca y quemé los caballos, y que lo hice por dinero. Ahora, escúchenme bien. —Se inclinó hacia delante para acercarse a nosotros—. Insisto: yo no lo hice. Nunca lo haría, no sería capaz. No he tenido nada que ver con lo sucedido. Aquí soy la víctima y probablemente tengo suerte de estar vivo.

—Hablemos de la otra víctima —intervine sin alterarme—. Una mujer blanca de pelo largo y rubio, según parece. ¿Podría haber habido alguien más en la casa esa noche?

—¡No debería haber habido allí ni un alma!

—Especulamos con la posibilidad de que esa persona muriese en el dormitorio principal —continué—. En el baño, tal vez.

—Fuera quien fuese, tuvo que tratarse de una intrusa —respondió Sparkes—; o quizá fue ella quien prendió el fuego y luego no logró escapar.

—No hay indicios de que nadie irrumpiera en la casa, señor —observó Marino—. Por otra parte, si tenía conectada la alarma, esa noche no funcionó. Sólo lo hizo la antiincendios.

—No lo entiendo. —Sparkes daba la impresión de decir la verdad—. Le aseguro que antes de marcharme del pueblo, conecté la alarma.

—¿Y vino aquí? —quiso saber Marino.

—Fui a Londres. Cuando llegué allí, me notificaron lo sucedido de inmediato. No llegué a salir de Heathrow y tomé el primer vuelo de regreso. Desembarqué en la capital federal y vine directamente aquí en coche.

Fijó la mirada en el suelo con aire ausente.

—¿En qué coche? —insistió Marino.

—En mi Cherokee. Lo había dejado en el Dulles, en el aparcamiento de pupilaje.

—¿Guarda el recibo?

—Sí.

—¿Qué me dice del Mercedes que tiene en casa? —insistió Marino.

—¿Qué Mercedes? —Sparkes frunció el entrecejo—. No tengo ningún Mercedes. Siempre compro coches americanos.

Recordé que aquélla había sido una de sus constantes y que siempre se había ufanado de ello.

—Detrás de su casa hay un Mercedes. También se quemó, de modo que todavía no sabemos gran cosa del vehículo —le informó Marino—. Sin embargo, no me parece un modelo reciente. Es un sedán, un poco cuadrado, como los de antes.

Sparkes sacudió la cabeza.

—Entonces, hemos de imaginar que era el coche de la víctima —dedujo Marino—. ¿Tal vez era alguien que había acudido a verlo por sorpresa? ¿Quién más tenía llave de la casa y el código de la alarma antirrobo?

—¡Dios santo! —exclamó Sparkes mientras buscaba una respuesta—. Josh tenía ambas cosas. Era mi mozo de cuadra, el hombre más honrado del mundo. Tuvo que dejar el empleo por razones de salud, pero ni se me había pasado por la cabeza cambiar las cerraduras.

—Necesitaremos saber dónde podemos encontrarlo —dijo Marino.

—Él nunca... —empezó a decir Sparkes, pero se detuvo a media frase con una expresión de incredulidad—. Dios mío —murmuró con un fuerte suspiro—. ¡Oh, Dios mío!

Se volvió hacia mí.

—Ha dicho usted que la víctima era rubia —murmuró.

—Sí —corroboré.

—¿Puede decirme algo más de su aspecto? —La voz de Sparkes empezaba a adquirir cierto tono alarmista.

—Parece una mujer. Delgada; probablemente, blanca. Vestía vaqueros, una especie de camisa y botas. Botas con cordones.

—¿Era muy alta? —quiso saber.

—No sabría decirle; primero he de examinarla.

—¿Llevaba alguna joya?

—El cadáver había perdido las manos.

Sparkes emitió otro suspiro y, cuando volvió a hablar, lo hizo con voz temblorosa.

—¿Tenía los cabellos muy largos, hasta media espalda quizá, de un color dorado muy pálido?

—Por los datos de que dispongo, eso parece —respondí.

—Había una muchacha... —empezó a explicar el hombre, tras carraspear repetidamente—. ¡Dios mío, hace más de un año que la vi por última vez! Tengo una casa en Wrightsville Beach y me encontraba con ella allí. Era alumna de la universidad; por lo menos, acudía a clases esporádicamente. No duró mucho, seis meses quizás. Estuvo varias veces conmigo en la casa de campo. Mi última cita con ella fue allí y puse fin a la relación porque no podía continuar.

—¿Esa chica tenía un modelo antiguo de Mercedes? —preguntó Marino.

Sparkes movió la cabeza en un gesto negativo. Se cubrió el rostro con las manos en un intento por guardar la compostura.

—Tenía un Volkswagen azul celeste —consiguió decir—. No tenía dinero. Al final, antes de separarnos, le di mil dólares en efectivo. Le dije que volviera a ir a clase y terminara la carrera. Se llamaba Claire Rawley y supongo que pudo quedarse una de mis llaves sin que yo lo supiera mientras estaba en la granja; y tal vez se fijó en el código de la alarma cuando lo marqué.

—¿Y no había vuelto a tener contacto con Claire Rawley desde hace más de un año? —intervine.

—Ni una simple conversación —confirmó Sparkes—. Parece un episodio tan remoto en mi pasado... En realidad, fue una aventura sin importancia. La vi mientras hacía surf y empecé a hablar con ella en la playa, en Wrightsville. Tengo que admitir que era la mujer más despampanante que había visto en mi vida. Durante una temporada, perdí la cabeza; después, recuperé el juicio. Había muchas, muchísimas complicaciones y problemas. Claire necesitaba que alguien cuidara de ella y yo no podía hacerlo.

—Cuénteme todo lo que recuerde de ella —le pedí—. Todo: su procedencia, su familia... Cualquier cosa que sirva para ayudarme a identificar el cuerpo o para descartar que se trate de Claire Rawley. Naturalmente, también me pondré en contacto con la universidad.

—Debo contarle la triste verdad, doctora Scarpetta —me advirtió el hombre—. En realidad, nunca supe gran cosa de ella. Nuestra relación fue fundamentalmente sexual; también le daba algo de dinero y procuraba ayudarle a resolver sus problemas. Cuidaba de ella. —Hizo una pausa—. No obstante, nunca fue nada serio, al menos por mi parte. Me refiero a que nunca se planteó un posible matrimonio...

No era preciso que se extendiera en más explicaciones. Sparkes rezumaba poder y siempre había tenido a todas las mujeres que había deseado. Sin embargo, en aquel momento no me sentía capaz de emitir juicios de valor respecto a nadie.

—Lo siento —dijo el hombre al tiempo que se incorporaba—. Sólo puedo decirles que era una artista fracasada. Una aspirante a actriz que se pasaba la vida haciendo surf o paseando por la playa. Después de un tiempo de estar con ella empecé a darme cuenta de que algo malo le pasaba, por su manera de mostrarse tan falta de motivación y por su comportamiento, tan incoherente y confuso en ocasiones.

—¿Bebía demasiado? —pregunté.

—No. Le preocupaba engordar.

—¿Drogas?

—Es lo que empecé a sospechar; y algo con lo que no podía permitirme la menor relación. No lo sé.

—Tendría que deletrearme el apellido —dije.

—Antes de que se vaya —intervino Marino, y reconocí en su voz el tonillo del policía malo—, ¿está seguro de que esto no puede ser una especie de asesinato-suicidio? La chica destruye todo lo que usted posee y luego se arroja a las llamas. ¿Está seguro de que no existe ninguna razón para que la muchacha hiciera una cosa así, señor Sparkes?

—En este momento, no estoy seguro de nada —le respondió el magnate mientras se detenía cerca de la puerta abierta del establo.

Marino también se levantó de la silla.

—Pues esto no cuadra, señor, y no quisiera ofenderle —dijo Marino—. Necesitaré ver los recibos y pasajes que confirmen ese viaje a Londres; y los del aeropuerto Dulles. Me consta que la ATF está impaciente por conocer detalles de su sótano, lleno de burbon y de armas automáticas.

—Colecciono armamento de la Segunda Guerra Mundial; todas las piezas están registradas y legalizadas —replicó Sparkes con comedimiento—. El burbon lo compré en una destilería de Kentucky que quebró hace cinco años. No deberían habérmelo vendido y yo no debería haberlo comprado; pero eso ya no tiene remedio.

—Creo que la ATF tiene peces más gordos que capturar que esos toneles de burbon —apuntó Marino—; de modo que, si tiene aquí alguno de esos recibos en estos momentos le agradeceré que me los entregue.

—¿Y qué hará conmigo, capitán? ¿Desnudarme y cachearme? —Sparkes lo miró fijamente.

Marino le devolvió la mirada mientras unas pintadas pasaban de nuevo cerca de ellos, impulsándose como bailarines callejeros de *break*.

—Póngase en contacto con mi abogado —dijo Sparkes—. Cuando se hayan entendido, me encantará colaborar.

—Marino —me tocaba el turno de hablar—, ¿me permitirías un momento a solas con el señor Sparkes?

Marino, perplejo e irritado, apenas reaccionó. Sin decir una palabra, se dirigió al interior del establo seguido de varias pintadas que lo acompañaban al trote. Sparkes y yo nos quedamos frente a frente. Era un hombre de singular atractivo, alto y delgado, de poblado cabello gris. Tenía los ojos de color ámbar, las facciones aristocráticas, la nariz recta y la tez oscura, tersa como la de un hombre mucho más joven. Su mano agarraba con fuerza la fusta, en un gesto que parecía reflejar su estado de ánimo. Kenneth Sparkes era capaz de actuar con violencia, pero nunca había cedido a tal impulso, que había reprimido como mejor había sabido.

—Muy bien, ¿qué le ronda por la cabeza? —me preguntó con aire suspicaz.

—Sólo quería asegurarme de que entiende que nuestras diferencias en el pasado...

Sacudió la cabeza y no me permitió terminar.

—Lo pasado, pasado está —dijo, lacónico.

—No, Kenneth, no lo está. Es importante que sepa que no albergo ningún resentimiento hacia usted —respondí—; y que lo que tenemos entre manos en este momento no guarda relación con otras cuestiones.

Cuando Sparkes participaba más activamente en la redacción de sus periódicos, había aprovechado las estadísticas sobre homicidios de negros por otros negros que yo misma había difundido para acusarme de racismo. Yo me había limitado a mostrar a los ciudadanos cuántas muertes estaban relacionadas con las drogas y con la prostitución y cuántas se debían simplemente a rivalidades entre miembros de una misma etnia.

Los periodistas de Sparkes habían sacado de contexto varias citas de mis palabras y habían distorsionado el resto en diversas ocasiones. Un día, Sparkes me citó en su lujosa oficina del centro de la ciudad. Nunca olvidaré el momento en que fui recibida en su despacho de parqué de caoba, adornado con flores recién cortadas y amueblado al estilo colonial. Allí me ordenó, como si tuviera derecho a hacerlo, que mostrara más sensibilidad por los afroamericanos y que me retractara públicamente de mis intolerantes valoraciones profesionales.

En ese momento, después de tanto tiempo, al observar su rostro bañado en sudor y sus botas manchadas de estiércol me dio la impresión de que no me hallaba ante el mismo hombre arrogante que me recibió en su despacho. Le temblaban las manos y su firmeza de porte estaba a punto de desmoronarse.

—¿Me comunicará lo que descubra? —Me lo pidió con la cabeza muy erguida y los ojos llenos de lágrimas.

—Le contaré todo lo que pueda —le prometí, evasiva.

—Sólo quiero saber si es ella, y asegurarme de que no sufrió —precisó.

—La mayoría de víctimas de un incendio no llegan a sufrir. El monóxido de carbono los deja inconscientes mucho antes de que los alcancen las llamas. Por lo general, la muerte es silenciosa e indolora.

—¡Oh, gracias a Dios! —Sparkes alzó la vista al cielo—. Sí, gracias a ti, Señor! —repitió en un murmullo.

5

Aquella noche llegué a casa a tiempo para la cena, aunque no tenía ganas de prepararla. Benton me había dejado tres mensajes y no le había contestado ninguno. Me sentía rara. Tenía un extraño sentimiento de fracaso y, a pesar de ello, notaba una ligereza en el corazón que me llevó a ocuparme del jardín, a dedicarme a arrancar las malas hierbas y a cortar unas flores para la cocina hasta el atardecer. Escogí rosas amarillas, de capullos cerrados y pétalos enrollados como banderas antes del momento de gloria. Cuando ya no hubo luz suficiente, salí a caminar y sentí deseos de tener un perro. Durante un rato, estuve imaginándome tal circunstancia y preguntándome qué clase de perro tendría, en el caso de que me resultara posible atender un animal de compañía.

Me decidí por un galgo jubilado de las pistas, rescatado de ellas y de un exterminio seguro. Naturalmente, mi vida era demasiado incómoda para tener un animal doméstico. Reflexionaba sobre ello cuando uno de mis vecinos salió de su espléndida casa de piedra para pasear a su perrito blanco.

—Buenas tardes, doctora Scarpetta —me saludó el vecino con aire sombrío—. ¿Cuánto tiempo pasará en la ciudad esta vez?

—Nunca se sabe —respondí, sin borrar de mi cabeza la imagen del galgo.

—Me he enterado de lo del incendio.

El hombre era cirujano jubilado y sacudió la cabeza.

—Pobre Kenneth.

—Supongo que lo conoce —dije.

—Sí, desde luego.

—Qué lástima, lo sucedido. ¿De que raza es su perro?

—Cualquiera sabe. Un poco de cada cosa —respondió el vecino.

El hombre continuó su paseo, sacó una pipa y la encendió: al parecer, su esposa no le permitía fumar en la casa. Yo fui pasando frente a las casas de mis vecinos, todas diferentes pero iguales, de ladrillo o de estuco y no muy antiguas. El perezoso tramo de río que transcurría detrás del barrio se abría paso entre rocas igual que dos siglos antes, y ello parecía encajar perfectamente con el carácter de la ciudad. Richmond no era famosa por sus aires de cambio.

Al llegar al lugar donde había encontrado a Wesley cuando éste se había enfurecido conmigo, me detuve cerca del mismo árbol y pronto se hizo demasiado oscuro para distinguir un águila en el cielo o las rocas del río. Me quedé un rato contemplando las luces de las casas en la noche; de repente, me sentí sin fuerzas para moverme. Kenneth Sparkes era una víctima... o un asesino, reflexioné. Entonces, a mi espalda, sonaron unas recias pisadas en la calle. Sobresaltada, me volví bruscamente al tiempo que asía el espray de defensa que llevaba sujeto al llavero.

A la voz de Marino siguió enseguida su formidable silueta.

—No deberías andar paseando sola a estas horas, doctora —dijo.

Me sentía demasiado cansada para mostrarme ofendida por su opinión sobre cómo pasaba mi tiempo libre.

—¿Cómo has sabido que estaba aquí? —le pregunté.

—Por uno de tus vecinos.

Me desentendí del asunto.

—Tengo el coche por ahí —continuó Pete—. Te llevaré a casa.

—¿Podría disfrutar de un momento de tranquilidad, Marino? —repliqué sin rencor, pues sabía que él sólo pretendía ayudarme.

—Esta noche, no —insistió—. He recibido muy malas noticias y creo que te convendrá sentarte.

Pensé de inmediato en Lucy y noté que me fallaban las rodillas. Me tambaleé y apoyé la mano en el hombro de Pete mientras mi cabeza parecía quebrarse en un millón de fragmentos. Siempre había sabido que podía llegar el día en que alguien me comunicara la noticia de su muerte y me sentí incapaz de hablar ni de pensar. Estaba a muchos kilómetros de allí, aspirada cada vez más profundamente en un torbellino oscuro y terrible. Marino me asió del brazo para sostenerme.

—¡Señor! —exclamó—. Deja que te lleve hasta el coche. Nos sentaremos allí.

—No —logré murmurar apenas. Tenía que saber...—. ¿Cómo está Lucy?

Pete hizo una breve pausa y mostró una expresión de perplejidad.

—Bueno, ella no lo sabe aún, a menos que lo haya oído en las noticias —respondió.

—¿Saber, qué? —pregunté, y la sangre volvió a circular por mis venas.

—Carrie Grethen se ha fugado de Kirby —me reveló—; en algún momento de la tarde de hoy. No lo han descubierto hasta el recuento de las reclusas antes de bajar al comedor.

Apresuramos el paso hacia el coche y el temor llenó de irritación a Marino.

—... y ahora te encuentro caminando por ahí en la oscuridad sin otra arma que un llavero —prosiguió—. ¡Mierda! Maldita sea, no vuelvas a hacerlo, ¿me oyes? No tenemos ni idea de dónde está esa condenada, pero una cosa es evidente: mientras Gretchen siga suelta, no estás segura.

—Nadie lo está en este mundo —murmuré al tiempo que subía al coche.

Pensé en Benton, que estaría solo en la playa. Carrie Grethen lo detestaba casi tanto como a mí o, al menos, así lo creía yo. Benton había trazado su perfil psicológico y era la pieza clave en la partida que, finalmente, había tenido como resultado su captura y la muerte de Temple Gault. Benton había utilizado todos los recursos del FBI para mantener encerrada a Carrie y, hasta aquel momento, sus esfuerzos habían sido fructíferos.

—¿Carrie tiene modo de enterarse de dónde se encuentra Benton? —pregunté a Pete mientras éste me llevaba a casa—. Está en un centro turístico. Probablemente da paseos por la playa desarmado, sin pensar ni por un instante que pueda haber alguien buscándolo...

—Igual que quien yo me sé... —me interrumpió Marino.

—*Touché!*

—Estoy seguro de que Benton ya está al corriente, pero de todas formas lo llamaré —dijo Marino— aunque nada me lleva a pensar que Carrie sepa de ninguna casa en Hilton Head. Cuando Lucy le contaba todos tus secretos, todavía no la habías comprado.

—Eso no es justo —repliqué mientras Pete entraba en el camino particular de la casa y se detenía bruscamente—. Lucy no tenía esa intención. No pretendía ser desleal ni causarme daño.

Así el tirador de la puerta de la casa.

—A estas alturas, da igual lo que pretendiese.

Pete expulsó el humo por su ventanilla.

—¿Y cómo ha logrado escapar? —pregunté—. Kirby está en una isla y no tiene accesos fáciles.

—No se sabe. Hace unas tres horas, tenía que formar para bajar al comedor con todas esas encantadoras damas; fue entonces cuando los guardianes advirtieron su desaparición. De repente, ni rastro de ella. A poco más de un kilómetro de distancia hay un antiguo puente para peatones que salva el East River y entra en Harlem. —Arrojó la colilla del cigarrillo en el camino privado de mi casa y continuó—: Lo único que cabe imaginar es que quizás abandonó la isla por ahí. Hay policía por todas partes, incluso en helicópteros, para cercionarse de que no sigue oculta en la isla. Sin embargo, no creo que sea así. Me refiero que llevaba tiempo planeando la fuga y que la llevó a cabo exactamente según lo previsto. Tendremos noticias de ella, sin duda. Puedes estar segura de ello.

Cuando entré en la casa y hube comprobado las puertas una a una, conecté la alarma. Me sentía muy inquieta.

A continuación, hice algo que resultaba infrecuente y desconcertante en mí. Saqué mi pistola Glock de nueve milímetros de uno de los cajones del despacho y revisé todos los armarios, habitación por habitación, en ambas plantas de la casa. Crucé cada umbral con la pistola asida firmemente entre ambas manos y el pulso acelerado. A aquellas alturas, Carrie Grethen se había convertido en un monstruo con poderes sobrenaturales. Yo ya había empezado a imaginar que Carrie era capaz de burlar cualquier sistema de vigilancia y que se materializaría de entre las sombras cuando yo ya me sintiera segura y relajada.

Cuando tuve la certeza de que la única presencia en la casa de piedra era la mía, llené una copa de vino de borgoña, la llevé a mi habitación y me puse el camisón. Llamé otra vez a Wesley y noté un escalofrío al comprobar que no contestaba. Casi a medianoche, lo intenté de nuevo con el mismo resultado.

—¡Dios santo! —murmuré a solas en el dormitorio.

La lámpara emitía una luz suave y proyectaba sombras de la cómoda antigua y de las mesas, restauradas hasta dejar a la vista la madera de roble gris original, porque me gustaban las imperfecciones y las señales del paso del tiempo. Las cortinas de color rosa pálido se movían impulsadas por el aire de los conductos de ventilación y cada movimiento me sobresaltaba más que el anterior, por mucho que conociera la causa. A medida que transcurrían los minutos, me sentía más dominada por el miedo, e intenté reprimir las imágenes del pasado que había compartido con Carrie Grethen. Me repetí que Benton estaba bien y que lo que yo necesitaba en aquel momento era dormir. Esperaba que me llamara. Intenté leer unos poemas de Seamus Heaney y me quedé dormida en la mitad de *The Spoonbait*. El teléfono sonó a las dos y veinte y el libro se me cayó de las manos.

—Scarpetta —murmuré por el micrófono mientras el corazón se me desbocaba, como me sucedía siempre cuando me despertaba sobresaltada.

—¿Kay? Soy yo —dijo Benton—. Lamento llamarte tan tarde, pero temía que estuvieras tratando de localizarme. No sé por qué, el contestador se desconectó y, bueno, he salido a cenar y he dado un paseo por la playa durante un par de horas para reflexionar. Supongo que ya sabes la noticia.

—Sí. —De repente, me desvelé por completo.

—¿Te encuentras bien? —preguntó Benton, pues me conocía lo suficiente.

—He investigado cada centímetro de la casa antes de acostarme. He empuñado la pistola y he revisado todos los armarios y he mirado detrás de la cortina de la ducha...

—Imaginaba que lo harías.

—Es como saber que te van a enviar una bomba por correo.

—No, Kay, no es lo mismo. Porque no sabemos si hay alguna en camino, ni cuándo llegará o en qué forma. Ojalá lo supiéramos, pero eso forma parte de su juego. Mantenernos en vilo.

—Benton, ya sabes lo que siente hacia ti. No me gusta que andes solo por ahí.

—¿Quieres que vuelva a casa?

Pensé una respuesta y no encontré ninguna fácil.

—Puedo ir a por el coche ahora mismo, si es eso lo que quieres —añadió.

Entonces le hablé del cuerpo aparecido en las ruinas de la mansión de Kenneth Sparkes y me extendí sobre aquel asunto y sobre mi encuentro con el magnate en Hootowl Farm. Hablé sin parar mientras él me escuchaba con paciencia.

—El caso es, que este asunto está volviéndose tremendamente complicado, casi grotesco, y hay mucho por hacer —concluí—. No hay motivo para que también se echen a perder tus vacaciones. Además, Marino tiene razón. No hay motivo para pensar que Carrie conoce nuestra casa de Hilton Head. Probablemente, estás más seguro ahí que aquí, Benton.

—Ojalá viniese a por mí —dijo Benton, y su voz adquirió un tono de dureza—. La recibiría con mi Sig Sauer y podríamos poner punto y final a este asunto.

Me di cuenta de que Benton hablaba en serio cuando decía que deseaba matarla y, en cierto modo, aquél era el peor daño que Carrie podía haber causado. No era propio de Benton expresar deseos de violencia ni permitir que cayera sobre su conciencia y sobre su corazón una sombra del mal; y al escucharlo, yo también sentí mi propia parte de culpabilidad.

—¿Te das cuenta de lo destructiva que resulta esta situación? —dije, perturbada—. Nos ponemos a hablar de pegarle un tiro, de atarla a la silla eléctrica o de administrarse una inyección letal. Ha conseguido poseernos, Benton. Porque reconozco que deseo verla muerta más que nada en el mundo.

—Creo que debería volver a casa —repitió él.

No tardamos en colgar y aquella noche el único enemigo resultó ser el insomnio, que me privó de las escasas horas que quedaban hasta el amanecer y que acosó mi cerebro con retazos de sueños de ansiedad y horror. Soñé que llegaba tarde a una cita importante, que la nieve me impedía moverme y que era incapaz de marcar el número de teléfono. En mi estado de duermevela, me resultaba imposible seguir encontrando respuestas en las autopsias y sentía que mi vida había terminado. De repente, iba en coche y me encontraba con un accidente de tráfico horrible, un coche con cuerpos ensangrentados en el interior, y no podía hacer el menor movimiento para ayudar. Di vueltas en la cama y revolví almohadas y sábanas hasta que el cielo adquirió un tono azul brumoso y las estrellas se apagaron. Entonces me levanté y me preparé un café.

Conduje hasta el trabajo con la radio puesta, pendiente de la repetida noticia del incendio ocurrido en Warrenton y del cuerpo encontrado en la casa. Corrían las conjeturas más desquiciadas y sensacionalistas respecto a que la víctima era el famoso magnate de los medios de comunicación, y no pude evitar preguntarme si todo aquello no divertiría un poco a Sparkes. Me sorprendía que no hubiera emitido un comunicado de prensa para dar a conocer al mundo que estaba vivo y a salvo, y las dudas que me inspiraba aquel hombre me asaltaron de nuevo.

El Mustang rojo del doctor Jack Fielding estaba aparcado detrás de nuestro edificio, en Jackson Street, entre las casas adosadas de Jackson Ward, recién restauradas, y el campus de la Facultad de Medicina de la Universidad del Estado de Virginia. Mi nuevo edificio, que también acogía el laboratorio forense, era el centro de una extensión de catorce hectáreas de institutos de proceso de datos en rápido desarrollo, conocida como Biotech Park.

Nos habíamos trasladado de la vieja sede a la nueva hacía apenas un par de meses y aún estaba acostumbrándome al moderno recinto de ladrillo y cristal, que exhibía unos adornos en la parte superior de las ventanas para evocar el estilo de los barrios que en otro tiempo habían existido allí. Nuestro nuevo espacio era luminoso, tenía unos suelos de resina epoxídica y unas paredes fáciles de limpiar con mangueras. Todavía quedaba mucho por desembalar, ordenar y reacondicionar y, por muy encantada que estuviera de disponer por fin de un depósito de cadáveres moderno, me sentía más atribulada de lo que había estado jamás. El sol bajo me molestaba en los ojos cuando aparqué en la plaza del jefe, dentro del aparcamiento cubierto de Jackson Street, y abrí una puerta de servicio para entrar en el edificio.

El pasillo estaba impoluto y olía a desodorante industrial, y aún había cajas de cable eléctrico e interruptores y latas de pintura colocadas contra las paredes. Fielding había abierto la cerradura de la cámara frigorífica de acero inoxidable, mayor que muchos salones, y las puertas de la sala de autopsias. Guardé las llaves en el monedero y me dirigí a las taquillas del vestuario, donde me despojé de la chaqueta y la colgué de un perchero. Me abroché hasta el cuello una bata de laboratorio y cambié de calzado; me quité las botas y me calcé las Reebok negras, bastante horrendas, que yo llamaba «mis zapatos de autopsia». Estaban cubiertas de manchas y, desde luego, constituían un riesgo biológico, pero sostenían mis piernas y mis pies, ya no tan jóvenes. Además, nunca las sacaba del depósito.

La nueva sala de autopsias era mucho mayor que la anterior y también estaba mejor diseñada para aprovechar el espacio. Ya no había allí grandes mesas de acero fijas al suelo, de modo que podían retirarse a un lado cuando no se utilizaban. Las cinco mesas nuevas eran transportables y podían sacarse de la cámara frigorífica y colocarse junto a las mesas de disección, orientadas a derecha y a izquierda y sujetas a las paredes, en las que podían trabajar médicos zurdos y diestros. Las nuevas mesas también contaban con bandejas abatibles, de modo que ya no teníamos que emplear la espalda para levantar o mover los cuerpos, y aspiradores que no se obstruían, puestos para baños de ojos y un conducto especial de doble extracción de gases conectado con el sistema de ventilación del edificio.

En conjunto, las autoridades me habían proporcionado casi todo lo necesario para facilitar la entrada del Servicio Médico Forense de Virginia en el tercer milenio, pero, a decir verdad, no se había producido un verdadero cambio; por lo menos, un cambio a mejor. Cada año investigábamos más lesiones producidas por balas y armas blancas y también había más gente que presentaba frívolas querellas contra nosotros, y, por lo general, los tribunales aplicaban mal la justicia porque los abogados mentían y los jurados ya no parecían mostrar interés por las pruebas o los hechos.

Un aire gélido salió del interior cuando abrí la gruesa puerta de la cámara frigorífica y pasé entre bolsas que contenían cuerpos y ante velos de plástico ensangrentado y pies rígidos que sobresalían de ellos. Las manos envueltas en bolsas marrones significaban que el individuo había tenido una muerte violenta, y unos pequeños bolsillos me recordaron una muerte infantil y al pequeño que se había ahogado en la piscina familiar. El cuerpo procedente del incendio que tenía que examinar yacía en la camilla, con fragmentos de cristal incluidos, tal como lo había dejado. Empujé la camilla hasta un punto bien iluminado por los tubos fluorescentes. Después me cambié de zapatos otra vez y me encaminé al otro extremo de la planta baja, donde estaban ubicados nuestros despachos y la sala de conferencias, apartados de los muertos.

Eran casi las ocho y media, y los médicos internos y empleados de oficinas deambulaban por el vestíbulo y hacían turno para el café. Intercambié los habituales saludos matinales, distantes, y me dirigí hacia la puerta abierta del despacho de Fielding. Llamé una vez y entré. Lo encontré hablando por teléfono y garabateando apresuradamente una información en una hoja de mensajes.

—¿Puede repetir? —le oí decir con su voz grave y brusca mientras sostenía el auricular entre el hombro y la barbilla y se pasaba los dedos por los cabellos, negros y rebeldes, con un gesto ausente—. ¿Cuál es la dirección? ¿Y el apellido del agente?

Tomó nota sin alzar la vista hacia mí.

—¿Me da algún número de teléfono local?

Lo repasó rápidamente para asegurarse de que estaba todo correcto.

—¿Tiene idea de qué clase de muerte ha sido? Está bien, está bien. Dígame en qué cruce e iré a buscar su coche patrulla. Está bien, lo autorizo a ir.

Fielding colgó. Teniendo en cuenta lo temprano de la hora, parecía agotado.

—¿Qué tenemos? —le pregunté conforme empezaba a organizarse la actividad del día.

—Parece que se trata de un caso de asfixia mecánica. Una mujer negra con historial de alcoholismo y toxicomanía. Está medio caída de la cama, con la cabeza contra la pared y el cuello doblado en un ángulo incompatible con la vida. Está desnuda, y por eso creo que será mejor echarle un vistazo para asegurarnos de que no se trata de otra cosa.

—Sí, decididamente alguien debe echarle un vistazo —asentí.

Fielding captó la insinuación.

—Podemos enviar a Levine, si te parece.

—Buena idea, porque voy a empezar la autopsia de la víctima del incendio y me gustaría contar contigo —dije—. Por lo menos, en los preliminares.

—Desde luego.

Fielding retiró la silla y desplegó su poderoso corpachón. Iba vestido con pantalones caqui, camisa blanca con las mangas subidas, zapatillas de deporte Rocksports y un viejo cinturón de cuero trenzado en torno a su cintura juvenil y firme. Cumplidos ya los cuarenta, mi asistente seguía mostrándose muy atento a su aspecto físico, que no había empeorado desde que lo contraté poco después de haber ocupado mi cargo. Ojalá se hubiese tomado con la misma seriedad los casos que le correspondían. Sin embargo, siempre se había mostrado respetuoso y leal conmigo y, aunque era lento y carecía de brillantez, no era dado a hacer suposiciones ni a cometer errores. Para lo que yo lo quería, resultaba manejable, fiable y complaciente, y no lo habría cambiado por ningún otro ayudante.

Entramos juntos en la sala de conferencias y ocupé mi asiento a la cabecera de la larga y lustrosa mesa. Por toda decoración había esquemas y modelos de músculos y órganos y un esqueleto completo, además de algunos retratos con fecha de anteriores jefes, todos varones, que ya nos habían contemplado en nuestra sede anterior. Aquella mañana estaban presentes el residente, un colega, mis tres jefes adjuntos y ayudantes, el toxicólogo y los administradores del depósito. También había un estudiante de medicina que realizaba allí su curso de internado y un patólogo forense de Londres que hacía una gira por los depósitos de cadáveres norteamericanos para aprender más acerca de asesinatos en serie y heridas de bala.

—Buenos días —dije—. Repasemos los casos de hoy y luego hablaremos de la víctima del incendio y de las consecuencias del hecho.

Fielding empezó por la posible asfixia mecánica; a continuación Jones, el administrador del distrito central en cuya sede física estábamos ubicados, repasó rápidamente los demás casos. Teníamos a un varón blanco que le había metido cinco balazos en la cabeza a su novia antes de volarse la tapa de los sesos. Había una muerte súbita infantil, un ahogado y un joven que debía de estar cambiándose de camisa y de corbata justo antes de estrellar su Miata contra un árbol.

—¡Vaya! —dijo el estudiante de medicina, que se llamaba Sanford—. ¿Cómo deduce que estaba haciendo eso?

—La camiseta medio levantada, la camisa y la corbata arrugadas en el asiento del pasajero... —explicó Jones—. Parece que salía del trabajo e iba a reunirse con sus amigos en algún bar. Ha habido casos parecidos en otras ocasiones: conductores que se cambian de ropa, que se afeitan o que se maquillan durante el trayecto.

—En ocasiones así, cuando hay que rellenar la casilla de la causa de la muerte en el certificado de defunción, tengo la tentación de escribir «estupidez» —comentó Fielding.

—Es muy probable que todos sepan ya que Carrie Grethen se fugó de Kirby anoche —proseguí—. Aunque el hecho no tiene una repercusión directa en esta oficina, es evidente que debemos sentirnos preocupados.

Procuré mostrarme lo más desapasionada posible.

—Seguro que recibimos llamadas de la prensa —continué.

—Ya han empezado —apuntó Jones, y me miró por encima de las gafas de leer—. El servicio de contestador ya ha registrado cinco llamadas desde anoche.

—¿Acerca de Carrie Grethen? —quise asegurarme.

—Sí, señora —respondió él—; y ha habido cuatro llamadas más sobre el caso Warrenton.

—Vamos a eso —dije—. Por el momento esta oficina no facilitará informaciones al respecto; ni sobre la fuga de Kirby ni sobre el incendio de Warrenton. Fielding y yo estaremos abajo la mayor parte del día y no quiero interrupciones que no sean absolutamente necesarias. Este caso es muy delicado.

Miré a mi alrededor y observé en torno a la mesa unas caras sombrías pero llenas de interés.

—En este momento aún no sé si se trata de una muerte accidental, un suicidio o un homicidio; y los restos no han sido identificados. Tim... —me dirigí al toxicólogo—, haremos una medición del alcohol y del monóxido de carbono en sangre. Quizá la mujer fuese consumidora de drogas, de modo que quiero un análisis de posibles restos de opiáceos, anfetaminas y metaanfetaminas, barbitúricos o cannabinoides, lo más deprisa que puedas.

Tim asintió y tomó nota de todo. Hice una pausa lo bastante prolongada para echar un vistazo a los recortes de periódico que Jones había seleccionado para mí, di media vuelta y enfilé el pasillo de vuelta al depósito. En el vestuario de mujeres, me quité la blusa y la falda y abrí una vitrina para tomar un cinturón transmisor y un micrófono que Lanier me había diseñado a medida. El cinturón me rodeaba la parte superior de la cintura bajo una bata quirúrgica azul de manga larga, de modo que la tecla del micrófono no entrase en contacto directo con las manos manchadas de sangre. Por último, sujeté el micrófono inalámbrico al cuello de la bata, volví a calzarme las zapatillas que llevaba en la sala de autopsias, las cubrí con fundas protectoras y me ajusté una protección facial y una mascarilla quirúrgica.

Fielding apareció en la sala de autopsias al mismo tiempo que yo.

—Llevemos el cuerpo a rayos X.

Empujamos la mesa de acero por el pasillo hasta la sala de radiografías y, agarrando las puntas de la sábana, levantamos el cuerpo y los restos del incendio que lo acompañaban. Lo trasladamos todo a la mesa bajo el brazo articulado del sistema móvil de imágenes digitalizadas, que consistía en una máquina de rayos X y un fluoroscopio incorporados a una unidad controlada por ordenador. Efectué los preceptivos pasos previos, conecté diversos cables y puse en marcha la estación de trabajo con una llave. En el panel de control aparecieron unos segmentos iluminados y una línea que indicaba el tiempo de exposición. Cargué un cartucho de película en el soporte y presioné un pedal para activar el monitor de vídeo.

—Delantales —le dije a Fielding.

Le tendí uno forrado de plomo, de color azul. El mío era pesado y parecía lleno de arena mientras me lo ataba a la espalda.

—Me parece que estamos preparados —anuncié, y pulsé un botón.

Moviendo el brazo articulado, podíamos captar los restos en tiempo real desde muchos ángulos distintos pero, a diferencia del examen de pacientes hospitalarios, lo que veíamos no respiraba, ni latía ni tragaba saliva. En la pantalla de vídeo aparecían las imágenes estáticas de órganos y huesos en blanco y negro. No advertí proyectiles ni ninguna otra anormalidad. Hicimos rotar un poco más el brazo y descubrimos unas formas opacas a los rayos que imaginé que serían objetos metálicos mezclados con los restos. Contemplamos nuestros progresos en la pantalla, hundiendo nuestras manos enguantadas y revolviendo hasta que cerré los dedos en torno a dos objetos duros. Uno tenía el tamaño y la forma de una moneda de medio dólar y el otro era más pequeño y cuadrado. Me puse a limpiarlos en el fregadero.

—Es lo que queda de una pequeña hebilla de cinturón, de metal plateado —comenté al tiempo que la depositaba en una caja de cartón plastificada, en la que puse una marca con un rotulador.

Mi otro hallazgo fue más fácil y apenas tuve que hacer nada para determinar que se trataba de un reloj de pulsera. La correa se había quemado y el cristal, cubierto de hollín, estaba astillado, pero me fascinó la esfera, que, tras una nueva limpieza, resultó ser de un color anaranjado muy subido, con un extraño dibujo abstracto grabado al aguafuerte.

—Me parece un reloj de hombre —apuntó Fielding.

—Hay mujeres que los llevan de ese tamaño —respondí—. Yo, por ejemplo. Así veo bien la hora.

—¿Sería algún tipo de reloj deportivo?

—Tal vez.

Seguimos desplazando el brazo articulado y continuamos profundizando en el examen del cadáver. La radiación del tubo de rayos X traspasaba el cuerpo y los restos empapados y el material chamuscado que lo rodeaba. Distinguí una forma que parecía la de un anillo en algún lugar bajo el glúteo derecho pero, cuando intenté encontrar el objeto, no logré dar con él. Como el cuerpo había quedado boca arriba, gran parte de las zonas posteriores seguían casi intactas, incluida la ropa. Introduje las manos bajo las nalgas del cadáver y colé los dedos en los bolsillos traseros de los pantalones vaqueros, de los que extraje media zanahoria y lo que parecía una sencilla alianza de boda que al principio parecía de acero. Después me di cuenta de que era platino.

—También parece un anillo de hombre —señaló Fielding—. A menos que la mujer tuviera unos dedos realmente grandes.

Le pasé el anillo para que lo examinara más de cerca. El hedor a carne quemada en descomposición se alzó de la mesa mientras yo seguía descubriendo más signos extraños que apuntaban a lo que pudiera haber estado haciendo la mujer antes de morir. Había unos pelos de animal, oscuros y ásperos, adheridos al algodón mojado y sucio de los pantalones y, aunque no tenía la certeza absoluta, estuve casi completamente segura de que eran de procedencia equina.

—No hay nada grabado en el interior —comentó Fielding, y guardó el anillo en un sobre sellado para pruebas materiales.

—Tienes razón —confirmé con creciente curiosidad.

—Me pregunto por qué lo tendría en el bolsillo de atrás en lugar de llevarlo en el dedo.

—Buena pregunta.

—A menos que estuviera haciendo algo que le obligara a quitárselo —continuó reflexionando en voz alta mi ayudante—. Ya sabes, la gente suele quitarse las joyas cuando se lava las manos.

—Quizás había dado de comer a los caballos.

Recogí varios cabellos con unas pinzas.

—¿Quizás al potro negro que escapó? —apunté.

—Puede ser —respondió Fielding con un gesto de profunda duda—. Veamos: la mujer atiende al potro, le da zanahorias, y luego lo devuelve a su cuadra. Un poco más tarde, todo empieza a arder, incluidos los establos y los caballos que hay en ellos, pero el potro consigue escapar.

Me dirigió una mirada desde el otro lado de la mesa de autopsias y prosiguió con sus especulaciones:

—Tal vez sea un suicidio, pero luego no tuvo ánimos para matar al potro... cómo se llama, *Windsong*.

Sin embargo, en aquel momento no había respuestas para aquella avalancha de suposiciones y, para tener un registro permanente del caso, continuamos sacando radiografías de los efectos personales y otras destinadas a patología. Pero, sobre todo, efectuamos una exploración en tiempo real y por pantalla y recuperamos remaches metálicos de los pantalones y un dispositivo intrauterino que sugería que la mujer mantenía actividad sexual con hombres.

Entre nuestros hallazgos se contaron también una cremallera, un bulto del tamaño de una pelota de béisbol que resultó ser una pulsera de acero de pequeños eslabones, y una anilla de plata de una serpiente que tenía tres llaves de cobre. Salvo las configuraciones de los senos frontales, que en los seres humanos son tan distintivas como las huellas dactilares, y de una única corona de porcelana en el primer incisivo del maxilar superior derecho, no descubrimos ningún otro detalle que pudiera proporcionarnos una identificación.

Casi al mediodía, volvimos a transportar el cuerpo por el pasillo hasta la sala de autopsias y acercamos la camilla a uno de los puestos de disección que, apartado del tráfico principal, había en el fondo de la estancia. Los otros puestos, con sus correspondientes fregaderos, estaban ocupados, el agua goteaba sobre el acero inoxidable con un sonoro tamborileo y oímos cómo arrastraban unas escaleras de tijera mientras otros forenses pesaban y diseccionaban órganos y dictaban sus hallazgos por unos pequeños micrófonos ante la mirada de varios detectives. La conversación mantenía su típica brusquedad, salpicada de frases a medio pronunciar, y nuestra comunicación era tan azarosa e inconexa como la vida de los involucrados en nuestros casos.

—Lo siento, pero tengo que situarme precisamente donde estás ahora.

—Maldita sea, necesito una pila.

—¿De qué clase?

—Una que funcione con esta cámara, maldita sea.

—Veinte dólares, en el bolsillo delantero derecho.

—Probablemente no se trató de un robo.

—¿Quién va a contar las píldoras? Se tomó un buen montón.

—Doctora Scarpetta, acabamos de recibir otro caso. Un posible homicidio —anunció un interno en voz alta al tiempo que colgaba un teléfono que sólo debía utilizarse con las manos limpias.

—Quizá tendremos que dejarlo para mañana —respondí, ya que nuestros compromisos de trabajo habían aumentado.

—Tenemos el arma del asesinato-suicidio —comentó uno de mis jefes ayudantes.

—¿Descargada? —me refería al arma.

—Sí.

Me acerqué para cerciorarme, pues nunca daba nada por supuesto cuando nos llegaba un arma de fuego con el cadáver. El muerto era un hombretón que aún llevaba puestos los vaqueros Faded Glory, cuyos bolsillos estaban vueltos del revés tras la inspección policial. Tenía las manos envueltas en bolsas de papel marrón para proteger los posibles residuos de pólvora que tuviera en los dedos, y un reguero de sangre le rezumó de la nariz cuando los auxiliares le colocaron un bloque de madera bajo la cabeza.

—¿Le importa si examino el arma? —pregunté al detective, imponiéndome al chirrido de una sierra de Stryker.

—Adelante. Ya he recogido las huellas.

Tomé la pistola Smith & Wesson y tiré hacia atrás el resorte de retroceso para buscar un posible cartucho, pero la cámara estaba vacía. A continuación coloqué una toalla sobre la herida de bala del cráneo mientras el supervisor del depósito, Chuck Ruffin, afilaba un cuchillo con largas pasadas sobre una piedra de amolar.

—¿Ven el color negro que hay alrededor del hueco y la huella del cañón? —indiqué al detective y al interno, que se inclinaron para observar con más detenimiento—. Ahí se aprecia. El disparo se hizo con la diestra y a quemarropa. La salida está ahí y, por la manera de rezumar, se aprecia que estaba tumbado sobre el costado derecho.

—Sí, así fue como lo encontramos —dijo el detective. La sierra prosiguió su gemido y el aire se llenó de polvo de hueso.

—Asegúrese de anotar el calibre, la marca y el modelo del arma —indiqué antes de volver a concentrarme en mi triste tarea—. ¿Qué munición empleaba, balas normales o de punta hueca?

—Normales. Remington, de nueve milímetros.

Fielding había dejado otra mesa en las inmediaciones, en paralelo a la primera, y la había cubierto con una sábana en la que había amontonado los escombros del incendio que ya habíamos revisado. Empecé a medir la longitud de los fémures carbonizados con la esperanza de calcular su estatura. El resto de las piernas, entre las rodillas y los tobillos, había desaparecido, pero los pies habían quedado preservados por las botas. Además, el cuerpo mostraba la amputación traumática de los antebrazos y de las manos debido al fuego. Recogimos fragmentos de tela, trazamos esquemas y encontramos más pelos de animal; hicimos cuanto fue posible antes de iniciar la difícil tarea de extraer los fragmentos de cristal.

—Dejemos correr el agua caliente —le dije a Fielding—. Quizá podamos soltarlos sin rasgar la piel.

—Está como un pato asado, joder.

—¿Por qué estáis siempre haciendo analogías con la comida? —Era una voz grave y firme que reconocí enseguida.

Teun McGovern, con la indumentaria protectora del depósito de cadáveres al completo, se dirigía hacia nuestra mesa de autopsias. Tras la protección facial sus ojos tenían una mirada intensa y, durante unos momentos, nos contemplamos frente a frente. No me sorprendía en absoluto que la ATF hubiera enviado una investigadora del incendio a observar el examen *postmortem*, pero ni por un momento había esperado que apareciese McGovern.

—¿Cómo va por Warrenton? —le pregunté.

—Seguimos trabajando —respondió—. No hemos encontrado el cadáver del gobernador, lo cual está muy bien, ya que no ha muerto.

—Muy gracioso —murmuró Fielding.

McGovern se colocó en diagonal respecto a mí, lo suficientemente retirada de la mesa para dejar claro que había asistido a muy pocas autopsias.

—¿Qué estáis haciendo, exactamente? —me preguntó cuando tomé un tubo de goma y lo ajusté al grifo.

—Vamos a verter agua caliente entre la piel y los cristales para tratar de separarlos sin causar más daños —respondí.

—¿Y si no da resultado?

—Se desparramará un buen montón de grasa —respondió Fielding.

—Entonces usaremos el bisturí —expliqué a Teun.

Sin embargo, no fue necesario recurrir a este extremo. Al cabo de unos minutos de baño con agua caliente, empecé a separar, muy despacio y con sumo cuidado, el grueso fragmento de cristal incrustado en el rostro de la difunta. Conforme lo extraía, la piel se estiraba y se distorsionaba, lo que le proporcionaba un aspecto espantoso. Fielding y yo trabajamos en silencio durante un rato y depositamos suavemente los fragmentos de cristal en un cuenco de plástico. Tardamos casi una hora y, cuando terminamos, el hedor se había vuelto más intenso. Lo que quedaba de la desdichada mujer parecía más menudo y lastimoso, y los daños sufridos en la cabeza resultaban aún más sobrecogedores.

—Dios mío —musitó McGovern tras avanzar un paso—. Es lo más atroz que he visto en mi vida.

La parte inferior del rostro era puro hueso, un cráneo humano apenas reconocible, con las mandíbulas abiertas y los dientes desencajados de sus encías. La mayor parte de las orejas había desaparecido pero, desde los ojos hacia arriba, la carne estaba cocida y tan bien conservada que se apreciaba la pelusa rubia que había a lo largo de la franja superior de la frente. Ésta estaba intacta, aunque ligeramente arañada por la extracción del cristal, de modo que ya no era lisa. Si había tenido alguna arruga, en aquel momento yo era incapaz de encontrarla.

—No consigo descubrir qué demonios es esto —murmuró Fielding mientras examinaba los restos de un material entremezclado con los cabellos—. Está en todas partes, hasta en el cuero cabelludo.

Una parte de aquel material parecía papel quemado, mientras otros fragmentos pequeños estaban perfectamente conservados y eran de un color rosa neón. Recogí una muestra en el bisturí y lo coloqué en otro recipiente, éste de cartón.

—Lo llevaremos al laboratorio para que le echen un vistazo —dije a McGovern.

—Por supuesto —asintió.

Los cabellos medían palmo y medio de longitud y guardé un mechón para efectuar un examen del ADN por si dábamos con una muestra *postmortem* que nos permitiera compararlas.

—Si es posible relacionarla con alguna persona desaparecida y encontrar su cepillo de dientes —dije a McGovern—, podemos buscar células bucales para comparar el ADN. Un cepillo de pelo también serviría, claro.

Teun tomó nota de mis palabras. Acerqué un foco quirúrgico a la zona temporal izquierda del paciente y utilicé una lupa para examinar meticulosamente lo que parecía una hemorragia en una parte de tejido que apenas había quedado afectada.

—Parece que en esta zona hay algún tipo de lesión —indiqué—. Desde luego, no se trata de piel agrietada ni es producto del fuego. Seguramente es una incisión producida por algún resto incrustado en el interior de la herida.

—¿Es posible que la mujer perdiera el sentido debido al monóxido de carbono, y que cayera al suelo y se golpeara la cabeza? —indicó McGovern. Era la misma pregunta que ya habían hecho otros.

—Tendría que haberse golpeado contra algo muy afilado —respondí mientras tomaba fotografías.

—Déjame ver... —intervino Fielding, y le cedí la lupa—. No veo bordes desgarrados ni rasgados —comentó mientras examinaba la zona.

—No hay laceración, en efecto —asentí—. Más bien parece un daño infligido por un instrumento afilado.

Me devolvió la lupa y utilicé un fórceps de plástico para recuperar la esquirla brillante del interior de la herida. Después coloqué el objeto en una gasa limpia de algodón. Sobre una mesa próxima había un microscopio de disección; puse la gasa en el portaobjetos y moví la fuente de luz hasta que ésta se reflejó en la esquirla. Acto seguido, miré por el visor mientras manipulaba el enfoque hasta afinarlo.

En el círculo iluminado vi una serie de fragmentos plateados de superficie estriada y aplanada, como los restos que deja un torno. Acoplé una microcámara Polaroid al microscopio y tomé unas instantáneas en color de alta resolución.

—Echad un vistazo —sugerí.

Primero Fielding y luego McGovern se inclinaron sobre el microscopio.

—¿Habíais visto alguna vez algo parecido? —pregunté. Quité la protección de las fotos de revelado automático para cerciorarme de que habían salido bien.

—Me recuerda esas guirnaldas navideñas de oropel cuando se ponen viejas y arrugadas —apuntó Fielding.

—Y proceden de lo que le produjo el corte a la víctima. —Fue todo lo que se le ocurrió decir a McGovern.

—Opino lo mismo —asentí.

Saqué la muestra y la gasa del portaobjetos y conservé las raspaduras metálicas entre bolas de algodón, que sellé en una cajita metálica para guardar pruebas materiales.

—Más trabajo para el laboratorio —le dije a McGovern.

—¿Cuánto tardarán? —preguntó McGovern—. Porque si hay alguna dificultad, podemos ocuparnos de todo en nuestro laboratorio de Rockville.

—No, no hará ninguna falta. —Me volví a Fielding y le dije—: Creo que puedo encargarme de ello desde aquí.

—Está bien —respondió mi ayudante—. Empezaré a preparar el siguiente cadáver.

Abrí el cuello para observar posibles traumatismos en los órganos y músculos de la zona, empezando por la lengua, que extraje ante la estoica mirada de McGovern. Era algo muy desagradable, que solía distinguir a los débiles de los fuertes.

—Aquí no hay nada —observé tras lavar la lengua y secarla con una toalla—. No se aprecian marcas de mordiscos que indiquen un posible ataque epiléptico, ni heridas de otro tipo.

Observé la superficie interior de la tráquea, lisa y brillante, y no encontré ni asomo de hollín, lo cual significaba que la mujer ya no respiraba cuando la habían alcanzado el calor y las llamas. En cambio, sí encontré sangre, lo que era mala señal.

—Más traumatismos *postmortem* —anuncié.

—¿Es posible que le cayera algo encima cuando ya había muerto? —preguntó McGovern.

—No, no sucedió así.

Anoté la lesión en un diagrama y comenté cada paso por el transmisor. Después fui explicándoselo a Teun:

—La presencia de sangre en la tráquea significa que la mujer la inhaló... o la aspiró, lo cual significa, evidentemente, que aún respiraba cuando se produjo el traumatismo.

—¿Qué clase de traumatismo? —insistió ella a continuación.

—Una herida penetrante; un corte o una puñalada en la garganta. No distingo otros indicios de traumatismo en el cuello: ni contusiones, ni huesos rotos. El hioides está intacto, y se aprecia la fusión de la apófisis mayor con el cuerpo, lo cual indica posiblemente que la mujer tenía más de veinte años y que, muy probablemente, no fue estrangulada con las manos ni con ninguna ligadura.

Empecé a dictar otra vez por el pequeño micrófono sujeto a la bata:

—Las estructuras de la zona superior del cuello están carbonizadas. Hay sangre coagulada por el calor en la zona distal de la tráquea y en los bronquios primarios, secundarios y terciarios. Se aprecia hemoaspiración y presencia de sangre en el esófago.

Efectué la incisión en Y para abrir el cuerpo deshidratado y destrozado, y el resto de la autopsia resultó, en su mayor parte, bastante rutinaria. Aunque cocidos, los órganos no presentaban ninguna anormalidad, y la observación de la pelvis confirmó que la víctima pertenecía al sexo femenino. También tenía sangre en el estómago; salvo ésta, la cavidad estaba vacía y tenía forma tubular, lo cual sugería que no había comido gran cosa. Sin embargo, no encontré otras enfermedades ni lesiones, fueran antiguas o recientes.

Resultaba difícil calcular con precisión su peso en vida, pero hice una estimación aproximada aplicando las tablas de regresión de Trotter y Gleser para relacionar la longitud del fémur con la estatura de la víctima. Tomé asiento tras una mesa cercana y repasé la *Osteología humana*, de Bass, hasta dar con la tabla correspondiente a las mujeres blancas norteamericanas. En ella, a un fémur de quinientos dos milímetros le correspondía una altura prevista de un metro setenta y cinco.

El peso no era tan exacto, pues no había tablas, gráficas o cálculos científicos que pudiera utilizar como referencia. A decir verdad, solíamos hacernos una idea del peso por la talla de ropa que vestía la víctima que, en este caso, llevaba unos pantalones de la talla treinta y ocho. Así pues, según los datos de que disponía, calculé que la mujer debió de pesar entre cincuenta y cuatro y cincuenta y nueve kilos.

—En otras palabras —dije a McGovern—, era una mujer alta y muy delgada. También sabemos que era rubia y que tenía el cabello largo, que probablemente mantenía relaciones sexuales, que debía de sentirse cómoda entre caballos y que ya estaba muerta antes de que la alcanzara el fuego en la casa de Sparkes en Warrenton. Además sabemos que recibió una grave herida en el cuello antes de morir, y también un corte, en la sien izquierda. —Indiqué el lugar—. Lo que ignoro es cómo se los produjo.

Me levanté de la silla y recogí los formularios y papeles mientras McGovern me observaba con la mirada ensombrecida por sus pensamientos. Se quitó la protección facial y la mascarilla y se desató la bata.

—¿Hay alguna manera de averiguar si tenía problemas de drogas? —me preguntó mientras el teléfono sonaba sin parar.

—Toxicología nos dirá si había tomado algo —le respondí—. También puede tener cristales en los pulmones, o granulomas de cuerpos extraños a causa de agentes cortantes como el talco, y fibras del algodón utilizado para extraer impurezas. Por desgracia, no disponemos de las partes del cuerpo donde es más fácil encontrar marcas de pinchazos.

—¿Qué me dices del cerebro? —inquirió entonces McGovern—. ¿Es posible que la toxicomanía crónica cause algún daño observable? Por ejemplo, que indique si empezaba a tener problemas mentales graves, si se estaba volviendo psicótica y demás? Según parece, Sparkes creía que la mujer sufría alguna enfermedad. Si hubiera sido depresiva, o maniaco-depresiva, por ejemplo, ¿podría haber alguna prueba física de ello?

Para entonces, el cráneo ya había sido abierto y el cerebro, encogido por el fuego y de aspecto gomoso, había sido seccionado y depositado de nuevo en la tabla de cortar.

—En primer lugar —contesté—, no sacaremos ninguna conclusión clara *postmortem*, ya que el cerebro también está cocido. De todos modos, aunque no fuera éste el caso, buscar una correlación morfológica con un síndrome psiquiátrico concreto, en la mayoría de los casos es aún pura teoría. Un engrosamiento de las cisuras, por ejemplo, y una reducción de la sustancia gris debida a atrofia podrían ser una señal si conociéramos el peso del cerebro al principio, cuando la persona estaba sana. Entonces tal vez podríamos decir: «Bien, ese cerebro pesa ahora cien gramos menos que antes, de modo que quizás esa persona ha estado sufriendo una enfermedad mental de alguna clase.» A menos que presente una lesión o tenga alguna antigua herida en la cabeza que pueda sugerir la existencia de una anomalía, la respuesta a tu pregunta es que no sería capaz de determinarlo.

McGovern guardó silencio y no le pasó por alto que mi tono era rigurosamente clínico y en absoluto amistoso. En todo caso, aunque yo también me daba cuenta de que mi actitud era bastante quisquillosa, me sentí incapaz de modificarla o suavizarla. Busqué a Ruffin con la mirada y lo vi en la primera mesa de disección, junto al fregadero, donde procedía a suturar una incisión en Y con largas puntadas de aguja e hilo. Le hice un gesto y me acerqué a él. Ruffin era demasiado joven para preocuparse de cuando cumpliera treinta años, y había realizado su preparación previa en un quirófano y en una funeraria.

—Chuck, ¿podrías terminar aquí y devolver el cadáver a la cámara frigorífica? —le dije.

—Sí, señora.

Ruffin volvió a su puesto para terminar el asunto que tenía entre manos mientras yo me despojaba de los guantes y los arrojaba, con la mascarilla, en uno de los numerosos contenedores especiales para agentes bacteriológicos que estaban distribuidos por la sala de autopsias.

—Vamos a mi despacho y tomemos una taza de café —sugerí a McGovern en un intento de mostrarme más civilizada—. Allí acabaremos de hablar.

En el vestuario nos lavamos con jabón antibiótico y me vestí. Quería hacerle varias preguntas a McGovern pero, a decir verdad, también sentía curiosidad por ella.

—Volviendo a la posibilidad de una enfermedad mental inducida por drogas... —dijo McGovern mientras avanzábamos por el pasillo—, muchas de esas personas terminan autodestruyéndose, ¿verdad?

—De un modo u otro, sí.

—Mueren en accidentes o se suicidan, y eso nos lleva otra vez a la pregunta clave. ¿Fue eso lo que sucedió en este caso? ¿Es posible que se desquiciara y se quitara la vida?

—Lo único que sé es que el cadáver presenta una herida infligida antes de la muerte —repetí.

—Si no estaba bien de la cabeza, tal vez se autolesionó —apuntó McGovern—. Dios sabe qué clase de automutilaciones hemos visto en casos de psicóticos...

En esto tenía razón. Yo había trabajado en casos en los que la gente se había degollado, se había apuñalado en el pecho, se había amputado una extremidad, se había pegado un tiro en los genitales o se había lanzado a un río para ahogarse; por no mencionar los saltos al vacío o las autoinmolaciones. La lista de atrocidades que las personas se infligían a sí mismas era larguísima, y, cada vez que creía haberlo visto todo, me encontraba con algún otro hecho espantoso que me resultaba totalmente nuevo.

Cuando abrí la puerta del despacho, el teléfono estaba sonando. Descolgué justo a tiempo.

—Scarpetta —dije.

Era Tim Cooper, el toxicólogo.

—Tengo algunos resultados para usted —me dijo—. Ni rastro de etanol, metanol, isopropanol ni acetona. El monóxido de carbono es inferior al siete por ciento. Seguiré trabajando en los demás análisis.

—Gracias. No sé qué haría sin ti —fue mi respuesta.

Me volví a McGovern, colgué y le conté lo que Cooper acababa de comunicarme.

—La mujer estaba muerta antes del incendio —expliqué—. La causa de la muerte fue desangramiento y asfixia por aspiración de sangre, debido a una herida punzante en el cuello. En cuanto a la calificación, todavía seguimos pendientes de otras investigaciones, pero creo que ya podemos considerarlo homicidio. Hasta el momento de hacerlo oficial, tenemos que identificar a la víctima.

—Al parecer, debo imaginar que la mujer incendió el lugar y tal vez se rajó el cuello ella misma antes de que la alcanzara el fuego, ¿es eso? —soltó con un asomo de cólera en la voz.

No respondí y me concentré en medir el café para preparar unas tazas en la cafetera del mostrador contiguo.

—¿No crees que es imaginar demasiado? —continuó.

Añadí agua embotellada y pulsé un botón.

—Mira, Kay, nadie querrá saber nada de un homicidio —advirtió ella—, porque anda por medio Kenneth Sparkes y por lo que todo esto puede representar. Espero que te des cuenta del conflicto al que te enfrentas.

—Y al que se enfrenta la ATF —puntualicé, sentada al otro lado de mi escritorio, irremediablemente invadido de montones de papeles.

—Mira, a mí no me importa quién sea Sparkes —dijo McGovern—. Yo me dedico a cada caso con toda la intención de conseguir una detención. No soy yo quien tiene que vérselas aquí con la política.

Sin embargo, en aquel momento yo no pensaba en Sparkes ni en los medios de comunicación. Aquel caso me perturbaba profundamente y de un modo que no había imaginado.

—¿Cuánto tiempo más estarán tus chicos en el escenario del incendio? —le pregunté.

—Otro día más. Dos, como máximo —respondió—. Sparkes nos ha facilitado a nosotros y a la compañía de seguros un inventario de lo que había en la casa. Sólo los muebles antiguos, los viejos suelos de madera y los paneles de las paredes constituían una fuente de combustible enorme.

—¿Qué hay del cuarto de baño principal? —quise saber—. Supongamos que fue allí donde se originó el fuego.

—Evidentemente, ahí está el problema —respondió McGovern con cierta vacilación.

—Exacto. Si no se utilizó ningún acelerador o, al menos, ninguno destilado del petróleo, ¿qué pudo causarlo?

—Los chicos están estrujándose el cerebro —declaró con aire de frustración—; y yo también. Si intento calcular la energía que se necesitaría en ese cuarto para provocar un incendio general en la casa, no hay suficiente combustible. Según Sparkes, allí no había más que una alfombrilla y unas toallas. Las cajoneras y los apliques eran de acero pulido, hechos por encargo. La ducha tenía una mampara de cristal, y la ventana, unas cortinas muy finas.

Hizo una pausa al oír el borboteo de la cafetera.

—Así pues, ¿de cuánto hablamos? —prosiguió de inmediato—. ¿De quinientos o seiscientos kilowatios en total, para una habitación de tres metros por cinco? Está claro que hay otras variables; como la cantidad de aire que penetraba por la puerta...

—¿Qué hay del resto de la casa? Acabas de decir que allí había una cantidad de combustible enorme, ¿no?

—Sólo nos preocupa una de las piezas, Kay: la habitación donde se originó el incendio. Sin un punto de origen, el resto del material inflamable no importa.

—Entiendo.

—Sé que en ese cuarto de baño se produjeron unas llamas que dejaron su marca en el techo, sé la altura que alcanzaron esas llamas y cuántos kilowatios de energía fueron precisos para que el incendio se propagara como lo hizo. Una alfombrilla, un par de toallas y unas cortinas no bastarían para provocar algo así.

Yo sabía que sus cálculos eran puros datos matemáticos y no ponía en duda nada de cuanto me decía. No obstante, daba igual. Para mí, el problema seguía siendo el mismo: tenía razones para pensar que nos enfrentábamos a un homicidio y que, cuando se había iniciado el fuego, el cuerpo de la víctima ya estaba en el cuarto de baño principal con sus suelos de mármol incombustibles, sus grandes espejos y sus accesorios de acero. De hecho, el cadáver tal vez se encontraba en la bañera.

—¿Qué hay del tragaluz? —pregunté a McGovern—. ¿Encaja eso en tu teoría?

—Podría ser. Porque, una vez más, las llamas tuvieron que ser lo bastante altas para romper el cristal, en cuyo caso el calor habría salido a través de la abertura como por una chimenea. Cada incendio tiene su personalidad, pero en ningún caso puede saltarse las leyes de la física.

—Ya comprendo.

—En un incendio hay cuatro fases —continuó Teun como si yo no supiera nada del tema—. La primera es el penacho de fuego, o columna de gases calientes, llamas y humo que se alzan del foco del fuego. Esto podría haberse producido, digamos, si se hubiera prendido la alfombrilla del baño. Cuanto más se alzan los gases por encima de la llama, más fríos y densos se vuelven. Los gases calientes se mezclan con subproductos de la combustión, empiezan a caer y el ciclo se repite, creando unas turbulencias de humo que se extienden en horizontal. A continuación, la capa de humo caliente debería continuar bajando hasta encontrar una abertura de ventilación; en este caso, supondremos que ésta fue la puerta del baño. Después, la capa de humo escapa por la abertura al tiempo que penetra aire fresco. Si hay suficiente oxígeno, la temperatura del techo alcanza los seiscientos grados centígrados y... ¡bum!, ya tenemos el estallido, el incendio en pleno desarrollo.

—Un incendio en pleno desarrollo en el cuarto de baño principal —comenté.

—Y luego en otras estancias con atmósfera rica en oxígeno donde haya suficiente carburante para hacer arder la casa hasta los cimientos —añadió ella—. Por eso no es la propagación del fuego lo que me preocupa, sino el origen. Como antes he dicho, una alfombrilla y unas cortinas no bastarían; tenía que haber algo más.

—Tal vez lo había —apunté, y me levanté para servir el café—. ¿Cómo quieres el tuyo? —le pregunté.

—Con leche y azúcar. —Me siguió con la mirada—. Pero no me pongas nada artificial, por favor.

Yo tomé el mío solo y dejé los vasos en el escritorio. Entretanto, McGovern paseó la mirada por mi nuevo despacho. Desde luego, era más luminoso y moderno que el que había ocupado en el antiguo edificio de la Catorce y Franklin pero, en realidad, el espacio de que disponía era el mismo. Peor aún, había sido distinguida con un despacho en la planta principal, en un ángulo del edificio con ventanas, y cualquiera que conociese a un médico sabía que lo que necesitábamos eran paredes para estanterías y no cristales antibala con vistas a un aparcamiento y a la autovía de Petersburg. Mis cientos de revistas, publicaciones y formidables volúmenes de medicina, de leyes y de criminología estaban amontonados y, en algunos casos, repartidos entre varias estanterías. Rose, mi secretaria, solía oír mis improperios cuando yo no localizaba algún libro de consulta que necesitara con urgencia.

—Teun, me gustaría aprovechar esta oportunidad para agradecerte que te cuides de Lucy —dije entre sorbos de café.

—Lucy sabe cuidar de sí misma —fue su respuesta.

—No siempre ha sido así. —Esbocé una sonrisa en un esfuerzo por resultar más graciosa, por disimular el dolor y los celos que me herían el corazón—. Pero tienes razón —continué—. Creo que Lucy está haciendo un esfuerzo y un trabajo admirables. Estoy segura de que Filadelfia le sentará muy bien.

McGovern leía cada señal que yo emitía, y observé que se percataba de más cosas de las que yo habría deseado.

—Kay, tu sobrina no tendrá un camino fácil —declaró rotundamente—. Da igual lo que yo haga.

Revolvió el café como si se dispusiera a catar el primer sorbo de un buen vino.

—Soy su supervisora, no su madre —añadió Teun.

El comentario me causó una considerable irritación, que se hizo evidente cuando, de repente, di instrucciones a Rose por teléfono de que no me pasara ninguna llamada. Me levanté y cerré la puerta del despacho.

—Espero que no la trasladen a tu oficina de campo porque necesite una madre —repliqué con frialdad, y volví al escritorio, que servía de barrera entre las dos—. Lucy es, por encima de todo, una profesional.

McGovern levantó la mano para hacerme callar.

—¡Bah! —protestó—. Eso, por supuesto. Simplemente no te prometo nada. Ya es mayorcita, pero también se enfrenta a un montón de grandes obstáculos. Habrá quien utilice su pasado en el FBI contra ella y que dé por supuesto, sin más comprobaciones, que todo es ficción y que nunca ha llevado casos criminales.

—Ese prejuicio no duraría mucho —le aseguré. Empezaba a resultarme muy difícil conversar con ella objetivamente acerca de mi sobrina.

—¡Oh!, casi tanto como tardasen en verla posar en tierra un helicóptero o en programar un robot para que retirase una bomba de una zona acotada —soltó ella con tono burlón—; o en repasar mentalmente una serie de operaciones matemáticas que los demás no resolveríamos ni siquiera con calculadora.

Las ecuaciones matemáticas a las que se refería, o valoraciones científicas, se utilizaban para calcular las reacciones físicas y químicas presentes en un incendio en relación con lo que el investigador observaba en la escena del fuego o con las declaraciones de los testigos. Yo dudaba de que Lucy pudiera hacer muchas amistades gracias a su capacidad para resolver tales fórmulas esotéricas en su cabeza.

—Teun —le dije, suavizando la voz—. Lucy es diferente y eso no siempre le beneficia. De hecho, en muchos aspectos es tan problemática la genialidad como el retraso mental.

—Desde luego que sí. Soy mucho más consciente de ello de lo que podrías imaginar.

—Siempre que lo entiendas... —repliqué como si estuviera entregándole, a regañadientes, el testigo en la carrera de relevos del difícil desarrollo de Lucy.

—Y siempre que tú entiendas que en todo momento ha sido tratada como los demás y que así seguirá sucediendo; y ello incluye la reacción de sus compañeros ante sus antecedentes, entre los cuales se cuentan los rumores sobre la razón de que abandonara el FBI y sobre su vida privada —declaró ella con franqueza.

La miré largo y tendido y me pregunté cuánto sabía Teun McGovern acerca de Lucy. A menos que alguien del Buró la hubiese puesto al corriente, no se me ocurría ningún motivo para que conociera la relación de mi sobrina con Carrie Grethen y las consecuencias que tal relación podía tener cuando el caso llegase a juicio, dando por supuesto que detuvieran a Carrie. El mero recuerdo de lo sucedido ensombreció lo que ya había sido un día oscuro, y mi incómodo silencio invitó a McGovern a llenarlo.

—Tengo un hijo —dijo con voz calmada y con la mirada fija en su café—. Sé cómo se siente una cuando los hijos crecen y, de pronto, desaparecen y se dedican a sus cosas y están demasiado ocupados para hacer una visita o llamar por teléfono.

—Ya hace mucho tiempo que Lucy se ha hecho mayor —me apresuré a replicar, pues no deseaba que se compadeciese de mí—.

Además nunca llegó a vivir conmigo; de forma permanente, me refiero. En cierto modo, siempre ha estado perdida por ahí.

Sin embargo, McGovern se limitó a sonreír mientras se levantaba.

—Tengo que inspeccionar las tropas —apuntó—. Supongo que será mejor que me ponga manos a la obra.

6

A las cuatro de la tarde, cuando entré a buscar a Chuck, mi equipo todavía estaba ocupado en la sala de autopsias. Él y dos de los médicos internos estaban trabajando en el cadáver de la mujer muerta en el incendio, cuya carne procedían a desprender lo mejor que podían con espátulas de plástico para no rayar los huesos.

Chuck, con sus ojos pardos casi vidriosos tras la protección facial, sudaba bajo el gorro quirúrgico y la mascarilla mientras separaba el tejido del cráneo. Era un hombre alto y fibroso, y sus cabellos cortos de color rubio arena tenían tendencia a sobresalir en cualquier dirección por mucho fijador que utilizara. Era atractivo, tenía cierto aire adolescente y, aunque ya llevaba un año en el equipo, yo seguía dándole bastante miedo.

—¿Chuck? —repetí mientras inspeccionaba una de las tareas más repulsivas de la medicina forense.

—¿Sí, doctora?

Dejó lo que estaba haciendo y me dirigió una mirada furtiva. El hedor empeoraba cada minuto que la carne en descomposición permanecía fuera de la cámara frigorífica, y no me hacía ninguna gracia el trabajo que me esperaba a continuación.

—Déjame comprobarlo una vez más —le dije a Ruffin. Era tan alto que solía encorvar la espalda y, cuando miraba a su interlocutor, el cuello le sobresalía como el de una tortuga—. Nuestro viejo instrumental no ha superado el traslado...

—Yo diría que lo han tratado sin la menor delicadeza —asintió él.

—Sí, deberían haber tenido más cuidado —corroboré—, lo cual significa que tú y yo tenemos que cumplir un encargo.

—¿Ahora mismo?

—Ahora mismo.

No perdió ni un segundo y se dirigió al vestuario masculino para quitarse sus ropas sucias y pestilentes y tomar una ducha que apenas duró lo imprescindible para quitarse el champú de la cabeza. Seguía sudando, tenía la cara sonrosada de tanto frotar, y cuando nos reunimos en el pasillo le entregué un manojo de llaves. El Tahoe granate estaba aparcado en el sótano del edificio; monté en el asiento del acompañante y dejé que condujera Ruffin.

—Vamos a Cole's, el proveedor de artículos para restaurantes —le dije al tiempo que el enorme motor cobraba vida—. Está a un par de manzanas al oeste de Parham, en Broad. Tomaremos la 64 y tomaremos la salida de West Broad. Desde allí, ya te guiaré.

Accionó el mando a distancia y la puerta del aparcamiento se abrió y dejó entrar un sol de cuya presencia no me había percatado en todo el día. Acababa de iniciarse la hora punta, y unos minutos más tarde el tráfico estaría imposible. Ruffin conducía como una anciana, con gafas de sol y encorvado hacia delante, a casi diez kilómetros por hora por debajo del límite de velocidad.

—Puedes ir un poco más rápido —le dije con calma—. Cierran a las cinco, así que debemos darnos cierta prisa.

Chuck pisó el acelerador y alargó la mano al cenicero en busca de monedas para el peaje.

—¿Puedo hacerle una pregunta, doctora? —me dijo.

—Adelante.

—Es un poco... especial. —Miró de nuevo por el retrovisor.

—No importa. ¿De qué se trata?

—He visto muchas cosas, ¿sabe? En el hospital, en la funeraria y tal —empezó a explicar con gesto nervioso—. Pero nada de eso me ha afectado, ¿sabe?

Al llegar al peaje, aminoró la velocidad y arrojó una moneda en la cesta. La barrera a franjas rojiblancas se levantó y continuamos la marcha entre los coches, que nos adelantaban a toda velocidad. Ruffin subió de nuevo la ventanilla.

—Es normal que lo que ves ahora sí te afecte. —Lo ayudé a terminar de expresarse. Al menos, eso creí que hacía.

Sin embargo, no era aquello lo que quería decirme.

—Verá, por la mañana casi siempre llego al depósito antes que usted —siguió diciendo con la mirada fija al frente y las manos en el volante—. Por eso soy quien atiende los teléfonos y quien le prepara a usted las cosas. Lo hago porque soy el único que está ahí a esas horas.

Asentí en silencio. Esta vez, no tenía la menor idea de qué se proponía contarme.

—Pues bien, hace un par de meses, cuando todavía estábamos en el antiguo edificio, el teléfono sonaba hacia las seis y media de la mañana, muy poco después de que yo llegara; y cuando lo descolgaba, no había nadie al otro lado.

—¿Cuántas veces ha sucedido eso? —inquirí.

—Quizá tres a la semana. En ocasiones, cada día; y en la actualidad sigue sucediendo.

En aquel momento, toda mi atención se concentraba en Chuck.

—¿Y ha sucedido también desde que nos trasladamos? —quise asegurarme.

—Sí, doctora. La verdad es que seguimos teniendo el mismo número —me recordó él—. De hecho, ha vuelto a suceder esta mañana y me he inquietado un poco. Me preguntaba si deberíamos probar a localizar las llamadas para averiguar qué sucede.

—Cuéntame qué ocurre exactamente cuando descuelgas el teléfono —le insistí mientras avanzábamos por la interestatal respetando estrictamente el límite de velocidad.

—Yo digo «Aquí, el Depósito», y quien llama no responde. Sólo hay silencio, casi como si la comunicación se hubiese cortado. Entonces repito «¿Diga?» unas cuantas veces y, finalmente, cuelgo. Pero noto que hay alguien al otro lado. Percibo su presencia.

—¿Por qué no me has hablado de esto hasta hoy?

—Quería asegurarme de que no actuaba precipitadamente; o de que no se debía a un exceso de imaginación, porque a primera hora de la mañana, cuando el sol aún no ha salido y no hay nadie más, he de reconocer que entrar ahí impone bastante.

—¿Y dices que esto empezó hace un par de meses?

—Más o menos —respondió él—. En realidad, las primeras veces no las conté.

Me irritaba que hubiese aguardado hasta entonces para informarme de aquello, pero a esas alturas ya era inútil insistir en el tema.

—Se lo comunicaré al capitán Marino —dije—. Mientras tanto, Chuck, será preciso que me informes si vuelve a suceder, ¿de acuerdo?

Mi ayudante asintió; tenía los nudillos blancos en torno al volante.

—Es pasado el próximo semáforo. Buscamos un edificio grande de color beige. Está a mano izquierda, en el número novecientos y algo, justo después de Jopa's.

Faltaba un cuarto de hora para que cerrasen y cuando nos apeamos del coche sólo había un par de vehículos más en el aparcamiento. Entramos en un amplio espacio lleno de estanterías de metal que llegaban hasta el techo, con pasillos entre ellas. La temperatura era gélida a causa del aire acondicionado, y en las estanterías había objetos de todo tipo, desde cucharones y espumaderas de tamaño industrial, hasta calientaplatos para cafeterías, cafeteras gigantescas y batidoras. No obstante, lo que me interesaba eran las ollas y pucheros y, tras un rápido examen, encontré la sección que buscaba, cerca de las sartenes eléctricas y de las tazas de medir.

Empecé a revolver grandes recipientes de aluminio cuando apareció un encargado. Estaba medio calvo, tenía un vientre prominente y en el antebrazo derecho lucía un tatuaje de una mujer desnuda que jugaba a cartas.

—¿Puedo ayudarlo en algo? —le dijo a Ruffin.

—Necesito la cazuela más grande que tengan —respondí yo.

—Hay unas de cuarenta litros.

Alargó el brazo hacia un estante demasiado elevado para mí, tomó el enorme recipiente y se lo entregó a Ruffin.

—Necesitaré la tapa —añadí.

—Tendremos que pedirla.

—¿No tiene otro recipiente cuadrado y hondo —pregunté mientras visualizaba unos largos huesos.

—Tengo una cacerola de veinte litros...

Se encaramó a otro estante y el metal resonó con estrépito cuando levantó un recipiente que probablemente estaba pensado para una buena cantidad de puré de patatas, verduras o pastel de frutas.

—Supongo que de ésa tampoco tiene la tapa, ¿no?

—Pues sí.

El empleado sacó una con el consiguiente estrépito de las demás.

—Y aquí tiene el cucharón. Porque supongo que también querrán el cucharón, ¿no?

—No, gracias —respondí—. Sólo algo largo para revolver. Da igual que sea de madera o de plástico; y unos guantes resistentes al calor: dos pares. ¿Qué más?

Pensativa, me volví hacia Ruffin.

—¿Quizá deberíamos quedarnos también el de veinte litros, para trabajos de menor envergadura? —murmuré.

—Buena idea —asintió él—. El más grande va a resultar muy pesado cuando esté lleno de agua; y no tiene objeto usarlo si nos sirve otro más pequeño, aunque creo que esta vez vamos a necesitar el grande.

El vendedor escuchaba nuestra ambigua conversación con cara de creciente perplejidad.

—Díganme que piensan cocer y quizá pueda aconsejarlos —se ofreció, dirigiéndose de nuevo a Ruffin.

—De todo un poco —respondí yo—. Es sobre todo, para hervir cosas.

—¡Ah, entiendo! —Soltó él, aunque no era cierto—. Bien, ¿querrán algo más?

—Es todo —le contesté con una sonrisa.

En la caja registradora, marcó ciento setenta y siete dólares en artículos de menaje para restaurantes, y me llevé la mano al billetero para sacar la MasterCard.

—¿Por casualidad hace descuento a las agencias del gobierno? —le pregunté cuando le entregué la tarjeta de crédito.

—No —respondió, y se frotó la barbilla mientras observaba la tarjeta con gesto ceñudo—. Creo que he oído su nombre en las noticias... —Me miró con suspicacia—. ¡Ah, ya sé! —exclamó, y chasqueó los dedos—. Usted es la que se presentó para el Senado hace unos años. ¿O tal vez fue a subgobernadora? —dijo, complacido.

—No era yo —contesté—. Procuro mantenerme alejada de la política.

—Lo mismo que yo —afirmó el hombre en voz alta mientras Ruffin y yo salíamos con nuestras compras—. ¡Son todos unos corruptos, del primero al último!

Cuando volvimos al depósito, di instrucciones a Ruffin de que sacara de la cámara frigorífica los restos de la víctima del incendio y los trasladara, junto con las cacerolas recién compradas, a la sala de descomposición.

Eché un vistazo a las notas de llamadas telefónicas recibidas, la mayoría de periodistas, y reparé en que estaba dándome nerviosos tirones de los cabellos cuando Rose apareció en el umbral de la puerta que comunicaba mi despacho con el suyo.

—Diría que ha tenido un mal día —comentó.

—No peor de lo habitual.

—¿Le apetece una taza de té de canela?

—Creo que no —respondí—. Pero te lo agradezco.

Rose dejó sobre mi escritorio un montón de certificados de defunción que se sumaron a la inacabable pila de documentos pendientes de firma.

Aquel día, Rose iba vestida con un elegante traje pantalón azul marino y una blusa púrpura brillante; calzaba, como siempre, unas zapatillas negras de piel con cordones.

Ya hacía tiempo que Rose había alcanzado la edad de la jubilación, aunque no se le notaba en la cara, cuyas facciones regias se revelaban a través de un sutil maquillaje. Sin embargo, su cabello se había vuelto más ralo y se veía completamente cano; además, la artritis le afectaba a los dedos, la parte inferior de la espalda y las caderas, por lo que le resultaba cada vez más incómodo estar sentada en su escritorio y ocuparse de mí como había hecho desde el día que accedí a aquel puesto.

—Son casi las seis —observó con una mirada afectuosa.

Eché un vistazo al reloj y empecé a repasar documentos y a estampar mi firma en ellos.

—Estoy invitada a una cena en la iglesia —me hizo saber con diplomacia.

—Estupendo —respondí, y continué leyendo con el entrecejo fruncido—. Maldita sea, ¿cuántas veces tendré que decirle al doctor Carmichael que no se puede certificar una muerte por «paro cardíaco». ¡Por Dios!, todo el mundo muere de paro cardíaco. Uno se muere y el corazón se para, ¿no? Y por muchas veces que le enmiende el certificado, también sigue usando lo de «fallo respiratorio».

Exhalé un suspiro de irritación.

—Carmichael ha sido forense del condado de Halifax... ¿cuántos años? ¿Veinticinco? —continué mi diatriba.

—No olvide que es especialista en obstetricia, doctora; y que es ya muy anciano —me recordó Rose—. Es un buen hombre, pero no creo que pueda aprender nada nuevo. Sigue redactando sus informes en una máquina de escribir Royal, a la vieja usanza. Por cierto, la razón de que haya mencionado esa cena en la iglesia es que me esperan allí dentro de diez minutos.

Hizo una pausa y me miró por encima de las gafas de lectura.

—Pero si quiere puedo quedarme —añadió.

—Tengo algunos asuntos pendientes —le dije—, pero lo último que querría es poner obstáculos a una cena parroquial; tuya o de quien sea, Rose. Tal como van las cosas, ya tengo siempre suficientes problemas con Dios.

—En ese caso, buenas noches, doctora —dijo Rose—. Las cartas que me ha dictado están en la bandeja. Hasta mañana.

Sus pisadas se perdieron por el pasillo y me envolvió un silencio sólo roto por el rumor de los papeles que movía en el escritorio.

Pensé en Benton varias veces y reprimí el deseo de llamarlo porque no estaba preparada para relajarme, o tal vez, simplemente, porque todavía no quería sentirme humana. Al fin y al cabo, era difícil sentirse como una persona normal, con emociones normales, cuando una se disponía a hervir unos restos humanos en un recipiente que, al fin y al cabo, no era más que una enorme olla para un caldo. Pasaban pocos minutos de las siete cuando recorrí el pasillo hacia la sala de descomposición, que estaba dos puertas más adelante y frente a la dispensadora de agua.

Abrí la puerta y entré en una pequeña sala de autopsias con una cámara frigorífica y ventilación especial. Los restos estaban cubiertos con un lienzo sobre una mesa transportable, y también había allí una cacerola de cuarenta litros, nueva y llena de agua, sobre un quemador eléctrico situado bajo una campana extractora. Me puse los guantes y una mascarilla y bajé el fuego para que los huesos no sufriesen más daños. Acto seguido, vertí dos medidas de detergente de lavadora y una taza de lejía para el desprendimiento de las fibras, cartílagos y grasas.

Abrí el lienzo y dejé a la vista los huesos, ya desprovistos de la mayor parte de los tejidos y con las extremidades lastimosamente truncadas como palos quemados. Coloqué con cuidado fémures y tibias en el recipiente; luego, introduje la pelvis y partes del cráneo, así como vértebras y costillas. El agua empezaba a calentarse y emitía un vapor cargado de un hedor intenso. Necesitaba examinar los huesos del cadáver desnudos y limpios porque así quizá revelarían algo, y, en pocas palabras, no había otro modo de hacerlo.

Permanecí un rato en la estancia, sentada, mientras la campana extractora aspiraba el aire cuidadosamente. Me quedé adormilada. Estaba cansada y me sentía emocionalmente consumida y sola. El agua continuó calentándose, y los restos de la mujer que yo creía que había muerto asesinada empezaron a cocerse en el perol, en lo que me parecía una indignidad más y una última falta de respeto a su persona.

—¡Dios santo! —suspiré, como si Dios pudiera escucharme, de algún modo—. Bendícela, fuera quien fuese.

Me costaba imaginar a una persona reducida a unos huesos cocidos en una cacerola y, cuanto más pensaba en ello, más deprimida me sentía. Alguien, en alguna parte, había amado a aquella mujer; algo habría hecho en su vida, antes de que su cuerpo y su identidad le fueran arrebatados de una manera tan cruel. Había pasado toda mi existencia intentando evitar el odio, pero a esas alturas ya era demasiado tarde. Aborrecía a los sádicos, cuyo propósito en el mundo era torturar y quitar la vida como si tuvieran derecho a apropiarse de ella. También era cierto que las ejecuciones me perturbaban profundamente, pero sólo porque resucitaban unos crímenes horrendos y a unas víctimas que la sociedad apenas recordaba ya.

El vapor se alzaba en una columna caliente y húmeda e impregnaba el aire de una fetidez nauseabunda que remitiría conforme los huesos siguieran cociéndose. Imaginé a una mujer alta, delgada y rubia, que a veces llevaba pantalones vaqueros y botas con cordones y guardaba un anillo de platino en el bolsillo trasero. Las manos habían desaparecido y, probablemente, nunca me sería posible conocer el tamaño de sus dedos o si el anillo encajaba en ellos, si bien esto no era probable. Seguramente Fielding tenía razón, y me di cuenta de que tenía otra pregunta que hacer a Sparkes.

Pensé en sus heridas e intenté imaginar cómo las había sufrido. También me pregunté por qué el cuerpo, completamente vestido, había aparecido en el cuarto de baño principal. Tal ubicación, si estábamos acertados al situarla allí, resultaba inesperada y extraña. No llevaba desabrochados los pantalones, puesto que habíamos recuperado la cremallera y la habíamos encontrado cerrada; y, desde luego, tenía las nalgas cubiertas. A juzgar por el tejido sintético que se le había fundido con la piel, tampoco había razón para sospechar que tuviera los pechos al aire. Ninguno de tales hallazgos descartaba una agresión sexual, pero sin duda reforzaban la tesis de que no se había producido nada semejante.

Estaba comprobando el estado de los huesos a través de un velo de vapor cuando me sobresaltó el sonido del teléfono. Al principio pensé que sería alguna funeraria que tenía algún cadáver para enviar, pero entonces advertí que la luz parpadeante correspondía a una de las líneas conectadas con la sala de autopsias. No pude evitar el recuerdo de lo que Ruffin había comentado sobre llamadas fantasmagóricas a primera hora de la mañana y casi esperé que no respondiera nadie al otro lado.

—¿Sí? —dije bruscamente.

—¡Eh! ¿Alguien se ha meado en tus copos de maíz? —replicó la voz de Marino.

—¡Oh! —exclamé con alivio—. Lo siento, creí que se trataba de un bromista.

—¿Un bromista? ¿A qué te refieres?

—Te lo contaré más tarde —respondí—. ¿Qué sucede?

—Estoy en tu aparcamiento; esperaba que me dejarías entrar.

—Voy para allá enseguida.

De hecho, me alegraba de tener compañía. Acudí rápidamente al aparcamiento cerrado y pulsé un botón de la pared. La gran puerta de acceso empezó a abrirse y Marino se coló por el hueco. Las luces de vapor de sodio difuminaban la oscuridad de la noche, y advertí que el cielo se había cubierto de nubes que amenazaban lluvia.

—¿Qué haces aquí, tan tarde? —preguntó Marino con su brusquedad habitual, sin dejar de fumar.

—En mi despacho no se fuma —le recordé.

—Como si aquí alguien fuera a preocuparse por los efectos del tabaco en fumadores pasivos...

—Aquí, algunos todavía respiramos —puntualicé.

Arrojó el cigarrillo al suelo de cemento y lo aplastó bajo la suela del zapato con gesto irritado, como si no hubiéramos pasado nunca por aquella rutina, como si fuera la primera vez en la vida. En realidad, había llegado a constituir entre nosotros un acto tan sabido y conocido que, por su propia repetición, había pasado a reafirmar de alguna manera nuestro vínculo. Estaba completamente segura de que si algún día no importunaba a Marino con algún comentario sobre lo que fuera, heriría sus sentimientos.

—Acompáñame a la sala de descomposición —le dije tras cerrar la puerta metálica de acceso al aparcamiento—. Me has pillado en pleno proceso.

—Ojalá lo hubiera sabido —se lamentó—. Te habría llamado por teléfono.

—No te preocupes, no es tan grave. Sólo estoy limpiando unos huesos.

—Quizás eso no sea grave para ti —fue su respuesta—, pero yo nunca he logrado acostumbrarme al olor de carne humana cocida.

Entramos en la sala de descomposición y ofrecí a Pete una mascarilla de quirófano. Estudié el proceso para ver qué tal iba y bajé el calor cincuenta grados para asegurarme de que el agua no hervía ni agitaba los huesos, evitando así que se golpearan unos con otros o contra las paredes de la cacerola. Marino se colocó la mascarilla sobre la nariz y la boca y se la anudó con torpeza a la nuca. Localizó una caja de guantes desechables, tomó un par y se los puso. Resultaba irónico que Pete fuese tan obsesivo respecto a agentes externos que invadieran su salud cuando, de hecho, el riesgo más grave que corría era simplemente su modo de vida. Vestido con los pantalones caqui, camisa blanca y corbata, estaba sudoroso y en algún momento del día había sufrido el asalto del ketchup.

—Tengo un par de cosas interesantes para ti, doctora —comentó, y se apoyó contra un fregadero brillante y pulido—. Hemos comprobado los datos del Mercedes que se quemó detrás de la casa de Kenneth Sparkes y ha resultado ser un 240D del año 81, azul. El cuentakilómetros ya debía de haber dado dos vueltas completas. La documentación resulta un poco rara. Va a nombre de un tal doctor Newton Joyce, de Wilmington, Carolina del Norte. El nombre aparece en la guía, pero no he logrado ponerme en contacto con él; tiene conectado el contestador automático.

—Wilmington es donde Claire Rawley estudió y queda cerca de donde Sparkes tenía su casa en la playa —le recordé.

—Exacto. Hasta el momento, los indicios siguen apuntando en esa dirección. —Marino observó con aire ausente el recipiente humeante colocado sobre el quemador—. La mujer llega a Warrenton en el coche de otro, consigue colarse en la casa de Sparkes cuando él no está y alguien la asesina e intenta borrar los indicios provocando un incendio —continuó, y se frotó las sienes—. Te diré una cosa, doctora: este caso apesta tanto como eso que estás cociendo. Estamos perdiéndonos algo importante, porque las piezas no encajan.

—¿Hay algún Rawley en la zona de Wilmington? —pregunté—. ¿Alguna posibilidad de que la difunta tuviera parientes allí?

—Hay dos personas que se apellidan así, pero ninguna está emparentada con esa Claire —respondió Marino.

—¿Qué sabemos de la universidad?

—Todavía no he llegado a eso —dijo, mientras yo volvía a verificar cómo iba la cocción—. Pensaba que ibas a ocuparte tú.

—Por la mañana.

—Ya. ¿Y vas a quedarte aquí toda la noche, pendiente de esa olla?

—En realidad voy a dejar que repose —respondí, al tiempo que apagaba el quemador—. Así podré irme a casa. ¿Qué hora es, por cierto? ¡Oh, Señor!, casi las nueve; y tengo que comparecer ante el tribunal por la mañana.

—Vámonos de este antro —propuso Pete.

Cerré la puerta de la cámara de descomposición y abrí otra vez la del aparcamiento cerrado. A través de la abertura distinguí unas enormes nubes oscuras que pasaban ante la luna como barcos a toda vela, impulsadas por un viento que soplaba con fuerza y emitía fantasmagóricos sonidos en las esquinas del edificio. Marino me acompañó hasta el coche, sacó un cigarrillo y lo encendió; no parecía tener ninguna prisa.

—No quiero meterte sospechas en la cabeza —comentó—, pero creo que hay algo que debes saber...

Abrí la puerta del coche y me coloqué tras el volante.

—Me da miedo preguntar de qué se trata —comenté, completamente en serio.

—Esta tarde he recibido una llamada de Rex Willis, del periódico. Es el columnista encargado de las editoriales —me explicó.

—Ya sé quién es.

Me abroché el cinturón de seguridad.

—Según parece, hoy ha recibido una carta de procedencia anónima, casi en el formato de una nota de prensa. El asunto es grave.

—¿Y qué dice esa carta? —pregunté, al tiempo que un escalofrío me recorría el cuerpo.

—Bien, se supone que es de Carrie Grethen, y dice que se ha fugado de Kirby porque los federales le habíamos tendido una trampa y que sabía que, a menos que escapara, la ejecutarían por algo que no había hecho. Según ella, cuando se produjeron los asesinatos, tú mantenías una relación íntima con Benton Wesley, el jefe de la sección de análisis de personalidades. Declara que todas las presuntas pruebas recogidas contra ella fueron manipuladas como fruto de una conspiración vuestra, tuya y de Wesley, para dejar en buen lugar al FBI.

—¿Y desde dónde la han enviado? —pregunté, indignada.

—Desde Manhattan.

—¿E iba dirigida personalmente a Rex Willis?

—Sí.

—Y, por supuesto, Willis no pensará hacer nada con ella...

Marino titubeó antes de responder:

—¡Oh, vamos, doctora! —dijo finalmente—. ¿Desde cuándo un periodista deja de utilizar algo que llega a sus manos?

—¡Por el amor de Dios! —solté yo al tiempo que el motor se ponía en marcha—. ¿Es que la prensa se ha vuelto completamente loca? ¿Les llega una carta de una psicópata y van a publicarla?

—Tengo una copia, por si quieres verla.

Sacó una hoja de papel doblada del bolsillo trasero y me la tendió.

—Es un fax —aclaró—. El original ya está en el laboratorio. En Documentos verán qué pueden hacer con él.

Desdoblé la copia con manos temblorosas y no reconocí la pulcra letra en tinta negra. No se parecía en nada a la estrambótica caligrafía roja de la carta que yo había recibido de Carrie; por otra parte, las frases estaban muy bien construidas y eran muy claras. Dediqué unos momentos a leerla; pasé por alto sus absurdas afirmaciones de que le habíamos tendido una trampa y detuve los ojos en seco en el largo párrafo final.

Respecto a la agente especial, Lucy Farinelli, si ha tenido una carrera profesional de éxito ha sido sólo gracias a que su tía, la doctora Scarpetta, la influyente forense jefe, ha ocultado los errores y transgresiones de su sobrina durante años. Cuando Lucy y yo estuvimos en Quantico, fue ella quien vino a mi encuentro; no al contrario, como muy probablemente se dirá en el juicio. Aunque es cierto que fuimos amantes durante un tiempo, esta relación sólo fue una manipulación por su parte para que yo tapase sus repetidos errores en el programa CAIN. Y luego ha tratado de atribuirse el mérito de un trabajo que nunca hizo. Le juro por Dios que ésa es la verdad. Se lo juro. Y le pido que me haga el favor de publicar esta carta para que todo el mundo la lea. No quiero pasar el resto de la vida escondiéndome, sentenciada por la sociedad por unos hechos espantosos que no he cometido. Mi única esperanza de libertad y de justicia es que la gente sepa la verdad y haga algo al respecto.

Tenga compasión,

Carrie Grethen

Marino se dedicó a fumar en silencio hasta que hube terminado de leer.

—Quien ha escrito esto sabe demasiadas cosas. Sin duda, es cosa de esa zorra —dijo por fin.

—¿Me escribe una nota que parece la obra de un loco de atar y luego sale con esta carta, que es penalmente coherente...? —comenté. Estaba tan alterada que me sentí enferma—. ¿Cómo se entiende eso, Marino?

Pete se encogió de hombros al tiempo que empezaban a caer las primeras gotas de lluvia.

—Te diré lo que pienso —respondió—. Te enviaba una señal. Quiere que sepas que anda jodiendo a todo el mundo. Para ella, si no pudiera ponerte furiosa y fastidiarte el día la cosa no tendría gracia.

—¿Benton sabe algo de esto?

—Todavía no.

—¿Y de veras crees que el periódico va a publicarlo? —volví a preguntar, con la esperanza de que en esta ocasión su respuesta fuera distinta.

—Ya sabes cómo son estas cosas...

Marino soltó la colilla, que cayó con su luz mortecina y levantó unas chispas al tocar el suelo.

—El artículo contará que esta notoria psicópata asesina se ha puesto en contacto con el periódico mientras la mitad de las fuerzas de orden público anda buscándola —añadió—. La otra mala noticia es que nada nos impide pensar que haya enviado esa misma carta a otras partes también.

—Pobre Lucy —murmuré.

—Sí, bien... Pobres todos —dijo Pete.

7

La lluvia caía al sesgo, con la fuerza de unos perdigones, mientras me dirigía a casa con una visibilidad casi nula. Había desconectado la radio porque no quería oír más noticias en todo el día y porque estaba segura de que aquélla sería una de esas noches en que la tensión no me dejaría conciliar el sueño. En dos ocasiones, reduje la marcha a cincuenta por hora después de que mi pesado Mercedes sedán patinara en el agua. En West Cary Street, los baches y huecos estaban llenos como bañeras, y los destellos azules y rojos de las luces de emergencia que centelleaban en el diluvio me recordaron que no me convenía darme excesiva prisa.

Eran casi las diez cuando, finalmente, me detuve en el camino particular de mi casa y el miedo se apoderó de mí cuando comprobé que las luces del sensor de movimiento que había junto a la puerta del garaje no se encendían. La oscuridad era completa; sólo el runrún del motor del coche y el tamborileo de la lluvia orientaban mis sentidos y me situaban en el mundo. Por un instante, dudé entre abrir la puerta del garaje o largarme de allí a toda velocidad.

—¡Qué ridiculez! —me dije, y pulsé un botón del visor.

Sin embargo, la puerta no respondió.

—¡Maldita sea!

Puse marcha atrás y retrocedí sin apenas ver el camino, el borde de ladrillos o tan siquiera los arbustos. El árbol que rocé era pequeño y no produjo daños en el coche, pero tuve la certeza de que había echado a perder parte del césped al maniobrar hasta la entrada principal de la casa, donde, por lo menos, los temporizadores habían conectado las lámparas del interior y la luz del vestíbulo. En cuanto a las luces de los sensores de movimiento situadas a ambos lados de la escalera de acceso, también estaban apagadas. Intenté ser sensata y me dije que se habría producido un apagón por la tarde debido al mal tiempo, y que ello habría causado alguna avería en el sistema.

Cuando abrí la puerta, la lluvia penetró en el coche. Tomé la libreta de notas y la maleta y subí los peldaños a toda prisa. Cuando conseguí abrir la puerta principal, estaba calada hasta los huesos, y el silencio que me envolvió me resultó sobrecogedor. Las luces que danzaban ante la cerradura indicaban que la alarma antirrobo también se había desconectado, o que tal vez una subida de tensión había averiado también aquel mecanismo. En todo caso, no importaba. En aquel momento estaba aterrorizada y temía hacer el menor movimiento. Así pues, me quedé en el vestíbulo, goteando agua sobre el suelo de madera noble, mientras intentaba ubicar a toda prisa el arma más próxima.

No recordaba si había devuelto la Glock al cajón de la mesa de la cocina. Desde luego, ésta quedaba más cerca que el despacho o que el dormitorio, situados al otro extremo de la casa. Las paredes de piedra y las ventanas estaban siendo batidas por el viento y azotadas por la lluvia y agucé el oído para captar otros sonidos, como algún crujido en el suelo de madera del piso superior o unas pisadas en la moqueta. En un acceso de pavor, solté de pronto el maletín y el cuaderno de notas que tenía en las manos y crucé corriendo el comedor en dirección a la cocina. Tenía los zapatos mojados y estuve a punto de resbalar. Abrí apresuradamente el último cajón de la derecha de la mesa y por poco solté una exclamación de alivio cuando vi allí la Glock.

Empuñé el arma y, tras encender las luces de todas las estancias, registré la casa de nuevo durante un rato. Cuando me convencí de que no había huéspedes indeseados, inspeccioné la caja de fusibles del garaje y cambié los que habían saltado. Una vez restaurado el orden y conectada de nuevo la alarma, me serví una copa de whisky irlandés Black Buch con hielo y aguardé hasta sentirme más tranquilo. Después llamé al motel Johnson's de Warrenton, pero Lucy no estaba. Probé, pues, en el apartamento de la capital federal, y la voz que atendió la llamada fue la de Janet.

—Hola, soy Kay —dije—. Espero no haber despertado a nadie.

—¡Ah, hola, doctora Scarpetta! —respondió Janet, incapaz de

llamarme por el nombre aunque se lo había pedido innumerables veces—. No, estaba aquí sentada, tomando una cerveza y esperando a Lucy.

—Ya —dije yo, decepcionada—. ¿Mi sobrina vuelve de Warrenton?

—Sí, pero no creo que sea por mucho tiempo. Debería ver este lugar. Hay cajas por todas partes; un buen lío.

—¿Qué tal llevas todo esto, Janet?

—Todavía no lo sé —respondió, y detecté un temblor en su voz—. Requerirá ciertos ajustes. Pero ya hemos pasado por eso otras veces.

—Y estoy segura de que superaréis esta situación con buena nota. —Tomé un sorbo de whisky. No tenía ninguna fe en lo que acababa de decir, pero en aquel momento me sentía agradecida por escuchar una cálida voz humana—. Cuando yo me casé, hace muchísimos años, Tony y yo estábamos en dos planos completamente distintos. Sin embargo, conseguimos encontrar tiempo para nosotros, y lo aprovechamos. En ciertos aspectos, era mejor así.

—Pero al final se divorciaron —señaló ella con voz cálida.

—Eso sucedió más tarde.

—Doctora Scarpetta, Lucy tardará por lo menos una hora en llegar. ¿Quiere que le dé algún recado?

Titubeé. No estaba segura de qué hacer.

—¿Sucede algo? —preguntó Janet al advertirlo.

—En realidad, sí —respondí—. Supongo que ni tú ni ella os habéis enterado de la noticia.

Le hice un breve resumen de la carta de Carrie a la prensa; cuando hube terminado, Janet se quedó en silencio.

—Te he contado esto porque será mejor que estéis preparadas —añadí—. Podríais despertar mañana y leerlo en el periódico; o escucharlo en las noticias de última hora.

—Es mejor que me lo haya dicho usted —dijo Janet en voz tan baja que apenas alcancé a oírla—. Pondré al corriente a Lucy tan pronto llegue.

—Dile que me llame, si no está demasiado cansada.

—Se lo diré.

—Buenas noches, Janet.

—De buenas, nada —comentó ella—. Esa hija de puta lleva

años fastidiándonos, de un modo o de otro. ¡Ya estoy harta, joder! Perdone que use este lenguaje.

—Yo también lo empleo.

—¡Y yo estaba allí, maldita sea! —Janet rompió a llorar—. Carrie estaba siempre acosándola. Esa psicópata manipuladora... Lucy no tuvo ninguna oportunidad. ¡Dios mío, si era una cría...! Una cría genial que probablemente debería haberse quedado en la universidad en lugar de hacer un internado en el FBI, joder. Mire, yo aún sigo en el Buró, ¿vale?, pero sé ver dónde está la mierda. Y con ella no se han portado nada bien, lo cual sólo la hace más vulnerable a los manejos de Carrie.

Casi había terminado el whisky del vaso, y en ese momento, no habría habido suficiente en el mundo para confortarme.

—Además, a Lucy no le conviene alterarse —continuó Janet en un acceso de sinceridad respecto a su novia que, hasta aquel momento, nunca había tenido conmigo—. No sé si se lo ha contado, doctora. De hecho, no creo que tuviera intención de hacerlo, pero lo cierto es que Lucy lleva dos años acudiendo a un psiquiatra.

—Bien, me alegro de oír eso —respondí, y disimulé que me sentía dolida—. No me había dicho nada, pero no es algo que debiera sorprenderme —añadí con un tono absolutamente objetivo, mientras el corazón se me encogía por momentos.

—Ha tenido impulsos suicidas —agregó Janet impulsiva—; más de una vez.

—Me alegro de que haya acudido a un especialista. —A punto de verter unas lágrimas, fue lo único que se me ocurrió decir.

Me sentía sumamente abatida. ¿Por qué Lucy no había recurrido a mí?

—La mayoría de quienes consiguen grandes cosas tienen pasajes muy oscuros en sus vidas —añadí—. No obstante, me alegro de que haya decidido enfrentarse al problema. ¿Está tomando alguna medicación?

—Welltrubin. El Prozac la descontrolaba. Tan pronto era una zombi, como un torbellino que iba de bar en bar.

—¡Oh! —Apenas podía articular palabra.

—Le conviene evitar tensiones, sobresaltos o rechazos —continuó Janet—. No sabe usted lo que es esto, doctora. Cuando algo la desequilibra, puede pasarse semanas deprimida, arriba y abajo, arriba y abajo, morbosa y abatida en un instante, activa e incontrolable un segundo después.

Oí que tapaba el micrófono con la mano y se sonaba la nariz. Deseaba saber quién era el psiquiatra de Lucy, pero temí preguntarlo. Me pregunté si mi sobrina sería un caso de trastorno bipolar no diagnosticado.

—Doctora Scarpetta, no quiero que... —pugnó por terminar la frase, entre hipidos—. No quiero que Lucy muera.

—Eso no sucederá, te lo prometo —le respondí.

Colgamos y, todavía vestida, permanecí sentada en la cama durante un rato más. Temía acostarme debido al caos que imperaba en mi cabeza. Pasé un rato sollozando de rabia y de dolor. Lucy podía herirme más que nadie en el mundo, y ella lo sabía. Podía dejarme hecha un guiñapo y estrujarme el corazón, y lo que acababa de contarme Janet había sido, con mucho, el golpe más despiadado. No pude evitar el recuerdo de la actitud inquisitiva de Teun McGovern cuando hablamos en mi despacho. Me había producido la impresión de que estaba muy al corriente de las dificultades de Lucy. ¿Se las habría contado a ella y a mí, no?

Esperé que Lucy llamara, pero no lo hizo; y como no había hablado con Benton, éste finalmente se puso en contacto conmigo.

—¿Kay?

—¿Lo sabes? —solté, iracunda—. Lo que ha hecho Carrie, me refiero.

—Ya, lo de la carta.

—¡Maldita sea, Benton! ¡Maldita sea!

—Estoy en Nueva York —dijo él, para sorpresa mía—. El Buró me ha llamado.

—Bien, han hecho muy bien. Ya conoces a Carrie...

—Por desgracia, sí.

—Me alegro de que estés ahí —manifesté en voz alta—. No sé por qué, parece más seguro. ¿No es irónico? ¿Desde cuándo Nueva York es más segura?

—Te noto muy alterada.

—¿Sabes algo más de su paradero? —Agité el hielo que se derretía en el vaso.

—Por el código postal sabemos que envió la última carta desde Times Square. El matasellos tiene fecha de ayer, martes, diez de junio.

—El día de la fuga.

—Sí.

—Y todavía no sabemos cómo logró escapar.

—Todavía no —confirmó él—. Es como si se hubiera teletransportado al otro lado del río.

—No, nada de eso —repliqué, cansada e irritada—. Seguro que alguien vio algo y, probablemente, también contó con la ayuda de alguien. Carrie siempre ha sabido conseguir que la gente haga lo que quiere.

—La unidad de perfiles psicológicos ha recibido tantas llamadas que ha perdido la cuenta —me informó Benton—. Según parece, distribuyó esa carta a los principales periódicos, incluidos el *Post* y el *The New York Times*.

—¿Y?

—Que esto es demasiado jugoso para que lo echen a la papelera, Kay. La operación de búsqueda de Carrie es de tanta envergadura como la del Unabomber y ella, mientras tanto, escribe a los medios de comunicación. Esta historia saldrá a la luz. Qué diablos, si pueden, esos periodistas publicarán su lista de la compra y retransmitirán sus eructos. Para ellos, Carrie es oro puro: portada de revista y futura historia de Hollywood.

—No quiero oír más —dije.

—Te echo de menos.

—Ojalá estuvieras aquí, conmigo, Benton...

Nos dimos las buenas noches, ahuequé la almohada en la que apoyaba la espalda y estuve tentada de tomar otro whisky, pero luego cambié de idea. Intenté imaginar qué haría Carrie, y el tortuoso camino me condujo siempre de vuelta a Lucy. En cierto modo, aquélla sería la gran proeza de Carrie, porque la consumía la envidia. Lucy tenía más talento y era más íntegra, la superaba en todo, y Carrie no descansaría hasta que se hubiera apropiado de aquella ardiente belleza y hubiera absorbido hasta la última gota de vida de mi sobrina. Cada vez me resultaba más obvio que ni siquiera precisaba estar presente para hacerlo. Todos nos acercábamos cada vez más a su agujero negro, y su fuerza de atracción resultaba de una intensidad asombrosa.

Pasé una noche agitada y soñé con aviones que se estrellaban y con sábanas empapadas de sangre. Iba en un coche, y luego en un tren, y alguien me perseguía. Cuando desperté, a las seis y media, el sol se anunciaba en un cielo azul marino y el agua encharcada brillaba entre la hierba. Llevé la Glock al baño, eché el pestillo y me di una ducha rápida. Cuando cerré el grifo, agucé el oído para asegurarme de que la alarma contra ladrones no se había disparado y luego comprobé el panel de mando del dormitorio para comprobar que el sistema seguía funcionando. Mientras lo hacía, reparaba en lo paranoico y absolutamente irracional de mi conducta, pero me vi incapaz de evitarlo: tenía miedo.

De repente, Carrie estaba en todas partes. Era la mujer delgada con gafas de sol y gorra de béisbol, o la conductora que se detenía detrás de mí en el peaje, o la indigente con el abrigo deformado que me observaba mientras cruzaba Broad Street. Era cualquiera con peinado *punki* y lleno de pendientes, o cualquier figura andrógina o de ropas estrafalarias, y no dejaba de darme vueltas en la cabeza el hecho de que hacía más de cinco años que no la veía. No tenía ni idea de qué aspecto tendría en ese momento y, muy probablemente, cuando la reconociera sería demasiado tarde.

Cuando llegué con el coche la puerta del aparcamiento de debajo de mi despacho estaba abierta. Los empleados de la funeraria Bliley estaban cargando un cádaver en un coche fúnebre de un color negro reluciente. El tráfago habitual seguía como de costumbre.

—Un día espléndido —dije al encargado del transporte, vestido de luto riguroso.

—Sí, ¿cómo está usted? —respondió alguien que ya no prestó más atención.

Otro hombre bien vestido bajó del coche para ayudar al primero, y las patas de la camilla produjeron un chasquido al plegarse. Los hombres cerraron la puerta trasera del vehículo y esperé a que éste saliera; luego, bajé la puerta del recinto.

Me detuve un instante en el despacho de Fielding. Faltaba poco para las ocho y cuarto.

—¿Cómo estamos? —pregunté tras llamar a la puerta.

—Adelante —dijo él.

Estaba repasando los libros de las estanterías, y la bata de laboratorio se sentaba sobre sus hombros fornidos. La vida era difícil para mi ayudante jefe, que rara vez encontraba ropa a su medida debido a la extremada delgadez de su cintura y sus caderas. Recordé el primer pícnic con los compañeros de trabajo, en mi casa, cuando se había tumbado al sol sin más ropa que unos pantalones cortos. Me había sentido sorprendida y algo avergonzada al caer en la cuenta de que apenas podía apartar la vista de él, no porque me sintiera atraída sexualmente por él, sino porque su belleza física en bruto me había cautivado por un instante. No alcanzaba a comprender cómo podía nadie encontrar tiempo para presentar aquel aspecto.

—Supongo que has visto el periódico —me dijo.

—La carta... —señalé con aire sombrío.

—Sí.

Fielding cerró un historial médico obsoleto y lo dejó en el suelo.

—En primera página, con una foto tuya y otra de ella, de una vieja ficha. Lamento que tengas que verte relacionada con una mierda así —comentó, y continuó rebuscando entre los libros—. Los teléfonos andan locos.

—¿Qué más tenemos esta mañana? —pregunté para cambiar de tema.

—Sólo un accidente de tráfico que ocurrió anoche, en la autopista Midlothian. Conductor y pasajero muertos. De Maio ya ha empezado el examen. No hay nada más.

—Es suficiente —le dije—. Tengo que ir al tribunal.

—Pensaba que estabas de vacaciones.

—Yo, también.

—Vaya. ¿Entonces, qué? ¿Estaba previsto que volvieras de Hilton Head para eso?

—El juez Bowls...

—¡Oh! —murmuró Fielding con una mueca de desagrado—. ¿Cuántas veces te ha hecho lo mismo? Se diría que espera a saber cuándo tienes días libres para señalarte fechas de comparecencia que te estropeen cualquier plan que hayas hecho. ¿Y qué haces tú? Perder el culo para regresar y, la mitad de las veces, Bowls continúa con el caso.

—Tendré conectado el buscapersonas.

—Pues ya ves qué me espera a mí.

Señaló el papeleo pendiente, que se amontonaba en su escritorio.

—Voy tan retrasado que necesito un retrovisor —se lamentó.

—A ti es absurdo meterte prisas —murmuré.

El edificio John Marshall, sede de los juzgados, estaba apenas a diez minutos a pie de nuestra nueva ubicación, y pensé que el ejercicio me sentaría bien. La mañana resplandecía, y el aire era vigorizante y limpio. Avancé por la acera de Leight Street y doblé hacia el sur por la Novena. Pasé ante la comisaría central de la policía, con el bolso al hombro y un archivador de fuelle bajo el brazo.

Aquella mañana se juzgaba un caso vulgar de ajuste de cuentas entre fabricantes de drogas, y me sorprendió ver al menos a una decena de periodistas en la tercera planta, a la puerta de la sala del tribunal. Al principio pensé que Rose había cometido un error en mi agenda, pues ni se me ocurrió que los medios de comunicación pudieran estar allí por mí.

Sin embargo, tan pronto como me vieron, corrieron hacia mí con las cámaras de televisión al hombro, los micrófonos conectados y disparando los flashes de las cámaras fotográficas. En un primer momento me sobresalté y luego me enfurecí.

—Doctora Scarpetta, ¿cuál es su respuesta a la carta de Carrie Grethen? —preguntó un periodista del Canal 6.

—Sin comentarios —respondí mientras buscaba frenéticamente con la mirada al abogado que me había citado para testificar en el caso.

—¿Qué tiene que decir respecto a la acusación de conspiración?

—¿Qué hay de lo de usted y su amante del FBI?

—¿Es Benton Wesley?

—¿Cuál ha sido la reacción de su sobrina?

Con los nervios de punta, aparté de un empujón a un cámara mientras el corazón me latía a toda prisa. Me encerré en la pequeña sala de testigos, sin ventanas, y me senté en un banco. Me sentía atrapada y estúpida, y me pregunté cómo había sido tan tonta para no prever que podía suceder algo así, después de lo que había hecho Carrie. Abrí el archivador de fuelle y me puse a repasar varios informes y esquemas, visualizando orificios de entrada y de salida de disparos y determinando cuáles habían sido letales. Permanecí en la sala sin ventilación durante casi media hora hasta que el fiscal dio conmigo. Antes de que yo ocupara el estrado, hablamos unos minutos.

Lo que vino a continuación fue fruto de lo que había sucedido en los momentos previos, y me encontré disociada de lo más profundo de mí misma para sobrevivir a lo que no era más que un ataque despiadado.

—Doctora Scarpetta —dijo el abogado defensor, Will Lampkin, que llevaba años intentando ponerme en un brete—, ¿cuántas veces ha prestado declaración ante este tribunal?

—Protesto —dijo el fiscal.

—Protesta denegada —intervino el juez Bowls, admirador mío.

—No las he contado —respondí.

—Pero, sin duda, podrá calcularlas. ¿Más de diez? ¿Más de cien? ¿Un millón?

—Más de cien —dije, y me di cuenta de que apuntaba directo al corazón.

—¿Y siempre ha contado la verdad a jurados y jueces?

Con las manos a la espalda, Lampkin deambuló muy lentamente ante el estrado con una expresión santurrona en su rostro encendido.

—Siempre he dicho la verdad —contesté.

—¿Y no considera un poco irregular, doctora, acostarse con un miembro del FBI?

—¡Protesto! —El fiscal se puso en pie.

—Protesta aceptada —dijo el juez, y dirigió una mirada furibunda a Lampkin—. ¿Qué se propone, señor Lampkin?

—Me propongo señalar, Su Señoría, la existencia de un conflicto de intereses. Es un hecho ampliamente conocido que la doctora Scarpetta tiene una relación íntima con al menos un miembro de las fuerzas del orden con el que ha trabajado en algunos casos, y que también ha influido en dichas fuerzas del orden, el FBI y la ATF, en lo referente a la carrera de su sobrina.

—¡Protesto!

—Denegada. Haga el favor de concretar, señor Lampkin —indicó el juez, al tiempo que alargaba la mano hacia el vaso de agua y pedía más con un gesto.

—Gracias, Señoría —dijo Lampkin con extrema deferencia—. Lo que intento exponer es que aquí se da un caso ya clásico.

Las cuatro personas de raza blanca y las ocho personas de raza negra que se hallaban en el estrado del jurado con aire atento nos miraban alternativamente a Lampkin y a mí como si estuvieran siguiendo un partido de tenis. Algunos tenían una expresión ceñuda. Uno se limpiaba una uña y otro parecía dormido.

—Doctora Scarpetta, ¿no es cierto que tiende usted a manipular las situaciones de la forma que más le conviene?

—¡Protesto! ¡El abogado está importunando a la testigo!

—Protesta denegada —intervino el juez—. Doctora Scarpetta, haga el favor de responder.

—No. No tengo la menor inclinación a hacer eso —respondí con energía al tiempo que miraba al jurado.

Lampkin sacó una hoja de papel de la mesa tras la que se hallaba sentado su cliente, un criminal de diecinueve años.

—Según el periódico de esta mañana —se apresuró a decir Lampkin—, usted ha estado manipulando el cumplimiento de la ley desde hace años...

—¡Señoría! ¡Protesto! ¡Esto es vergonzoso!

—Denegada —determinó fríamente el juez.

—¡Aquí se expone claramente que ha conspirado con el FBI para enviar a la silla eléctrica a una mujer inocente!

Lampkin se acercó a los miembros del jurado y agitó la fotocopia del artículo ante sus rostros.

—¡Señoría, por el amor de Dios! —exclamó el fiscal, sudoroso bajo la chaqueta.

—Señor Lampkin, haga el favor de continuar su interrogatorio —indicó el juez Bowls al obeso Lampkin.

Mi respuesta acerca de distancias y trayectorias y respecto a qué órganos vitales habían sido alcanzados por las balas de diez milímetros resultó confusa. Momentos después, cuando descendía los peldaños de la escalinata de acceso al edificio y me alejaba a toda prisa, sin mirar a nadie, apenas era capaz de recordar nada de lo que había dicho. Dos tenaces periodistas me siguieron media manzana, pero al final volvieron sobre sus pasos al darse cuenta de que era más fácil sacarle una palabra a una piedra. La injusticia de lo sucedido en el estrado de testigos era indecible. Carrie sólo había necesitado disparar un corta andanada para alcanzarme de pleno; y comprendía que aquello no tendría fin.

Cuando abrí la puerta trasera de mi nueva sede, el resplandor del sol me cegó por un instante hasta que entré en el aparcamiento, frío y en sombras. Llegué a la puerta que daba paso al edificio y me alegró encontrar al otro lado a Fielding, que recorría el pasillo en mi dirección. Llevaba una indumentaria limpia e imaginé que había llegado otro caso.

—¿Todo bajo control? —pregunté, y guardé las gafas de sol en el bolso.

—Un suicidio, en Powhatan. Una chica de quince años se pegó un tiro en la cabeza. Parece que su padre no la dejaba seguir saliendo con su novio, un tipo impresentable. Tienes muy mal aspecto, Kay.

—He sufrido lo que llamas un ataque de tiburones.

—¡Ah, malditos abogados...! ¿Quién era esta vez? —Parecía dispuesto a pegarse con quien fuera.

—Lampkin.

—¡Ah, ese seboso! —Fielding me asió del hombro—. Al final todo se solucionará, ya lo verás. Confía en mí. No hagas caso de toda esa gentuza y sigue adelante.

—Sí, claro —le dije con una sonrisa—. Si me necesitas, estaré en la sala de descompresión.

La tarea solitaria de trabajar pacientemente con los huesos significó todo un alivio, pues no quería que ningún miembro del equipo detectara mi abatimiento y mi temor. Encendí las luces y cerré la puerta a mi espalda. Me puse una bata sobre la ropa de calle y me enfundé dos pares de guantes de látex antes de conectar el quemador eléctrico. A continuación, destapé el recipiente. Los huesos habían seguido el proceso durante toda la noche y parte de la mañana. Los removí con una cuchara de madera para comprobar su estado y, acto seguido, extendí un lienzo plastificado sobre una mesa. El cráneo había sido aserrado durante la autopsia y, con cuidado, saqué del agua tibia y grasienta el casquete de hueso y la calavera, cuyos dientes estaban calcinados, y los coloqué sobre el lienzo para que soltaran el agua.

Para rascar el tejido y separarlo del hueso prefería los depresores de lengua de madera a las espátulas de plástico. Los instrumentos metálicos quedaban descartados porque causarían unos daños que dificultarían nuestra búsqueda de auténticas señales de violencia. Me apliqué a la labor con cuidado y seguí soltando y eliminando la carne y los tendones mientras el resto del esqueleto esperaba tranquilamente en la olla humeante donde se había cocido. Estuve dos horas limpiando y enjuagando hasta que me dolieron las muñecas y los dedos. Me salté el almuerzo; de hecho, ni siquiera me acordé. Casi eran las dos de la tarde cuando descubrí una muesca en el hueso, bajo la zona temporal, donde había localizado la hemorragia. Me detuve y miré con incredulidad.

Acerqué más los focos quirúrgicos, que inundaron de luz la mesa y el lienzo. El corte en el hueso era recto y lineal, de apenas un par de centímetros de longitud y tan poco marcado que habría podido pasarme por alto fácilmente. Las únicas veces que había visto una herida parecida había sido en cráneos del siglo pasado, de personas a las que habían arrancado el cuero cabelludo. En esos casos, por lo general, las muescas o cortes no aparecían en el hueso temporal, pero esto en realidad no significaba nada.

Arrancar el cuero cabelludo no era un procedimiento quirúrgico escrupuloso, y cualquier cosa era posible. Aunque no había hallado ningún indicio de que a la víctima de Warrenton le faltara una parte del cuero cabelludo, tampoco podía jurar que no existiera. Desde luego, cuando habíamos encontrado el cadáver, la cabeza no estaba intacta y, aunque el hecho de conseguir un cuero cabelludo como trofeo podía significar que se dejara al aire la mayor parte del cráneo, también podía consistir en cortar un simple mechón.

Utilicé una toalla para descolgar el teléfono porque, tal como tenía las manos, no podía tocar nada limpio. Dejé un mensaje en el buscapersonas de Marino y, durante los diez minutos siguientes, continué mi minuciosa labor de limpieza mientras esperaba su llamada. No encontré más marcas. Naturalmente, esto no significaba que no se hubieran perdido las señales de otras heridas, pues al menos un tercio de los treinta y dos huesos del cráneo habían sufrido los efectos del fuego. Pensé rápidamente qué debía hacer. Me quité los guantes, los arrojé a la basura, saqué del bolso la agenda de direcciones y empecé a repasarla cuando llamó Marino.

—¿Dónde carajo estás? —le pregunté mientras la tensión bombeaba toxinas por todo mi cuerpo.

—En la cena de Liberty Valance.

—Gracias por darte tanta prisa en llamar —repliqué con irritación.

—¡Vaya, doctora...! La comunicación debe de haberse perdido en el espacio, en alguna parte, porque acabo de recibir el aviso. ¿Qué coño está pasando?

Capté el ruido de fondo de un grupo de gente dedicado a beber y a disfrutar de una comida que, desde luego, sería alta en grasas y mortífera, pero sin duda merecería la pena.

—¿Llamas desde un teléfono público?

—Sí, y para que lo sepas estoy fuera de servicio.

Marino tomó un trago de algo que imaginé que sería cerveza.

—Mañana tengo que ir a Washington. Ha surgido algo importante.

—¡Ah, cuánto detesto oírte cuando dices eso!

—He descubierto otra cosa.

—¿Vas a contármela o tendré que pasarme la noche aquí, esperando?

Pete había bebido y preferí no comentarle el asunto, en aquellos momentos.

—Escucha, ¿quieres acompañarme, suponiendo que el doctor Vessey pueda recibirnos?

—¿El especialista en huesos del Instituto Smithsoniano?

—Lo llamaré a casa tan pronto colguemos.

—Mañana estoy libre, así que podría hacerte un hueco, supongo.

No respondí. Me quedé mirando el recipiente, cuyo contenido empezaba a hervir ligeramente, y bajé un poco el fuego.

—Está bien, cuenta conmigo —añadió entonces Marino, después de otro trago.

—Quedemos en mi casa —dije—. A las nueve.

—Seré puntual.

A continuación marqué el número particular del doctor Vessey en Bethesda. Me respondió a la primera.

—¡Gracias a Dios! —exclamé—. ¿Alex? Soy Kay Scarpetta.

—¡Vaya! ¿Cómo estás?

Para la gente que no se pasaba la vida haciendo repaso de las andanzas de los demás, el doctor Vessey no pasaba de ser un vago recuerdo, aunque en realidad era uno de los mejores antropólogos forenses del mundo y me había ayudado en numerosas ocasiones.

—Me sentiré mucho mejor si me dices que mañana estarás en la ciudad.

—Estaré trabajando en el ferrocarril, como siempre.

—He encontrado la marca de un corte en un hueso. Necesito tu ayuda. ¿Has oído la noticia del incendio en Warrenton?

—No puedo estar despierto y no saberlo...

—Bien. Entonces, ya entenderás...

—No podré llegar ahí hasta las diez, más o menos, y no hay sitio para aparcar —apuntó—. El otro día me llegó un colmillo de cerdo con papel de aluminio dentro —continuó con aire ausente, refiriéndose a lo que había estado haciendo últimamente—. Supongo que procedía de un asado y que alguien lo había enterrado en el patio trasero de su casa. El forense de Misisipí pensaba que era un homicidio, alguien a quien habían disparado un tiro en la boca.

Vessey tosió y carraspeó sonoramente. Oí que bebía algo.

—De vez en cuando todavía me traen zarpas de oso —prosiguió—; la mayoría de los forenses no las distingue de las humanas.

—Ya lo sé, Alex —respondí—. No ha cambiado nada.

8

Marino aparcó en el camino privado de mi casa antes de lo previsto, a las nueve menos cuarto, porque le apetecía un café y algo que comer. Oficialmente, estaba fuera de servicio, de modo que vestía unos tejanos, una camiseta de la policía de Richmond y unas botas de vaquero que habían trotado mucho. Llevaba alisados hacia atrás los pocos cabellos que habían resistido el paso de los años y tenía el aspecto de un viejo solterón con tripa de bebedor de cerveza a punto para llevar a su último ligue a dar una vuelta.

—¿Vamos a un rodeo, tal vez? —le pregunté al tiempo que le franqueaba la puerta.

—Siempre encuentras la manera de fastidiarme, ¿sabes?

Me dirigió una mirada de desagrado que no me perturbó en absoluto. No lo hizo adrede.

—Pero si a mí me parece que estás hecho un maniquí. Pasa; tengo café y galletas integrales.

—¿Cuántas veces tengo que decirte que yo no como esa porquería de alpiste? —refunfuñó mientras me seguía por la casa.

—Pues yo no hago pasteles de carne y huevo.

—Si las hicieras, quizá no pasarías tantas veladas sola.

—No se me había ocurrido.

—¿Te dijeron los del Smithsoniano dónde podríamos aparcar? Porque en la capital federal no hay aparcamientos.

—¿En todo el distrito? El presidente debería hacer algo al respecto.

Estábamos en la cocina y el sol era un destello de oro en las ventanas que daban a él, mientras que las orientadas al sur captaban el reflejo del río entre los árboles. La última noche había dormido mejor, aunque no tenía ni idea de por qué, a menos que mi cerebro estuviera tan sobrecargado que, simplemente, hubiera muerto. Por suerte, no recordaba haber soñado.

—Dispongo de un par de pases para el aparcamiento de personalidades, de la última vez que Clinton estuvo en la ciudad —dijo Marino mientras se servía el café—. Expedidos por la oficina del alcalde.

Llenó otra taza y la deslizó sobre la mesa hacia mí como si fuera una jarra de cerveza en un bar.

—Se me ha ocurrido que, con tu Mercedes y los pases, quizá los agentes crean que tenemos inmunidad parlamentaria o algo así —añadió.

—Supongo que has visto las plazas donde ahí dejan los coches.

Corté en rebanadas un panecillo con semillas de amapola y abrí la puerta del frigorífico para hacer inventario.

—Tengo queso suizo, cheddar de Vermont y jamón curado.

Abrí otro cajón de plástico.

—Y parmesano reggiano... Pero no combina muy bien. No hay queso cremoso, lo siento. Creo que me queda miel, si prefieres.

—¿Y cebollas? —preguntó, mirando por encima de mi hombro.

—De eso sí hay.

—Precisamente el médico me recetó queso suizo, jamón curado y una rodaja de cebolla —dijo Marino con voz satisfecha—. Es lo que llamo un buen desayuno.

—Pero sin mantequilla —le advertí—. He de marcar una línea en alguna parte para no sentirme responsable de que mueras de repente.

—Con un poco de mostaza bastaría.

Unté el pan con mostaza clara fuerte, coloqué el jamón y la cebolla con el queso por encima y, cuando la tostadora del horno se hubo calentado, la boca se me hacía agua. Me preparé otro bocado igual y devolví las galletas integrales a su lata. Nos sentamos a mi sencilla mesa de madera de arce y tomamos el café de Colombia y comimos mientras el sol pintaba de tonos vibrantes las flores de mi jardín y el cielo adquiría un azul brillante y luminoso. A las nueve y media estábamos en la I-95 Norte y encontramos poco tráfico hasta Quantico.

Al pasar ante la salida de la academia del FBI y de la base del Cuerpo de Marines, sentí que volvía a una época que ya no existía, unos recuerdos de la primera época de mi relación con Benton y de mi nervioso orgullo por los logros de Lucy en una agencia de investigación que seguía siendo un club de hombres tan políticamente correcto como lo había sido durante el reinado de Hoover, sólo que, con el tiempo, los prejuicios y el tráfico de poder en el Buró se habían vuelto más disimulados mientras la institución avanzaba como un ejército en marcha nocturna, capturando jurisdicciones y créditos allí donde podía en su aspiración a convertirse en la fuerza de policía federal oficial de la nación.

Pese a todas estas reflexiones, había preferido callarme la mayoría de ellas para no herir al agente que trabajaba con empeño sobre el terreno y que había entregado su corazón a lo que creía que era una vocación noble. Advertí que Marino me observaba mientras vaciaba un cenicero por la ventanilla.

—¿Sabes, doctora? —me dijo—. Tal vez deberías dimitir.

Se refería al cargo de consultora patóloga forense del FBI, que había mantenido durante tanto tiempo.

—Sé que últimamente están empleando a otros forenses —continuó—. Los hacen intervenir en casos en lugar de llamarte a ti. Hablemos claro: hace más de un año que no has estado en la academia y no es por casualidad. No quieren tratar contigo por lo que le hicieron a Lucy.

—No puedo dimitir —le dije— porque no trabajo para ellos, Marino, sino para agentes que necesitan ayuda en algún caso y acuden al FBI. Nunca lo dejaré por propia voluntad. Además las cosas van por ciclos. Directores y abogados vienen y van, y quizás algún día la situación mejore. Además, tú también actúas como consultor y parece que tampoco cuentan contigo.

—Tienes razón. Bueno, supongo que me siento igual que tú.

Arrojó por la ventanilla la colilla del cigarrillo y ésta salió despedida hacia atrás, impulsada por el viento.

—Es un asco, ¿verdad? Acudir ahí y trabajar con buenas personas y tomar cerveza en la sala de reuniones... Si quieres que te diga la verdad, estoy harto de todo esto, de que la gente deteste a la policía y de que ésta le devuelva el mismo sentimiento. Cuando yo entré en el cuerpo, todos se alegraban de verme: ancianos, niños, padres... Me enorgullecía llevar el uniforme y me abrillantaba los zapatos cada día. Ahora, veinte años después, me arrojan piedras desde los solares y los ciudadanos ni siquiera responden cuando les doy los buenos días. He trabajado sin parar durante veintiséis años y me ascienden a capitán para ponerme al frente de la sección de instrucción.

—Probablemente en el puesto en que puedes hacer más —le recordé.

—Sí, pero no es ésa la razón de que me haya quedado ahí atascado.

Se volvió hacia la ventanilla de su lado y observó los rótulos verdes de la autopista, que dejábamos atrás a buena velocidad.

—Me tienen arrinconado y esperan que pida la jubilación anticipada, o que me muera. Y debo confesarte, doctora, que pienso mucho en eso; en jubilarme, es decir, sacar la barca, dedicarme a la pesca, salir a la carretera con el todoterreno y tal vez viajar al Oeste, a ver el Gran Cañón, Yosemite, el lago Tahoe y todos esos lugares de los que siempre he oído hablar. No obstante, en el fondo reconozco que no sabría qué hacer conmigo mismo. Así pues, creo que me limitaré a morir con las botas puestas.

—Eso no será pronto —repliqué—. Y si te jubilas, Marino, puedes hacer lo que Benton.

—Con el debido respeto, actuar de consejero no es lo mío. El Instituto de Justicia e IBM no querían contratar a un palurdo como yo, al margen de lo que pudiese enseñar.

No le contradije ni le repliqué porque, salvo en algún detalle, lo que había dicho era la pura verdad. Benton era atractivo y refinado e inspiraba respeto cuando entraba en una sala, y ésta era, realmente, la única diferencia entre él y Pete Marino. Los dos eran sinceros, comprensivos y expertos en sus respectivos campos.

—Bien, ahora tenemos que tomar la 395 y dirigirnos a Constitution —reflexioné en voz alta mientras miraba las indicaciones y hacía caso omiso de los conductores apresurados que se me pegaban al parachoques y me adelantaban porque el límite de velocidad se les quedaba corto—. Lo que no hemos de hacer es ir demasiado deprisa y terminar en Maine Avenue. Ya me ha sucedido alguna vez.

Puse el intermitente para girar a la derecha.

—Fue un viernes por la noche, cuando venía a ver a Lucy.

—Una buena manera de que lo asalten a uno en el coche —señaló Marino.

—Poco faltó.

—¿De veras? —Se volvió a mirarme—. ¿Y qué hiciste?

—Los tipos empezaron a rodear el coche, de modo que pisé el acelerador a fondo.

—¿Atropellaste a alguien?

—Casi.

—¿Habrías seguido adelante, doctora? Si hubieras atropellado a alguno de ellos, me refiero.

—Con al menos una decena de compinches del tipo allí, puedes apostar las botas a que sí.

—Te diré una cosa —apuntó Pete, y bajó la vista a los pies—. No valen gran cosa.

Un cuarto de hora más tarde, estábamos en Constitution y pasábamos por delante del Departamento de Interior mientras el monumento a Washington presidía el Mall, donde se habían levantado tiendas para exhibir el arte afroamericano y donde los vendedores ofrecían cangrejo de la Costa Este y camisetas en la parte trasera de pequeños camiones. La hierba que crecía entre los tenderetes estaba lastimosamente cubierta por los desperdicios del día anterior y cada par de minutos pasaba una ambulancia con la sirena ululante. Dimos varias vueltas en círculo, con el Smithsoniano enroscado en la distancia como un dragón rojo oscuro. No había una sola plaza de aparcamiento y, por lo general, las calles eran de una sola dirección o se acababan bruscamente en mitad de una manzana de casas, mientras que otras estaban cortadas al tráfico; los irritables conductores no cedían el paso, aunque eso significara que una se estrellase contra la parte posterior de un autobús aparcado.

—Te diré qué creo que debemos hacer —comenté mientras tomaba por Virginia Avenue—. Aparcaremos en el Watergate y tomaremos un taxi.

—¿Quién carajo querría vivir en una ciudad como ésta? —masculló Marino.

—Mucha gente, por desgracia.

—¡Qué asco! —protestó—. Bienvenido a Estados Unidos.

El encargado del aparcamiento del Watergate era muy amable y no le pareció nada extraño que le dejara mi coche y le pidiera que llamase un taxi. Llevaba mi preciado cargamento en el asiento trasero, protegido en una robusta caja de cartón llena de virutas de porexpán.

Bajamos en la Doce con Constitution poco antes del mediodía y subimos los abarrotados peldaños del Museo Nacional de Historia Natural. Desde el atentado de Oklahoma se había intensificado la seguridad, y el vigilante nos comunicó que el doctor Vessey tendría que bajar para escoltarnos escaleras arriba.

Mientras esperábamos, echamos un vistazo a una exposición titulada *Joyas del Mar*, en la que se exhibían ostras espinosas del Atlántico y zarpas de león del Pacífico bajo la mirada de un cráneo de hadrosaurio colgado en la pared. También había anguilas, peces y cangrejos, tres caracolas y un lagarto marino a hallado en un lecho de calizas de Kansas. Marino empezaba a aburrirse cuando se abrieron las puertas de metal bruñido del ascensor y apareció el doctor Alex Vessey. Había cambiado poco desde nuestro último encuentro; se conservaba delgado, tenía el cabello cano y unos atractivos ojos que, como los de tantos genios, enfocaban siempre hacia otra parte. Su tez era bronceada y tal vez un poco más arrugada, y seguía llevando las mismas gafas gruesas con montura negra.

—Tienes muy buen aspecto —le dije mientras nos estrechábamos la mano.

—Acabo de regresar de unas vacaciones en Charleston, donde supongo que habrás estado, ¿no? —dijo mientras los tres abordábamos el ascensor.

—Sí —repliqué—. Conozco muy bien al jefe de allí. ¿Recuerdas al capitán Marino?

—Por supuesto.

Ascendimos tres niveles por encima del elefante africano de cuatro mil kilos que estaba en la rotonda. Las voces de los niños se elevaron hasta nosotros como leves columnas de humo. En realidad, el museo era poco más que un enorme almacén de granito. Unos treinta mil esqueletos humanos estaban almacenados en cajones de madera verdes apilados hasta el techo. Era una colección insólita, utilizada para estudiar a gente del pasado y, concretamente, a nativos norteamericanos. Últimamente, las tribus habían presionado para que les fueran devueltos los huesos de sus antepasados. Se habían aprobado leyes al respecto y Vessey había pasado por un calvario a causa del Capitolio, y había visto cómo el trabajo de media vida salía por la puerta y volvía a un Oeste ya no tan salvaje.

—Disponemos de personal encargado de repatriaciones que recoge datos para suministrarlos a un grupo o a otro —comentó mientras lo acompañábamos por un pasillo lleno de gente y bañado por una luz mortecina—. Es preciso informar a las tribus respectivas sobre lo que tenemos y, en realidad, depende de ellos decidir qué se hace. Dentro de un par de años, todo este material sobre los indios norteamericanos puede estar de nuevo bajo tierra, para que lo vuelvan a desenterrar los arqueólogos del siglo que viene, supongo. —Nuestro guía continuó hablando sin dejar de caminar—. Hoy día, todos los grupos están tan irritados que no se dan cuenta de hasta qué punto se perjudican a sí mismos. Si no aprendemos de los muertos, ¿de quién vamos a hacerlo, entonces?

—Alex, vas contracorriente —comenté.

—Sí, bueno, si mi bisabuelo estuviese en uno de esos cajones —replicó Marino—, no sé si eso me sentaría demasiado bien.

—La cuestión es que no sabemos quién hay en esos cajones; y que esa gente que se muestra tan afectada tampoco lo sabe —dijo Vessey—. Lo que sí es seguro es que esos esqueletos nos han ayudado a saber mucho más acerca de las enfermedades de la población nativa norteamericana, lo cual reporta un evidente beneficio para los que ahora se sienten amenazados. En fin, más vale dejar el tema.

Vessey trabajaba en una serie de pequeñas salas laboratorio en las que se acumulaban en desorden mesas negras, lavamanos y miles de libros y cajas de diapositivas y de publicaciones profesionales. Por todas partes estaban las habituales cabezas reducidas y cráneos astillados y diversos huesos de animales que se habían tomado por humanos. En un tablero de corcho se observaban unas fotografías grandes y acongojantes de Waco después del asalto. Vessey había pasado allí varias semanas, recuperando e identificando los restos calcinados y descompuestos de los davidianos.

—Veamos qué me habéis traído —me dijo Vessey.

Dejé la caja sobre una mesa y Vessey abrió la tapa con una navaja de bolsillo. Las virutas de porexpán rechinaron en el interior cuando extraje el cráneo y, a continuación, la frágil zona inferior de la calavera, que incluía los huesos faciales. Deposité los restos sobre un paño limpio, azul, y el médico encendió los focos y buscó una lupa.

Le señalé la tenue muesca que había en el hueso.

—Aquí —indiqué—. Se corresponde con una hemorragia en la zona temporal. Sin embargo, alrededor de ella la carne estaba demasiado quemada para sacar conclusiones acerca del tipo de herida que teníamos delante. No supe qué pensar hasta que encontramos esto en el hueso.

—Una incisión muy recta —observó al tiempo que movía lentamente la calavera para observarla desde diferentes ángulos—. ¿Y estamos seguros de que no se produjo por accidente durante la autopsia; por ejemplo, cuando se retiró un poco el cuero cabelludo para extraer la parte superior del cráneo?

—Estamos seguros —respondí—. Y, como puedes comprobar si juntas las dos partes —encajé de nuevo la parte superior del cráneo—, la marca se encuentra casi cuatro centímetros por debajo de la línea por la que se abrió el cráneo durante la autopsia. Además está en un ángulo inverosímil si lo hubiera causado alguien que estuviera retirando el cuero cabelludo, ¿lo ves?

De repente, al señalar la muesca, mi índice se hizo enorme bajo la lupa.

—La incisión es vertical, y no horizontal —indiqué.

—Tienes razón —respondió él, con expresión de vibrante interés—. Una marca así no tendría sentido como producto de una autopsia, a menos que tu ayudante en el depósito de cadáveres hubiese estado borracho.

—¿Podría ser, quizás, una herida recibida al defenderse? —sugirió Marino—. Ya sabe, que alguien la atacara con un arma blanca, que se produjera una lucha y que la mujer recibiese un corte en la cara...

—Desde luego, es posible —contestó Vessey mientras seguía examinando el hueso, milímetro a milímetro—. Pero me resulta curioso que esta incisión sea tan fina y exacta. Además parece tener la misma profundidad de un extremo a otro, lo cual sería inusual si fuera resultado de un navajazo. En general, un corte hasta el hueso deja una marca más profunda donde el filo choca con el hueso y se hace más superficial donde la hoja se desliza sobre éste.

Hizo un gesto demostrativo, cortando el aire de arriba abajo con una navaja imaginaria.

—También hemos de tener en cuenta que todo depende en

gran medida de la posición del agresor en relación con la víctima en el momento en que ésta recibiera el navajazo —comenté—. ¿La víctima estaba de pie o tendida? ¿El agresor estaba delante, detrás, a un lado o encima de ella?

—Tienes mucha razón —corroboró Vessey.

Éste se acercó a una cómoda de madera de roble con puertas de cristal y tomó un viejo cráneo oscuro de uno de los estantes. Lo acercó y me lo ofreció, al tiempo que señalaba un visible corte irregular en la zona parietal y occipital izquierda, bastantes centímetros por encima de la oreja.

—Preguntabas por cueros cabelludos arrancados —me comentó—. Éste es el cráneo de un niño de ocho o nueve años que sufrió esa tortura y luego fue quemado. Ignoro de qué sexo era, pero sí sé que tenía una infección en el pie, de modo que no podía correr. Cortes y muescas de este tipo son bastante frecuentes en los cráneos a los que se ha arrancado el cuero cabelludo.

Sostuve en las manos el cráneo durante unos instantes e imaginé la escena que acababa de mencionar Vessey. Vi a un chiquillo tullido y acurrucado, el campamento de tiendas en llamas y la tierra bañada en sangre mientras la gente, entre gritos, era asesinada en masa.

—¡Mierda! —murmuró Marino con irritación—. ¿Cómo se puede hacer algo así a un niño?

—¿Cómo se puede hacer algo así a nadie? —repliqué. Luego, me volví hacia Vessey y añadí—: El corte que hay en éste —señalé el cráneo que ya había llevado en la caja— sería poco habitual si procediera de un arrancamiento de cuero cabelludo.

Vessey hizo una profunda inspiración y exhaló el aire lentamente.

—Ya sabes, Kay —murmuró—, esto nunca es exacto. Es lo que sucedió en aquella ocasión. Los indios arrancaban los cueros cabelludos de muy diversas maneras. Por lo general, se hacía una incisión en círculo en la piel del cráneo hasta la gálea aponeurótica y el periostio para poderlo separar con facilidad de la bóveda craneana. Algunos escalpados eran simples; otros incluían las orejas, los ojos, la cara o el cuello. En algunos casos se sacaban múltiples trofeos de la misma víctima, o quizá se quitaba sólo la parte de la coronilla, o el mechón de pelo que se dejaban los indios al rasurarse la cabeza. Por último, y esto es lo que suele verse en las viejas películas del oeste, agarraban a la víctima violentamente por los cabellos y, con un cuchillo o un puñal, le cortaban la piel sin más miramientos.

—Trofeos... —comentó Marino.

—Se trataba de eso y del símbolo definitivo de valentía y habilidad para un guerrero —aclaró Vessey—. Naturalmente, también había motivos culturales, religiosos e incluso medicinales. En tu caso —añadió, mirándome—, sabemos que no se le llegó a arrancar porque el cadáver conservaba los cabellos. Y te diré que la marca en el hueso me lleva a pensar que se la infligieron cuidadosamente con un instrumento muy afilado. Un cuchillo, una navaja de afeitar o un abrecartas, o incluso algo así como un bisturí. La herida se produjo mientras la víctima estaba viva y no fue la causa de la muerte.

—No; lo que la mató fue la herida del cuello —asentí.

—No encuentro más cortes salvo ahí, quizá.

Movió la lupa hacia una zona del arco cigomático, en la mejilla izquierda.

—Hay algo muy tenue —murmuró—. Demasiado para estar seguro. ¿Lo ves?

Me incliné hacia él para mirar.

—Tal vez —dije—. Casi como el hilo de una telaraña.

—Exacto. Así de fino. Quizá no signifique nada, pero es bastante interesante que esté situado casi en el mismo ángulo que el otro corte: vertical, y no horizontal o diagonal.

—Esto es un lío —intervino Marino con tono animoso—. Vamos al grano, por favor. ¿Cuál es la hipótesis? ¿Que alguna sabandija degolló a esa mujer y luego le mutiló el rostro? ¿Y que acto seguido incendió la casa?

—Supongo que es una posibilidad —admitió Vessey.

—Bueno, mutilar una cara significa que hay una cuesión personal —continuó Marino—. A menos que el autor sea un demente, los asesinos no mutilan el rostro de sus víctimas si no guardan alguna relación con ellas.

—Ése es el criterio general —asentí—. Según mi experiencia, existe una excepción: en los casos en que el agresor está muy desorganizado y resulta ser psicótico.

—Si quieres saber mi opinión, quien quemó la propiedad de Sparkes era cualquier cosa menos desorganizado —apuntó Pete.

—Así pues, capitán, usted piensa que puede tratarse de un homicidio de naturaleza más doméstica —dijo Vessey mientras estudiaba detenidamente el cráneo con la lupa.

—Tenemos que contemplar todas las posibilidades —intervine—. Pero, por encima de todo me resulta imposible imaginar a Sparkes en el acto de matar a todos sus caballos.

—Tal vez tuvo que matarlos para que no lo acusaran de asesinato —dijo Marino—. Así, la gente diría lo mismo que tú acabas de decir.

—Alex —dije a Vessey—, quien hizo esto a la víctima trató de asegurarse por todos los medios de que nunca encontraríamos ninguna señal de cortes. Y de no ser por una puerta de cristal que cayó encima del cuerpo, seguramente no habría quedado prácticamente nada de ella que nos diera la menor pista de lo sucedido. Por ejemplo, si no hubiéramos recuperado un poco de tejido corporal, no habríamos sabido que estaba muerta antes del incendio porque no se habría podido determinar el nivel de monóxido de carbono. ¿Qué habría sucedido, pues? Que se habría declarado muerte accidental, a menos que se hubiese demostrado que el incendio fue provocado, lo cual no ha sido posible hasta el momento.

—Para mí, no hay la menor duda de que es el típico caso clásico de un incendio provocado para disimular un homicidio —dijo Vessey.

—Entonces, ¿por qué iban a entretenerse en apuñalar a la víctima? —inquirió Marino—. ¿Por qué no la mató, prendió fuego a la casa y salió huyendo a toda prisa? Además, por lo general, cuando esos locos se dedican a mutilar, les excita que los demás vean el resultado de su trabajo. Qué diablos, dejan los cuerpos en un parque, en un montículo junto a una carretera, en un camino para hacer deporte, en medio del salón, a la vista de todos.

—Quizás éste no quiere que veamos nada —apunté—. Hay un detalle muy importante: no sabemos si en esta ocasión dejó una firma. Creo que debemos hacer una búsqueda por ordenador lo más exhaustiva posible para comprobar si se ha producido algo remotamente parecido a esto en alguna otra parte.

—Si lo haces, atraerás la atención de mucha otra gente —objetó Marino—. Programadores, analistas, los tipos que llevan los ordenadores en el FBI y en los grandes departamentos de policía, como Houston, Los Ángeles y Nueva York. Te garantizo que alguien hará correr la voz y muy pronto toda esta mierda aparecerá en las noticias.

—No necesariamente —respondí—. Depende de a quién se lo pida.

Tomamos un taxi en Constitution y le dijimos al conductor que se dirigiera a la Casa Blanca y tomara por la calle Quince hasta llegar a la sexta manzana. Me proponía invitar a Marino al Old Ebbitt Grill y, a las cinco y media, no tuvimos que esperar y nos acomodamos en un reservado de terciopelo verde. Siempre había encontrado un placer especial en los cristales tintados del local, en los espejos y en los candiles de latón con su llama vacilante. Sobre la barra había colgados osos, tortugas y antílopes, y los encargados daban la impresión de no bajar el ritmo de trabajo con independencia de la hora que fuese.

Detrás de nosotros, una pareja de aspecto distinguido hablaba de entradas para el Kennedy Center y del ingreso de su hijo en Harvard, en otoño, mientras un par de hombres jóvenes discutían si el almuerzo podía incluirse en la cuenta de gastos. Dejé la caja de cartón en la silla de al lado. Vessey había vuelto a sellarla con metros de cinta adhesiva.

—Supongo que deberíamos haber pedido una mesa para tres —dijo Marino con la mirada puesta en la caja—. ¿Estás segura de que no huele? ¿Qué pasaría si alguien notara algo?

—No huele —respondí, y abrí la carta—. Y creo que, si queremos comer, sería conveniente cambiar de tema. En este restaurante sirven unas hamburguesas tan ricas que ni yo me veo capaz de resistirme y de vez en cuando la pido.

—Estoy mirando los pescados —me dijo él con gran afectación—. ¿Los has probado alguna vez aquí?

—Vete al carajo, Marino.

—Está bien, me has convencido. Que sea una hamburguesa. Ojalá estuviéramos al final de la jornada para poder beber una cerveza. Es una tortura llegar a un lugar como éste y no tomarse una Jack Black o una buena jarra grande y helada. Seguro que también hacen julepes de menta. No he tomado ninguno desde que salía con esa chica de Kentucky, Sabrina. ¿La recuerdas?

—Quizá si la describes... —dije con aire ausente mientras miraba alrededor e intentaba relajarme.

—La llevé alguna vez a la central. En una ocasión, tú estabas allí con Benton y me acerqué y la presenté. Tenía unos cabellos rubios rojizos, ojos azules y piel agradable. Creo que se había dedicado al patinaje y había participado en competiciones.

No tenía ni la más remota idea de a quién se refería.

—Bien —Pete seguía estudiando la carta—, lo nuestro no duró mucho. Creo que la chica ni me habría dado los buenos días de no ser por el camión. Cuando estaba sentada en lo alto de aquella cabina regia, cualquiera habría creído que se sentía en una carroza del desfile de la Rose Bowl, saludando con la mano a todo el mundo.

Solté una risilla y su cara inexpresiva no hizo sino empeorar las cosas. Me reí tanto que los ojos se me llenaron de lágrimas y el camarero se detuvo y decidió volver más tarde. Marino me miró, molesto.

—¿Qué te sucede? —preguntó.

—Supongo que estoy cansada, es todo —dije con un jadeo—. Y si quieres una cerveza, adelante. Es tu día libre y yo conduzco.

Esto mejoró su humor muy visiblemente y, poco después, ya apuraba su primera jarra de Samuel Adams mientras esperábamos su hamburguesa con queso suizo y mi ensalada César con pollo. Estuvimos un rato comiendo y mantuvimos una conversación plagada de pausas mientras la gente que había a nuestro alrededor charlaba ruidosamente.

—Le dije: «¿Quieres salir a algún sitio por tu aniversario?» —le comentaba un comerciante a otro—. «Estás acostumbrada a ir adonde te da la gana.»

—Mi mujer es igual —respondió el interlocutor mientras masticaba—. Hace como si yo nunca la llevara a ninguna parte. Diablos, si casi salimos a cenar cada semana.

—Vi por la tele que una de cada diez personas debe más dinero del que puede pagar —confió una mujer mayor a una compañera, cuyo sombrero de paja colgaba en una percha que había junto a los reservados—. ¿No es increíble?

—No me sorprende en absoluto. Hoy en día cualquier cosa es posible.

—Aquí tienen aparcacoches —dijo uno de los comerciantes—, pero suelo venir caminando.

—¿Y de noche?

—¿Qué? ¿Estás de broma? ¿Aquí, en la capital? Ni hablar, no me gustan las emociones fuertes.

Me disculpé y bajé las escaleras que conducían al lavabo de señoras, espacioso y con las paredes de mármol gris pálido. No había nadie más y me encerré en el reservado para discapacitados para tener más espacio y poder lavarme la cara y las manos en privado. Intenté llamar a Lucy desde el teléfono móvil, pero la señal daba la impresión de rebotar en las paredes y volver directamente. Así pues, usé un teléfono público y me sorprendió encontrarla en casa.

—¿Estás haciendo el equipaje? —le pregunté.

—¿No oyes un eco? —dijo ella.

—Hummm, quizá.

—Pues para mí es muy claro. Deberías ver este lugar.

—Hablando de eso, ¿estás visible para una visita?

—¿Desde dónde llamas? —Su voz adquirió un tono de suspicacia.

—Desde el Old Ebbitt Grill. De hecho, estoy en una cabina del piso de abajo, junto a los servicios, para ser más exactos. Esta mañana Marino y yo hemos estado en el Smithsoniano y hemos hablado con Vessey. Me gustaría pasar por ahí un momento. No sólo para verte, sino para tratar contigo un asunto de trabajo.

—Desde luego —respondió Lucy—. No pensábamos ir a ninguna parte.

—¿Llevo algo?

—Sí. Comida.

No tenía objeto volver a por el coche, pues Lucy vivía en la zona noroeste, un poco más allá de Dupont Circle, donde sería tan difícil encontrar aparcamiento como en el resto de la ciudad. Con un silbido, Marino llamó un taxi a la salida del restaurante; un vehículo frenó en seco y entramos. La tarde era tranquila, en los tejados y en los céspedes ondeaban las banderas y en alguna parte no dejaba de sonar una alarma de coche. Para llegar al barrio de Lucy y Janet. Tuvimos que cruzar la Universidad George Washington, el Ritz y el Blackie's Steakhouse.

Era una zona bohemia y mayoritariamente gay, con bares oscuros como The Fireplace y Mr. P's, siempre llenos de hombres musculosos y con *piercings* en el cuerpo. Lo sabía porque había estado allí antes muchas veces para visitar a mi sobrina. Advertí que la librería lesbiana ya no estaba y que había una tienda nueva de productos dietéticos no lejos de un Burger King.

—Puede dejarnos aquí —indiqué al taxista. Éste frenó de nuevo bruscamente y se acercó al bordillo.

—¡Mierda! —soltó Marino mientras el taxi azul se alejaba a toda prisa—. ¿Crees que hay algún norteamericano en esta ciudad?

—Si no fuera por los no norteamericanos de ciudades como ésta, ni tú ni yo estaríamos aquí —le recordé.

—Ser italiano es distinto.

—¿Ah, sí? ¿Distinto de qué? —pregunté en la acera de la calle P, hacia el número dos mil, cuando nos disponíamos a entrar en el D.C. Café.

—De ellos —continuó Marino—. Para empezar, cuando nuestros abuelos bajaban del barco en Ellis Island, aprendían a hablar en inglés; y no conducían taxis sin saber dónde carajo iban. Bueno, este lugar tiene muy buen aspecto... —comentó mientras entraba en el café.

El local estaba abierto las veinticuatro horas y su atmósfera estaba cargada de olor a cebolla salteada y a carne de ternera. En las paredes había carteles de *gyros*, tés verdes y cerveza libanesa, y un artículo de periódico, enmarcado, se enorgullecía de anunciar que los Rolling Stones habían comido allí en una ocasión. Una mujer barría lentamente como si fuera su única misión en la vida y no nos prestó la menor atención.

—Tú, tranquilo —le dije a Marino—. No tardaremos ni un minuto.

Pete encontró una mesa para fumadores mientras yo llegaba hasta el mostrador y estudiaba la carta que había en el rótulo amarillo, iluminado, situado sobre la parrilla.

—¿Sí? —dijo el cocinero mientras prensaba la ternera siseante y pelaba, cortaba y revolvía unas cebollas picadas que empezaban a dorarse.

—Una ensalada griega —pedí—. Un *gyro* de pollo en pita y, déjeme ver... —eché otro vistazo—; y quizás un *kefte kabob sandwesh*, creo que es así como lo decís.

—¿Para llevar?

—Sí.

—La llamo cuando todo esté listo —dijo el cocinero mientras la mujer seguía barriendo.

Me senté con Marino. Había un televisor, en el que estaba viendo *Star Trek*, aunque con muchos problemas de sonido e imagen debido a la estática.

—Esto no será lo mismo cuando tu sobrina esté en Filadelfia —apuntó.

—No, no lo será.

Contemplé con aturdimiento la forma difusa del capitán Kirk, que apuntaba con su fáser a un klingon, o lo que fuese.

—No sé... —comentó Pete, y apoyó la barbilla en la mano al tiempo que expelía el humo—. No sé por qué, pero no parece correcto, doctora. Tenía todo lo que había imaginado y trabajó con empeño para que las cosas siguieran así. No me importa lo que ella opine del traslado, pero no creo que desee marcharse; Lucy tan sólo cree que no le queda más remedio. ¿Ves un cenicero por alguna parte?

—No estoy segura de que lo tenga si quiere mantenerse en el camino que ha escogido.

—¡Qué diablos!, en mi opinión uno siempre tiene una oportunidad. ¿Ves un cenicero por alguna parte? —repitió.

Observé uno sobre el mostrador y lo acerqué.

—Supongo que ahora soy cómplice... —comenté.

—Me regañas porque así te entretienes.

—En realidad, me gustaría que te dedicaras un tiempo a holgazanear, si a ti te pareciera bien —repliqué—. Me da la impresión de que paso demasiado tiempo intentando mantenerte con vida.

—Eso es toda una ironía, si tenemos en cuenta cómo pasas el resto del tiempo, doctora.

—¡Su pedido! —anunció el camarero—. ¿No quiere también un par de *baklavas* de ésas, las de pistacho? —me preguntó.

—No —respondí.

9

Lucy y Janet vivían en un edificio de apartamentos de diez plantas llamado The Westpark, en el 2000 de la calle P, a pocos minutos a pie. Era de ladrillo claro y tenía una tintorería de lavado en seco en la planta baja y la estación de servicio Embassy de la Mobile. En los pequeños balcones había colgadas varias bicicletas y los jóvenes inquilinos estaban sentados en el exterior, disfrutando del fresco de la noche, fumando y bebiendo, mientras alguien practicaba escalas con una flauta. Un hombre que iba sin camisa asomó el brazo para cerrar la ventana. Pulsé el timbre del apartamento 503.

—¿Quién es? —nos llegó la voz de Lucy por el interfono.

—Nosotros.

—¿Quién es «nosotros»?

—Nosotros y tu cena. Está enfriándose —dije.

La cerradura se abrió; pasamos al vestíbulo y tomamos el ascensor.

—Probablemente, Lucy podría tener un ático en Richmond por lo que paga por este piso —comentó Marino.

—Unos mil quinientos al mes por un apartamento de dos dormitorios.

—¡Joder! ¿Cómo se las va a arreglar Janet, pues? El Buró no debe de pagarle más de cuarenta mil...

—Su familia tiene dinero —le aclaré—. Si no es eso, no sé.

—Te diré una cosa: no me gustaría ser un principiante hoy día —señaló Marino, y sacudió la cabeza en un gesto de negativa. Las puertas del ascensor se abrieron—. Sin embargo, cuando estuve en Jersey poniendo a punto mis motores, con mil quinientos dólares habría vivido en la abundancia. No había tanta delincuencia y la gente era mucho más agradable, incluso en el barrio de mala fama donde yo estaba. Y ahora aquí estamos, tú y tu seguro servidor, trabajando en el caso de una pobre mujer cosida a puñaladas y quemada en un incendio; y cuando terminemos con ella, habrá otros. Es como la historia de ese como se llame que empujaba una gran roca montaña arriba y, cada vez que llegaba cerca de la cumbre, la roca se le escapaba y volvía a rodar hasta el pie. Te lo juro, me pregunto por qué nos molestamos tanto, doctora.

—Porque si no lo hiciéramos sería mucho peor —respondí; me detuve ante la familiar puerta de color anaranjado pálido y llamé al timbre.

Oí que se abría el cerrojo y, acto seguido, Janet nos invitó a pasar. Estaba sudorosa y llevaba unos pantalones cortos de deporte del FBI y una camiseta de Grateful Dead que parecía conservada de tiempos de la universidad.

—Adelante —dijo con una sonrisa mientras, de fondo, sonaba muy fuerte la voz de Annie Lennox—. Algo huele muy bien...

El apartamento constaba de dos dormitorios y dos baños encajados en un espacio muy reducido que daba a la calle P. Todas las piezas del mobiliario estaban abarrotadas de libros y de ropa apilada, y en el suelo había decenas de cajas. Lucy estaba en la cocina, revolviendo en estantes y cajones para sacar platos, cubiertos y toallitas de papel a modo de servilletas. Después, despejó un espacio en la mesilla auxiliar y se encargó de las bolsas de comida que yo traía.

—Nos has salvado la vida —me dijo—. Me estaba quedando hipoglucémica. Y por cierto, Pete, me alegro de verte a ti también.

—Joder, qué calor hace aquí —murmuró él.

—No está tan mal —replicó Lucy, que también estaba sudando.

Janet y ella llenaron los platos, se sentaron en el suelo y empezaron a comer mientras yo me acomodaba en el reposabrazos del sofá y Marino cargaba una silla de plástico del balcón. Lucy llevaba unos pantalones cortos de deporte Nike y una camiseta de tirantes e iba sucia de pies a cabeza. Las dos jóvenes parecían agotadas y no pude imaginar qué sentirían. Sin duda, era un momento fatal para ambas. Cada nuevo cajón vaciado y cada caja embalada debía de ser otro golpe en el corazón, otro golpe mortal que ponía fin a lo que una era en aquel momento de la vida.

—¿Cuánto tiempo habéis vivido juntas? ¿Tres años? —le pregunté.

—Casi —respondió Janet mientras preparaba en el tenedor otro bocado de la ensalada griega.

—¿Y ahora te quedarás en este mismo apartamento? —dije a Janet.

—De momento, sí. En realidad, no hay ninguna razón para que me mude y, siempre que Lucy venga por unos días, tendrá la misma habitación.

—Lamento sacar a colación un tema desagradable —intervino Marino—, pero ¿hay alguna razón por la que Carrie pudiera saber dónde vivís?

Se produjo un momento de silencio mientras las dos muchachas seguían comiendo. Alargué la mano hacia el reproductor de cedés y bajé el volumen.

—¿Alguna razón? —respondió Lucy finalmente—. ¿Por qué tendría que haber alguna razón para que Carrie supiera algo de mi vida en la actualidad?

—Esperemos que no haya ninguna, en efecto —continuó Marino—. Pero tenemos que pensar en el asunto por mucho que os moleste. Éste sería un barrio perfecto para que alguien como ella se instalara y encajara en el, y por eso me pregunto si, en el caso de que yo fuera Carrie y volviese a estar en la calle, querría averiguar dónde está Lucy.

Nadie dijo una palabra.

—Creo que todos conocemos la respuesta —prosiguió Pete—. Bien, averiguar dónde vive la doctora no es difícil. Ha salido bastante en los periódicos y, si la encuentras a ella, encuentras a Benton. Pero ¿y tú? —Señaló a Lucy—. Tú eres el desafío, porque cuando te trasladaste aquí Carrie llevaba varios años encerrada. Y ahora te vas a Filadelfia y Janet se queda sola aquí. Para ser sincero, eso tampoco me gusta un ápice.

—Ninguna de las dos aparecéis en la guía telefónica, ¿verdad? —pregunté.

—Desde luego que no —contestó Janet mientras daba cuenta de la ensalada con aire abatido.

—¿Y si se presenta alguien en el edificio y pregunta por alguna de las dos?

—Se supone que el conserje no debe facilitar tal información —apuntó Janet.

—¡Se supone! —repitió Marino en tono mordaz—. Sí, estoy seguro de que este edificio tiene el último grito en medidas de seguridad. Aquí debe de vivir toda clase de gente de «alto nivel», ¿eh?

—No podemos estar dándole vueltas todo el rato a lo mismo —señaló Lucy, que se estaba incomodando—. ¿Por qué no hablamos de otra cosa?

—Hablemos del incendio de Warrenton —intervine.

—Venga hablemos.

—Voy a la otra habitación para seguir preparando cajas —dijo Janet muy oportunamente, puesto que era agente del FBI y no tenía relación con el caso.

La vi desaparecer en un dormitorio y, a continuación, dije:

—Durante la autopsia descubrimos unos hechos muy inusuales y perturbadores. La víctima fue asesinada. Estaba muerta antes de que se iniciara el fuego, lo cual apunta, desde luego, a que el incendio fue provocado. ¿Hemos hecho algún progreso sobre cómo pudo iniciarse el fuego?

—Sólo en la teoría —respondió Lucy—. En este caso, la única esperanza es estudiar un modelo del incendio, puesto que no hay pruebas físicas de que el fuego fuera provocado, sino sólo indicios circunstanciales. He pasado mucho tiempo jugueteando con el simulador de incendios en el ordenador, y las predicciones siguen llevando a lo mismo.

—¿Qué es eso del simulador de incendios? —quiso saber Marino.

—Uno de los programas del FPETool, el programa que usamos para reproducir virtualmente un incendio —explicó Lucy con paciencia—. Por ejemplo, supondremos que el punto de combustión se alcanza a los seiscientos grados centígrados, o a mil ciento doce grados Fahrenheit. Entonces introducimos los datos que conocemos, como las aberturas de ventilación, la superficie abarcada, la energía que puede proporcionar el combustible, el punto de origen estimado del incendio, los materiales de revestimiento de las habitaciones y de los muros, etcétera. Con esto, al final de la jornada, deberíamos tener buenas predicciones respecto al sospechoso, o sobre el incendio en cuestión. Pero ¿sabéis una cosa? Por muchos algoritmos, procedimientos o programas de ordenador que se intenten con éste, la respuesta siempre es la misma. No hay explicación lógica de cómo pudo iniciarse un incendio tan rápido y de tal temperatura en el cuarto de baño principal.

—¿Estás completamente segura de ello?

—Sí —confirmó Lucy—. Como seguramente ya sabes, ese baño fue un añadido relativamente moderno, construido fuera del dormitorio principal. Además si se observan las paredes de mármol y el techo catedralicio que recuperamos, se pueden reconstruir esos trazos, muy estrechos y con una forma de uve claramente definida, con el ápice apuntando a algún punto en mitad del suelo, donde muy probablemente estaba la alfombrilla; ello significa que el fuego se desarrolló, desde ese punto, muy deprisa y desprendiendo mucho calor.

—Hablemos de la famosa alfombrilla —dijo Marino—. ¿Qué clase de fuego da si se enciende?

—Una llama floja —respondió Lucy—. Tal vez de medio metro de alta.

—Bien, pues no fue eso lo que causó el fuego —comenté.

—Lo que resulta realmente revelador —continuó mi sobrina— es la destrucción del techo justo encima de ese punto. Estamos hablando de unas llamas de por lo menos dos metros y medio de altura sobre el origen del incendio, y de una temperatura que alcanzaría los ochocientos grados para que se fundiera el cristal de la claraboya. Un ochenta y ocho por ciento de los incendios provocados se inician en el suelo; en otras palabras, el flujo de calor radiante...

—¿Qué carajo es el flujo radiante? —quiso saber Marino.

—El calor radiante se emite en forma de onda electromagnética y se difunde uniformemente desde la llama en trescientos sesenta grados. ¿Me seguís hasta aquí?

—Sí —respondí.

—Una llama también emite calor en forma de gases calientes, menos densos que el aire y, que por tanto, ascienden —prosiguió Lucy, como si diera una clase de física—. Y en los primeros momentos del incendio, la mayor parte de la transferencia de calor se realiza por convección: asciende desde el punto de origen; en este caso, el suelo. No obstante, una vez que el fuego lleva cierto tiempo ardiendo y se han formado las capas de humo y gas, la forma dominante de transferencia de calor pasa a ser la emisión radiante. Creo que fue en esos momentos cuando la mampara de la ducha no resistió más y cayó sobre el cadáver.

—¿Y qué hay de éste? —inquirí—. ¿Dónde debía de estar mientras sucedía todo esto?

Lucy tomó un bloc de notas de encima de una caja y un bolígrafo. Trazó el plano de una habitación con una bañera y una ducha y, en medio del suelo, dibujó un fuego alto y estrecho que alcanzaba el techo.

—Si el fuego tenía suficiente energía para proyectar llamas hasta el techo, estamos ante un flujo radiante alto. El cadáver presentaría graves lesiones a menos que existiera una barrera entre aquél y el fuego. Algo que absorbiera el calor y la energía radiantes (la bañera y la mampara de la ducha) pudo haber protegido zonas del cadáver. También me parece que éste estaba a una corta distancia del punto de origen; unos palmos, un par de metros como máximo.

—Comparto tu opinión —asentí—. Está claro que algo protegió gran parte del cadáver.

—Exacto.

—¿Y cómo se puede prender un fuego semejante sin un acelerador de alguna especie? —preguntó Marino.

—La única esperanza es que aparezca algo en el laboratorio —contestó mi sobrina—. Sin embargo, dado que la carga de combustible no explica el desarrollo del incendio que se ha determinado, es seguro que se modificó o se añadió algo, lo cual indica que se trata de un fuego intencionado.

—Y vosotras estáis trabajando en una auditoría financiera —apuntó Marino.

—Naturalmente, la mayor parte de los registros de Sparkes ardieron en el incendio pero, para ser justos con el tipo, su contable y sus asesores financieros han colaborado abiertamente con nosotros. Hasta ahora no se ha encontrado ningún indicio de que el dinero fuera un problema.

Me tranquilizó oír aquello. Todo lo que conocía del caso hasta aquel momento descartaba que Kenneth Sparkes fuera otra cosa que una víctima, pero estaba segura de que la mayoría no estaría de acuerdo conmigo.

—Lucy —dije mientras ésta terminaba la pita de *gyro*—, creo que estamos todos de acuerdo en que el modus operandi de este crimen es muy especial.

—Desde luego.

—Supongamos, pues —continué—, sólo como hipótesis, que ya hubiera sucedido algo parecido en otra parte, que Warrenton sólo fuera un ejemplo del tipo de incendio utilizado para disimular homicidios que estuviera llevando a cabo el mismo individuo.

—Desde luego, es posible —asintió Lucy—. Cualquier cosa lo es.

—¿Podemos hacer una investigación? —pregunté entonces—. ¿Hay alguna base de datos que relacione el modus operandi de este crimen con otros similares?

Lucy se levantó y arrojó los envoltorios de la comida en una gran bolsa de basura de la cocina.

—Si quieres, podemos probar —dijo—. Está la base de datos de incendios provocados, que llamamos AXIS.

Yo conocía bastante bien esa base de datos y la nueva red informática supersónica llamada ASE, acrónimo de Arquitectura de Sistemas para Empresa, resultado de la orden del Congreso a la ATF para que se creara un archivo nacional de incendios provocados e incidentes con explosivos. Doscientos veinte sitios estaban conectados al ASE y cualquier agente podía acceder a la base de datos central desde el lugar en que se encontrara y entrar en el AXIS con un portátil si además disponía de un módem o de una línea de teléfono móvil protegida. Y ese «cualquier agente» incluía a mi sobrina.

Nos condujo a su pequeño dormitorio, que en aquel momento estaba tristemente vacío salvo por las telarañas de los rincones y las pelotillas de polvo del suelo de parqué con marcas de muebles arrastrados. El somier estaba a la vista, y el colchón, todavía cubierto con unas arrugadas sábanas de color melocotón y puesto en pie contra una pared; en una esquina estaba enrollada la vistosa alfombra de seda que le había regalado en su último cumpleaños. En el suelo se apilaban unos cajones de cómoda vacíos. La oficina de Lucy era un ordenador portátil Panasonic colocado sobre una caja de cartón. El portátil era una caja de acero y magnesio gris tiburón que cumplía las especificaciones militares respecto a resistencia a condiciones extremas, es decir, que era resistente al vapor, al polvo y a cualquier agente externo y, teóricamente, podía caer al suelo y ser aplastado por un vehículo blindado ligero.

Lucy se sentó en el suelo ante el aparato, al estilo indio, como si se dispusiera a adorar al gran dios de la tecnología. Pulsó la tecla Intro para desactivar el salvapantallas y el ASE iluminó hileras de píxeles a la vez en un color azul eléctrico, hasta que se dibujó un mapa de Estados Unidos. A una indicación del programa, escribió su nombre y contraseña, respondió a otras indicaciones protegidas para entrar en la base de datos, y recorrió invisible los pasadizos secretos de la Red, profundizando de nivel en nivel. Cuando se encontró por fin en el archivo del caso, me indicó con un gesto que me sentara a su lado.

—Si quieres, te busco una silla —me dijo.

—No, no es necesario.

El suelo era duro y me resultaba incómodo. Me dolía la zona lumbar, sin embargo, no me arredraban las dificultades. Una indicación del programa le pidió que tecleara la palabra o frases, que quería que buscara en toda la base de datos.

—No te preocupes por el formato —dijo Lucy—. Los buscadores de texto manejan una gama completa de datos. Podemos probarlo todo, desde el tamaño de la manguera de incendios utilizada hasta los materiales de los que estaba hecha la casa; toda la información de seguridad y medidas antiincendios que remiten los servicios de bomberos. O también podemos buscar por tus propias palabras clave.

—Probemos, pues, «muerte, homicidio, sospecha de incendio intencionado» —propuse.

—«Mujer» —añadió Marino—. Y «riqueza».

—«Corte, incisión, hemorragia, veloz, caliente» —continué.

—¿Qué os parece «sin identificar»? —sugirió Lucy mientras escribía con el teclado.

—Bien —respondí—. Y «cuarto de baño», supongo.

—¡Qué carajo! Pon ahí «caballos» también —añadió Marino.

—Vamos a probar con todo esto —propuso Lucy—. Siempre podemos intentar más palabras que se nos ocurran.

Ejecutó una búsqueda y luego estiró las piernas y movió el cuello a un lado y a otro. Oí que Janet estaba lavando platos, en la cocina y en menos de un minuto el ordenador anunció que tenía 11.873 registros buscados y que había encontrado 453 palabras clave.

—Eso, desde 1988 —nos comentó Lucy—. También están incluidos todos los casos del extranjero en los que se solicitó la ayuda de la ATF.

—¿Podemos imprimir las cuatrocientas cincuenta y tres palabras clave? —pregunté.

—La impresora ya está embalada, tía Kay... —Lucy me miró como si se disculpara.

—¿Qué te parecería, entonces, si descargara la información en mi ordenador —le dije.

Lucy me miró, dubitativa.

—De acuerdo, siempre que te asegures de que... ¡Bah, no importa!

—No te preocupes; estoy acostumbrada a manejar información confidencial. Me aseguraré de que no llega a nadie más.

Reparé inmediatamente en que acababa de decir una tontería. Lucy contempló la pantalla del ordenador con expresión de añoranza.

—Todo esto es SQL de base UNIX. —No parecía dirigirse a nadie en concreto—. Me saca de mis casillas.

—Si la gente de aquí tuviera dos dedos de frente, te tendría en este puesto, dedicada a esa basura informática suya —intervino Marino.

—No he insistido sobre el tema —replicó Lucy—. Intento pagar mis deudas. Te enviaré esos archivos, tía Kay.

Abandonó la habitación y la seguimos a la cocina, donde Janet estaba envolviendo vasos en papel de periódico para guardarlos en cajas de embalar.

—Antes de irme —dije a mi sobrina—, ¿podríamos salir un momento, a dar una vuelta a la manzana o algo así? Me gustaría charlar un poco, contigo ¿te parece?

Lucy me dedicó una mirada que expresaba un punto de desconfianza.

—¿Qué? —dijo.

—Quizá no volvamos a vernos en una temporada —apunté.

—Podemos sentarnos en el porche.

—Como quieras.

En el balcón que daba a la calle, ocupamos dos sillas de plástico blancas al aire libre, cerré las puertas correderas y contemplamos a la gente, que se animaba al llegar la noche. Los taxis no se detenían y las llamas del hogar encendido en el escaparate de The Flame bailaban tras el cristal mientras varios clientes masculinos bebían en la oscuridad y charlaban.

—Sólo quiero saber cómo estás —empecé—. Me da la impresión de que no vas a contarme gran cosa.

—Lo mismo digo.

Me miró con una sonrisa burlona en su rostro de rasgos llamativos.

—Yo estoy bien, Lucy. Tan bien como siempre, supongo. Demasiado trabajo. ¿Qué más ha cambiado?

—Siempre te preocupas por mí.

—Lo he hecho desde que naciste.

—¿Por qué?

—Porque alguien debía hacerlo.

—¿Te he contado que mamá se hará la cirugía plástica en la cara?

El mero hecho de pensar en mi única hermana me endureció el corazón.

—El año pasado se hizo poner fundas en la mitad de los dientes, y ahora esto —continuó Lucy—. Bo, su actual novio, lleva casi un año y medio instalado allí. ¿Qué te parece? ¿Cuántas veces puede una joder con alguien antes de necesitar que la mordisqueen o le manoseen otra cosa?

—¡Lucy!

—Bah, tía Kay, no seas remilgada. Tú tienes la misma opinión de mi madre que yo. ¿Cómo es posible que me tocara por madre una completa inútil como ella?

—Pensar así no te ayuda en lo más mínimo —respondí con calma—. No la aborrezcas, Lucy.

—No ha dicho una sola palabra sobre mi traslado a Filadelfia, maldita sea. Y nunca pregunta por Janet; ni por ti, ya que estamos en ello. Voy a buscar una cerveza. ¿Quieres otra?

—No, gracias.

La esperé en la creciente oscuridad, y observé la silueta de la gente que pasaba; algunas personas venían hablando en voz alta y agarradas unas a otras y las había que caminaban solas con aire decidido. Deseaba preguntar a Lucy acerca de lo que me había contado Janet, pero tuve miedo de plantearlo. Lucy debía explicármelo por su propia iniciativa, me recordé a mí misma al tiempo que mi voz de médico me ordenaba tomar el control de la situación. Lucy regresó al balcón y abrió una botella de Miller Lite.

—Bien, hablemos de Carrie lo imprescindible para que puedas tranquilizarte —apuntó mi sobrina con tono desapasionado, y tomó un trago de cerveza—. Tengo una Browning de alta potencia, la Sig de la ATF y un fusil de calibre doce, con siete balas. Pide lo que quieras y te lo consigo. Pero ¿sabes una cosa? Creo que me bastaría con las manos desnudas si Carrie se atreviera a acercarse. Ya he tenido suficiente, te lo aseguro.

Levantó la botella otra vez.

—Con el tiempo, una se limita a tomar una decisión y seguir adelante.

—¿Qué clase de decisión? —pregunté.

Mi sobrina se encogió de hombros. Luego, expuso las normas por las que se regía:

—Un día decides que no puedes conceder a nadie más poder del que tú misma tienes. No puedes pasarte la vida temiendo a los demás u odiándolos. Así pues, te rindes, en cierto sentido. Te concentras en tus propios asuntos con la certeza de que si el monstruo se interpone alguna vez en tu camino, te conviene estar preparada para luchar a vida o muerte.

—Me parece una actitud prudente —le dije—. Quizá la única viable. No estoy segura de que realmente te sientas así, pero espero que sea cierto.

Lucy alzó la mirada hacia una luna irregular y me pareció que estaba conteniendo unas lágrimas, pero tampoco de eso estuve segura.

—La verdad, tía Kay, es que podría hacer todo el trabajo informático de esta gente con una sola mano, ¿sabes?

—Estoy segura de que podrías hacer todo el del Pentágono con los ojos cerrados —le dije con suavidad y con el corazón más dolorido.

—Sin embargo, no quiero insistir.

No supe qué responderle.

—Ya me he ganado el rencor de demasiada gente porque sé pilotar un helicóptero y... En fin, ya sabes...

—Sé todas las cosas que eres capaz de hacer y también sé que la lista no hará sino aumentar, probablemente, Lucy. Sin embargo, ser una misma resulta bastante solitario.

—¿Alguna vez te has sentido así? —susurró ella.

—Toda la vida —respondí en el mismo tono susurrante—. Ahora ya sabes por qué siempre te he querido tanto. Tal vez porque te entiendo.

Lucy me miró, alargó la mano y me tocó la muñeca con suavidad.

—Será mejor que te vayas —dijo por último—. No quiero que conduzcas cansada.

10

Era casi medianoche cuando aminoré la marcha ante la garita del vigilante de mi vecindario, y el agente de seguridad de guardia salió a mi encuentro. Esto era muy inusual, y temí que me dijera que mi alarma antirrobo había estado sonando toda la noche o que algún otro chiflado había intentado pasar para ver si estaba en casa. Marino llevaba una hora y media adormilado y despertó cuando bajé la ventanilla.

—Buenas noches, Tom. ¿Cómo está? —pregunté al vigilante.

—Muy bien, doctora Scarpetta. —El hombre se inclinó hacia la ventanilla—. Aunque en la última hora se han producido unos cuantos hechos inhabituales y, cuando he intentado ponerme en contacto con usted y no la he encontrado en casa, he pensado que algo no iba bien.

—¿Qué clase de hechos? —pregunté mientras empezaba a imaginar diversas posibles amenazas.

—Se han presentado dos repartidores de pizza casi al mismo tiempo. Luego han llegado tres taxis, uno detrás de otro, para llevarla al aeropuerto. Además alguien ha intentado dejar un volquete de construcción en su patio. Al ver que no podía ponerme en contacto con usted, los he despedido a todos. Y todos decían que usted los había llamado.

—Bien, le aseguro que no lo hice —dije, perpleja—. ¿Todo esto... cuándo ha sucedido?

—Pues... Calculo que el volquete estaba aquí a las cinco, más o menos. Todo lo demás, a partir de esa hora.

Tom era un hombre ya mayor que, probablemente, no tenía ni

idea de cómo defender el barrio si alguna vez se presentaba un peligro real. No obstante, era una persona educada, se consideraba un auténtico agente de la ley y, probablemente, se imaginaba armado y experto en combate. Se mostraba especialmente protector conmigo.

—¿Consiguió el nombre de alguno de los tipos que se presentaron? —preguntó Marino en voz muy alta desde el asiento del copiloto.

—Eran de Domino's y de Pizza Hut.

El rostro animado de Tom quedaba en sombras bajo la visera de la gorra de béisbol.

—Y los taxis eran de Colonial, Metro y Yellow Cab. La empresa constructora era Frick. Me tomé la libertad de hacer unas llamadas y todos tenían un pedido a su nombre, doctora, incluso la hora en que lo recibieron. Lo tengo anotado.

El vigilante no podía ocultar su satisfacción cuando sacó una hoja de papel del bolsillo trasero y me lo tendió. Aquella noche, su actuación había sido bastante más lucida de lo habitual y casi estaba ebrio de excitación. Encendí la luz interior del coche y Marino y yo revisamos la lista. Los taxis y las pizzas habían sido solicitados entre las diez y diez y las once, mientras que la llamada al volquete se había realizado antes, por la tarde, con instrucciones se que se entregara a última hora.

—Sé que, al menos en Domino's, la llamada la efectuó una mujer. Hablé con el encargado, un chico joven. Según él, usted llamó y pidió que llevaran una pizza suprema grande de corteza gruesa hasta la verja, donde usted misma iría a buscarla. Tengo anotado el nombre del empleado —informó Tom con gran orgullo—. ¿De modo que nada de esto es cosa suya, doctora Scarpetta? —El hombre quería asegurarse.

—No, señor —respondí—. Y si viene alguien más esta noche, quiero que me llame de inmediato.

—Sí, llámeme a mí también —dijo Marino, y anotó apresuradamente el número de teléfono de su casa en una tarjeta de visita—. Sea la hora que fuere.

Alargué la tarjeta de Marino por la ventanilla y Tom la inspeccionó detenidamente, aunque mi compañero había cruzado aquella verja más veces de las que yo era capaz de calcular.

—De acuerdo, capitán —dijo Tom con un profundo gesto de

asentimiento—. Sí, señor. Si aparece alguien más, estoy sobre aviso; y si quiere, puedo retenerlo hasta que usted llegue.

—No, mejor que no —señaló Marino—. Un chico con una pizza no va a saber nada; y si hay dificultades de verdad, no quiero que se enfrente usted con según quien.

En aquel mismo momento supe que Marino estaba pensando en Carrie.

—Soy bastante duro, capitán, pero le haré caso.

—Ha hecho usted un gran trabajo, Tom —lo felicité—. No sé cómo darle las gracias.

—Para eso estamos.

Apuntó con el control remoto y levantó el brazo para dejarnos paso.

—Suéltalo —dije a Marino.

—Algún gilipollas está acosándote —soltó él con una expresión sombría a la intermitente luz de las farolas—. Intenta molestarte, asustarte, ponerte nerviosa... Y lo está haciendo muy bien, hay que admitirlo.

—No creerás que Carrie... —empecé a decir.

—No lo sé —me interrumpió Marino—. Sin embargo no me sorprendería. Tu vecindario ha salido en las noticias suficientes veces.

—Supongo que merecería la pena saber si los pedidos se hicieron desde la zona —apunté.

—¡Dios! —exclamó Pete al tiempo que entraba en el camino privado de la casa y aparcaba detrás de su coche—. Desde luego, espero que no. A menos que sea otro el que esté fastidiando.

—Pide número y ponte en la cola.

Apagué el motor.

—Si quieres puedo dormir en el sofá —me dijo Marino al tiempo que abría su puerta.

—Claro que no —respondí—. Estaré bien. A menos que aparezca el volquete. Eso sería definitivo para mis vecinos.

—En cualquier caso, no sé por qué vives aquí.

—Claro que lo sabes.

Sacó un cigarrillo y demostró claramente que no pensaba ir a ninguna parte.

—Ya, ya, claro. El puesto del vigilante. Mierda, menuda protección.

—Si no te sientes en condiciones de conducir, con mucho gusto dejaré que te quedes en el sofá —dije.

—¿Quién, yo? —Encendió el mechero y echó una bocanada de humo por la puerta abierta del coche—. No soy yo quien me preocupa, doctora.

Me apeé del coche y me quedé esperándolo de pie en el camino privado. Su silueta era grande y parecía fatigado y, de pronto, me sentí abrumada de triste afecto hacia él. Marino estaba solo y probablemente se sentía fatal. Entre la violencia en su trabajo y las malas relaciones en su vida privada, no podía tener recuerdos muy valiosos. Imaginé que yo era la única constante en su vida y, aunque por lo general era considerada con la gente, no siempre me mostraba cálida. Sencillamente, me resultaba imposible.

—Vamos —insistí—. Te prepararé un ponche y puedes pasar la noche aquí. Tienes razón, quizá no quiero estar sola y que se presenten otros cinco repartidores de pizzas y taxistas.

—Es lo que estaba pensando —dijo con fingida frialdad profesional.

Abrí el cerrojo de la puerta principal y desconecté la alarma; poco después, Marino estaba en el mullido sillón de mi salón grande con un vaso de burbon Bookers con hielo en las manos. Le hice la cama con sábanas levemente perfumadas y una manta de algodón muy suave y, durante un rato, estuvimos, allí sentados, charlando a oscuras.

—¿No piensas nunca que, al final, puedes perder? —murmuró soñoliento.

—¿Perder? —inquirí.

—Ya sabes, «los buenos siempre ganan». ¿Es eso realista? Desde luego, no para algunos, como esa mujer que quedó carbonizada en casa de Sparkes. Los buenos no ganan siempre. No, doctora; ni mucho menos, joder.

Pete se incorporó a medias como un enfermo, tomó un trago de burbon y respiró con dificultad.

—Carrie también cree que puede ganar, por si no se te había ocurrido. Ha tenido cinco largos años en Kirby para pensar en ello, joder.

Fuera porque estaba cansado o medio borracho, Marino repetía muchas veces «joder». En realidad, era una palabra comodín que expresaba lo que uno sentía por el mero hecho de decirla. De todas formas yo le había explicado muchas veces que no todo el mundo toleraba tal vulgaridad y que algunos quizá se lo tomaban demasiado al pie de la letra. En cualquier caso, yo nunca había relacionado esos «joder» con el sentido sexual de la palabra, sino más bien con el deseo de dejar clara alguna cosa.

—Me cuesta asimilar la idea de que gente como Carrie pueda salirse con la suya —dije con calma tras tomar un sorbo de borgoña—. Nunca pensaré eso.

—Simples ilusiones.

—No, Marino; fe.

—Ya. —Tomó otro trago de burbon—. Fe, joder. ¿Sabes cuántos tipos he conocido que han caído redondos de un ataque cardíaco o que han muerto en el trabajo? ¿Cuántos crees que tenían fe? Probablemente, desde el primero hasta el último, joder. Nadie piensa que va a morir, doctora. Tú y yo no lo pensamos, por mucho que sepamos del tema. Tengo una salud fatal, ¿vale? ¿Crees que no sé que cada día me zampo un bocado de un pastel envenenado? Pero ¿puedo evitarlo? No. No soy más que un viejo palurdo que ha de tomarse sus filetes, su whisky y su cerveza. He dejado de prestar oídos a lo que dicen los médicos. Así que, dentro de poco, voy a montar en la silla y diré mi último adiós, ¿sabes?

La voz se le estaba volviendo ronca y empezaba a ponerse sentimental.

—Entonces, un puñado de policías acudirá a mi funeral y tú le dirás al siguiente detective que llegue que no era tan malo trabajar conmigo —prosiguió.

—Duérmete de una vez, Marino —le dije—. Y ahora ya sabes cómo me siento. Ni siquiera puedo imaginar que pueda sucederte algo, idiota.

—¿Lo dices de verdad? —Su rostro se iluminó un poco.

—Sabes perfectamente que sí —respondí. Yo también estaba agotada.

Pete apuró el burbon e hizo sonar suavemente el hielo en el vaso, pero no le hice caso porque ya había bebido bastante.

—¿Sabes una cosa, doctora? —dijo con voz ronca—. Me caes muy bien, aunque seas un incordio, joder.

—Gracias —respondí—. Nos veremos por la mañana.

—Ya es por la mañana.

Hizo tintinear el hielo un poco más.

—Duérmete—le dije.

No apagué la lamparilla hasta las dos de la madrugada; afortunadamente, el turno de guardia del sábado en el depósito le correspondía a Fielding. Cuando me sentí con ánimos de saltar de la cama eran casi las nueve. Los pájaros alborotaban en el jardín, y el sol bañaba de luz la mañana.

La cocina estaba tan iluminada que casi parecía blanca, y las superficies de acero inoxidable eran como espejos. Preparé café e hice cuanto pude para despejarme mientras pensaba en los archivos descargados en mi ordenador. Tuve el impulso de abrir ventanas y persianas para disfrutar del aire primaveral y, en aquel instante, volvió a mi mente el rostro de Carrie.

Entré en el salón para ver qué hacía Marino. Dormía igual que vivía: luchando contra su realidad física como si ésta fuera el enemigo. La manta estaba en el suelo, enviada de un puntapié casi hasta mitad de la estancia; la almohada, encajada bajo la cabeza, y la sábana, enroscada en las piernas.

—Buenos días —le dije.

—Todavía no —murmuró él.

Se volvió y golpeó la almohada para mullirla un poco. Llevaba unos calzoncillos de boxeador, azules, y una camiseta a la que faltaban quince centímetros para cubrir su vientre hinchado. Siempre me había asombrado que, al contrario que a las mujeres, a los hombres no les avergonzara estar gordos. Yo, a mi modo, prestaba mucha atención a mantenerme en forma y, cuando notaba que la ropa empezaba a tirarme en la cintura, mi estado de ánimo en general era más desagradable y se resentía.

—Puedes dormir unos minutos más —le respondí.

Recogí la manta y la extendí sobre él. Marino reemprendió sus ronquidos de jabalí herido, y me dirigí a la mesa de la cocina para llamar a Benton a su hotel de Nueva York.

—Espero no haberte despertado —dije.

—No, estaba a punto de salir. ¿Cómo va eso?

Lo noté cálido, pero inquieto.

—Me sentiría mejor si tú estuvieras aquí, y ella, encerrada tras los barrotes.

—El problema es que conozco sus pautas de comportamiento y ella sabe que las conozco. Por eso, puede suceder también que ya no las conozca, ¿me entiendes? —dijo en aquel tono controlado que delataba su irritación—. Anoche, unos cuantos nos disfrazamos de indigentes y bajamos a los túneles del Bowery. Una manera encantadora de pasar la velada, por cierto. Volvimos a visitar el lugar donde Gault resultó muerto.

Benton siempre había tenido mucho cuidado en decir «donde Gault resultó muerto», en lugar de «donde mataste a Gault».

—Estoy convencido de que Carrie ha vuelto ahí y que lo hará otra vez —continuó—; y no porque eche de menos a Gault, sino porque cualquier recuerdo de los crímenes violentos que cometieron juntos le excita mucho. Pensar en la sangre le sirve de acicate. Para ella es un reclamo sexual, una efusión de energía a la que es adicta, y los dos sabemos qué significa eso, Kay. Dentro de poco necesitará una dosis, si no ha conseguido ya alguna que todavía no hayamos descubierto. Lamento traer malos augurios, pero todo me dice que, haga lo que haga esa mujer, será mucho peor que lo que hacía antes.

—Cuesta de imaginar que pueda haber nada peor —señalé, aunque en realidad no hablaba en serio.

Cada vez que había pensado que los seres humanos no eran capaces de superar cierta cota de maldad, al final había comprobado lo contrario. O quizá sólo era, simplemente, que el mal primitivo parecía más chocante en una civilización de seres humanos altamente evolucionados que viajaban a Marte y se comunicaban por el ciberespacio.

—De momento no hay ni rastro de ella —le dije—; ni el menor indicio.

—Tenemos cientos de pistas que no llevan a ninguna parte. Como sabrás, el Departamento de Policía de Nueva York ha creado una fuerza especial y existe un centro de mando que recibe llamadas las veinticuatro horas del día.

—¿Cuánto tiempo más pasarás allí?

—No lo sé.

—Verás, estoy segura de que si Carrie todavía anda por la zona, sabe perfectamente dónde estás: en el Athletic Club de Nueva York, donde te alojas siempre. Apenas a dos edificios de donde ella y Gault tuvieron una habitación. —De nuevo, me sentí inquieta—. Supongo que es idea del Buró tenerte en una jaula para atraer tiburones, esperando a que ella se lance a por el cebo.

—Buena analogía —comentó él—. Esperemos que funcione.

—¿Y qué, si funciona? —dije. El miedo me helaba la sangre y me ponía más furiosa—. Preferiría que te marcharas a casa y dejaras que el FBI se encargase del trabajo. Me indigna, no puedo evitarlo: te jubilas y ya no te dan ni la hora... a menos que quieran utilizarte como cebo, claro...

—Kay...

—¿Cómo puedes dejar que te utilicen?

—No se trata de eso. Es decisión mía; un trabajo que debo terminar. El caso de Carrie era mío desde el principio y, por lo que a mí se refiere, sigue siéndolo. No puedo relajarme en la playa sabiendo que anda suelta y que volverá a matar. ¿Cómo voy a limitarme a mirar a otro lado cuando tú, Lucy, Marino... cuando todos estamos en peligro?

—Benton, no te conviertas en el capitán Acab, ¿de acuerdo? No permitas que esto se convierta en una obsesión, por favor.

Wesley se echó a reír.

—¡Lo digo en serio, maldita sea!

—Te prometo que me mantendré a distancia de las ballenas blancas.

—Pero si ya andas persiguiendo una...

—Te quiero, Kay.

Mientras recorría el pasillo hacia el despacho, me pregunté por qué me molestaba en repetirle lo de siempre. Conocía su comportamiento casi tan bien como conocía el mío propio, y la idea de que Benton no haría exactamente lo que estaba haciendo en aquel momento era tan impensable como que yo permitiera que otro patólogo forense se encargara del caso Warrenton porque, a estas alturas de mi vida, yo tuviera derecho a tomarme las cosas con calma.

Encendí la luz de mi espacioso despacho forrado de madera y abrí los postigos para dejar que entrara el sol de la mañana. Mi área de trabajo estaba junto al dormitorio, y ni siquiera la mujer de la limpieza sabía que todas las ventanas de mis aposentos privados, como los de mi despacho en la ciudad, tenían cristales a prueba de balas. No eran las Carries del mundo las únicas que me preocupaban. Por desgracia, estaba el sinfín de homicidas que me consideraban responsable de sus condenas. La mayoría de ellos no permanecían encerrados para siempre. Tenía unas cuantas cartas de delincuentes violentos que prometían venir a verme en cuanto salieran. Les gustaba mi aspecto, mi manera de hablar o de vestir y amenazaban con hacer algo al respecto.

La deprimente verdad, sin embargo, era que no había que ser detective, psicóloga o forense jefe para convertirse en posible objetivo de los delincuentes. La mayoría de las víctimas eran vulnerables. Iban en su coche, llevaban la compra a casa o cruzaban a pie un aparcamiento y, sencillamente, como reza el dicho, estaban en el lugar equivocado en el momento inoportuno. Me conecté a América Online y encontré los archivos de información de la central de ATF que Lucy había enviado a mi correo electrónico. Ejecuté la orden de imprimir y volví a la cocina a por más café.

Marino entró como si buscara algo para desayunar. Se había vestido y llevaba los faldones de la camisa por fuera. Llevaba una barba de dos días que enmascaraba su rostro.

—Me voy —dijo con un bostezo.

—¿Quieres café?

—No. Tomaré algo de camino. Es probable que haga un alto en Liberty Balance —respondió como si no hubiéramos mantenido nunca la conversación acerca de la comida que lo mataría.

—Gracias por quedarte —le dije.

—No hay de qué.

Cuando se iba, me saludó agitando la mano. Una vez que hubo salido, conecté la alarma. Regresé al estudio y me descorazonó bastante el creciente montón de papeles que había por revisar. Al cabo de quinientas páginas, tuve que volver a llenar la bandeja del papel y seguir imprimiendo treinta minutos más. La información contenía los nombres, fechas y lugares que eran de esperar, junto a los textos de los investigadores. Además, había dibujos de la escena del delito y resultados de laboratorio y, en algunos casos, fotografías escaneadas. Me di cuenta de que tardaría el resto del día, como mínimo, en revisar aquel material. Empezaba a pensar que aquello probablemente había sido una idea precipitada y que resultaría una pérdida de tiempo, cuando me sobresaltó el timbre de la puerta. No esperaba a nadie y casi nunca recibía visitas no anunciadas en aquel vecindario privado y protegido con vallas.

Supuse que sería algún niño del barrio que vendía números para la rifa de la escuela, o suscripciones a revistas, o caramelos, pero cuando volví la mirada a la pantalla de vídeo de mi sistema de seguridad con cámaras, observé estupefacta que quien estaba ante la puerta de mi casa era Kenneth Sparkes.

—¿Kenneth? —dije por el interfono, sin poder evitar el tono de sorpresa de mi voz.

—Lo siento, doctora —respondió él a la cámara—; pero le aseguro que necesito hablar con usted.

—Voy ahora mismo.

Crucé la casa apresuradamente y abrí la puerta principal. Sparkes parecía cansado. Vestía unos pantalones caqui llenos de arrugas y un polo verde con manchas de sudor. Llevaba un teléfono móvil y un buscapersonas sujeto al cinturón y, en la otra mano, un portafolios de piel de cocodrilo con cierre de cremallera.

—Entre, por favor.

—Conozco a la mayoría de sus vecinos —comentó él—. Lo digo por si se pregunta cómo he podido pasar el puesto de guardia.

—Acabo de preparar café.

Cuando entramos en la cocina, capté el aroma de la colonia del magnate.

—Reitero mis excusas por presentarme de esta manera. —Su preocupación parecía auténtica—. Es que no sabía a quién más recurrir, doctora Scarpetta, y temía que si la llamaba previamente no me recibiría.

—Probablemente tiene razón.

Saqué dos tazas de una alacena.

—¿Cómo lo toma?

—Solo, sin azúcar —respondió.

—¿Quiere una tostada o cualquier otra cosa?

—No, no, pero se lo agradezco.

Nos sentamos a la mesa delante de la ventana y abrí la puerta que conducía fuera porque, de pronto, la casa me resultó calurosa y abarrotada. Una cierta aprensión cruzó por mi cabeza cuando recordé que Sparkes era sospechoso de homicidio, que yo estaba involucrada a fondo en el caso y que allí estaba, a solas con él en mi casa, un sábado por la mañana. Kenneth dejó el portafolios sobre la mesa y abrió la cremallera.

—Supongo que usted está al corriente de todo lo que sucede en una investigación —empezó.

—En realidad, nunca estoy al corriente de nada con detalle.

Di un sorbo a mi café.

—No soy tan ingenua, Kenneth —apunté—. Por ejemplo, si usted no tuviera influencias, no habría podido entrar en el vecindario y ahora mismo no estaría aquí sentado.

Sparkes extrajo un sobre del portafolios y lo deslizó hacia mí por encima de la mesa.

—Son fotografías —dijo sin alzar la voz—. De Claire.

Vacilé en tomarlas.

—Estas últimas noches las he pasado en mi casa de la playa —continuó explicando.

—¿En Wrightsville Beach? —pregunté.

—Sí, y he recordado que guardaba estas fotos en un cajón de la cómoda. No había vuelto a mirarlas, ni siquiera a acordarme de que las tenía desde que rompimos. No recuerdo los detalles pero ella me regaló estas copias cuando empezábamos a vernos. Supongo que ya le dije a usted que Claire había sido modelo fotográfica.

Saqué del sobre unas veinte instantáneas en color, en tamaño veinte por veinticinco, y la primera ya resultaba sorprendente. Lo que Sparkes me había dicho en Hootowl Farm era cierto. Claire Rawley tenía un físico despampanante. Los cabellos, absolutamente lisos, le llegaban a media espalda y parecían hilos de oro; en la foto aparecía de pie en la playa, con unos pantalones cortos de deporte y una camiseta corta que apenas le cubría los pechos. En la muñeca derecha llevaba lo que parecía un gran reloj de submarinismo con la correa de plástico negro y la esfera anaranjada. Claire Rawley parecía una diosa nórdica, de rasgos angulosos y atractivos y un cuerpo bronceado, atlético y sensual. Detrás de ella, en la arena, había una tabla de surf amarilla y, a lo lejos, un océano rutilante.

Otras fotografías estaban tomadas en otros escenarios espectaculares. En algunas se la veía sentada en el porche de una mansión sureña de estilo gótico a punto de desmoronarse, o en un banco de piedra en un jardín, o en un cementerio descuidado y lleno de zarzas, o haciendo el papel de trabajadora manual, rodeada de pescadores curtidos por el aire y el mar, en uno de los palangreros de Wilmington. Algunas de las poses eran bastante artificiosas y premeditadas, pero daba igual. En conjunto, Claire Rawley era una obra maestra de carne y hueso, una obra de arte cuyos ojos revelaban una tristeza insondable.

—No sabía si podían resultar de alguna utilidad —dijo Sparkes tras un largo silencio—. Al fin y al cabo, no sé qué fue lo que usted vio. Me refiero a cuál era el... En fin.

Golpeó la mesa con el dedo índice en un gesto de nerviosismo.

—En casos como éste —le dije con calma—, la identificación visual, simplemente no es posible. No obstante, nunca se sabe cuándo puede ayudarnos contar con algo así. Por lo menos, en las fotos no hay nada que me asegure que el cadáver encontrado no es el de Claire Rawley.

Examiné de nuevo las fotos para cerciorarme de si la chica lucía alguna joya.

—Lleva un reloj interesante —comenté al repasar las fotografías otra vez.

Sparkes sonrió y me miró. Después emitió un suspiro.

—Se lo regalé yo. Es uno de esos relojes deportivos de moda tan populares entre los surfistas. Era de una marca conocida. ¿Animal? ¿Era eso?

—Puede que en otro tiempo mi sobrina tuviera uno de ésos, una vez —recordé—. Es relativamente barato, ¿no? Ochenta o noventa dólares, ¿verdad?

—No recuerdo cuánto pagué. Lo compré en la tienda de surf donde a Claire le gustaba pasar el rato. Se llama Sweetwater Surf Shop y está en South Lumina, muy cerca de Vito's, Reddog's y Buddy's Crab. Vivía cerca de allí con otras chicas. Un bloque de viviendas adosadas no muy lujoso.

Tomé nota de aquello.

—De todos modos estaba junto al agua, y donde Claire quería estar.

—¿Y las joyas? ¿Recuerda que la chica llevara algo especial?

Sparkes tuvo que pensárselo.

—¿Una pulsera, quizá?

—No recuerdo.

—¿El llavero?

El hombre dijo que no con la cabeza.

—¿Y algún anillo? —insistí.

—Llevaba alguno de vez en cuando. De esos de plata que no cuestan mucho dinero.

—¿Y algún aro de platino?

Sparkes titubeó y perdió el aplomo.

—¿Ha dicho platino? —inquirió.

—Sí; y además de tamaño bastante grande. —Le miré las manos—. De hecho, podría irle bien a usted.

El hombre se echó hacia atrás en la silla y levantó la mirada al techo.

—¡Dios mío! —murmuró—. Debió de llevárselo. Sólo tengo un aro sencillo de platino que llevaba habitualmente cuando estábamos juntos. Claire solía decir, en broma, que ese aro significaba que estaba casado conmigo mismo.

—¿Se lo llevó de su dormitorio, Kenneth?

—De una cajita de cuero. Sí, seguramente lo encontró allí.

—¿Tiene constancia de que falte algo más en la casa? —pregunté a continuación.

—No aparece un arma de mi colección. La ATF recuperó todas las demás. Por supuesto, están inservibles.

Sparkes estaba cada vez más abatido.

—¿Qué arma falta?

—Un Calico.

—Esperemos que no la tenga nadie por ahí, en la calle —observé, con un mal presentimiento.

El Calico era un fusil semiautomático especialmente mortífero, muy parecido a la Uzi. Usaba balas de calibre nueve milímetros y podía efectuar hasta cien disparos seguidos.

—Es preciso que informe de todo esto a la policía, o a la ATF —le dije.

—Ya les he contado una parte.

—Una parte, no, Kenneth. Cuénteselo todo.

—Entiendo —asintió—. Lo haré. Pero quiero saber si es ella, doctora Scarpetta. Por favor, comprenda que en este momento no me importa casi nada más. Le confesaré que he llamado a su casa y ninguna de sus compañeras la ha visto desde hace más de una semana. La última noche que pasó allí fue la del viernes anterior a la noche del incendio; es decir, el día antes. La chica con la que hablé dijo que Claire parecía inquieta y deprimida cuando se habían encontrado en la cocina; y no le oyó comentar en ningún momento que pensara marcharse de la ciudad.

—Veo que se ha convertido en todo un investigador —comenté.

—¿No haría usted lo mismo, en mi lugar? —preguntó él.

—Sí.

Nuestras miradas se cruzaron y capté su dolor. Tenía la frente cubierta de gotitas de sudor y hablaba como si tuviera la boca seca.

—Volvamos a las fotos —dije—. ¿Por qué se tomaron, exactamente? ¿Para quién hacía ella de modelo? ¿Lo sabe usted?

—Recuerdo vagamente que era para algún organismo local —respondió, y apartó la mirada para enfocarla en la ventana que estaba detrás de mí—. Creo que Claire me dijo que era algo de la Cámara de Comercio, algo que contribuía a promocionar la playa.

—¿Y por qué razón le dio a usted todas éstas? —Continué repasando las fotos, lentamente—. ¿Sólo porque usted le gustaba? ¿Quizá quería impresionarlo?

Sparkes soltó una risilla apesadumbrada.

—Ojalá fueran ésas las únicas razones —respondió—. Claire sabía que yo tenía influencias, que conocía a gente del mundo del cine y demás. Fíjese bien en estas fotos, por favor.

—De modo que esperaba que usted la ayudase en su carrera, ¿no es eso? —dije, alzando la mirada hacia él.

—En efecto.

—¿Y usted lo hizo?

—Doctora Scarpetta, es evidente y razonable que debo andarme con mucho cuidado respecto a quién y qué promociono —declaró con toda sinceridad—. Y no habría resultado muy apropiado que fuese por ahí, repartiendo fotos de mi bella y joven amante, con la esperanza de que podría ayudarla en su trabajo. Tiendo a mantener mis relaciones lo más privadas posible.

En sus ojos había un brillo de indignación mientras jugaba con la taza de café entre las manos.

—No soy de esos que dan publicidad a su vida privada —prosiguió—. Nunca lo he sido; y le sugiero que no crea usted todo lo que lee.

—Nunca lo hago —respondí—. Sé mejor que nadie que no debo dar crédito a lo que se escribe, Kenneth. Para ser sincera, no me interesa tanto sus intimidades como saber por qué ha decidido darme estas fotos a mí y no a los investigadores del condado de Fauquier o de la ATF.

Me miró fijamente y, por fin, respondió:

—Porque puede identificar el cadáver, como ya le he dicho. Pero también porque confío en usted, y éste es el principal motivo. Al margen de cuáles sean nuestras diferencias, sé que usted no encarcelaría a nadie bajo cargos falsos, ni formularía acusaciones sin pruebas.

—Entiendo.

Me sentía cada vez más incómoda y, con franqueza, deseaba que Sparkes se marchara para no tener nada que ver con él.

—Es obvio que sería muy conveniente echarme a mí toda la culpa de lo sucedido. Por ahí hay gente que lleva años intentando atraparme, gente que estaría encantada de verme arruinado, encerrado o muerto.

—Ninguno de los investigadores con los que trabajo tiene esas intenciones —repliqué.

—No me preocupa usted, el capitán Marino ni la ATF —se apresuró a aclarar—, sino las facciones que tienen poder político; los que proclaman la supremacía blanca, tipos de la milicia que en secreto comparten ideales con personas cuyos nombres usted conoce. Crea lo que le digo.

Sparkes apartó la mirada; tenía los músculos de las mandíbulas muy tensos.

—Las cartas están en mi contra —continuó—. Si no hay nadie que llegue al fondo de lo que ha sucedido, mis días están contados, lo sé. Y alguien que mata a unos caballos inocentes e indefensos es capaz de hacer cualquier cosa.

Le temblaron los labios y los ojos se le nublaron de lágrimas.

—¡Quemarlos vivos! —exclamó—. ¿Qué clase de monstruo haría una cosa así?

—Un monstruo terrible —dije yo—; y parece que hay muchos monstruos terribles en el mundo hoy día. Hábleme del potro, de ese que vi cuando estuve en la escena del crimen. Di por supuesto que uno de sus caballos había conseguido escapar.

—Sí, *Windsong*. —Sparkes corroboró lo que yo esperaba oír al tiempo que se enjugaba las lágrimas con la servilleta—. Es un hermoso animal. En realidad, es un añojo y nació en mis cuadras. Los dos progenitores eran caballos de carreras muy valiosos que murieron en el incendio. —La emoción lo atenazó de nuevo—. De todos modos no tengo ni idea de cómo consiguió salir *Windsong*. Es muy extraño.

—A menos que Claire, si finalmente es ella, lo hubiera sacado de la cuadra por algún motivo y le hubiera resultado imposible volverlo a encerrar —apunté—. Tal vez había visto a *Windsong* en alguna de sus visitas a la propiedad...

Sparkes hizo una profunda inspiración y se frotó los ojos.

—No, no creo que *Windsong* hubiera nacido aún. De hecho, recuerdo que *Wind*, su madre, estaba preñada durante las visitas de Claire.

—Entonces, Claire pudo suponer que *Windsong* era el potro de *Wind*.

—Sí, quizá lo dedujera.

—¿Y dónde está *Windsong* ahora? —pregunté.

—Afortunadamente, lo capturaron y ya lo han llevado a Hootowl Farm, donde está a salvo y lo cuidarán bien.

El tema de los caballos lo tenía desolado, y no tuve la impresión de que estuviera fingiendo. A pesar de sus habilidades como figura pública, Sparkes no podía ser tan buen actor. Pese a sus enérgicos esfuerzos. Su autocontrol estaba a punto de desmoronarse. Echó la silla hacia atrás y se levantó de la mesa.

—Hay otra cosa que debo decirle —añadió mientras lo acompañaba hacia la puerta principal—. Si Claire estuviera viva, creo que habría intentado ponerse en contacto conmigo de una manera u otra. Por lo menos, por carta. Desde luego, siempre que se hubiera enterado del incendio, aunque no veo cómo pudo pasársele por alto. Por muchas dificultades que tuviese, era una mujer muy sensible y cariñosa.

—¿Cuándo la vio por última vez? —Abrí la puerta.

Sparkes me miró a los ojos y, de nuevo, la intensidad de su personalidad me resultó tan atractiva como perturbadora. No me quitaba de la cabeza que, de algún modo, todavía me intimidaba.

—Calculo que hará más o menos un año.

Su Jeep Cherokee plateado estaba en el camino de la casa y esperé hasta que se hubo instalado en el vehículo. Entonces cerré la puerta. No pude evitar preguntarme qué habrían pensado mis vecinos si lo hubieran reconocido al salir. En cualquier otra ocasión, me habría reído de tal pensamiento, pero aquella visita no había tenido nada de divertido. El primer interrogante de importancia era por qué había acudido a mí en persona en lugar de hacerme llegar las fotos sin más.

Sin embargo, la curiosidad que mostraba por el caso no tenía nada de sospechoso. No había intentado manipularme, ni influir en mi opinión o tan siquiera en mis sentimientos hacia él. Por lo menos, no lo había hecho de forma manifiesta.

11

Calenté el café y regresé al estudio. Durante un rato, permanecí sentada en mi silla ergonómica y repasé una y otra vez las fotografías de Claire Rawley. Si su muerte había sido premeditada, ¿por qué había tenido que suceder mientras estaba en un lugar donde se suponía que no debía estar?

Además, aunque los autores fueran los enemigos de Sparkes, ¿no era demasiada coincidencia que actuasen en el preciso momento en que ella se había presentado en la casa de improviso sin invitación? ¿Sería capaz hasta el más despiadado de los racistas de quemar vivos unos caballos, sólo para causar daño a su propietario? No había respuesta, para todas estas preguntas y empecé a revisar otra vez los casos de la ATF, página tras página, mientras transcurrían las horas y la vista se cansaba de fijar la atención. Había incendios de iglesias, fuegos en residencias y comercios, y una serie de siniestros en boleras cuyo punto de origen estaba, en todos los casos, en la misma pista. Apartamentos, destilerías, empresas químicas y refinerías habían quedado arrasadas por las llamas y, en todos los casos, las causas eran sospechosas, aunque no se había podido demostrar que el incendio fuera provocado.

En cuanto a homicidios, eran menos frecuentes y, casi siempre, obra de algún ladrón relativamente inexperto o de un marido que no entendía que, cuando toda una familia desaparece y se encuentran fragmentos de hueso en una zanja del patio trasero donde se quema la hojarasca, lo más probable es que se presente la policía. Además, los cadáveres no respiran monóxido de carbono o llevan dentro balas que aparecen en las radiografías. Hacia las diez de la noche, sin embargo, me encontré con dos muertes que me llamaron la atención. Una de ellas se había producido en marzo, y la otra, seis meses antes. El caso más reciente había sucedido en Baltimore; la víctima era un hombre de veinticinco años llamado Austin Hart, un estudiante de medicina de cuarto curso en el Johns Hopkins, que había muerto en un incendio en su domicilio, no lejos del campus. En el momento del incidente era la única persona que había en casa, porque estaba de vacaciones de primavera.

Según la breve exposición de la policía, el fuego se había iniciado un domingo por la tarde y, cuando llegaron los bomberos, se había propagado por completo. Hart estaba tan carbonizado que sólo pudo ser identificado gracias al inconfundible parecido de las raíces dentarias y del hueso trabecular alveolar en radiografías obtenidas antes y después de la muerte. El origen del fuego estaba en un cuarto de baño de la planta baja, y no se había detectado la presencia de aceleradores ni de arcos eléctricos.

La ATF había intervenido en el caso a solicitud del Departamento de Bomberos de Baltimore. Me pareció curioso que hubieran llamado de Filadelfia a Teun McGovern para que aportara su experiencia y que, tras semanas de ardua búsqueda entre los restos, de interrogar a testigos y de llevar a cabo análisis en los laboratorios de la ATF en Rockville, los indicios apuntaran a que el fuego había sido provocado y la muerte, por tanto, se considerara un homicidio. Sin embargo no se logró demostrar ninguna de las dos cosas, y la reproducción del incendio no aportó datos acerca de cómo pudo iniciarse un fuego tan rápido en un pequeño aseo embaldosado en el que no había nada salvo el lavamanos de porcelana y el retrete, una persiana en la ventana y una bañera cerrada con una cortina de plástico.

El incendio anterior, sucedido el mes de octubre se produjo en Venice Beach, California, también de noche, en una casa situada en primera línea de la playa, a menos de diez calles del legendario gimnasio Muscle Beach. Marlene Farber era una actriz de veintitrés años cuya carrera consistía, sobre todo, en pequeños papeles en comedias de enredo y de situación, aunque la mayor parte de sus ingresos procedía de los anuncios de televisión. Los detalles del incendio que había quemado su casa de madera de cedro hasta los cimientos eran tan inconexos e inexplicables como los del caso de Austin Hart.

Cuando leí que se consideraba que el incendio había empezado en el cuarto de aseo principal de la espaciosa vivienda, tuve una descarga de adrenalina. La víctima estaba tan consumida que había quedado reducida a fragmentos blancos, calcinados y, para establecer la comparación de las radiografías *postmortem* con las de la persona en vida para certificar su identidad, hubo que recurrir a una placa de pecho rutinaria que le habían tomado dos años antes. Fue identificada, básicamente, por una costilla. No se detectaron sustancias acelerantes, ni había explicación respecto a qué podía haberse inflamado en el aseo para que formara una llamarada de casi tres metros de altura que prendiera fuego en la planta superior. El lavamanos, la bañera, el retrete y un estante con cosméticos no bastaban, por supuesto. Además, según el satélite del Servicio Meteorológico Nacional, durante las cuarenta y ocho horas anteriores no había caído un solo rayo en un radio de cien kilómetros del lugar.

Estaba pensando en todo esto con una copa de *pinot noir* en la mano cuando me llamó Marino, casi a la una de la madrugada.

—¿Estás despierta? —preguntó.

—¿Importa mucho?

No pude por menos que sonreír, porque Marino siempre formulaba aquella pregunta cuando llamaba a una hora intempestiva.

—Sparkes tenía cuatro pistolas Mac del diez con silenciador que compró, presumible, a unos mil seiscientos dólares la pieza. También tenía una mina terrestre que le costó mil cien y un subfusil MP40. Y, como guinda, noventa granadas vacías.

—Sigue —dije.

—Dice que estuvo en la Segunda Guerra Mundial y que lo coleccionó todo casi por casualidad, como los barriles de burbon, procedentes de una destilería de Kentucky que se fue al garete hace ocho años. Por el burbon sólo se llevará un par de cachetes porque, en comparación con lo demás, a todo el mundo se la trae floja. En cuanto a las armas, están registradas y ha pagado los impuestos correspondientes. Así que por ese lado está limpio, pero hay un investigador extravagante en Warrenton que está convencido de que la actividad secreta de Sparkes consiste en vender armas a los grupos anticastristas del sur de Florida.

—¿Y en qué se basa? —quise saber.

—Bueno, ahí me has pillado. Pero los investigadores de Warrenton van tras esa historia como los perros en pos del cartero. Corre la teoría de que la chica que murió quemada sabía algo y que Sparkes se vio obligado a librarse de ella, aunque eso representara prender fuego a todo lo que poseía, incluidos los caballos.

—Si traficara con armas —le dije, impaciente—, habría tenido en su casa mucho más que un par de subfusiles viejos y un puñado de granadas vacías.

—Van por él, doctora. Aunque, por ser quien es, quizá tarden un tiempo en lograr su propósito.

—¿Qué hay del Calico que falta?

—¿Cómo sabes eso, maldita sea?

—No hay explicación para lo de ese Calico, ¿verdad?

—Es lo que él dice, pero ¿cómo es que tú...?

—Hoy ha venido a verme.

Hubo una larga pausa.

—¿Qué estás diciendo? —preguntó Marino, perplejo—. ¿Adónde ha ido a verte?

—A mi casa. Se ha presentado sin previo aviso. Tenía unas fotos de Claire Rawley.

Esta vez, Marino guardó silencio tanto rato que pensé que nos habían desconectado.

—No te lo tomes mal —dijo finalmente—, pero ¿no estás dejándote embelesar por quien...?

—No. —Lo corté en seco.

Marino se replegó bruscamente.

—Bien —dijo—. ¿Puedes contarme algo de lo que...?

—Sólo que su presunta ex novia era extraordinariamente guapa. Los cabellos concuerdan con los de la víctima, y también la altura y el peso aproximados. Llevaba un reloj parecido al que encontré y sus compañeras de piso no la han visto desde el día del incendio. Es un primer paso pero, desde luego, no basta para continuar.

—La única información que el Departamento de Policía de Wilmington ha sido capaz de conseguir de la universidad es que existe una Claire Rawley. Estaba matriculada, pero no ha vuelto por allí desde otoño pasado.

—Lo que coincidiría más o menos con la época en que Sparkes rompió con ella.

—Si lo que él ha dicho es cierto —puntualizó Marino.

—¿Qué hay de sus padres?

—La universidad no nos ha facilitado más datos. Lo de siempre, tendremos que pedir una orden judicial y ya sabes cómo son esas cosas. Se me ocurre que podrías intentar hablar con el decano o alguien parecido, para ablandarlos un poco. La gente prefiere tratar con médicos que con policías.

—¿Qué hay del propietario del Mercedes? Supongo que todavía no ha aparecido.

—La policía de Wilmington tiene vigilada la casa —respondió Marino—. Han mirado por las ventanas y han husmeado en el buzón por si hay alguien descomponiéndose en el interior. Pero, hasta ahora, nada. Es como si se hubiera desvanecido en el aire. Y no tenemos ningún motivo razonable para forzar la puerta.

—¿Qué edad tiene?

—Cuarenta y dos años. Cabellos y ojos castaños, un metro setenta y ocho y setenta y dos kilos.

—Bien, alguien tiene que saber dónde está o, al menos, dónde lo han visto por última vez. Uno no se marcha de una consulta sin dejar aviso a nadie.

—De momento, parece que eso ha hecho. Varias personas se han presentado en el domicilio porque tenían cita con él. Nadie las había llamado ni avisado. Se ha esfumado. Los vecinos no lo han visto, ni a él ni su coche, desde hace al menos una semana. Nadie reparó en que se marchara ni solo ni acompañado. Ahora parece que una anciana que vive en la puerta contigua habló con él la mañana del cinco de junio, el jueves anterior al incendio. Los dos coincidieron en el pasillo en el momento de recoger el periódico, se saludaron y se dieron los buenos días. Según ella, el hombre tenía prisa y no estuvo tan amable como de costumbre. De momento, es todo lo que tenemos.

—Me pregunto si Claire Rawley fue paciente suya.

—Sólo espero que aún siga vivo —dijo Marino.

—Sí —murmuré con tacto—. Yo, también.

Un médico forense no es un agente de la autoridad, sino un profesional que aporta pruebas objetivas, un detective cuyos testigos están muertos. Sin embargo, había momentos en que no me importaban demasiado los estatutos o las definiciones.

La justicia era mucho más que unos códigos, sobre todo en las ocasiones en que me daba la impresión de que nadie estaba prestando atención a los hechos. Fue poco más que la intuición lo que me decidió, el domingo por la mañana a la hora del desayuno, a hacer una visita a Hughey Dorr, el herrador que había estado ocupado con los caballos de Sparkes dos días antes del incendio.

El tañido de las campanas de las iglesias de la Gracia Baptista y Primera Presbiteriana me acompañó mientras lavaba la taza del café en el fregadero. Rebusqué entre mis notas el número de teléfono que me había entregado uno de los investigadores de incendios de la ATF. El herrador, que era un término más preciso para referirse a su oficio que el de «herrero», no estaba en casa cuando llamé. Me atendió su mujer y me presenté.

—Está en Crozier —me explicó—. Se quedará allí todo el día, en Red Feather Point. Eso cae cerca de Lee Road, en la ribera norte del río. No tiene pérdida.

No obstante yo sabía que era fácil perderse. La mujer hablaba de una zona de Virginia en la que no hay prácticamente nada más que cuadras y, para ser sincera, todos aquellos lugares me parecían idénticos. Le pedí a la mujer que me diera alguna otra indicación.

—Bien, está frente a la penitenciaría del estado, al otro lado del río. En las granjas de productos lácteos donde trabajan los internos —añadió—. Con eso seguramente ya sabe dónde buscar.

Por desgracia, la señora Dorr estaba en lo cierto. Yo había estado en aquella penitenciaría en algunas ocasiones, en casos de internos que se habían colgado en sus celdas o se habían matado entre ellos. La mujer me facilitó un número y llamé a la granja para asegurarme de que era un momento oportuno para presentarme. Como era propio de la privilegiada gente relacionada con los caballos, nadie parecía interesado por el asunto que me llevaba hasta allí, aunque me dijeron que encontraría al herrador en los establos, un edificio verde. Volví al dormitorio para ponerme un polo, vaqueros y botas con cordones; luego, llamé a Marino.

—Puedes acompañarme, o darme la satisfacción de hacer esto a mi modo —le dije.

Marino estaba viendo un partido de béisbol en la televisión, con el sonido a todo volumen, y el teléfono produjo un chasquido cuando Pete lo dejó en alguna parte. Lo oí respirar.

—Mierda —dijo.

—Ya sé —asentí—. Yo también estoy cansada.

—Dame media hora.

—Te ahorraré un poco de tiempo y pasaré yo a recogerte —sugerí.

—De acuerdo, me harás un favor.

Pete vivía al sur del James, en un barrio con zonas arboladas a poca distancia del pasadizo salpicado de centros comerciales que recibía el nombre de «autovía midlothiana», donde era posible adquirir pistolas, motocicletas o hamburguesas Bullet, o dejarse tentar por un lavado de automóvil a mano, sin cepillos, con o sin cera. La casita blanca de Marino, con las paredes laterales de aluminio, estaba en Ruthers Road, al doblar la esquina de Bon Air Cleaners y de Ukrops. En el patio delantero tenía una gran bandera americana, una valla de tela metálica que delimitaba el patio posterior y un cobertizo para su remolque.

El sol se reflejaba en las tiras de luces de Navidad apagadas que seguían todas las líneas y ángulos de la propiedad de Marino. Las bombillitas multicolores estaban colgadas de los matorrales y enroscadas a las ramas de los árboles. Había miles.

—Creo que no deberías dejar instaladas todas esas luces —le advertí una vez más cuando me abrió la puerta.

Su respuesta también fue la de siempre:

—Ya. Entonces, quítalas tú y vuélvelas a poner cuando llegue Acción de Gracias. ¿Tienes idea de cuánto tiempo se tarda, sobre todo si cada año añado otras nuevas?

Su obsesión había alcanzado tal extremo que había instalado una caja de fusibles sólo para la decoración navideña, que, una vez conectada al completo, mostraba a un Santa Claus en el trineo tirado por ocho renos, un muñeco de nieve de aspecto feliz, unas barras de caramelo, juguetes y a Elvis en mitad del patio, cantando canciones de Navidad por los altavoces. El ostentoso despliegue de Marino había alcanzado tal profusión de luces que su resplandor se apreciaba a kilómetros de distancia, y su residencia aparecía en la ruta turística oficial de Richmond. Aún seguía asombrándome que a una persona tan poco sociable como él no le importaran las interminables colas de coches y limusinas, y la presencia de gente bebida que se dedicaba a hacer chistes.

—Sigo tratando de averiguar qué te ha dado —le dije cuando subió al coche—. Hace dos años, ni se te habría ocurrido hacer algo así. Entonces, de la noche a la mañana, conviertes tu residencia privada en un carnaval. Estoy preocupada. Por no hablar de la amenaza de originar un incendio por un cortocircuito. Ya sé que te he dado mi opinión al respecto en otras ocasiones, pero me preocupa...

—Quizá yo también tengo mis preocupaciones.

Se ajustó el cinturón de seguridad y sacó un cigarrillo.

—¿Cómo reaccionarías si yo empezara a decorar así mi casa y luego dejara las luces colgadas el resto del año?

—Pues como si trajeras un remolque, lo colocaras en el patio y te pusieras a comer galletas de avena cada día. Pensaría que andas mal de la cabeza.

—Y tendrías razón —respondí.

—Mira... —Se puso a jugar con el cigarrillo sin encender y continuó—: Tal vez he llegado a un punto en la vida en que me apetece hacer lo que quiero y olvidarme de todo lo demás. Al carajo con lo que piense la gente. Sólo voy a vivir una vez y, joder, quién sabe cuánto tiempo más voy a durar.

—Marino, te estás poniendo demasiado morboso.

—Sólo realista.

—Pues la realidad es que, si te mueres, terminarás en mis manos, sobre una de mis mesas. Eso debería ser suficiente incentivo para que desees seguir por aquí mucho tiempo.

Pete guardó silencio y fijó la mirada en la ventanilla mientras yo seguía la carretera 6 a través del condado de Goochland, donde los bosques eran densos y, a veces, no se veía otro vehículo en bastantes kilómetros. Hacía una mañana despejada, pero el día iba a ser húmedo y cálido. Dejé atrás casas modestas con tejados de hojalata, agradables porches y bañeras para pájaros en los patios. Las ramas nudosas de los manzanos cedían bajo el peso de los verdes frutos, y los girasoles inclinaban sus pesadas cabezas como si rezaran.

—La verdad, doctora, es que parece una premonición o algo así —continuó reflexionando Marino—. Sigo pensando que se me acaba el tiempo. Reflexiono sobre mi vida, y me doy cuenta de que ya lo he hecho prácticamente todo. Aunque no lograra nada más, ya habría hecho suficiente, ¿sabes? Por eso, en mi interior, veo un muro y me parece que al otro lado no hay nada para mí. Mi camino termina. Ya no estoy aquí. Ahora, sólo es cuestión de cómo o de cuándo. De modo que ahora me dedico a hacer lo que me viene en gana. Tengo derecho, ¿verdad?

No estaba segura de qué responder, y la imagen de la chillona decoración de su casa en Navidad me llenó los ojos de lágrimas. Me alegré de llevar puestas las gafas de sol.

—No conviertas esto en una profecía autocumplida, Marino —dije con calma—. Mucha gente al pensar tanto en algo se pone en tal tensión que provoca que se cumpla lo que dice.

—Como Sparkes —indicó él.

—La verdad, no veo qué relación tiene esto con Sparkes.

—Quizá le daba demasiadas vueltas a algo y al final hizo que sucediera. Eres negro, hay mucha gente que te odia visceralmente y te preocupa tanto que esos gilipollas te roben lo que tienes, que terminas quemándolo tú mismo; y matando tus caballos y a tu novia blanca, en el incendio. Y te quedas sin nada. Joder, el dinero del seguro no podrá cubrir el valor de lo que ha perdido, ni pensarlo. La verdad es que Sparkes anda jodido, lo mires por donde lo mires. O ha perdido todo lo que amaba en la vida, o acabará sus días en prisión.

—Si sólo se tratara de un incendio provocado, me sentiría más inclinada a sospechar que él fue el autor —repliqué—. No obstante, también hablamos de una muchacha asesinada; y de la muerte de todos sus caballos. Es ahí donde la teoría empieza a fallar.

—Si quieres saber mi opinión, esto parece una repetición del caso de O. J. Simpson: un hombre afroamericano, rico y poderoso; su ex novia blanca aparece degollada. ¿No te inquietan un poco estas similitudes? Mira, tengo que encender un cigarrillo. Echaré el humo por la ventanilla.

—Si Kenneth Sparkes mató a su ex novia, ¿por qué no lo hizo en algún lugar que nadie pudiera relacionar con él? —observé—. ¿Por qué iba a destruir todas sus posesiones y provocar que todos los indicios apunten hacia él?

—No lo sé, doctora. Quizá las cosas se le fueron de las manos y metió la pata. Tal vez, no tenía previsto matar a la chica y prender fuego a la casa.

—Sin embargo no he visto en este incendio nada que me sugiera un acto impulsivo —respondí—. Creo que el autor de todo eso sabía perfectamente lo que hacía.

—Eso, o tuvo mucha suerte.

La estrecha carretera estaba moteada de sombras entre los rayos de sol, y los pájaros que piaban en los cables telefónicos me hicieron pensar en música. Cuando nos detuvimos en el restaurante North Pole, con su oso polar en el cartel, evoqué los almuerzos de después de la sesión en los tribunales de Goochland, con detectives y médicos forenses que, desde aquellas fechas, ya se habían jubilado.

Esos viejos casos de homicidios aparecían vagos en mi recuerdo, porque desde entonces había habido muchísimos asesinatos que mi mente tenía presentes. Sin embargo, al evocarlos y pensar en esos colegas, a los que en aquel momento echaba de menos, me invadió la tristeza. Red Feather Point estaba al final de un largo camino de grava que conducía a una impresionante casa de campo con vistas sobre el río James. El coche levantaba nubes de polvo mientras tomaba las curvas y pasaba frente a vallas blancas que rodeaban unos prados verdes y suaves, sembrados de restos de heno.

El edificio blanco, de tres plantas, tenía el aspecto imperfecto, ladeado, de una construcción que no había sido erigida en este siglo, y los silos disimulados entre enredaderas también eran herencia de otro tiempo. Cuando aparcamos, varios caballos deambulaban por un campo distante, y el picadero rojo de arena estaba vacío. Marino y yo entramos en un enorme granero verde y seguimos el tintineo del acero bajo los golpes de un martillo. Unos caballos de fina estampa estiraban sus cuellos espléndidos por encima de las puertas de sus establos y no pude resistir la tentación de acariciar los ollares aterciopelados de los corceles árabes y purasangres. Me detuve a decirle lindezas a un potrillo y a su madre, y los dos me miraron con unos enormes ojos pardos. Marino se mantuvo a distancia, espantando las moscas.

—Mirarlos es una cosa —comentó—, pero ya me llevé un mordisco en una ocasión y tuve suficiente.

Las dependencias de herrar y de repartir el pienso estaban en silencio y de los tabiques de madera colgaban rastrillos y mangueras enrolladas.

En la parte posterior de las puertas había mantas dobladas y la única persona que encontré fue una mujer con atuendo de amazona y casco que cargaba con una silla de montar inglesa.

—Buenos días —saludé al tiempo que cesaba el lejano martilleo—, busco al herrador. Soy la doctora Scarpetta —añadí—. Lo he llamado hace un rato.

—Está por ahí.

La mujer indicó una dirección sin aminorar el paso.

—Y ya que está aquí, *Black Lace* no parece en muy buena forma —agregó, y comprendí que me había tomado por veterinaria.

Marino y yo doblamos la esquina y encontramos a Dorr sentado en una banqueta, con la gran pata delantera derecha de una yegua blanca firmemente sujeta entre las rodillas. El hombre, calvo y de brazos y hombros fornidos, llevaba un delantal de herrador que parecía unos bombachos de cuero. Cubierto de polvo, sudaba profusamente mientras extraía los clavos de una herradura de aluminio.

—¿Qué tal? —nos dijo mientras la yegua echaba las orejas hacia atrás.

—Buenas tardes, señor Dorr. Soy la doctora Scarpetta; le presento al capitán Pete Marino. Su esposa me dijo que quizá lo encontraría aquí.

El hombre levantó la cabeza y nos miró.

—Mis amigos me llama Hughey. ¿Usted es veterinaria?

—No, no. Soy forense. El capitán Marino y yo nos ocupamos del caso Warrenton.

Arrojó a un lado la herradura vieja con la mirada ensombrecida. Sacó del bolsillo del delantal un cuchillo curvo y empezó a pelar la pezuña hasta que apareció la uña nueva, de color blanco marmóreo. Una piedra incrustada en ella hizo saltar una chispa.

—Quien hizo eso merece que le peguen un tiro —refunfuñó al tiempo que sacaba unos alicates de otro bolsillo y recortaba el contorno de la pezuña de un lado a otro.

—Estamos haciendo todo lo posible para averiguar qué sucedió.

—Para empezar —intervino Marino—, deberíamos saber qué hacía esa mujer en la casa.

—He oído algo al respecto. Qué extraño —comentó Dorr, que había pasado a emplear una lima mientras la yegua enseñaba los dientes con aire molesto—. No sé por qué tenía que haber nadie en la casa.

—Según tengo entendido, usted estuvo en la propiedad unos días antes, ¿no? —continuó Marino, mientras garabateaba unas notas en una libreta.

—El incendio se produjo el sábado por la noche —dijo Dorr, y se dispuso a limpiar la parte inferior de la pezuña con un cepillo de alambre—. Estuve allí la mayor parte del jueves. Todo estaba normal, como siempre. Herré a ocho de los caballos y me ocupé de uno que padecía de capa blanca, una infección del casco. Me limité a pintar la pezuña con formaldehído. —Se volvió hacia mí y añadió—: Una sustancia de la que usted sabrá bastante supongo...

Bajó la pata derecha de la yegua y agarró la izquierda. El animal dio un pequeño tirón y sacudió la cola. Dorr le dio unos golpecitos en el hocico.

—Es para darle algo en qué pensar —nos explicó—. Tiene un mal día, ¿saben? Estos animales son como chiquillos; lo ponen a uno a prueba cada vez que pueden. Crees que has conseguido hacerte querer y lo único que les interesa es la comida.

La yegua puso los ojos en blanco y enseñó los dientes otra vez mientras el herrador extraía más clavos a una velocidad sorprendente, que no disminuía aunque seguía hablando.

—¿Vio en alguna de sus visitas si en la casa había una mujer joven, alta y muy guapa, rubia y con el pelo muy largo? —pregunté al hombre.

—No. Por lo general cuando subía allí, pasábamos el tiempo con los caballos. El señor Sparkes ayudaba en todo lo que podía; quería mucho a esos animales.

Volvió a empuñar el cuchillo curvo para las pezuñas.

—Todas esas historias acerca de lo mucho que rondaba... —continuó Dorr—. Nunca vi tal cosa. Siempre me ha parecido un tipo un tanto solitario, lo cual, por ser quien era, me sorprendió al principio.

—¿Cuánto tiempo hace que trabaja para él? —preguntó Marino, y cambió de postura de un modo que indicaba que él se hacía cargo de las preguntas.

—Va para seis años —respondió Dorr, y tomó la lima—. Un par de veces al mes.

—Cuando lo vio ese jueves, ¿le mencionó algo respecto a un viaje al extranjero?

—¡Ah, sí! Por eso fui aquel día. Se marchaba a Londres a la mañana siguiente y, como su mozo de cuadra se había despedido, Sparkes no tenía a nadie más que pudiera encargarse de los animales.

—Parece que la víctima conducía un viejo Mercedes azul. ¿Ha visto alguna vez un coche como ése en la propiedad?

Dorr retrocedió con la banqueta de madera y arrastró con él la caja de herraduras. Acto seguido, asió una pata trasera de la yegua.

—No recuerdo haber visto nunca un coche como el que dice.

Extrajo otra herradura del animal.

—No, no recuerdo ninguno como el que me acaba de describir. Y ahora, ¡vaya! —Tranquilizó al animal colocando la mano en el anca—. Tiene mal las patas —nos informó.

—¿Cómo se llama? —pregunté.

—*Molly Brown.*

—Usted no parece de por aquí, por el acento —continué.

—Cierto. Nací y crecí en el sur de Florida.

—Igual que yo. En Miami —señalé.

—¡Uf!, eso queda tan al sur que ya es Suramérica.

12

Un sabueso había entrado al trote y husmeaba el suelo cubierto de heno, buscando raspaduras de pezuña. *Molly Brown* colgó delicadamente su otra pata trasera en la repisa, como si se dispusiera a ser atendida en un salón de manicura.

—Hughey —dije—, en este incendio hay circunstancias que plantean muchos interrogantes. Tenemos un cadáver, pero se supone que en casa de Sparkes no debía haber nadie. La mujer que murió es responsabilidad mía y voy a hacer cuanto esté en mi mano para descubrir por qué estaba allí y por qué no escapó de las llamas cuando se inició el fuego. Usted quizá fue la última persona que visitó la finca antes del incendio y le pido que haga memoria por si hay algo, cualquier cosa, que aquel día le pareciese fuera de lo normal.

—Exacto —intervino Marino—. Por ejemplo, ¿le pareció que Sparkes mantenía en algún momento una conversación telefónica privada, personal? ¿Tiene alguna sospecha de que esperase visita? ¿Le oyó mencionar alguna vez el nombre de Claire Rawley?

Dorr se puso en pie y dio otra palmada en el anca a la yegua. Casi por instinto, me mantuve a distancia de sus poderosos cuartos traseros. El sabueso me lanzó un ladrido como si, de repente, yo fuera una absoluta desconocida.

—Ven aquí, muchacho.

Me agaché y alargué la mano.

—Doctora Scarpetta, veo que se fía usted de *Molly Brown,* y ella se da cuenta. En cuanto a usted —señaló a Marino con un gesto de cabeza—, a usted le dan miedo los caballos, y ellos lo notan. Es sólo para que lo sepa.

Dorr se encaminó a la salida del establo y nosotros seguimos sus pasos. Marino se pegó al tabique cuando pasó por detrás de un caballo que medía al menos un metro cuarenta de alzada. El herrador dobló el ángulo del edificio y se dirigió hacia donde tenía aparcado su vehículo.

Era una camioneta roja de caja descubierta, en la que había una forja incorporada a la parte posterior, que funcionaba a gas propano. Accionó una manija y surgió una llama azul.

—Como tiene las pezuñas bastante mal, tengo que poner grapas en la herradura para que encajen. Viene a ser algo parecido a los aparatos ortopédicos para humanos —comentó. Asió una herradura con las tenazas y la sostuvo sobre el fuego—. Si la forja no está caliente previamente, cuento hasta cincuenta —continuó mientras me llegaba el olor a metal candente—. Si lo está, cuento hasta treinta. El aluminio no presenta cambios de coloración, de modo que lo caliento poco; sólo para hacerlo maleable.

Llevó la herradura al yunque y le practicó unos agujeros. Después, preparó unas grapas y las aplastó a martillazos. Para suavizar los bordes afilados utilizó una muela que produjo un sonido parecido al de una ruidosa sierra Stryker. Me dio la impresión de que Dorr utilizaba su trabajo para entretenernos, para tener tiempo de reflexionar o tal vez de deducir qué queríamos saber. Sin duda, el hombre era profundamente leal a Kenneth Sparkes.

—Como mínimo —le dije—, la familia de esa chica tiene derecho a saber qué ha ocurrido. He de notificarles su muerte y no puedo hacerlo hasta que esté segura de quién es. Además, la familia me preguntará qué le sucedió. También debo saberlo.

Sin embargo, el hombre no abrió la boca y lo seguimos otra vez al establo de *Molly Brown*. La yegua había defecado y había pisoteado los excrementos, y el herrador apartó el estiércol con gesto irritado utilizando una escoba gastada. Entretanto, el sabueso deambulaba por las cuadras.

Finalmente Dorr volvió a hablar mientras sujetaba con firmeza una de las patas de la yegua entre sus rodillas.

—La mejor defensa del caballo es la huida, ¿sabe? Sólo desea escapar, por mucho que creas que te quiere.

Hundió los clavos a través de la herradura y dobló las puntas hacia abajo cuando asomaron por el lateral de la pezuña.

—Las personas no son tan distintas, cuando se sienten acorraladas —añadió.

—Espero no estar produciéndole esta impresión —respondí al tiempo que rascaba al sabueso detrás de las orejas.

Dorr dobló las puntas afiladas de los clavos con un remachador y las limó hasta dejarlas suaves. Una vez más, se tomó su tiempo para responder.

—Muy bien —dijo a *Molly Brown*. El aire estaba cargado de olor a metal y a estiércol—. El asunto es que eso de presentarse aquí y pensar que confiaré en ustedes de buenas a primeras es como si creyeran que pueden ponerle herraduras a este caballo.

—No le culpo por sentirse así —le dije.

—De ningún modo podría herrar ese caballo —aseguró Marino—. Tampoco querría hacerlo por nada del mundo.

—Pueden agarrarte con los dientes y arrojarte al suelo. Saben patear, dar coces y meterle a uno la cola en los ojos. Es mejor dejar muy claro quién manda, o te encuentras en un verdadero problema.

Dorr se enderezó y se frotó la zona lumbar. Luego, regresó a la forja para preparar otra herradura.

—Mire, Hughey —le dijo Marino, pegado a sus talones—. Le pido que nos ayude porque creo que quiere hacerlo. A usted le importaban esos caballos; y también tiene que importarle que alguien haya muerto.

El herrador buscó en un compartimento del lateral del vehículo. Sacó otra herradura nueva y la sostuvo con las tenazas.

—Lo único que puedo hacer es contarle mi propia teoría.

Sostuvo la herradura sobre la llama de la forja.

—Soy todo oídos —dijo Marino.

—Creo que ha sido obra de un profesional y que la mujer participaba en el asunto; pero, por alguna razón, algo falló.

—Entonces, dice usted que la mujer era la pirómana...

—Quizá formaba parte del grupo, pero sacó el palito corto en el sorteo.

—¿Qué le lleva a pensar algo así? —pregunté.

Dorr dejó la herradura caliente en el yunque.

—¿Sabe?, la línea política del señor Sparkes molesta a mucha gente, sobre todo a esos nazis... —respondió.

—Todavía no tengo claro por qué cree que la mujer estaba involucrada —dijo Marino.

Dorr hizo una pausa para estirar la espalda. Giró la cabeza y notó un crujido en el cuello.

—Quien lo hizo tal vez no sabía que el señor Sparkes se marchaba de viaje. Necesitaban una chica para que él les abriera la puerta; quizás una chica a la que conociera bien...

Marino y yo lo dejamos hablar.

—No es una persona capaz de cerrar la puerta en las narices a alguien que conozca. De hecho, a mi modo de ver, siempre ha sido demasiado desprendido y amable, y ya ve de qué le ha servido.

El tintineo y el martilleo eran el contrapunto de la cólera del herrador, y la herradura siseó un aviso por lo bajo cuando Dorr la sumergió en un recipiente con agua. Luego, volvió junto a *Molly Brown* y se sentó de nuevo en la banqueta sin añadir una palabra. Empezó a trabajar en la nueva herradura, raspó un borde y empleó el martillo. La yegua estaba algo inquieta pero, sobre todo, transmitía una sensación de fastidio.

—También puedo decirles otra cosa que, en mi opinión, encaja con la teoría —apuntó mientras trabajaba—. Cuando estuve en la finca ese jueves, estuvo sobrevolando el lugar durante un buen rato un helicóptero. Por aquí no solemos utilizar esos aparatos para sulfatar los sembrados, de modo que ni el señor Sparkes ni yo supimos aclarar si se había perdido o si tenía alguna dificultad y buscaba un lugar para aterrizar. Estuvo zumbando por la zona durante un cuarto de hora y luego se alejó hacia el norte.

—¿De qué color era? —pregunté al recordar el que había sobrevolado el escenario del incendio mientras yo estaba allí.

—Blanco. Parecía una libélula blanca.

—¿Un aparato pequeño, de motor a pistones? —preguntó Marino.

—No sé gran cosa de helicópteros, pero sí, era pequeño. De dos plazas, calculo, y no llevaba ningún número pintado. Eso resulta un poco sospechoso, ¿no? Es como si alguien estuviera haciendo un trabajo de vigilancia desde el aire, ¿verdad?

El sabueso tenía los ojos entrecerrados y la cabeza apoyada en mi zapato.

—¿Era la primera vez que veía ese helicóptero por la zona?

—preguntó Marino, y me di cuenta de que también recordaba el helicóptero blanco, pero no quería demostrar un interés especial en ello.

—Sí, señor. En Warrenton no nos gustan esos aparatos. Espantan los caballos.

—En la zona hay un parque aéreo, un circo volante y un puñado de pistas aéreas privadas —añadió Marino.

Dorr se puso en pie una vez más.

—He atado cabos para ustedes lo mejor que he podido —dijo.

Sacó un pañuelo del bolsillo trasero y se secó el rostro.

—Les he dicho todo lo que sé. ¡Maldita sea! Estoy hecho polvo.

—Una cosa más y terminamos —insistió Pete—. Sparkes es un hombre importante y muy ocupado. Habrá utilizado helicópteros de vez en cuando. Para llegar al aeropuerto, por ejemplo, puesto que la propiedad estaba lejos de todo.

—Por supuesto. Aterrizaban en sus tierras.

Dorr dedicó a Marino una mirada sostenida que estaba llena de suspicacia.

—¿Alguno era como el blanco que vio el otro día?

—Ya le he dicho que era la primera vez que lo veía —respondió Dorr.

El hombre nos miró mientras *Molly Brown* tiraba del ronzal y mostraba sus grandes dientes amarillentos.

—Y puedo decirle otra cosa —añadió—. Si piensan fabricar pruebas falsas contra el señor Sparkes, no se molesten en volver a asomar la nariz por aquí.

—No nos proponemos acusar a nadie de lo que no ha hecho —replicó Marino, y su tono también empezaba a sonar desafiante—. Sólo buscamos la verdad; y ésta, como dicen, habla por sí sola.

—Sería bonito, para variar —apuntó Dorr.

Volví a casa muy preocupada e intenté separar lo que sabía y lo que había oído. Marino hizo pocos comentarios y, cuanto más nos acercábamos a Richmond, más sombrío se volvió su talante. Cuando nos detuvimos en el camino particular de su casa, sonó su busca.

—El helicóptero no encajaba con nada —dijo cuando aparqué detrás del camión—. Tal vez no guarde ninguna relación con lo sucedido.

Siempre existía tal posibilidad.

—¿Qué diablos es esto?

Levantó el buscapersonas y leyó lo que decía la pantalla.

—Mierda, parece que ocurre algo. Quizá será mejor que entres.

No entraba en casa de Marino con frecuencia; creí recordar que la última vez fue durante las vacaciones, cuando había pasado por allí con un pan horneado en casa y un recipiente lleno de mi estofado especial. Por supuesto, entonces Pete ya tenía instalada su extravagante decoración e incluso el interior de la casa estaba repleto de lucecitas colgadas, además del árbol enorme cargado de adornos. Recordé que en el salón había un tren eléctrico que traqueteaba en círculos por sus raíles, dando vueltas y más vueltas en torno a un pueblecito navideño espolvoreado de nieve. Marino había preparado un ponche de huevo con un brandy casero Virginia Lightning de cincuenta grados y, para ser sincera, después de probarlo no debería haber conducido hasta casa.

En esa ocasión, el edificio parecía desnudo y poco iluminado. El sillón favorito de Pete presidía el salón. En el centro de la estancia se extendía una alfombra de lana y la repisa de la chimenea estaba adornada con diversos trofeos de bolos que había ganado a lo largo de los años. El televisor de pantalla grande era su pieza de mobiliario más elegante. Lo acompañé a la cocina y reparé en la grasienta superficie de la encimera, el cubo de basura lleno hasta los topes y el fregadero repleto de cacharros. Abrí el grifo del agua caliente y empapé en ella una esponja; después le eché jabón y empecé a limpiar lo que pude mientras él marcaba un número de teléfono.

—No es preciso que hagas eso —me cuchicheó.

—Alguien tiene que hacerlo.

—Sí —dijo por el aparato—. Aquí Marino. ¿Qué sucede?

Permaneció a la escucha un largo y tenso momento y cada vez más sonrojado con el ceño fruncido. Ataqué el enorme montón de platos.

—¿Y hasta qué punto lo comprueban? —preguntó Marino—. No, quiero decir, ¿se aseguran de que alguien determinado está en su asiento? ¿Ah, sí? ¿Y tenemos la seguridad de que esa vez también lo han hecho? Sí, de acuerdo. Nadie recuerda nada. El mundo está lleno de gente que no recuerda nada, joder. Que no recuerda nada, ni ha visto nada, ¿me equivoco?

Enjuagué con cuidado los vasos y los coloqué a secar sobre un paño.

—Estoy de acuerdo en que lo del equipaje plantea algunos interrogantes —continuó.

Se me terminó el lavavajillas y tuve que recurrir a una pastilla de jabón ya seca que encontré bajo el fregadero.

—Ya que estás en ello —siguió diciendo—, ¿podrías ver qué averiguas acerca de un helicóptero blanco que sobrevolaba la finca de Sparkes. —Hizo una pausa y añadió—: Antes, tal vez; y después, seguro, porque lo vi con mis propios ojos cuando estábamos allí.

Marino continuó escuchando mientras yo empezaba a lavar los cubiertos, cuando de repente, se volvió hacia mí y me dijo:

—Antes de colgar, ¿quieres saludar a tu tía?

Mis manos se quedaron quietas y lo miré sorprendida.

—Aquí.

Marino me alargó el auricular.

—¿Tía Kay?

Lucy estaba tan sorprendida como yo.

—¿Qué haces en casa de Marino? —me preguntó.

—Hago limpieza.

—¿Qué?

—¿Todo anda bien? —le pregunté.

—Marino te pondrá al corriente. Comprobaré lo del helicóptero blanco. Tuvo que repostar combustible en alguna parte. Quizás estableció un plan de vuelo con el centro de Leesburg, aunque, no sé por qué, pero lo dudo. Tengo que irme.

Colgué y, de pronto, me sentí excluida y enfadada, aunque no sabía a ciencia cierta por qué.

—Me parece que Sparkes está metido en un buen lío, doctora —apuntó Pete.

—¿Qué ha sucedido? —quise saber.

—Resulta que el día antes del incendio, el viernes, Sparkes se presentó en el aeropuerto Dulles para tomar un avión a las nueve y media de la tarde. Facturó el equipaje, pero no llegó a recogerlo a la llegada, en Londres. Eso significa que quizá facturase las maletas y entregara la carta de embarque al auxiliar de vuelo en la puerta, y luego diese media vuelta y abandonase el aeropuerto.

—En los vuelos internacionales se cuenta a los pasajeros que hay a bordo —repliqué—. Su ausencia en el avión no habría pasado por alto.

—Tal vez. Pero ese hombre no habría llegado donde lo ha hecho si no fuese astuto.

—Marino...

—Espera. Deja que termine de hacerte el resumen. Según Sparkes, los de seguridad estaban esperándolo cuando el avión tomó tierra en Heathrow a las nueve cuarenta y cinco de la mañana siguiente, el sábado. Hablamos de la hora de Londres, que aquí son las cuatro cuarenta y cinco de la madrugada. Le informaron del incendio y volvió al momento. Tomó un vuelo de la United de regreso a Washington sin molestarse en recoger las maletas.

—Supongo que, tras un disgusto semejante, es algo muy normal —apunté.

—Doctora, tienes que dejar de defender a Sparkes.

—No, no lo defiendo. Sólo intento ser más objetiva de lo que creo que está siendo cierta gente. Y, desde luego, los de seguridad de Heathrow deberían recordar si le notificaron lo sucedido cuando descendió del avión.

—Por ahora, no hay confirmación. Y tampoco hemos terminado de aclarar cómo tenían noticia del incendio. Naturalmente, Sparkes tiene una explicación para todo. Dice que los agentes de seguridad siempre hacen planes especiales cuando viaja, y que se encuentran con él en la puerta de salida de vuelos. Según parece, el asunto del incendio ya había aparecido en las noticias de la mañana en Londres y el hombre de negocios con el que iba a reunirse había llamado a British Air para alertarlos de que dieran la noticia a Sparkes en cuanto desembarcara.

—¿Y alguien ha hablado con ese hombre de negocios?

—Todavía no. Ésta es la versión de Sparkes, no lo olvides. Y lamento decirlo, doctora, pero tampoco estoy seguro de que la gente no vaya a mentir por él. Si Sparkes está detrás de todo esto, te garantizo que lo habrá planeado hasta el último detalle. Déjame añadir que, cuando llegó a Dulles para tomar el vuelo a Londres, el incendio ya estaba en marcha y esa mujer ya estaba muerta. ¿Quién nos dice que no la mató y luego utilizó un temporizador de alguna clase para provocar el incendio una vez hubiera abandonado la finca?

—No hay nada que lo descarte —asentí—; pero tampoco hay

nada que lo demuestre. De todas formas, parece que no tenemos muchas posibilidades de averiguarlo a menos que en los exámenes forenses aparezca algún indicio material que apunte al uso de un artefacto explosivo.

—Hoy día, la mitad de los aparatos que hay en las casas pueden ser utilizados como temporizadores. Despertadores, vídeos, ordenadores, relojes digitales...

—Es cierto. Pero los explosivos de baja intensidad necesitan algo que los haga estallar, como un cebador, una chispa, un fusible, el fuego... —apunté—. Bueno, si no me necesitas para limpiar nada más —añadí en tono seco—, me marcho.

—Oye, no te cabrees conmigo —dijo Marino—. Que yo no tengo la culpa de que este asunto esté tan liado, joder.

Al llegar a la puerta, me detuve y me volví a mirarlo. Los mechones de cabellos canosos se le pegaban a la cabeza sudorosa. Probablemente tenía la habitación llena de ropa sucia, tirada de cualquier manera, pero aquello era algo que, ni en sueños, podía recoger y ordenar nadie que no fuera él. Me acordé de Doris, su mujer, e imaginé su dócil servidumbre hasta el día en que, de súbito, se marchó porque se había enamorado de otro.

Era como si a Marino le hubieran hecho una transfusión de sangre de un tipo que no le correspondía. Por buena que fuera su intención y por brillante que fuese su trabajo, estaba en un conflicto permanente con el entorno; y aquello iba acabando lentamente con él.

—Hazme sólo un favor —dije con la mano en la puerta.

Se secó el rostro con la manga de la camisa y sacó los cigarrillos.

—No incites a Lucy a sacar conclusiones precipitadas —le advertí—. Sabes tan bien como yo que el problema es el cumplimiento de la ley a nivel local, la política local. Marino, no creo que nos hayamos siquiera acercado al meollo de este asunto; por lo tanto, no crucifiquemos a nadie todavía.

—Estoy asombrado —replicó él—. Después de lo que hizo ese hijo de puta para apartarte de tu cargo. ¿Y ahora, de repente, es un santo?

—Yo no he dicho que lo sea. Francamente, no conozco a ningún santo.

—Sparkes, el mujeriego —continuó Marino—. Si no te conociera bien, pensaría que te has encaprichado de él.

—Esa estupidez no merece ni una respuesta.

Salí al porche, casi tentada de cerrarle la puerta en las narices. Pete me siguió:

—Sí. Es lo que dice todo el mundo cuando es culpable. No creas que no sé cuándo a Wesley y a ti no os van bien las cosas...

Me volví para mirarlo a la cara y lo señalé con el dedo como si fuera una pistola.

—Cállate de una vez. No te metas en mis asuntos y no te atrevas a dudar de mi profesionalidad, Marino. Sabes perfectamente que no debes hacerlo, maldita sea.

Bajé los escalones de la entrada y me metí en el coche. Di marcha atrás despacio y con deliberada pericia. No volví a mirarlo y me alejé.

13

El lunes amaneció con una tormenta que barrió la ciudad con vientos muy fuertes y lluvias persistentes. Conduje hasta el trabajo con los limpiaparabrisas a toda velocidad y el aire acondicionado conectado para quitar el vaho de los cristales. Cuando abrí la ventanilla para pagar el peaje, la manga del traje quedó empapada. Para colmo, tuvo que ser precisamente en un día como aquél cuando encontrase aparcados en la entrada dos coches fúnebres, lo cual me obligó a aparcar fuera. Los quince segundos que tardé en llegar corriendo al edificio y en abrir la puerta trasera fueron el punto culminante de mi castigo. Quedé calada hasta los huesos. El agua me goteaba de los cabellos y, cuando crucé la recepción, me chapoteaban los zapatos.

Eché un vistazo al registro de ingresos para ver qué había llegado durante la noche: un bebé muerto en la cama de los padres; una anciana que parecía un caso de suicidio por sobredosis, y por supuesto, un tiroteo relacionado con algún asunto de drogas desde uno de los bloques de viviendas sociales en los suburbios. En los últimos tiempos, la ciudad había figurado en la lista de las más violentas de Estados Unidos, con cerca de ciento sesenta homicidios anuales para una población de menos de un cuarto de millón de personas.

Se echaba la culpa de ello a la policía; incluso a mí, si las estadísticas recopiladas por mi oficina no gustaban a los políticos o si las sentencias de los tribunales tardaban en dictarse. Nunca dejó de asombrarme la irracionalidad de todo aquello, pues quienes tenían el poder parecían olvidarse de que existe algo llamado medicina preventiva y que, después de todo, ésta es la única manera de detener una enfermedad mortal. Realmente, es mejor vacunar contra la polio, por ejemplo, que enfrentarse a ella una vez producida la infección. Dejé el registro de ingresos y me encaminé a mi despacho. El chapoteo de mis zapatos volvió a acompañarme por el pasillo vacío.

Entré en la sala de descanso, donde Fielding, que evitaba la cafeína, estaba preparándose una infusión. Sus obsesiones con la salud no contribuyeron a tranquilizarme, precisamente. No había hecho ejercicio en más de una semana.

—Buenos días, doctora Scarpetta —dijo con alegría.

—Esperemos que lo sean —respondí, y alargué la mano hacia la cafetera—. Parece que la cola de casos que tenemos hasta el momento es bastante corta. Te la dejo a ti; y también dejaré que lleves la conferencia para el personal. Yo tengo mucho que hacer.

Con la camisa amarilla de puño doble, la corbata despampanante y los pantalones negros con raya, Fielding estaba radiante. Perfectamente afeitado, llevaba una colonia muy agradable. Incluso se había abrillantado los zapatos pues, a diferencia de mí, no había permitido nunca que las circunstancias de la vida afectaran al cuidado de sí mismo.

—No entiendo cómo lo consigues —le dije al tiempo que lo miraba de arriba abajo—. Jack, ¿tú no padeces nunca de cosas normales, como una depresión, estrés, deseos incontenibles de comer chocolate, o de consumir cigarrillos o whisky?

—Cuando me siento hecho polvo tiendo a pasarme con el ejercicio —respondió. Tomó un sorbo de infusión y me observó a través del vapor—. Entonces es cuando me lesiono. —Se detuvo un momento a reflexionar y continuó—: Ahora que lo pienso, supongo que lo peor que hago es lo de alejarme de mi mujer y de los niños. Busco excusas para no estar en casa. Soy un cabrón insensible y ellos me aborrecen a temporadas. Por tanto, también soy autodestructivo, sí. Pero te aseguro... —añadió—, te aseguro que si encontraras tiempo para dar un paseo a buen ritmo, montar en bicicleta, hacer unas flexiones o tal vez unas tablas de gimnasia, te quedarías asombrada.

Fielding se alejó mientras añadía:

—Son las endorfinas naturales del cuerpo, ¿entiendes?

—Gracias —respondí mientras se marchaba.

Lamenté haber hecho el comentario.

Apenas me había instalado tras el escritorio cuando apareció Rose, con los cabellos recogidos y un elegante traje azul marino que le daba un aire de alta ejecutiva.

—No sabía que estaba aquí —me dijo mientras dejaba unos protocolos dictados sobre una pila de documentos—. Acaban de llamar de la ATF. McGovern.

—¿Sí? —repliqué con interés—. ¿Estás al corriente de eso?

—Explicó que estaba en Washington el fin de semana y que tenía que verla.

—¿Cuándo y acerca de qué?

Empecé a firmar cartas.

—No tardará en llegar —señaló Rose.

Levanté la vista con gesto de sorpresa.

—Me llamó desde el coche y me dijo que le comunicara que estaba casi en Kings Dominion y que, salvo contratiempos, veinte o treinta minutos —continuó Rose.

—Entonces, debe de ser importante —murmuré, y abrí un archivador de cartón para portaobjetos.

Me volví, saqué la funda de plástico del microscopio y encendí la lámpara.

—No se sienta obligada a dejarlo todo —indicó Rose, siempre protectora—. No es lo mismo que si hubiera concertado una cita o si le hubiese pedido que le hiciera un hueco en la agenda.

Puse una diapositiva en la platina y observé a través del ocular una sección de tejido pancreático, con unas células rosadas que parecían hialinas o cicatrizales.

—El análisis toxicológico no reveló nada extraño —indiqué a Rose mientras colocaba otra muestra en la platina—. Salvo la presencia de acetona —añadí—, el subproducto de una mala metabolización de la glucosa. Los riñones muestran una vacuolización hiperosmolar de las células de la pared del tubo contorneado proximal. Es decir, en lugar de rosáceas y de forma cuboidal, son claras y agrandadas.

—Sonny Quinn otra vez —murmuró Rose con desconsuelo.

—Además, tenemos un historial clínico de aliento fuerte, olor a frutas, glucosuria, pérdida de peso, sed intensa e hiperorexia; nada que la insulina no hubiera solucionado. Y no es que yo no crea en la oración, al contrario de lo que ha contado la familia a los periodistas.

Sonny Quinn era un chico de once años, hijo de una familia de seguidores de la ciencia cristiana. Había muerto hacía ocho semanas y, aunque al menos para mí, nunca habían existido dudas respecto a la causa de la muerte, no emití ninguna conclusión hasta haber realizado nuevos estudios y pruebas. En pocas palabras, el chico había muerto porque no había recibido el tratamiento médico adecuado. Sus padres habían protestado violentamente contra la realización de la autopsia. Habían salido por televisión y me habían acusado de persecución religiosa y de mutilación del cuerpo de su hijo.

Rose ya había soportado mis reacciones al respecto demasiadas veces y me preguntó si quería llamarlos.

—«Querer» no es precisamente la palabra. Pero sí, lo haré.

Rose buscó en el grueso expediente de Sonny Quinn y anotó un número de teléfono en un papel que me entregó a continuación.

—Buena suerte —me dijo mientras cruzaba el pasillo contiguo.

Marqué el número con el corazón en un puño.

—¿Señora Quinn? —dije cuando respondió una mujer.

—¿Sí?

—Soy la doctora Kay Scarpetta. Tengo los resultados de los análisis de Sonny...

—¿No nos ha hecho ya suficiente daño?

—Pensé que quizá querrían saber por qué murió su hijo...

—No necesito que me cuente nada de mi hijo —replicó la señora Quinn.

Oí que alguien le arrebataba el teléfono y los latidos de mi corazón se aceleraron.

—Soy Quinn —dijo el hombre cuya divisa era la libertad religiosa y cuyo hijo había muerto a consecuencia de ella.

—La causa de la muerte de Sonny fue una neumonía aguda debida a cetoacidosis diabética aguda, consecuencia de un episodio agudo de diabetes mellitus. Le acompaño en el sentimiento, señor Quinn.

—Todo esto es un error, una confusión.

—No hay confusión posible, señor Quinn. No se trata de ningún error —insistí, y no pude disimular del todo la cólera que revelaba mi voz—. Sólo le sugiero que, si alguno de sus otros hijos presenta los mismos síntomas que Sonny, lo lleve a que reciba tratamiento médico enseguida. Así no tendrá que pasar otra vez por este sufrimiento.

—No necesito que ningún médico forense me diga cómo debo criar a mis hijos —espetó fríamente—. Nos veremos en el juicio, señora.

«Lo mismo digo», pensé para mí, pues sabía que el Estado los acusaría, a él y a su esposa, de maltratos infantiles y negligencia.

—No vuelva a llamarnos —añadió el señor Quinn, y colgó.

Colgué el auricular con el corazón encogido de nuevo y, cuando levanté la mirada, vi a Teun McGovern en el pasillo, frente a mi puerta. Su expresión me reveló que había escuchado hasta la última palabra.

—Teun, entra...

—Y yo pensaba que mi trabajo era duro... —Con la mirada fija en mis ojos, acercó una silla y la colocó justo delante de mí—. Ya sé que tienes que hacer esto cada día, pero supongo que nunca lo había oído en vivo y en directo. No es que yo no hable con familias a menudo, pero por fortuna no me corresponde a mí contarles con detalle qué efecto tuvo la inhalación de humos en la tráquea o en los pulmones del ser querido.

—Eso es lo más difícil —me limité a decir, y el peso que sentía dentro se negó a abandonarme.

—Supongo que eres la mensajera a la que querrían matar.

—No siempre —respondí, y supe que, en mi herida soledad, seguiría escuchando las palabras crudas y acusadoras de los Quinn el resto de mis días.

Ya sonaban muchas voces: gritos, plegarias de rabia, de dolor y, a veces, increpaciones acusadoras. Porque me había atrevido a tocar las heridas y porque escuchaba. Sin embargo, no quería hablar de aquello con McGovern. No quería que intimara más conmigo.

—Tengo que hacer otra llamada —le dije—. ¿Quieres tomar un café, entretanto? Si no, descansa un momento. Estoy segura de que te interesará lo que averigüe.

Llamé a la Universidad de Carolina del Norte, en Wilmington, y aunque no eran las nueve todavía, el empleado de secretaría ya estaba en su puesto. Resultó insoportablemente cortés, pero de ninguna utilidad.

—Entiendo perfectamente por qué llama y le prometo que tenemos toda la intención de colaborar —me dijo—. Pero no nos resulta posible sin una orden judicial. Sencillamente, no podemos tomarnos la libertad de facilitar información personal sobre ninguno de nuestros alumnos; y, menos aún por teléfono.

—Señor Shedd, se trata de un homicidio —le recordé, impaciente.

—Comprendo... —repitió él.

Seguimos así un rato, sin llegar a ninguna parte. Al final, me di por vencida y colgué. Cuando dediqué de nuevo mi atención a McGovern, me sentía desanimada.

—Se están cubriendo las espaldas por si más adelante la familia intenta presentar una querella contra ellos. —McGovern me dijo lo que yo sabía ya—. Es preciso que no les demos más opción; y supongo que eso es lo que haremos.

—Exacto —asentí torpemente—. ¿Y qué te trae por aquí?

—Tengo entendido que han llegado los resultados del laboratorio o, al menos, parte de ellos. Llamé el viernes...

—Pues ahora me entero —respondí, irritada. Si el analista de restos había llamado a McGovern antes que a mí, me iba a oír...

Descolgué el teléfono y llamé a Mary Chan, una joven analista recién llegada al laboratorio.

—Buenos días —le dije—. Me han dicho que tiene unos informes para mí...

—Me disponía a llevárselos ahora mismo.

—¿Son los que ha enviado a la ATF?

—Sí. Los mismos. Se los puedo enviar por fax o llevárselos en persona.

Le di el número del fax del despacho y contuve mi irritación. No obstante, sí le di una pista.

—Mary, en el futuro, es mejor que me informe de mis casos antes de empezar a mandar resultados del laboratorio a otras personas —le advertí, sin alterar la voz.

—Lo lamento —contestó, y era evidente que lo sentía mucho—. El investigador llamó a las cinco, cuando ya estaba a punto de irme.

Recibí los informes apenas dos minutos más tarde, y McGovern abrió su maltrecho maletín para sacar sus copias. Me observó mientras yo leía. El primero era un análisis de las limaduras de aspecto metálico que habíamos recuperado del corte que presentaba el cadáver en la zona temporal izquierda.

Según el microscopio electrónico de barrido y radiografía dispersadora de energía, la composición elemental del material en cuestión era magnesio.

En cuanto a los restos fundidos hallados en los cabellos de la víctima, los resultados eran igualmente inexplicables. Mediante un espectrofotómetro infrarrojo por transformadas de Fourier se había estudiado la absorción selectiva de luz infrarroja de las fibras. El modelo característico que se había obtenido era un polímero polisiloxano, o silicona.

—Un poco extraño, ¿no te parece? —me preguntó McGovern.

—Empecemos por el magnesio —dije—. Lo primero que sugiere es el agua de mar, que contiene mucho magnesio; o la minería. Quizá la víctima era químico industrial o trabajaba en un laboratorio de investigación. ¿Explosivos, tal vez?

—Si fuera clorato de magnesio, sí. Podría ser polvo de flash. O estifnato de plomo, o acida de plomo procedente de fulminantes de mercurio, si hablamos de cápsulas explosivas, por ejemplo. O ácido nítrico, ácido sulfúrico, glicerina, nitrato de amonio, nitrato de sodio, nitroglicerina, dinamita y demás. Añadiré que *Pepper* habría picado en explosivos potentes como éstos.

—¿Y el magnesio?

—Pirotecnia, fuegos artificiales. Para producir la luz blanca brillante; o para bengalas —añadió, y se encogió de hombros—. Aunque se prefiere el polvo de aluminio porque se conserva mejor, a menos que las partículas de magnesio estén cubiertas de una sustancia como el aceite de linaza.

—Bengalas... —pensé en voz alta—. Las bengalas se encienden, se colocan estratégicamente y se dejan, ¿no? Eso puede darle a uno varios minutos de ventaja, por lo menos.

—Con la carga de combustible adecuada, sí.

—No obstante, eso tampoco explicaría la presencia de los restos o raspaduras de este material sin quemar en el cadáver. Más bien parecería que fueron traspasados a la herida por el instrumento afilado con el que se la causaron.

—El magnesio no se utiliza en la fabricación de armas blancas —señaló McGovern.

—No, por supuesto. Es demasiado blando. ¿Qué hay de la industria aerospacial, dada su ligereza?

—Eso, sí. Pero en estos casos son aleaciones que se han descubierto en laboratorio.

—Exacto. Pasemos a la silicona. La presencia de ese material resulta incongruente, a menos que la chica se hubiera puesto implantes en los pechos antes de que los prohibieran, y está claro que no lo hizo.

—La goma de silicona se utiliza en el aislamiento eléctrico, en fluidos hidráulicos y como elemento impermeabilizante, nada de lo cual tiene sentido, a menos que hubiera algo en el aseo, en la bañera, tal vez. Algo rosa, no sé...

—¿Sabemos si Sparkes tenía una alfombrilla de baño, algo de goma y de color rosa? —pregunté.

—Apenas hemos empezado a revisar la casa con él —respondió McGovern—. De todos modos, afirma que la decoración del baño principal era, sobre todo, en blanco y negro. El suelo y las paredes de mármol eran negros. El lavamanos, los cajones y la bañera, blancos. La mampara de la ducha era corredera y no estaba hecha de cristal templado, lo cual significaba que no iba a estallar cuando la temperatura sobrepasara los doscientos grados centígrados.

—Y ello explica que, más que nada, se fundiera encima del cuerpo.

—Sí, hasta casi envolverlo.

—Pero no del todo —puntualicé.

—La puerta, sin marco, tenía bisagras de metal. Los restos que recuperamos encajan con ello, de modo que tu amistoso magnate de la prensa parece tener buena memoria. Por lo menos, en lo que se refiere a este tema.

—¿Y en otros?

—Eso sólo Dios lo sabe, Kay.

McGovern se desabrochó la chaqueta como si de pronto se le hubiera ocurrido relajarse, al tiempo que, paradójicamente, dirigía una mirada al reloj.

—Nos enfrentamos a un hombre muy listo —continuó—. Todos lo sabemos.

—¿Y el helicóptero? ¿Qué piensas de eso, Teun? Supongo que os habrá llegado la noticia de ese pequeño aparato blanco, un Schweizer, o un Robinson, o lo que fuese lo que vio el herrador el día antes del incendio. Tal vez el mismo que nosotras dos vimos un par de días después.

—Bien... —respondió—. Esto es pura teoría; y bastante traída por los pelos, ¿no?

Me dirigió una mirada penetrante y prosiguió:

—Tal vez Sparkes proyecta iniciar el incendio y, luego, salir a toda prisa hacia el aeropuerto. Por eso, el día antes, el helicóptero hace un vuelo de reconocimiento sobre la finca porque el piloto sabe que tendrá que tomar tierra y despegar cuando ya sea de noche. ¿Me sigues hasta aquí?

Asentí con un gesto.

—Sucede el viernes. Sparkes mata a la chica y prende fuego a la casa. Sale corriendo al campo y sube al helicóptero, que lo transporta a algún lugar cerca del Dulles, donde tiene preparado su Cherokee. Llega al aeropuerto y monta su número con los pasajes y quizá con el equipaje. Después, se esfuma hasta que es el momento de aparecer en Hootowl Farm.

—¿Y la razón de que el helicóptero apareciese el sábado, mientras estábamos trabajando en el escenario del suceso? —pregunté—. ¿Dónde encaja eso?

—A los pirómanos les gusta disfrutar del espectáculo. Qué demonios, ya sabemos lo que pasa, el tipo quizás estaba allí arriba, observando cómo nos matábamos a trabajar. Un paranoico, seguramente. Imaginaría que lo tomaríamos por un helicóptero de los noticiarios, y así lo hicimos.

—A estas alturas, todo esto son especulaciones —repliqué. Ya había oído suficiente.

Empecé a reacondicionar el infinito flujo de papeleo, que empezaba donde se detenía y se detenía donde empezaba. McGovern me escrutaba. Se puso en pie y cerró las puertas.

—Bien, creo que ya es hora de que tú y yo hablemos un rato —me dijo—. Creo que no te caigo bien. Y si lo dijeras claramente, quizá podríamos hacer algo al respecto, de un modo o de otro.

—Si quieres que te diga la verdad, no estoy segura de qué pienso de ti. —La miré fijamente—. En todo caso, lo más importante es que las dos cumplamos con nuestro trabajo, para no perder la perspectiva; sobre todo teniendo en cuenta que nos ocupamos de la víctima de un asesinato —añadí.

—Te estás burlando de mí —dijo ella.

—No es ésa mi intención, te lo aseguro.

—Como si a mí no me importara que se asesine a alguien... ¿Es eso lo que insinúas? ¿Crees que he llegado donde estoy gracias a que no me importa un pimiento quién provocó un incendio y por qué?

McGovern se subió las mangas como si se dispusiera a iniciar una pelea.

—Teun —le dije—. No quiero perder tiempo con esto porque no creo que sea constructivo.

—Tiene que ver con Lucy. Crees que yo estoy ocupando tu lugar, o Dios sabe qué. Ése es el principal obstáculo, ¿verdad, Kay?

A estas alturas, Teun también estaba poniéndome furiosa.

—Nosotras dos ya habíamos trabajado juntas en otras ocasiones, ¿no? —continuó—. Hasta ahora, nunca habíamos tenido ningún problema importante, de modo que deberíamos preguntarnos qué ha sucedido? Y creo que la respuesta está muy clara: lo que ha cambiado es que ahora mismo, mientras hablamos, tu sobrina se traslada a su nuevo apartamento en Filadelfia para entrar en mi oficina de campo, bajo mi supervisión. Y eso no te gusta. ¿Quieres saber otra cosa? Puede que a mí, si estuviera en tu lugar, tampoco me gustase.

—No es momento ni lugar para que mantengamos esta conversación —repliqué con firmeza.

—Está bien. —Se puso en pie y se colgó la chaqueta del brazo—. Entonces, iremos a otra parte —concluyó—. Estoy decidida a resolver este asunto antes de volver al norte.

Allí sentada, en el imperio de mi amplio escritorio, entre archivos que exigían toda mi atención, legiones de mensajes y de correspondencia de los que nunca me podría librar, me sentí por un instante en un callejón sin salida. Me quité las gafas y me froté el rostro. Cuando McGovern se hacía borrosa, las cosas me resultaban más fáciles.

—Si estás dispuesta a esperar tres horas más, te llevaré a almorzar —le dije—. Mientras tanto —me levanté del asiento—, tengo unos huesos en un recipiente y debo calentarlos. Puedes acompañarme, si te consideras capaz de soportarlo.

McGovern puso cara de satisfacción.

—Asustándome con esas cosas no lograrás que me vaya —me aseguró.

McGovern no era una persona melindrosa, cuando hube conectado el quemador de la sala de descomposición, se quedó hasta que empezó a levantarse vapor. Entonces se marchó a la oficina de campo de la ATF en Richmond, para reaparecer de improviso al cabo de una hora. Cuando entró, venía sin aliento y parecía nerviosa. Yo estaba revolviendo con cuidado los huesos, a fuego lento.

—Tenemos otro —se apresuró a decir.

—¿Otro? —repetí, y dejé el largo cucharón de plástico sobre una mesa.

—Otro incendio, otro fuego inexplicable. Esta vez en el condado de Lehigh, a una hora de Filadelfia, más o menos. ¿Me acompañas? —preguntó.

Mi mente repasó velozmente todas las posibilidades de lo que podía suceder si lo dejaba todo y me marchaba con ella. De entrada, me incomodaba la idea de pasar cinco horas a solas con ella dentro de un coche.

—Ha sido en una casa —continuó—. Se inició ayer por la mañana y se ha recuperado el cadáver de una mujer en el cuarto de baño principal.

—¡Oh, no! —exclamé.

—Es evidente que el incendio fue provocado para disimular que la víctima había sido asesinada —expuso McGovern y, a continuación, pasó a explicar por qué era posible que el caso estuviera relacionado con el de Warrenton.

Tras descubrir el cadáver, la policía del estado de Pensilvania había solicitado de inmediato la ayuda de la ATF. Después, los investigadores de incendios en la escena del suceso habían introducido unos datos en sus ordenadores portátiles, y los archivos centrales habían dado en el clavo casi al momento. La noche anterior, el caso Lehigh había empezado a adquirir una gran resonancia y el FBI había ofrecido a varios agentes y a Benton, y la policía del estado había aceptado.

—La casa fue construida sobre una placa rocosa —explicó McGovern mientras tomábamos la interestatal 95 hacia el norte—, así que no debemos preocuparnos por posibles sótanos, gracias a Dios. Nuestra gente lleva ahí desde las tres de la madrugada y lo curioso de este caso es que el fuego no hizo nada bien su trabajo. Las zonas del dormitorio principal, una habitación de invitados situada justo encima, en la planta superior, y el salón de la planta baja están casi consumidos sólo a medias, aunque se han producido grandes daños en el techo del cuarto de aseo y desconchados en el suelo de cemento del garaje. Estos desconchados se producen cuando un calor intenso y rápido hace hervir la humedad atrapada en el cemento, lo que causa roturas en la superficie.

—¿Dónde estaba situado el garaje? —pregunté mientras trataba de imaginar el lugar que McGovern describía.

—En el mismo lado de la casa que el dormitorio principal. De nuevo, estamos ante un fuego rápido y caliente. Sin embargo, la acción de las llamas no fue completa: sólo cuarteó la pintura y chamuscó las superficies. En cuanto al resto de la casa, casi todos los daños se deben a la acción del agua, lo cual no coincide con la forma de actuar del individuo que incendió la propiedad de Sparkes, salvo en un detalle revelador. Hasta ahora, no parece que se haya utilizado ningún tipo de acelerador y en el aseo no había suficiente combustible para explicar la altura de las llamas.

—¿El cuerpo estaba en la bañera? —pregunté.

—Sí. Eso me pone los pelos de punta.

—Como debe ser. ¿En qué estado lo habéis encontrado?

Formulé la pregunta, la más importante, mientras McGovern mantenía la velocidad del coche quince kilómetros por hora por encima del límite en su Ford Explorer del Gobierno.

—No tan quemado para que el forense no haya podido decirnos que la degollaron.

—Entonces, ya le han hecho la autopsia —reflexioné.

—Para ser sincera, la verdad es que no sé qué se ha hecho. De todas formas, no se llevarán el cadáver a ninguna parte; es tuyo. A mí me corresponde ver qué más podemos encontrar en el lugar del suceso.

—Entonces, ¿no vas a usarme para quitar escombros?

McGovern se echó a reír y conectó el reproductor de cedés. No esperaba que pusiera *Amadeus*.

—Puedes emplear la pala todo lo que quieras —respondió

con una sonrisa que alivió muchas tensiones—. No se te da mal, por cierto, para ser alguien que probablemente no corre a menos que la persigan; o que no resuelve nada más que problemas intelectuales.

—Hacer autopsias y trasladar cadáveres ya es ejercicio suficiente; no es preciso hacer levantamiento de pesas —comenté, en un alarde de distorsión de la verdad.

—Muéstrame las manos.

Las levanté, y McGovern les echó un vistazo al tiempo que cambiaba de carril.

—Maldita sea. Supongo que no se me había ocurrido que las sierras, los bisturíes y las podadoras también pueden contribuir a mejorar el tono muscular —comentó.

—¿Las podadoras?

—Ya sabes, lo que usáis para abrir el pecho.

—Las cizallas costales, querrás decir.

—Bueno, he visto tijeras de podar setos en algunos depósitos de cadáveres; y también agujas de hacer punto para seguir una herida de bala.

—En mi depósito, no. Por lo menos, en el que tengo ahora. Aunque reconozco que en los viejos tiempos aprendí a improvisar —me sentí obligada a decir mientras sonaba Mozart.

—Uno de esos pequeños secretos que no queremos que aparezcan en los juicios —confesó McGovern—. Es cómo guardarse en un cajón secreto del escritorio la mejor botella de licor clandestino de un alijo confiscado; o que un agente se quede recuerdos de los escenarios del suceso, como pipas de marihuana y armas raras, o que un forense conserve las caderas artificiales y partes de cráneos fracturados que, en realidad, deberían enterrarse con el cuerpo.

—No negaré que algún colega no siempre actúa como es debido —respondí—. En todo caso, si quieres saber mi opinión, quedarse partes de un cuerpo sin permiso no entra en la misma categoría que distraer una botella de licor casero ilegal.

—Eres un dechado de virtudes, ¿verdad, Kay? —apuntó McGovern—. A diferencia de los demás, nunca das la impresión de ser atolondrada o de equivocarte en nada de lo que haces. Probablemente, nunca te pasas con la comida ni con la bebida. Y, para ser sincera, eso nos convierte a todos los demás en incompetentes, por eso nos da miedo estar cerca de ti, que nos mires y expreses tu desaprobación.

—¡Dios santo, qué imagen tan terrible! —exclamé—. Espero que no sea así cómo me vean.

McGovern guardó silencio.

—Desde luego, no me veo así —continué—. Muy al contrario, Teun. Tal vez me muestro más reservada de lo que soy en realidad, no me queda más remedio. Quizá soy poco comunicativa porque siempre he sido así y, desde luego, no tengo la menor tendencia a confesar públicamente mis pecados. Sin embargo, no miro a mi alrededor con ánimo de juzgar. Sin duda soy mucho más severa conmigo misma de lo que he sido nunca contigo.

—No es ésa mi impresión. Me parece que me has medido de arriba abajo, del derecho y del revés, para asegurarte de que soy capaz de preparar bien a Lucy y de que no seré una influencia perniciosa para ella.

No podía replicar a la acusación, porque tenía toda la razón.

—Ni siquiera sé dónde está. —Me di cuenta de ello de repente.

—Bien, yo te lo puedo decir. Está en Filadelfia. Yendo y viniendo entre la oficina de campo y su nuevo apartamento.

La música fue nuestro único vínculo durante un rato y, mientras la autopista nos llevaba alrededor de Baltimore, no pude evitar el recuerdo de un estudiante de medicina que también había muerto en un incendio no aclarado.

—Teun —le dije—. ¿Cuántos hijos tienes?

—Uno. Un chico.

Me di cuenta de que aquél no era un buen tema de conversación.

—¿Cuántos años tiene?

—¿Joe? Veintiséis.

—¿Vive cerca?

Observé por el parabrisas las señales reflectantes que íbamos pasando y que anunciaban salidas a calles de Baltimore que yo había conocido muy bien cuando estudiaba medicina en el Johns Hopkins.

—Para serte sincera, no sé dónde vive —respondió—. Nunca nos hemos llevado bien. En realidad no creo que nadie se haya llevado nunca bien con Joe, y no creo que nadie quiera acercarse a él.

No dije nada, pero a McGovern le apetecía hablar.

—Supe que algo no andaba bien cuando a los diez años empezó a husmear en el mueble de las bebidas, a probar la ginebra y el vodka, y a poner agua en las botellas, pensando que nos engañaba. A los dieciséis era un alcohólico incontenible, inició y dejó tratamientos, lo detuvieron por conducir bajo los efectos del alcohol y pasó de borracho a pendenciero y a ladrón, una cosa detrás de otra. Se fue de casa a los diecinueve, iba y venía por la zona y, finalmente, cortó todo contacto. Supongo que ahora será un indigente que andará por ahí.

—Has tenido una vida difícil —reconocí.

14

Los Atlanta Braves se alojaban en el hotel Sheraton de Society Hill cuando McGovern me dejó allí, casi a las siete de la tarde. Grupos de seguidores, jóvenes y viejos, iban ataviados con chaquetas y gorras del equipo y merodeaban por pasillos y bares con enormes fotos en las manos para que sus héroes las firmasen. Habían contratado un servicio de seguridad, y un hombre desesperado me detuvo cuando pasé por la puerta giratoria.

—¿Los ha visto? —me preguntó mientras sus ojos miraban alocadamente en una dirección y otra.

—¿A quiénes?

—¡A los Braves!

—¿Qué aspecto tienen? —pregunté.

Hice cola para registrarme, sin más interés que el de tomar un largo baño tan pronto estuviera en la habitación. Habíamos sufrido un atasco de tráfico de casi dos horas al sur de Filadelfia, después de que cinco coches y una furgoneta colisionaran y sembraran de fragmentos de cristales y de metal retorcido seis carriles de la autopista. Era demasiado tarde para seguir conduciendo una hora más hasta el depósito de cadáveres del condado de Lehigh. Eso tendría que esperar hasta la mañana; tomé el ascensor hasta la cuarta planta e introduje mi tarjeta de plástico en la cerradura electrónica. Luego, abrí las cortinas, me asomé al río Delaware y distinguí los mástiles del *Moshulu*, amarrado en Penn's Landing. De pronto, me encontraba en Filadelfia con una maleta de viaje, el maletín de aluminio y el bolso.

La luz de mensajes parpadeaba y escuché la voz grabada de

Benton que decía que estaba alojado en el mismo hotel y que llegaría en cuanto pudiera librarse de Nueva York y su tráfico; que lo esperase hacia las nueve. Lucy había dejado su nuevo número de teléfono y no sabía si podría verme o no. Marino tenía una novedad que me contaría cuando nos viéramos, y Fielding dijo que los Quinn habían salido por televisión aquella tarde para anunciar que iban a demandar a la oficina del forense y a mí, personalmente, por violar la separación entre Iglesia y Estado y por causarles un daño emocional irreparable.

Me senté en el borde de la cama y me descalcé. Tenía una carrera en la media y me cambié las dos, hice una pelota con ellas y las arrojé a la papelera. La ropa me molestaba porque la había llevado demasiado tiempo e imaginé que el hedor a huesos humanos cocidos impregnaba mis cabellos.

—¡Mierda! —exclamé para mí—. ¿Qué asco de vida es ésta?

Me quité el traje, la blusa y la ropa interior y lo arrojé todo sobre la cama, vuelto del revés. Me aseguré de que el cerrojo estaba echado y empecé a llenar la bañera de agua tan caliente como podía soportar. El sonido del agua del grifo al caer sobre la acumulada en la bañera empezó a tranquilizarme y eché un gel de baño espumeante que olía a frambuesas maduradas al sol. El hecho de ver a Benton me tenía algo confusa. ¿Cómo se había llegado a aquello? Amantes, colegas, amigos... Las diferentes facetas se habían fundido en una mezcla indiferenciada, como pinturas de arena. Nuestras relaciones eran un diseño de colores delicados, complejos y fáciles de alterar. Recibí su llamada mientras estaba secándome.

—Lamento llamar tan tarde —me dijo.

—¿Cómo estás? —pregunté.

—¿Te parece si nos vemos en el bar?

—Si los Braves están ahí todavía, mi respuesta es que no. No tengo ganas de más alboroto.

—¿Los Braves? —inquirió.

—¿Por qué no vienes a mi habitación? Tengo minibar.

—Ahora mismo estoy ahí.

Apareció con su típico uniforme de traje oscuro y camisa blanca. Ambas prendas mostraban que Benton había tenido un día muy duro, y necesitaba un afeitado. Me abrazó y nos estrechamos largo rato sin decir nada.

—Hueles a fruta —me dijo, pegado a mis cabellos.

—Se supone que los dos estábamos en Hilton Head —murmuré—. ¿Cómo es que, de pronto, hemos terminado en Filadelfia?

—Es un lío del carajo —respondió. Me apartó con suavidad y se quitó la chaqueta. La arrojó sobre la cama y abrió el minibar.

—¿Lo habitual?

—Un poco de agua, nada más.

—Pues yo necesito algo más fuerte.

Desenroscó el tapón de un botellín de Johnnie Walker.

—De hecho, lo tomaré doble; y a la mierda con el hielo —me anunció.

Me dio la botella de agua Evian y lo seguí con la mirada mientras tomaba asiento en la silla del escritorio. Coloqué debidamente las almohadas de la cama y me acomodé mientras nos hablábamos desde cierta distancia.

—¿Qué sucede? —inquirí—. ¿Algo anda mal, además de todo lo que sabemos?

—El problema de costumbre cuando, de improviso, la ATF y el FBI se juntan casualmente en un caso —respondió él, y dio un sorbo a la copa—. Lo cual hace que me alegre profundamente de haberme jubilado.

—Sin embargo, no pareces estar muy retirado —repliqué con ironía.

—Es la pura verdad. Como si no tuviera suficiente preocupación con Carrie. Luego me llaman a investigar este homicidio... Para ser sincero, Kay, la AFT tiene sus propios expertos y no creo que el Buró deba meter las narices en el asunto.

—Cuéntame algo que no sepa ya, Benton. Por otro lado, ya que estamos en eso, no veo cómo el FBI va a justificar su participación si no es con el argumento de que la muerte de esa mujer se considera un acto de terrorismo.

—La justificará por su posible relación con el homicidio de Warrenton, eso ya lo sabes —me respondió—. Al jefe de la unidad no le ha costado mucho llamar a los investigadores de la policía del estado para comunicarles que el Buró hará todo lo que esté en su mano por ayudar. Así pues, el FBI está invitado a participar, y aquí me encuentro yo. Hace apenas unas horas, había dos agentes en el escenario del suceso y todos se sentían ya cabreados con su presencia.

—¿Sabes, Benton?, se supone que todos estamos en el mismo bando —le dije. Que volviera a surgir esa vieja cuestión me llenó de irritación una vez más.

—Al parecer, un tipo del FBI que trabaja en la oficina de campo de Filadelfia escondió un cartucho de nueve milímetros en la escena del crimen para ver si *Pepper* era capaz de encontrarlo. —Con movimientos lentos, Benton hizo que el whisky girara en el vaso—. Por supuesto, *Pepper* no dio con el cartucho porque todavía no le habían dicho que empezara a buscar —continuó—. Pues eso le pareció muy divertido al agente, que hizo un comentario acerca de si habría que devolver a la tienda el hocico del animal.

—¿A que estúpido se le ocurriría una cosa así? —exclamé, colérica—. Tuvo suerte de que el adiestrador del perro no le diera una paliza de muerte.

—Y aquí estamos —siguió Benton con un suspiro—. La misma mierda de siempre. Al menos, en los viejos tiempos, los agentes del FBI sabían moderarse. No andaban siempre luciendo la placa delante de las cámaras y encargándose de investigaciones que no estaban cualificados para llevar a cabo. Estoy realmente molesto. Más que eso: me indigna ver cómo esos idiotas echan por tierra mi reputación, junto con la suya, después de veinticinco años de trabajo... En fin, Kay, no sé qué voy a hacer.

Su mirada buscó la mía mientras tomaba un trago.

—Limítate a hacer un buen trabajo, Benton —le sugerí sin alzar la voz—. Por trillado que resulte, es lo único que podemos hacer. Y no por el Buró, por la ATF ni por la policía del estado de Pensilvania, sino por las víctimas, tanto reales como posibles. Siempre por ellas.

Benton apuró el vaso y lo dejó en el escritorio. Las luces de Penn's Landing brillaban festivas tras la ventana y, al otro lado del río, se apreciaba el resplandor de Camden, New Jersey.

—No creo que Carrie siga en Nueva York, —dijo, y se acercó a la ventana para contemplar la noche.

—Un pensamiento reconfortante.

—No tengo más pruebas de ello que el hecho de que no se la haya visto ni haya habido ningún otro indicio de que esté en la ciudad. ¿De dónde saca el dinero, por ejemplo? A menudo las pistas empiezan por ahí. Robos, hurtos de tarjetas de crédito... De momento, nada nos lleva a pensar que Carrie ande por ahí haciendo de las suyas. Por supuesto, eso no significa que no las haga. En todo caso, tiene un plan y confío plenamente en que lo siga al pie de la letra.

El perfil de su rostro tenía sombras muy marcadas. Lo observé mientras él seguía con la mirada fija en el río. Por su tono de voz agotado y derrotado, advertí que estaba deprimido; me levanté del asiento y acudí a su lado.

—Deberíamos acostarnos —le dije, y le hice un breve masaje en los hombros—. Los dos estamos agotados y todo parece peor cuando estamos cansados, ¿no?

Me dirigió una breve sonrisa y cerró los ojos mientras le aplicaba el masaje en las sienes, acompañado de besos en la nuca.

—¿Cuánto cobras por hora? —murmuró él.

—No puedes permitirte lo que cuesto —respondí.

No dormimos juntos porque las habitaciones eran pequeñas y los dos necesitábamos descanso. A mí me gustaba tomar mi ducha matinal, y a él, también; y ésa era la diferencia entre la novedad y la comodidad en una pareja. En otros tiempos, nos pasábamos la noche amándonos porque trabajábamos juntos, él estaba casado y no podíamos contener nuestro deseo. Echaba de menos sentirme tan viva como entonces. Últimamente, cuando estábamos juntos sentía a menudo el corazón embotado o presa de un dulce dolor casi melancólico: me veía envejecer.

El cielo seguía con su color plomizo y las calles estaban recién regadas cuando Benton y yo cruzamos el centro de la ciudad por Walnut Street, poco después de las siete de la mañana. De las rejillas y bocas de inspección se alzaban columnas de vapor en el ambiente húmedo y frío. Los indigentes dormían en las aceras o bajo unas sucias mantas en los parques, y delante del edificio de la comisaría, bajo un rótulo que decía «NO ARROJAR BASURA», había un hombre que parecía muerto. Seguí conduciendo mientras Benton repasaba el contenido del maletín, tomaba notas en un cuaderno amarillo y reflexionaba sobre algún asunto que se me escapaba. Tomé la interestatal 76 Oeste, donde las luces traseras de los coches formaban una sarta de cuentas de vidrio rojas hasta donde alcanzaba la vista. Detrás de nosotros, el sol brillaba con fuerza.

—¿Por qué habría nadie de escoger un cuarto de aseo como punto de origen de un incendio? —pregunté—. ¿Por qué no otra zona de la casa?

—Es evidente que para el autor eso tiene algún significado, si se trata de un asesino en serie —respondió mientras pasaba una página—. Simbólico, tal vez; o conveniente, por alguna otra razón. Mi teoría es que, si nos enfrentamos al mismo delincuente y lo que tienen en común todos esos incendios es el punto de origen en el cuarto de aseo, se trata de algo simbólico, sin duda. Para él representa algo; quizás el punto de origen de sus propios delitos. Tal vez le sucedió algo en un aseo cuando era un niño, por ejemplo. Abusos sexuales, malos tratos infantiles, haber presenciado algo terriblemente traumático...

—Es una lástima que no podamos consultar los registros carcelarios.

—El problema es que te encontrarías con que la mitad de los presos tienen un historial parecido. La mayoría de ellos ha sufrido abusos y, más adelante, someten a otros al mismo trato.

—A un trato mucho peor —precisé—. Porque a ellos no los mataron...

—En cierto sentido, sí lo hicieron. Cuando a uno le pegan y lo violan en la infancia, le matan la existencia aunque el cuerpo siga vivo. No obstante nada de esto explica realmente una psicopatía. Nada de cuanto yo conozco la explica, a menos que creas en la maldad y en la más absoluta libertad de comportamiento.

—Eso es exactamente lo que pienso yo.

Él se volvió a mirarme y murmuró:

—Ya lo sé.

—¿Qué hay de la infancia de Carrie? ¿Qué sabemos de las razones que la llevaron a tomar las decisiones que tomó?

—No nos ha permitido nunca entrevistarnos con ella —me recordó—. En sus evaluaciones psiquiátricas no consta gran cosa, excepto lo que fantaseara en cada momento. Loca hoy, pero mañana no. Disociada, deprimida e inclumplidora, o por el contrario paciente modélica. Esas sabandijas tienen más derechos civiles que nosotros, Kay. Y las prisiones y centros psiquiátricos penitenciarios protegen tanto a sus internos, que cualquiera pensaría que los malos somos nosotros.

La mañana iba volviéndose más luminosa y el cielo estaba veteado de violeta y blanco en perfectas franjas horizontales. El coche avanzaba entre campos de labor y esporádicos afloramientos de rocas de granito rosa acanaladas, con agujeros taladrados que remitían a los barrenos que se habían empleado para abrir las carreteras. La niebla que se alzaba de los estanques me recordó unas cazuelas de agua hirviendo a fuego lento y, cuando pasamos ante varias altas chimeneas de las que salían unos penachos de vapor, pensé en el incendio. En la distancia, las montañas eran sombras y las torres de los depósitos de agua salpicaban el horizonte como globos brillantes.

Tardamos una hora en llegar al hospital Lehigh Valley, un amplio complejo de cemento todavía en construcción, con hangar para helicópteros y un centro de traumatología de primer nivel. Aparqué en la zona de visitantes y el doctor Abraham Gerde nos recibió en el nuevo y luminoso vestíbulo.

—Kay —dijo calurosamente, y me estrechó la mano—. ¿Quién iba a pensar que un día me visitaría aquí? Usted debe de ser Benton, ¿no? Si les apetece tomar un café o comer algo antes de empezar, tenemos una cafetería excelente.

Benton y yo rechazamos el ofrecimiento con cortesía. Gerde era un joven patólogo forense de cabellos oscuros y luminosos ojos azules. Había ocupado diversos puestos en mi servicio durante los tres años anteriores y aún era lo bastante neófito en la profesión para que rara vez viera reconocida su condición de testigo pericial en los tribunales. Sin embargo, era un hombre humilde y meticuloso, y para mí estos atributos eran mucho más valiosos que la experiencia. Sobre todo, en aquel caso. A menos que Gerde hubiera experimentado un cambio espectacular, era improbable que hubiese tocado el cadáver al enterarse de mi inminente llegada.

—Ponme al corriente del asunto —le pedí mientras recorríamos un amplio pasadizo gris perfectamente pulido.

—Ya había pesado y medido el cadáver y estaba efectuando el examen externo cuando llamó el forense. Al decirme que la ATF estaba interesada en el caso y que usted venía hacia aquí, lo dejé todo como estaba.

El condado de Lehigh tenía un forense electo que decidía qué casos requerían autopsia y luego determinaba la causa de la muerte. Por fortuna para Gerde, el forense era un ex agente de policía que no se entrometía en el trabajo de los patólogos forenses y solía aceptar las decisiones que tomaran. Sin embargo, no podía decirse lo mismo de otros estados o de otros municipios de Pensilvania, donde las autopsias se efectuaban a veces sobre mesas de embalsamar en los locales de la empresa de pompas fúnebres, y algunos forenses eran políticos consumados que no sabían distinguir un orificio de entrada de uno de salida, ni les importaba.

Nuestros pasos resonaron en la escalera y, al llegar abajo, Gerde empujó la puerta de doble batiente y nos encontramos en un almacén abarrotado de cajas de cartón caídas y lleno de gente con casco de trabajo. Pasamos a otra parte distinta del edificio y recorrimos otro pasillo hasta el depósito de cadáveres. Éste era un recinto pequeño, con el suelo de baldosas rosas y dos mesas fijas de acero inoxidable. Gerde abrió un cajón y nos entregó sendas batas quirúrgicas estériles de un solo uso, unos delantales de plástico y botas completas desechables. Nos pusimos esta indumentaria sobre la ropa y los zapatos y a continuación nos enfundamos unos guantes y una mascarilla.

La difunta había sido identificada como Kellie Shephard, una mujer negra de treinta y dos años que había trabajado de enfermera en el mismo hospital en cuyo depósito de cadáveres se hallaba en aquel momento. El cadáver estaba dentro de una bolsa negra, sobre una camilla, en el interior de una pequeña cámara frigorífica que aquel día no tenía más huéspedes, salvo unas bolsas anaranjadas y brillantes de muestras quirúrgicas y de niños nacidos muertos que esperaban la incineración. Llevamos la camilla con el cadáver a la sala de autopsias y abrimos la cremallera de la bolsa.

—¿Le has hecho radiografías? —pregunté a Gerde.

—Sí, y tenemos las huellas dactilares. Ayer el dentista también le tomó la muestra dentaria y la comparó con los registros previos.

Gerde y yo abrimos la bolsa y, cuando apartamos las sábanas ensangrentadas, el cuerpo mutilado quedó expuesto al severo resplandor de las lámparas quirúrgicas. Estaba rígido y frío y tenía los ojos velados, entreabiertos, en un rostro empapado en sangre. Gerde todavía no lo había lavado y el cadáver exhibía una costra de sangre de color rojizo negruzca, y el vello, hirsuto como un estropajo. Sus heridas eran tan numerosas y violentas que despedían un halo de rabia desatada. Percibí la furia y el odio del asesino y empecé a advertir las señales de la feroz pelea que la mujer había librado con él.

Tenía cortes hasta el hueso en los dedos y las palmas de ambas manos, recibidos cuando intentó defenderse agarrando la hoja del arma. Asimismo, presentaba cortes profundos en los antebrazos y en las muñecas, producto también de los intentos de protegerse, y otros en las piernas que, muy probablemente, le había infligido el asesino a la víctima cuando ésta ya estaba en el suelo e intentaba desviar las puñaladas a patadas. El resto de las heridas se agrupaban en una salvaje constelación sobre los pechos, el abdomen y los hombros y también en las nalgas y la espalda.

Muchas de las cuchilladas eran grandes e irregulares, y habían sido causadas por el arma homicida ante el movimiento de su víctima o bien al retirar la hoja. La forma que presentaban las heridas apuntaba a que se había utilizado un arma de un solo filo con una empuñadura que había dejado unas marcas de rozaduras. Un corte bastante superficial iba desde la mandíbula derecha hasta la mejilla de ese lado, y la garganta aparecía rebanada en un profundo tajo que empezaba en la parte inferior de la oreja derecha e iba hacia abajo, para cruzar luego hasta la línea media del cuello.

—Esto apunta a que la degollaron por detrás —comenté mientras Benton tomaba notas en silencio—; con la cabeza echada hacia atrás y el cuello al descubierto.

—Y supongo que, para el asesino abrirle la garganta fue el final apoteósico —señaló Gerde.

—Si hubiera recibido una herida así al principio, se habría desangrado demasiado deprisa como para presentar ningún tipo de resistencia. De modo que sí, es muy posible que la degollara al final, tal vez cuando estaba en el suelo, boca abajo. ¿Qué hay de la ropa?

—Yo me encargaré —se ofreció Gerde—. Aquí me tocan los casos más extraños, ¿sabe?, todos esos accidentes de tráfico terribles que ocurren cuando alguien sufre un ataque cardíaco mientras conduce y sale volando y se lleva por delante a tres o cuatro personas más. Hace poco tuvimos a un asesino por Internet. Además, por aquí los maridos tampoco se limitan a pegarle un tiro a su mujer. La estrangulan, la muelen a golpes o la decapitan.

Continuó hablando mientras se dirigía a un rincón situado al fondo de la sala, donde en unas perchas había unas ropas colgadas a secar sobre una jofaina poco profunda. Las prendas estaban separadas por capas de plástico para impedir que ningún resto interesante o algún fluido corporal pasara inadvertidamente de una a otra. Me hallaba cubriendo la segunda mesa de autopsias con un lienzo esterilizado cuando un auxiliar del depósito condujo hasta la sala a Teun McGovern.

—Se me ha ocurrido hacer una comprobación antes de dirigirme al lugar de los hechos —dijo al entrar. Iba de uniforme, con botas, y llevaba un sobre en la mano. No se molestó en ponerse bata ni guantes para inspeccionar detenidamente los restos.

—¡Dios santo! —murmuró.

Ayudé a Gerde a extender un pijama sobre la mesa que acababa de cubrir. Tanto la parte superior como los pantalones apestaban a humo sucio y estaban tan llenos de hollín y tan impregnados de sangre que no había modo de determinar su color. El tejido de algodón presentaba cortes y perforaciones en la parte delantera y en la posterior.

—¿Llegó vestida con eso? —quise asegurarme.

—Sí —contestó Gerde—, y con todos los botones y corchetes. Cabe preguntarse si es posible que parte de la sangre sea del agresor. No me sorprendería que, con una resistencia como ésa, hubiera recibido también algún corte.

—Has tenido un buen maestro... —le dije con una sonrisa.

—Sí, cierta dama de Richmond... —respondió.

—A primera vista, parece un asunto doméstico. —Esta vez, fue Benton quien intervino—. La mujer está en su casa, en pijama, quizás a última hora. Es un caso clásico de exceso de violencia como el que se suele observar en homicidios donde las dos personas tenían una relación. Sin embargo, lo que resulta más inusual —se acercó más a la mesa— es la cara. Salvo ese corte de ahí —indicó dónde decía—, no parece haber más heridas. Cuando el agresor tiene relación con la víctima, lo habitual es que dirija gran parte de su violencia contra el rostro, pues éste se identifica con la persona.

—Además el corte de la cara es más superficial que el resto —señalé, y abrí los bordes de la herida suavemente, con los dedos enguantados—. Es más profundo en la mandíbula y después disminuye conforme hace el recorrido mejilla arriba.

Retrocedí un paso y estudié otra vez el pijama.

—Qué interesante: no le falta ni un solo botón o corchete —comenté—. Tampoco se observan desgarros, como cabría esperar después de tamaña resistencia, cuando el agresor agarró a la víctima e intentó controlarla.

—Creo que el término importante aquí es ése: «control» —señaló Benton.

—O la ausencia de éste —apuntó McGovern.

—Exacto —asintió Benton—. Se trata de una agresión por sorpresa. Algo puso furioso a ese tipo y se volvió loco. Dudo mucho que tuviera intención de llegar hasta este punto, lo que se pone de relieve también en el incendio. Parece que en eso también perdió el control.

—Me da la impresión de que el tipo no se quedó allí mucho tiempo después de matar a la mujer —dijo McGovern—. Cuando se iba, prendió fuego a la casa y pensó que el incendio ocultaría sus actos. No obstante, tiene toda la razón, Wesley. No hizo un buen trabajo. Y a eso hay que añadir que la alarma de incendios de la casa se disparó a la una cincuenta de la madrugada y los bomberos llegaron en menos de cinco minutos. Por eso los daños fueron mínimos.

Kellie Shephard sólo tenía quemaduras de segundo grado en la espalda y en los pies.

—¿Y la alarma antirrobo?

—No estaba conectada —respondió McGovern.

Abrió el sobre que traía y empezó a extender sobre el escritorio unas fotos panorámicas. Benton, Gerde y yo las examinamos con calma. La víctima, con el pijama ensangrentado, yacía boca abajo en la puerta del aseo, con un brazo bajo el cuerpo y el otro extendido al frente como si quisiera alcanzar algo. Con las piernas estiradas y juntas, sus pies casi alcanzaban el retrete. El agua sucia de hollín que cubría el suelo impedía buscar marcas de sangre que revelaran el arrastre el cadáver, caso de haber existido, pero los primeros planos del marco de la puerta y de las paredes próximas mostraban unas visibles marcas en la madera que parecían recientes.

—El punto de inicio del incendio está precisamente ahí —indicó McGovern, y señaló una foto del interior del chamuscado cuarto de baño—. En ese rincón junto a la bañera, donde hay una ventana abierta con una cortina. Como se puede ver, en esa zona hay restos quemados de muebles de madera y de cojines de sofá.

Dio unos golpecitos en la fotografía y continuó hablando:

—De modo que tenemos una puerta abierta, aquí, y una ventana también abierta, aquí; un tiro y una chimenea, por así decirlo. Igual que un hogar —continuó—. El fuego se inicia aquí, en el suelo de baldosas, y prende las cortinas. Sin embargo, esta vez, las llamas no tienen la energía necesaria para prender el techo.

—¿Por qué crees que sucedió tal cosa? —le pregunté.

—Sólo puede haber una buena razón —respondió—. Lo que provocó el fuego no estaba bien preparado. Está clarísimo que el asesino apiló muebles, cojines y todo lo que había en el aseo para que sirviera de hoguera, pero el fuego inicial no prendió el combustible porque la ventana estaba abierta y la llama se inclinaba en esa dirección. Además, el tipo tampoco se quedó a mirar; de lo contrario, se habría dado cuenta de que la había jodido. Esta vez, el fuego apenas hizo más que lamer el cadáver como la lengua de un dragón.

Benton estaba callado y quieto como una estatua, mientras sus ojos recorrían las fotografías. Advertí que le rondaban muchas cosas por la cabeza pero, como de costumbre, se guardó sus reflexiones para sí. No había trabajado nunca con McGovern y no conocía al doctor Abraham Gerde.

—Vamos a tardar un buen rato —le dije a Benton.

—Yo me voy a la escena del crimen —respondió él.

Tenía una expresión pétrea, como la que ponía cuando sentía el mal como una ráfaga de viento gélido. Le dirigí una mirada y él la buscó.

—Puede seguirme —le ofreció McGovern.

—Gracias.

—Otra cosa más —dijo ella—. La puerta de atrás estaba sin cerrar y había un comedero de gatos vacío en la hierba, junto a la escalera.

—¿Creen que salió a vaciar el comedero...? —preguntó Gerde a ambos—. ¿Y que ese tipo la esperaba?

—Sólo es una teoría —aclaró McGovern.

—No lo sé —fue la respuesta de Wesley.

—Entonces, ¿el asesino sabía que la víctima tenía un gato? —intervine con voz incrédula—. ¿Y que tarde o temprano lo dejaría salir esa noche, o que saldría ella a limpiar el comedero?

—No sabemos si esa tarde limpió la caja de los excrementos un rato antes y la dejó en el patio para que se airease —apuntó Wesley mientras se quitaba la bata—. Quizá desconectó la alarma y abrió la puerta ya muy de noche o de madrugada por alguna otra razón.

—¿Y el gato? —pregunté—. ¿Ha aparecido?

—Todavía no —dijo McGovern.

Ella y Benton se marcharon.

—Empezaré a limpiar el cuerpo —anuncié a Gerde.

El joven patólogo forense acercó una cámara y empezó a tomar fotos mientras yo ajustaba la luz. Estudié el corte de la cara y recogí varias fibras y un cabello castaño ondulado, de unos diez centímetros de longitud, que presumiblemente pertenecía a la víctima. No obstante había más cabellos, rojizos y cortos, que sin duda estaban teñidos porque en la raíz había unos milímetros de color más oscuro. Por supuesto, había pelos de gato por todas partes; muy probablemente, quedaron adheridos a las partes del cuerpo ensangrentadas cuando la víctima estaba en el suelo.

—¿Persa, tal vez? —preguntó Gerde—. ¿Pelos largos y muy finos?

—No me extrañaría —le respondí.

15

La tarea de recoger pruebas era abrumadora y debía hacerse antes que cualquier otra. Por lo general, la gente no sospecha que lleva encima una especie de pocilga microscópica hasta que alguien como yo empieza a inspeccionar ropas y cadáveres en busca de restos apenas visibles. En éste descubrí astillas de madera, seguramente procedentes del suelo y de las paredes, pelos de gato, restos de insectos y de plantas, además de las cenizas que cabía esperar. De todas formas el descubrimiento más revelador llegó de la tremenda herida del cuello. Mediante una lupa, localicé dos relucientes virutas metálicas. Las recogí con la yema del dedo meñique y las traspasé con cuidado a un pañuelo blanco y limpio de algodón.

Sobre un viejo escritorio de metal había un microscopio de disección. Situé la ampliación en veinte aumentos y ajusté el iluminador. Cuando observé las pequeñas virutas planas, aplastadas y retorcidas, en el brillante círculo de luz, apenas daba crédito a lo que veía.

—Esto es muy importante —empecé a comentar apresuradamente—. Voy a guardarlo en algodón dentro de una bolsa para pruebas; además tenemos que asegurarnos a ciencia cierta de que no hay más restos como éstos en las demás heridas. A simple vista, relucen como piezas de plata bruñida.

—¿Proceden del arma?

Gerde también estaba expectante y se acercó para echar un vistazo.

—Estaban incrustadas profundamente en la herida del cuello, de modo que sí, yo diría que proceden del arma; y son parecidas a lo que descubrimos en el caso Warrenton —le expliqué.

—¿Y qué sabemos de ese caso?

—Que era una raspadura de magnesio —respondí—. Pero no comentes nada de esto con nadie, ¿de acuerdo? No nos interesa que se filtre a la prensa. Yo informaré a Benton y a McGovern.

—Prometido —asintió Gerde.

Había veintisiete heridas y, tras un minucioso examen de todas ellas, no encontramos más restos del metal brillante, lo cual me dejó algo perpleja porque había dado por sentado que el tajo de la garganta era el último que había recibido. En ese caso, ¿por qué no hallábamos ningún rastro de limaduras metálicas en alguna de las heridas anteriores? Yo estaba convencida de que encontraríamos alguna, sobre todo en las que la hoja había penetrado hasta la empuñadura y había salido limpia por la acción del tejido muscular y elástico.

—No es imposible, pero no acaba de encajar —le dije a Gerde mientras empezaba a medir el corte en el cuello—. Doce centímetros de longitud —dije, y lo anoté en un diagrama del cadáver—. Superficial en la zona de la oreja derecha, más profunda luego, hasta seccionar los músculos de la mandíbula y la tráquea, y luego superficial otra vez en el otro lado del cuello. La herida concuerda con la teoría de que el corte se efectuó desde detrás, de un lado a otro, y que el agresor era zurdo.

Eran casi las dos de la tarde cuando, finalmente, empezamos a lavar el cadáver y, durante varios minutos, el agua que corría hacia el desagüe de la mesa de acero inoxidable se tiñó de un color rojo intenso. Froté la sangre seca con una gran esponja suave y las heridas parecieron más abiertas y terribles cuando la tersa piel morena quedó limpia. Kellie Shephard había sido una mujer guapa, de pómulos provinentes y rostro impecable, fino como madera bruñida. Medía un metro setenta y tenía una figura esbelta y atlética. Llevaba las uñas sin pintar y no lucía ninguna joya cuando la encontraron.

Cuando la abrimos, la cavidad torácica, que había sido traspasada por la hoja del arma, contenía casi un litro de sangre, producto de la hemorragia de los grandes vasos coronarios y pulmonares. Después de recibir tales heridas, la mujer debía de haberse desangrado hasta la muerte en cuestión de minutos, como mucho, y situé el momento del apuñalamiento mortal en la fase final de la agresión, cuando ella seguramente ya daba muestras de debilidad y no respondía con la misma rapidez. El ángulo de aquellas heridas era lo bastante estrecho para llevarme a sospechar que la víctima se movió muy poco en el suelo cuando la atacaron desde arriba. Después, consiguió rodar sobre sí misma en un último esfuerzo agónico por protegerse y supuse que había sido entonces cuando el asesino la había degollado.

—Alguien habrá andado por ahí pringado de sangre hasta arriba —comenté mientras empezaba a medir las heridas de las manos.

—No bromee.

—El tipo tuvo que limpiarse en alguna parte. Nadie entra en el vestíbulo de un motel con ese aspecto.

—A menos que viva por allí.

—O se metió en su vehículo con la esperanza de no tener que pararse por nada.

—El cadáver presenta un poco de fluido pardusco en el estómago.

—Eso significa que llevaba cierto tiempo sin comer; como mínimo, desde la cena, probablemente —comenté—. Supongo que debemos averiguar si tenía la cama deshecha.

Estaba formándome la imagen de una mujer que estaba dormida cuando algo había sucedido el sábado a última hora o el domingo de madrugada. Por alguna razón, la víctima se había levantado, había desconectado la alarma y había descorrido el cerrojo de la puerta trasera. Poco después de las cuatro, Gerde y yo utilizamos grapas quirúrgicas para cerrar la incisión en Y. Después me lavé en el pequeño vestuario del depósito, en el plato de cuya ducha había un maniquí, desnudo y desvencijado, de los que se utilizaban para escenificar muertes violentas en los tribunales.

En Lehigh eran escasos los incendios provocados, salvo los causados por adolescentes en alguna vieja casa de campo. De igual modo, en el pulcro barrio de clase media llamado Wescosville donde vivía Shephard, los episodios violentos eran igualmente inauditos. Allí, los delitos nunca pasaban de algún robo con allanamiento cuando un ladrón localizaba un billetero o una cartera a plena vista en el interior de una casa e irrumpía en ella para llevársela. Como Lehigh carecía de departamento de policía, cuando los agentes del estado respondían a la alarma antirrobos de la casa, el ladrón ya hacía mucho rato que se había marchado.

Saqué la ropa campera y las botas con refuerzo de acero de la maleta y compartí el cambiador con el maniquí. Gerde tuvo la amabilidad de llevarme en coche hasta la escena del suceso, y me quedé impresionada por los frondosos pinos y los jardines de flores que había junto a la carretera y las iglesias discretas y bien cuidadas que aparecían cada cierta frecuencia. Tomamos por Hanover Drive, donde las casas eran modernas, de ladrillo y madera, con dos plantas espaciosas y muchos aros de baloncesto, bicicletas y otras señales de niños.

—¿Tienes alguna idea de los precios de esas viviendas? —pregunté a Gerde mientras veía pasar más casas.

—Entre doscientos y trescientos mil —respondió—. Han venido a vivir aquí un montón de ingenieros, enfermeras, corredores de bolsa y ejecutivos. Además, la interestatal 78 es la arteria principal de Lehigh Valley y se puede salir de aquí directamente y estar en Nueva York en una hora y media, de modo que hay incluso quien va y viene a la ciudad cada día.

—¿Qué más hay por aquí? —quise saber.

—A unos diez o quince kilómetros escasos hay un montón de polígonos industriales. Ahí están la Coca-Cola, la Air Products, almacenes de la Nestlé y la Perrier. Todo lo que se le ocurra, doctora; además de tierras de cultivo.

—La víctima trabajaba en el hospital.

—Exacto. Y, si se fija, eso queda a diez minutos en coche, como mucho.

—¿Recuerdas haberla visto alguna vez?

Gerde permaneció pensativo unos instantes mientras una delgada columna de humo se alzaba por detrás de los árboles al final de la calle.

—Estoy casi seguro de haberla visto en la cafetería en alguna ocasión —respondió—. Es difícil no reparar en alguien con ese aspecto. Quizás estaba en alguna mesa con otras enfermeras; no lo recuerdo exactamente. Sin embargo, no creo que llegáramos a hablar nunca.

La casa de Shephard era de tablas con adornos blancos y, aunque el incendio quizá no había resultado difícil de contener, los daños producidos por el agua y por las hachas que habían abierto grandes boquetes para dar salida al fuego de la azotea habían sido devastadores. Sólo quedaba una triste fachada manchada de hollín y unas ventanas hechas añicos que parecían unos ojos deprimidos y sin vida. Los parterres de flores del jardín estaban pisoteados; la hierba recién cortada se había convertido en fango, y el Camry último modelo aparcado en el camino particular aparecía cubierto de cenizas. El cuerpo de bomberos y los investigadores de la ATF trabajaban en el interior mientras dos agentes del FBI con chaquetas de aviador batían la zona en torno a la casa.

Observé que McGovern estaba en el patio de atrás hablando con una mujer joven y enérgica vestida con vaqueros cortos, sandalias y camiseta.

—¿Y cuándo fue eso? ¿Hacia las seis? —le preguntaba Teun.

—Exacto. Estaba preparando la cena y la vi llegar. Aparcó exactamente donde está el coche ahora —respondió la mujer con voz angustiada—. Entró, y volvió a salir una media hora después y se puso a arrancar malas hierbas. Le gustaba la jardinería, cortar el césped y esas cosas.

Cuando estuve cerca, McGovern me miró.

—Te presento a la señora Harvey —indicó—; la vecina de al lado.

—Hola —dije a la señora Harvey, cuyos ojos despedían un brillo de congoja que rozaba el miedo.

—La doctora Scarpetta es forense —explicó McGovern.

—¡Oh! —exclamó la señora Harvey.

—¿Volvió a ver a Kellie esa noche? —fue la siguiente pregunta de Teun.

La mujer movió la cabeza en gesto de negativa,

—Se metió en casa —contestó—, supongo. Eso fue todo. Sé que trabajaba mucho y, normalmente, no se quedaba despierta hasta muy tarde.

—¿Tenía alguna relación? ¿Sabe si se veía con alguien?

—Bueno, ha tenido algunas... algún médico de vez en cuando, y hombres a los que conocía del hospital. Recuerdo que el año pasado empezó a salir con un tipo que había sido paciente suyo. Sin embargo, ninguno le duró mucho, me parece. Era una mujer muy guapa, ése era el principal problema. Los hombres buscaban una cosa y ella tenía algo muy distinto en la cabeza. Lo sé porque solía hacerme comentarios al respecto.

—¿Pero nadie en concreto, recientemente? —insistió McGovern.

La señora Harvey tuvo que pensar.

—Sólo venían sus amigas —respondió—. Tenía un par de compañeras del trabajo y a veces se dejaban caer por aquí o salían con ella. Pero no recuerdo que esa noche hubiera movimiento. Aunque, si lo hubiese habido, yo no tendría por qué saberlo. Podría haberse presentado alguien sin que yo llegara a oír nada.

—¿Han encontrado el gato? —pregunté.

McGovern no respondió.

—Ese maldito gato... —masculló la señora Harvey—. Tan malcriado... —Sonrió, y los ojos se le llenaron de lágrimas—. Lo mimaba como a un hijo.

—¿Un gato casero?

—Del todo. Kellie no había permitido que saliera nunca de la casa. Lo tenía siempre entre algodones.

—Encontraron la caja de los excrementos en el patio de atrás —le dijo McGovern—. ¿Kellie la vaciaba y la dejaba allí fuera toda la noche en alguna ocasión? O, ya que estamos en ello, ¿tenía la costumbre de vaciar la caja por la noche, de salir después de oscurecer y dejar la puerta abierta y la alarma desconectada?

Harvey mostró extrañeza, y sospeché que no tenía ni idea de que su vecina había sido asesinada.

—Bien, desde luego la había visto limpiar la caja alguna vez, pero siempre echaba los desperdicios en una bolsa de basura que terminaba en el contenedor —fue su respuesta—. Por lo tanto, sería absurdo que lo hubiera hecho de noche. Supongo que la vaciaría y la dejaría fuera para que se airease, ¿no? O quizá no le dio tiempo a limpiarla con la manguera y pensaba hacerlo por la mañana. En cualquier caso, el gato sabe dónde debe hacer sus necesidades, de modo que no sería ningún trastorno para él pasarse sin la caja por una noche.

La mujer siguió con la mirada un coche patrulla que circulaba por la calle.

—Nadie ha contado cómo empezó el incendio —continuó diciendo—. ¿Se sabe ya?

—Estamos trabajando en ello —respondió McGovern.

—¿Kellie no murió...? En fin, ¿todo fue muy rápido, no? —Entrecerró los ojos para protegerse del sol poniente y se mordió el labio inferior—. No quiero pensar que sufrió...

—La mayoría de los muertos en un incendio no sufren —le respondí, evitando la pregunta con palabras suaves—. Por lo general, quedan inconscientes debido al monóxido de carbono.

—¡Oh, gracias a Dios! —murmuró la señora Harvey.

—Te espero dentro —me dijo McGovern.

—Señora Harvey —pregunté a ésta—, ¿conocía usted bien a Kellie?

—Hemos sido vecinas durante casi cinco años. No es que hiciéramos muchas cosas juntas pero, desde luego, la conocía.

—Quizá tiene usted alguna fotografía reciente de ella, o sabe de alguien que tenga una.

—Tal vez pueda ayudarla.

—Debo asegurarme de la identificación —añadí, aunque mi motivo era otro. Quería ver con mis propios ojos qué aspecto tenía Shephard en vida—. Y si hay algo más que pueda contarme de ella, se lo agradeceré. Por ejemplo, ¿tiene familia aquí?

—No —respondió la vecina con la mirada fija en la casa incendiada—. No era de aquí. Su padre era militar, ¿sabe?, y creo que él y la madre vivían en Carolina del Norte. Al haber cambiado tantas veces de residencia en su juventud, Kellie era una mujer de mundo. Yo siempre le decía que me hubiese gustado ser tan fuerte y decidida como ella. No dejaba que nadie le tomara el pelo. Una vez encontré una serpiente en el porche, me puse totalmente histérica, y la llamé. Ella se presentó, la acorraló en el jardín y la mató con una pala. Supongo que tenía que ser así porque los hombres no la dejaban en paz. Siempre le decía que hubiese podido ser actriz de cine, pero ella me respondía: «Sandra, si yo no sé actuar»; y yo le contestaba: «¡Claro, como la mayoría de actrices!»

—Entonces, era una mujer que había vivido lo suyo —comenté.

—Exacto. Por eso se hizo instalar la alarma antirrobo. Enérgica y fuerte, así era Kellie. Ahora, si quiere entrar conmigo, veré si encuentro alguna foto...

—Si no tiene inconveniente... —asentí—. Es muy amable, señora.

Acortamos por un seto y la seguí peldaños arriba hasta la cocina, grande y luminosa. A juzgar por la bien surtida despensa y por la presencia de todos los utensilios imaginables, era evidente que a la señora Harvey le gustaba cocinar, las cazuelas colgaban de unos ganchos en el techo, y el guiso que tenía puesto al fuego olía intensamente a ternera y cebolla; tal vez un stróganoff o un estofado.

—Siéntese ahí, junto a la ventana, iré a buscar lo que tengo en la habitación —dijo la mujer.

Tomé asiento ante la mesa de la cocina y contemplé la casa de Kellie Shephard por la ventana. Vi pasar a varias personas por el interior del edificio calcinado. Alguien había instalado unos focos porque ya atardecía. Me pregunté cuántas veces habría observado la vecina ir y venir a la víctima.

Desde luego, Harvey tenía curiosidad por la vida de una mujer de aspecto lo bastante exótico para ser una estrella de cine, y me pregunté si era posible que alguien acechara a Kellie Shephard sin que la vecina advirtiera la presencia de un coche o de una persona extraña en la zona.

De todas formas, debía andarme con cuidado en la manera de plantear la cuestión, porque no era de conocimiento público que la mujer hubiera tenido una muerte violenta.

—Vaya, no puedo creerlo —me dijo la señora Harvey cuando volvió a la cocina—. Tengo algo aún mejor, ¿sabe? La semana pasada estuvo en el hospital un equipo de televisión para hacer un reportaje sobre el centro de traumatología. Pasaron las imágenes en las noticias de la tarde y se veía a Kellie, de modo que lo grabé. No sé por qué he tardado tanto en recordarlo, pero mi cabeza ya no es lo que era, ya me entiende.

Llevaba en la mano una cinta de vídeo. La acompañé al salón, donde introdujo la cinta en el reproductor. A continuación tomé asiento en un sillón de orejas azul, en un mar de moqueta azul, mientras la mujer rebobinaba y luego ponía en marcha el aparato. Los planos iniciales eran del hospital Lehigh Valley desde la perspectiva de un helicóptero que lo sobrevolaba en un caso de urgencia. Fue entonces cuando caí en la cuenta de que en realidad Kellie era miembro de un equipo especial de urgencias y no una simple enfermera de sala.

La filmación mostró a Kellie con traje de vuelo corriendo por un pasillo junto a otros miembros del equipo que acababan de ser convocados mediante el buscapersonas.

—Disculpe, disculpe —decía la joven en la cinta mientras sorteaba a las personas que se interponían.

Kellie era un ejemplo espectacular del genoma humano en su expresión más perfecta; tenía unos dientes deslumbrantes y la cámara se enamoraba de cada ángulo de sus delicados huesos y de sus finas facciones; no resultaba difícil imaginar que sus pacientes cayesen rendidos a sus pies. Luego, la filmación la mostraba en la cafetería después de otra misión imposible.

—Siempre es una carrera contrarreloj —declaraba Kellie al periodista—. Sabemos que un solo minuto de retraso puede costar una vida. Siempre se siente una descarga de adrenalina.

Mientras seguía la entrevista convencional, la cámara cambió de plano.

—No puedo creer que grabara eso, pero no sucede a menudo que una conocida salga por la tele —comentaba la señora Harvey.

Al principio no caí en la cuenta. Por fin, exclamé:

—¡Detenga la cinta! Rebobine. Sí, ahí. Congele la imagen.

En la pantalla aparecía alguien al fondo, almorzando.

—No —musité para mis adentros—. Es imposible.

Vestida con vaqueros y una blusa estampada, comiendo un bocadillo con otros miembros del personal del atareado hospital, estaba Carrie Grethen. Al principio no la reconocí porque llevaba una media melena y se había teñido de rojo caoba, mientras que la última vez que la había visto llevaba el pelo corto y rubio decolorado. Sin embargo, lo que finalmente me atrajo como un agujero negro fueron sus ojos. Miraba directamente a la cámara mientras masticaba y sus ojos seguían siendo tan fríos, brillantes y malévolos como siempre.

Me levanté del sillón, fui directa al aparato de vídeo y saqué la cinta.

—He de llevarme esto —dije, atenazada por el pánico—. Le prometo que se lo devolveré.

—Está bien, pero no se olvide. Es la única copia que tengo. —Sandra Harvey también se puso en pie—. ¿Se encuentra bien? Parece como si hubiese visto un fantasma...

—Tengo que irme. Gracias de nuevo... —le respondí.

Corrí a la casa de al lado y subí al trote los peldaños de la parte de atrás, donde aún había dos dedos de agua en el suelo y el techo seguía goteando lentamente. Varios agentes deambulaban por allí, tomando fotos y hablando entre ellos.

—¡Teun! —llamé en voz alta. Con cuidado, entré en la casa procurando no tropezar y no meter el pie en ninguna de las zonas donde faltaba el entablado del suelo. Reparé vagamente en que un agente había arrojado el cadáver quemado de un gato en una bolsa de plástico.

—¡Teun! —volví a llamarla.

Escuché unos pasos decididos y seguros que chapoteaban y pasaban sobre los restos del techo hundido y de los tabiques derrumbados. Muy pronto, McGovern apareció a pocos centímetros de mí y me ayudó a mantenerme en pie sosteniéndome el brazo.

—¡Vaya! Cuidado —empezó a decir.

—Tenemos que encontrar a Lucy —le dije.

—¿Qué sucede? —Teun me siguió al exterior de la casa.

—¿Dónde está? —insistí.

—Hay un incendio en el centro. Una tienda de alimentación; probablemente, intencionado. Kay, ¿qué diablos...?

Ya estábamos en el jardín y yo agarraba la cinta de vídeo como si me fuera la vida en ello.

—Teun, por favor... —busqué su mirada—. Llévame a Filadelfia.

—De acuerdo —asintió.

16

McGovern hizo el viaje de vuelta a Filadelfia en tres cuartos de hora, saltándose los límites de velocidad. Había hablado por radio con su oficina de campo y había utilizado un canal seguro. Aunque se había mostrado muy cauta con lo que radiaba, dejó muy claro que quería que todos los agentes disponibles salieran a la calle a buscar a Carrie. Mientras ella hablaba, yo me puse en contacto con Marino por el teléfono móvil y le pedí que tomara un avión enseguida.

—Está aquí —le dije.

—¡Oh, mierda! ¿Lo saben Benton y Lucy?

—Lo sabrán en cuanto consiga localizarlos.

—Salgo ahora mismo.

No creía, y McGovern tampoco, que Carrie estuviera todavía en el condado de Lehigh. La fugitiva quería estar donde hiciera más daño, y tuve la certeza de que se había enterado de alguna manera de que Lucy se trasladaba a Filadelfia. Incluso era posible que para ello hubiera seguido a la propia Lucy.

Había un punto sobre el que no me cabía la menor duda, aunque seguía sin tener sentido: que los dos asesinatos, el de Warrenton y aquel último, eran un cebo para atraer a quienes habíamos derrotado a Carrie en el pasado.

—Pero lo de Warrenton sucedió antes de que se fugara de Kirby —me recordó McGovern al tiempo que tomaba la bocacalle de Chestnut.

—Ya lo sé —respondí, y el miedo convirtió mi pulso en un zumbido persistente—. No entiendo nada salvo que, ella está de una forma u otra. Y no es coincidencia que saliera en ese reportaje de las noticias, Teun. Carrie sabía que después de la muerte de Kellie Shephard revisaríamos todo el material que llegase a nuestras manos. Sabía perfectamente que veríamos la cinta.

El incendio estaba localizado en una calleja destartalada en el límite occidental de la Universidad de Pensilvania. Había caído la noche y los destellos de las luces de emergencia eran visibles a varios kilómetros de distancia. Los vehículos policiales habían cerrado al tráfico dos manzanas de la calle. Había por lo menos ocho motobombas y cuatro vehículos con escaleras y, a casi veinticinco metros de altura, desde las cestas, los especialistas rociaban el techo humeante con cañones de agua a presión. El ronroneo de los motores diésel retumbaba en la noche y la fuerza del agua tamborileaba en la madera y seguía rompiendo cristales. Las mangueras serpenteaban en la calle y el agua llegaba hasta los tapacubos de los coches aparcados, que durante bastante rato no podrían ir a ninguna parte.

Fotógrafos y equipos de informativos patrullaban las aceras y se pusieron alerta rápidamente cuando McGovern y yo bajamos del coche.

—¿La AFT participa en la investigación de este caso? —preguntó una reportera de televisión.

—Sólo hemos venido a echar un vistazo —respondió McGovern sin detenerse.

—Entonces, ¿se trata de un presunto incendio provocado, como los de las otras tiendas?

El micrófono nos siguió mientras avanzábamos chapoteando.

—Está bajo investigación —declaró McGovern— y es mejor que se mantenga a distancia.

La periodista tuvo que quedarse junto a uno de los vehículos motobomba mientras McGovern y yo nos acercábamos más a la tienda. Las llamas se habían extendido a la barbería contigua, donde varios bomberos con hachas y picas abrían agujeros en el techo. Unos agentes con la chaqueta identificadora de la ATF entrevistaban a un posible testigo, y los investigadores, con casco e impermeable, entraban y salían de un sótano. Escuché de pasada algo acerca de interruptores de palanca, medidores y utilización gratuita de servicios. Una nube de humo negro se hinchaba sobre el lugar; al parecer, sólo quedaba una zona concreta de la trastienda que, testaruda, humeaba y despedía llamas.

—Quizás esté dentro —me dijo McGovern al oído.

La seguí al interior, pegada a ella. El mostrador de cristal de la tienda estaba abierto de par en par y parte del contenido había desaparecido, flotando en un río de agua fría. El agua arrastraba latas de atún, plátanos ennegrecidos, toallitas higiénicas, bolsas de patatas fritas y frascos de aliño para ensalada, y un bombero rescató una lata de café y, encogiéndose de hombros, la arrojó a la cabina de su camión. La potente luz de los focos sondeó el negro y humeante interior de la tienda devastada e iluminó vigas maestras combadas como arcos y cables a la vista que colgaban enmarañados de las vigas transversales.

—¿Está por ahí Lucy Farinelli? —preguntó McGovern a los que había dentro.

—La última vez la he visto fuera, en la parte de atrás, hablando con el propietario —respondió una voz masculina.

—Tened cuidado ahí dentro —recomendó McGovern en voz alta.

—Sí, bueno, tenemos auténticas dificultades para desconectar la electricidad. Debe de tener una fuente de alimentación subterránea. ¿Podría ocuparse de eso, jefa?

—Lo haré.

—De modo que eso es a lo que se dedica mi sobrina —comenté mientras a McGovern y yo volvíamos a la calle vadeando el agua, que todavía arrastraba verduras estropeadas y latas de conserva.

—Sólo los días en que el trabajo es tranquilo. Creo que su unidad es la 718. Veamos si puedo ponerme en contacto con ella.

McGovern se llevó el radiotransmisor a los labios y buscó a Lucy por las ondas.

—¿Qué sucede? —llegó la voz de mi sobrina por el aparato.

—¿Tienes algo entre manos?

—Estoy acabando una cosa.

—¿Puedes reunirte con nosotras en la parte delantera de la casa?

—Ahora mismo voy.

Mi reacción de alivio fue muy evidente, y McGovern me sonrió mientras las luces parpadeaban y el agua trazaba curvas en el aire. Los bomberos, sudorosos y completamente manchados de hollín, se desplazaban por el lugar calzados con sus enormes botas, arrastrando mangueras sobre los hombros y tomando vasos de una bebida energética de color verde que mezclaban en unos recipientes de plástico. En un camión se habían instalado unos potentes focos, y el resplandor resultaba desigual y confuso conforme la escena del suceso se volvía un espectáculo surrealista. Entusiastas de los incendios, o «cerilleros» en el argot de los agentes de la ATF, habían aparecido de entre las sombras y tomaban fotografías con cámaras desechables, mientras vendedores oportunistas ofrecían incienso y relojes de marca falsos.

Cuando Lucy llegó hasta nosotros, la columna de humo había menguado y era de color blanco, lo cual indicaba mucho vapor. El agua estaba llegando a la zona de origen del fuego.

—Bien —comentó McGovern tras haber observado lo mismo que yo—. Creo que casi lo tenemos.

—Unas ratas que mordisquearon los cables —dijo Lucy de buenas a primeras—. Ésa es la teoría del propietario —añadió, y me dirigió una mirada extraña—. ¿Algo te hace pensar que no ha sido eso? —me preguntó.

—Da la impresión de que Carrie ha tenido que ver con el incendio y el homicidio de Lehigh —contestó McGovern por mí—. Es posible que todavía siga en la zona; tal vez aquí mismo, en Filadelfia.

—¿Qué? —Lucy puso cara de perplejidad—. ¿Cómo? ¿Y qué hay de Warrenton?

—Sí, ya sé —respondí—. Parece inexplicable; pero existen notorias coincidencias.

—Entonces, tal vez se trate de una imitadora —apuntó mi sobrina a continuación—. Alguien que ha leído cosas al respecto y está intentando volvernos locas.

Volví a pensar en las limaduras metálicas y en el foco del incendio. En la prensa no habían aparecido detalles sobre ello. Tampoco se había hecho público que Claire Rawley había muerto agredida con un instrumento afilado y cortante, como un cuchillo; ni se me escapaba aún otro paralelismo: tanto Rawley como Shephard eran mujeres muy hermosas.

—Tenemos un montón de agentes en la calle —dijo McGovern a Lucy—. Lo importante es que no bajes la guardia, ¿de acuerdo? Kay... —Teun se volvió hacia mí—. Éste quizá no sea el mejor sitio para ti...

No le respondí; en lugar de ello, pregunté a Lucy:

—¿Sabes algo de Benton?

—No.

—Es que no entiendo... —murmuré—. Me pregunto dónde puede estar.

—¿Dónde estuviste en contacto con él por última vez? —preguntó Lucy.

—En el depósito. Cuando se marchó, dijo que estaría en el lugar del suceso. ¿Qué hizo pues? ¿Se quedó ahí una hora, tal vez? —pregunté a McGovern.

—En este caso. ¿No se te ocurre que quizá volviera a Nueva York, o a Richmond, quizá? —me preguntó a su vez.

—Seguro que me lo habría dicho. No dejo de llamarlo al buscapersonas. Puede que Marino nos diga algo cuando llegue —añadí mientras las mangueras seguían despidiendo chorros de agua y nos envolvía una fina bruma.

Era casi medianoche cuando Marino se presentó en mi habitación del hotel sin noticias.

—Creo que no deberías estar sola en un lugar como éste —dijo al instante. Iba desaliñado y se le notaba tenso.

—¿Quieres decirme dónde estaría más segura? No sé qué pasa. Benton no ha dejado ningún mensaje y no responde al busca.

—No os pelearíais o algo así, ¿verdad?

—¡Por favor! —exclamé exasperada.

—Mira, tú me has preguntado y yo sólo intento ayudarte...

—Ya lo sé.

Hice una profunda inspiración e intenté tranquilizarme.

—¿Qué hay de Lucy? —preguntó Marino, y tomó asiento en el borde de la cama.

—Ha habido un incendio bastante grande cerca de la universidad. Supongo que seguirá ahí —respondí.

—¿Provocado?

—Seguramente... aún no lo saben.

Guardamos silencio un momento y me puse más nerviosa.

—Mira —dije—. Podemos quedarnos aquí a esperar vete a saber qué, o salir a alguna parte. Lo que no puedo hacer es dormir.

Empecé a deambular por la estancia.

—Maldita sea, no pienso pasarme toda la noche aquí, sin pegar ojo, preocupada por si Carrie estará acechando a la espera del momento oportuno.

Estaba al borde de las lágrimas.

—Benton anda por ahí, no sé dónde —continué—. Quizás en la escena del suceso, con Lucy. No lo sé.

Me volví de espaldas a Marino y contemplé el puerto. El pecho me temblaba al respirar y tenía las manos tan frías que las uñas habían adquirido un tono violáceo.

Marino se levantó y noté que me estaba observando.

—Vamos —dijo por fin—. Lo comprobaremos.

Cuando llegamos al lugar del suceso, en Walnut Avenue, la actividad se había reducido considerablemente. La mayoría de los coches de bomberos se habían marchado y los pocos y agotados hombres que seguían allí recogían las mangueras. Una columna de humo cargado de vapor se alzaba de la zona de la tienda dedicada a almacén, pero no vi llamas. En el interior oí voces y pasos mientras la potente luz de los focos hedía la oscuridad y se reflejaba en los fragmentos de cristales rotos. Avancé chapoteando entre más restos flotantes de alimentos y escombros y, al llegar a la entrada, oí la voz de McGovern, que decía algo acerca de un forense.

—Traedlo ahora mismo —ordenó a gritos—. Y cuidado ahí, ¿de acuerdo? No hay modo de saber dónde está todo roto y debemos evitar los tropiezos.

—¿Alguien tiene una cámara?

—Bien, aquí tengo un reloj de caballero, de acero inoxidable. El cristal está astillado. Parece que también hay unas esposas.

—¿Qué has dicho?

—Ya me has oído, esposas Smith & Wesson, las auténticas. Cerradas con llave como si alguien las llevara puestas. De hecho, cerradas con dos vueltas de llave.

—Me tomas el pelo...

Me abrí paso al interior y unos goterones de agua fría me cayeron en el casco y me resbalaron por el cuello. Reconocí la voz de Lucy pero no entendí qué decía. Su tono era casi histérico; de pronto, hubo un gran chapoteo y se produjo un revuelo.

—¡Espera, espera! —ordenó McGovern—. ¡Lucy! ¡Que alguien la saque de aquí!

—¡No! —gritó mi sobrina.

—Vamos, vamos —continuó McGovern—. Te tengo agarrada por el brazo. Tranquila, ¿de acuerdo?

—¡No! —chillaba Lucy—. ¡NO! ¡NO! ¡NO!

Luego se oyó un fuerte chapoteo y un grito de sorpresa.

—Dios mío... ¿Estás bien? —preguntó McGovern.

Ya estaba prácticamente dentro cuando vi a Teun, que ayudaba a Lucy a ponerse en pie. Mi sobrina estaba histérica y le sangraba una mano, aunque no prestaba atención a la herida.

Di unos pasos hacia ellas por el piso anegado, con el corazón en un puño, y la sangre pareció volverse tan fría como el agua por la que avanzaba.

—Déjame ver —murmuré al tiempo que sostenía con cuidado la mano de Lucy y la iluminaba con mi linterna.

Mi sobrina temblaba de pies a cabeza.

—¿Cuándo te pusieron la antitetánica por última vez? —le pregunté.

—Tía Kay... —gimió frente a mí—. ¡Tía Kay...!

Me abrazó con tanta fuerza que estuvimos a punto de caer las dos. Lucy lloraba tanto que era incapaz de articular palabra y su abrazo era una prensa que me comprimía las costillas.

—¿Qué es? ¿Qué ha pasado? —pregunté a McGovern.

—Salid de aquí las dos ahora mismo —fue su respuesta.

—¡Dime qué ha sucedido!

No pensaba ir a ninguna parte hasta que me lo contara. Teun titubeó de nuevo.

—Hemos encontrado unos restos; una víctima quemada. Kay, por favor.

Me agarró del brazo y tiró de mí.

—Tenemos que salir —insistió.

Me zafé de ella y miré hacia el rincón del fondo, donde los investigadores hablaban entre ellos y se movían, acompañados por los dedos de luz de las linternas.

—Por aquí hay más huesos —decía una voz—. No, perdonad el error. Es madera quemada.

—Pues esto, no.

—¡Mierda! ¿Dónde carajo está el forense?

—Yo me ocupo de esto —le dije a McGovern como si el caso fuera mío—. Lleva fuera a Lucy y que le envuelvan la mano con una toalla limpia. La atenderé enseguida. —Me volví a mi sobrina, y añadí—: Te pondrás bien, Lucy.

Me desasí de su abrazo y me puse a temblar. De algún modo, lo supe...

—Kay, no te acerques ahí. ¡No lo hagas! —McGovern levantó la voz.

No obstante, a aquellas alturas sabía que debía hacerlo; me separé bruscamente de las dos y, chapoteando y a punto de trastabillar, me encaminé a aquel rincón. Casi me fallaron las rodillas. Cuando me acerqué, los investigadores guardaron silencio; seguí la dirección en que enfocaban las linternas y al principio no reconocí lo que había delante. Era algo carbonizado, mezclado con papel y material aislante empapados en agua, bajo una capa de yeso desprendido y de pedazos de madera ennegrecida.

Entonces vi la forma de un cinturón y una hebilla, y un fémur que sobresalía como un palo grueso, calcinado. El corazón amenazaba con reventarme el pecho cuando la forma se convirtió en los restos requemados de un cuerpo unido a una cabeza carbonizada y desprovista de facciones o cualquier rasgo distintivo, salvo unos mechones de cabellos plateados y sucios de hollín.

—Déjenme ver el reloj —dije, y miré a los investigadores con ojos desorbitados.

Uno de los presentes me lo acercó y lo tomé de sus manos. Era un Breitling de hombre, de acero inoxidable, un Aerospace.

—¡No! —murmuré mientras caía de rodillas en el agua—. ¡Por favor, no!

Oculté el rostro entre las manos. Me quedé en blanco, con la vista borrosa, a punto de desvanecerme. Entonces, una mano me sostuvo. Noté un regusto a bilis que me subía por la garganta.

—Vamos, doctora —dijo con suavidad una voz masculina, y unas manos me ayudaron a ponerme en pie otra vez.

—¡No puede ser él! —exclamé—. ¡Oh, Dios mío, no lo permitas...! ¡Por favor, por favor, por favor!

Me vi capaz de mantener el equilibrio y fueron precisos dos agentes para sacarme de allí mientras yo hacía lo posible por recoger los fragmentos que quedaban de mí. Cuando estuve otra vez en la calle, no hablé con nadie y me alejé con pasos de autómata hacia el Explorer de McGovern; en la parte de atrás estaba Teun, que sostenía una toalla empapada de sangre en torno a la mano de mi sobrina.

—Necesito un botiquín de primeros auxilios —le dije a McGovern, y me oí como si fuera otra persona quien hablaba.

—Quizá sea mejor llevarla al hospital —me llegó su voz mientras observaba su mirada severa y brillante de miedo y de pesar.

—Tráelo —insistí.

McGovern alargó la mano y cogió algo. Depositó el maletín Pelican anaranjado en el asiento y abrió los cierres. Lucy parecía casi en estado de choque, era presa de violentos temblores y tenía la tez muy pálida.

—Necesita una manta —dije.

Le quité la toalla y lavé la herida con agua destilada. Tenía casi desprendido un grueso colgajo de piel del pulgar y limpié la zona con una buena cantidad de yodo. El penetrante olor me despejó, y todo lo que acababa de ver se convirtió en una pesadilla. No era verdad.

—Necesita sutura —dijo McGovern.

No había sucedido. Había sido un sueño.

—Tenemos que ir a un hospital para que le pongan unos puntos.

Sin embargo, yo ya tenía preparado el esparadrapo estéril y la cola de benzoína, porque sabía que en una herida como aquélla no se podían aplicar puntos. Las lágrimas me corrían por el rostro cuando rematé mi trabajo cubriéndolo con una gruesa capa de gasa. Al alzar la vista y dirigirla a la ventana, reparé en la presencia de Marino junto a la puerta. Su expresión estaba contraída por el dolor y la rabia; parecía a punto de vomitar. Salí del Explorer.

—Tienes que venir conmigo, Lucy —le dije, y la tomé del brazo. Siempre me desenvolvía mejor cuando me ocupaba de otros—. Vamos.

Las luces de emergencia centellearon ante nuestro rostro, y la noche y la gente que la poblaba me resultaron ajenos. Marino dejó el lugar con nosotras cuando llegaba la furgoneta del forense. Se utilizarían radiografías, placas dentales y tal vez incluso el ADN para confirmar la identificación. El trámite llevaría algún tiempo, probablemente, pero no importaba. Yo no necesitaba más.

Benton estaba muerto.

17

Según la reconstrucción de los hechos más atinada que se pudo realizar en aquel momento, algo había atraído a Benton a aquella muerte horrorosa. No teníamos ninguna pista acerca de qué lo había llevado a aquella pequeña tienda de alimentación de Walnut Street o si, sencillamente, había sido secuestrado en otra parte y luego obligado a subir al almacén del pequeño edificio, situado en una zona de la ciudad poco recomendable. Creíamos que lo habían esposado en algún momento, y la búsqueda posterior también dio como resultado la aparición de un alambre retorcido en forma de ocho que, muy probablemente, había sujetado los tobillos, desaparecidos en el incendio.

También se habían recuperado las llaves del coche y la cartera, pero no la pistola Sig Sauer de nueve milímetros ni el anillo con el sello de oro. Benton había dejado varias mudas de ropa en la habitación del hotel y el maletín, que me habían devuelto después de investigarlo. Pasé la noche en casa de Teun McGovern, que tenía apostados agentes en la finca, pues Carrie seguía libre en alguna parte y sólo era cuestión de tiempo que actuara de nuevo.

Se proponía terminar lo que había empezado y lo importante, en realidad, era preguntarse quién sería el siguiente si le salían bien los planes. Marino se había instalado en el pequeño apartamento de Lucy y mantenía la vigilancia desde el sofá. Ninguno de los tres tenía nada que decir a los demás porque nada había que explicar. Lo hecho, hecho estaba.

McGovern intentó hablar conmigo. La noche anterior, había entrado varias veces con té o comida en mi habitación, cuya ventana de cortinas azules ofrecía una vista de las viejas farolas de ladrillo y metal de las casas adosadas de Society Hill. Teun había tenido la sensatez suficiente para no forzar nada, y yo estaba demasiado hundida para hacer otra cosa que dormir. Cuando desperté, seguía sintiéndome mareada y luego recordé por qué.

No recordaba haber soñado. Lloré tanto que apenas podía abrir los ojos de puro hinchados. A última hora de la mañana del jueves, me di una larga ducha y me dirigí a la cocina de McGovern. Teun llevaba un traje azul de Prusia y tomaba café mientras leía la prensa.

—Buenos días —me dijo, sorprendida y complacida de que me hubiese aventurado más allá de la puerta cerrada de la habitación—. ¿Qué tal te sientes?

—Cuéntame cómo está la situación —respondí.

Me senté frente a ella. Teun dejó el tazón de café en la mesa y retiró la silla hacia atrás.

—Deja que te ponga un café —se ofreció.

—Dime qué pasa —insistí—. Quiero saberlo, Teun. ¿Han encontrado algo ya? En el depósito, me refiero.

McGovern se quedó dudando durante un instante y miró por la ventana hacia un viejo magnolio cubierto de capullos marchitos y parduscos.

—Aún no han terminado el análisis —respondió finalmente—. Pero según los indicios recogidos hasta el momento, parece que le seccionaron la garganta y recibió cortes hasta el hueso en el rostro; aquí y aquí. —Señaló la mandíbula izquierda y el espacio entre los ojos—. No tenía hollín ni quemaduras en la tráquea, ni tampoco monóxido de carbono. Por lo tanto, ya estaba muerto cuando se inició el incendio. Lo siento, Kay. Yo... en fin, no sé qué decir.

—¿Cómo es posible que nadie viera entrar a Benton en el edificio? —pregunté como si no hubiera comprendido el horror de lo que Teun me acababa de decir—. ¿Cómo es posible que alguien lo hiciera entrar allí tal vez a punta de pistola y nadie se diera cuenta de nada?

—La tienda cerraba a las cinco —contestó—. No hay indicios de que se forzara la entrada, y la alarma antirrobo no estaba conectada, ignoro por qué, de modo que no sonó. Esa clase de edificios nos han creado problemas porque los queman para cobrar el seguro. Además siempre está involucrada en el tema, de una manera o de otra, cierta familia paquistaní.

Dio un sorbo al café.

—El mismo modus operandi —continuó—. Pocas existencias, el incendio se inicia poco después de la hora de cierre y nadie en el barrio ha visto nada.

—¡Pero esto no tiene nada que ver con el dinero del seguro! —solté con rabia.

—Claro que no —respondió ella, apaciguadora—. Al menos, no directamente. Pero si te cuento mi teoría...

—Adelante.

—Carrie tal vez fue la mano autora...

—¡Claro que fue ella!

—Lo que digo es que quizá se puso de acuerdo con el dueño para organizar el incendio. Incluso es posible que el tipo le pagara, sin tener ni idea de cuál era el verdadero propósito de su socia. Desde luego, el asunto requirió cierta planificación.

—No ha hecho sino urdir planes durante años.

Noté otra vez la opresión en el pecho, el nudo en la garganta, los ojos llenos de lágrimas.

—Me voy a casa —le dije—. No puedo quedarme aquí sin hacer nada.

—Creo que aquí estás mejor... —objetó.

—Tengo que averiguar qué viene a continuación —dije, como si tal cosa fuera posible—. Tengo que descubrir cómo lo hace. En esto debe de haber algo más, un plan maestro, un programa. ¿Han encontrado alguna limadura de metal?

—No quedaba gran cosa. El cuerpo estaba en el almacén, en el punto donde se originó el fuego. Allá arriba había una buena carga de combustible, pero no sabemos qué, excepto que había un montón de virutas de porexpán, que desde luego es un material muy inflamable. Hasta ahora no hemos hallado aceleradores.

—Teun, esas raspaduras metálicas del caso Shephard... Llevémoslas a Richmond para compararlas con lo que tenemos. Tus investigadores pueden entregárselas a Marino.

Me dirigió una mirada que transmitía escepticismo, cansancio y tristeza.

—Tienes que afrontar los hechos, Kay —me dijo—. Deja que los demás nos ocupemos de lo que queda.

—Lo estoy afrontando, Teun.

Me levanté y la miré desde arriba.

—Lo hago de la única manera de que soy capaz —añadí—. Por favor...

—En realidad, ya no deberías intervenir en el caso. Y voy a darle a Lucy un permiso administrativo de una semana, por lo menos.

—No pienso quedarme al margen —le advertí—. Ni lo sueñes.

—No estás en condiciones de ser objetiva.

—¿Qué harías tú en mi lugar? —le pregunté—. ¿Te marcharías a casa y esperarías allí?

—Por suerte no estoy en tu lugar.

—Responde —la insté.

—Nadie podría impedirme trabajar en el caso. Estaría obsesionada. Haría exactamente lo mismo que tú —declaró, y se puso también en pie—. Te ayudaré en todo lo que pueda.

—Gracias —le dije—. Menos mal que aún queda gente como tú, Teun.

Apoyada en el mostrador con las manos en los bolsillos de los pantalones, me observó un rato.

—Kay, no te culpes por lo sucedido —murmuró.

—¿Yo? ¡Yo culpo a Carrie! —repliqué, y de pronto los ojos se me anegaron de lágrimas de desconsuelo—. ¡Precisamente a ella y a nadie más!

18

Unas horas más tarde, Marino nos llevaba a mí y a Lucy de regreso a Richmond. Fue el peor viaje en coche que recuerdo; los tres permanecimos en silencio, mirando por las ventanillas, mientras el ambiente se cargaba de una depresión cada vez más profunda. Lo sucedido no parecía cierto, y cada vez que la verdad nos sacudía de nuevo, era con el golpe de un puño pesado en el pecho. Las imágenes de Benton eran muy vivas. No sabía si el hecho de no haber pasado la última noche juntos, en la misma cama, era una bendición o hacía aún mayor la tragedia.

En cierto modo, no estaba segura de poder soportar el recuerdo reciente de su contacto, de su aliento, de sus abrazos. Luego deseé estrecharle con fuerza y hacer el amor otra vez. Mi mente rodó por diferentes colinas a espacios oscuros donde los pensamientos se prendían de realidades como la de disponer de sus pertenencias en mi casa, incluida su ropa.

Habría que enviar sus restos a Richmond; por otro lado, pese a cuanto sabía de la muerte, ninguno de los dos habíamos dedicado nunca demasiada atención a nosotros mismos, ni al sepelio que queríamos o dónde deseábamos ser enterrados. No habíamos querido pensar en nosotros.

La interestatal 95 Sur era una cinta borrosa en perpetuo movimiento a través del tiempo detenido. Cuando las lágrimas llenaban mis ojos, me volvía hacia la ventanilla y ocultaba el rostro. En el asiento trasero, Lucy guardaba silencio; el miedo, la rabia y la pena que sentía eran tan palpables como un muro de cemento.

—Voy a presentar la dimisión —dijo finalmente, cuando pasábamos por Fredericksburg—. Esto ha sido suficiente para mí. Buscaré otra cosa. En ordenadores, quizá.

—Bobadas —replicó Marino, con la vista en el espejo retrovisor—. Esto es precisamente lo que esa zorra quiere que hagas: que dejes las fuerzas del orden, que seas una fracasada y una gran promesa frustrada.

—Soy una perdedora y una frustrada.

—¡Y una mierda! —gritó Marino.

—Benton ha muerto por mi culpa —continuó ella en el mismo tono abatido e inexpresivo.

—Lo mató Carrie porque quiso; y nosotros podemos quedarnos aquí sentados, condoliéndonos, o decidir qué vamos a hacer antes de que acabe con el siguiente de nosotros.

Sin embargo, iba a ser difícil consolar a mi sobrina. Indirectamente, ella nos había puesto en contacto con Carrie hacía mucho tiempo.

—Carrie quiere que te sientas culpable de esto —le dije.

Lucy no respondió y me volví a mirarla. Iba vestida con el uniforme de faena y botas, y llevaba el pelo hecho un desastre. Aún olía a fuego porque no se había duchado. Por lo que yo sabía, tampoco había comido ni dormido. Tenía la mirada impenetrable y vacía. En sus ojos brillaba la decisión que había tomado; y yo ya había visto antes aquella mirada, cuando la desesperanza y la hostilidad la hacían autodestructiva. Una parte de ella quería morir; o tal vez una parte de ella había muerto ya.

Llegamos a mi casa a las cinco y media, cuando los rayos oblicuos del sol eran cálidos y brillantes en un cielo azul desvaído, pero limpio de nubes. Llevé los periódicos que estaban en la escalera al interior de la casa y volví a sentirme fatal al ver los titulares de la prensa matutina, en primera página, sobre la muerte de Benton. Aunque la identificación no era definitiva, se creía que había muerto en un incendio bajo circunstancias muy sospechosas mientras colaboraba con el FBI en la búsqueda por toda la nación de la asesina huida, Carrie Grethen. Los investigadores no explicaban qué hacía Benton en una tienda de alimentación que había ardido, o si tal vez había sido atraído al lugar con algún señuelo.

—¿Qué quieres hacer con esto? —preguntó Marino. Había abierto el portaequipajes del coche, en cuyo interior había grandes bolsas de papel que contenían los efectos personales recogidos en la habitación del hotel que ocupaba Benton.

No supe qué responder.

—¿Quieres que lo deje en tu despacho? —se ofreció—. Si lo prefieres, me puedo ocupar yo de ello, doctora.

—No, no, déjalos ahí —fue mi respuesta.

El papel crujió mientras Marino llevaba las bolsas al fondo del pasillo.

Caminaba despacio debido al peso que acarreaba, y cuando volvió a la puesta, yo aún lo esperaba.

—Más tarde hablaremos —me dijo—. Y no se te ocurra abrir sin tomar las debidas precauciones, ¿me oyes? La alarma antirrobos está conectada. No salgáis para nada.

—No creo que debas preocuparte de eso.

Lucy había dejado el equipaje en el dormitorio que había junto a la cocina y miraba por la ventana cómo se alejaba Marino. Me acerqué por detrás y le puse las manos en los hombros con suavidad.

—No te des por vencida —le dije, y apoyé la frente en su nuca.

Ella no se volvió y noté que la recorría un estremecimiento de pesar.

—Estamos juntas en esto, Lucy —continué en voz baja—. Somos lo único que queda, realmente. Benton querría que estuviéramos unidas, no le gustaría saber que tiras la toalla. ¿Qué haría yo, entonces? Si te rindes, estarás también abandonándome a mí.

Lucy rompió en sollozos.

—Te necesito... —murmuré a duras penas—; más que nunca.

Se volvió y me agarró como hacía cuando era una niña asustada y ansiosa de cariño. Sus lágrimas me humedecieron el cuello y durante un rato permanecimos abrazadas en medio de la sala, todavía abarrotada de equipo informático y de libros de texto y cubierta de carteles de sus héroes adolescentes.

—Es culpa mía, tía Kay. Todo ha sido culpa mía. ¡Yo lo he matado! —exclamó.

—No —respondí, y la abracé con fuerza. A mí también me saltaron las lágrimas.

—¿Cómo podrás perdonarme? ¡Yo te lo he quitado!

—Te equivocas, Lucy. Tú no has hecho nada.

—No seré capaz de soportarlo.

—Puedes y lo harás. Nos tendremos la una a la otra para soportarlo juntas.

—Yo también lo quería. Nos tendremos... Me hizo entrar en el Buró y me dio una oportunidad. Me apoyó en todo.

—Te sobrepondrás —le aseguré.

Lucy se apartó de mí y se dejó caer en el borde de la cama. Se enjugó el rostro con la punta de su camisa azul tiznada de hollín. Después, apoyó los codos en las rodillas y bajó la cabeza, mientras las lágrimas caían como gotas de lluvia sobre el suelo de parqué.

—Escucha bien lo que voy a decir, tía —murmuró con voz grave y tono duro respirando agitadamente—. No estoy segura de poder seguir adelante. Todo el mundo tiene un límite. Un punto desde el que ya no se puede seguir. Ojalá Carrie me hubiera matado a mí, en lugar de a él. Quizá me habría hecho un favor.

La observé con creciente firmeza mientras ella declaraba ante mis ojos su disposición a morir.

—Si abandono, tía, tienes que entenderlo y no echarte la culpa a ti ni a nada —susurró al tiempo que se secaba el rostro con la manga.

Me acerqué y le alcé la barbilla. Estaba acalorada y tenía mal aliento y olor corporal.

—Escúchame tú —repliqué con una intensidad que en otro tiempo la habría atemorizado—. Quítate ahora mismo de la cabeza esa idea absurda. Te alegras de no haber muerto y no piensas suicidarte, si es eso lo que insinuabas... y creo que lo era. ¿Sabes qué es el suicidio, Lucy? Es una cuestión de rabia, de «hacer pagar». Es el «a la mierda» definitivo. ¿Le harás eso a Benton? ¿Se lo harás a Marino? ¿Y a mí?

Sostuve su rostro en mis manos hasta que me miró.

—¿Permitirás que ese pedazo de basura infecta de Carrie te haga algo así? —le pregunté—. ¿Dónde está ese ánimo, esa ferocidad que conozco?

—No lo sé —me susurró con un suspiro.

—Claro que lo sabes —repliqué—. No te atrevas a destrozarme la vida, Lucy. Ya he sufrido bastante. No te atrevas a hacerme pasar el resto de mis días con el eco de un disparo resonando permanentemente en mi cabeza. No imaginaba que fueras tan cobarde.

—No lo soy.

Su mirada se clavó en la mía.

—Mañana le devolveremos el golpe —dije.

Lucy asintió y tragó saliva con esfuerzo.

—Ve a ducharte —le propuse.

Esperé hasta que oí correr el agua en el baño y luego me dirigí a la cocina. Teníamos que comer algo, aunque dudaba de que ninguna de las dos tuviera hambre. Descongelé unas pechugas de pollo y con ellas y las verduras frescas que encontre hice un caldo. Fui generosa con el romero, el laurel y el jerez, pero nada más fuerte que eso, ni siquiera pimienta, porque teníamos que estar tranquilas. Marino llamó dos veces mientras cenábamos, para asegurarse de que estábamos bien.

—Ven por aquí —le dije—. He preparado sopa, aunque quizá sea un poco sosa para lo que estás acostumbrado.

—Estoy bien —fue su respuesta, pero sabía que no lo decía en serio.

—Si quieres, puedes pasar la noche aquí; tengo mucho espacio. Debería habértelo propuesto antes.

—No, doctora. Tengo cosas que hacer.

—Mañana a primera hora iré al despacho —le informé.

—No sé cómo puedes —soltó Pete con cierto tono crítico, como si el hecho de pensar en el trabajo significara que yo en aquellos momentos no demostraba lo que debía.

—Tengo un plan; y lo voy a poner en práctica cueste lo que cueste.

—No me gusta nada cuando te pones a hacer planes.

Colgué y recogí los tazones vacíos donde habíamos tomado la sopa. Cuanto más pensaba en lo que me disponía a hacer, más frenética me sentía.

—¿Te costaría mucho conseguir un helicóptero? —dije a mi sobrina.

—¿Qué? —Lucy me miró, perpleja.

—Ya me has oído.

—¿Te importa si pregunto para qué? Es que no se puede pedir uno como si fuera un taxi, ¿sabes?

—Llama a Teun —le propuse—. Explícale que yo me ocupo del asunto y que necesitaré toda la colaboración posible. Dile que si todo sale como espero, deberá aguardarme con un equipo en Wilmington, Carolina del Norte. Todavía no sé cuando; quizás inmediatamente. Pero necesito actuar a mi aire. Tendrán que confiar en mí.

Lucy se puso en pie y se acercó al fregadero para llenar su vaso de agua.

—Es una locura —dijo.

—¿Puedes conseguir el helicóptero, sí o no?

—Si logro el permiso, sí. Los entrega la Patrulla de Fronteras. Normalmente, es la vía que utilizamos. Pero a lo mejor podría agenciarme uno en la capital federal.

—Bien —respondí—. Hazlo; y lo antes que puedas. Por la mañana visitaré los laboratorios para confirmar lo que creo que ya sé. Luego, quizá vayamos a Nueva York.

—¿Por qué? —Lucy se mostró interesada pero escéptica.

—Tomaremos tierra en Kirby, y me propongo llegar al fondo del asunto —le respondí.

Marino volvió a llamar cerca de las diez y lo tranquilicé una vez más; Lucy y yo estábamos tan bien como cabía esperar y nos sentíamos seguras en la casa, con su complejo sistema de alarmas, sus luces y sus armas. Pete hablaba con una voz pastosa y cansada que se imponía al ruido de fondo de un televisor, y tuve la certeza de que había bebido.

—Deberías reunirte conmigo en el laboratorio, a las ocho —le dije.

—Ya sé, ya sé.

—Es muy importante, Marino.

—No es preciso que lo digas, doctora.

—Duerme un poco —le aconsejé.

—Lo mismo digo.

Sin embargo, no pude pegar ojo. Sentada a la mesa del estudio, repasé las muertes sospechosas ocurridas en incendios y que aparecían en los archivos centrales. Estudié la de Venice Beach y luego la de Baltimore, y me esforcé por encontrar los paralelismos entre los dos casos y entre las dos víctimas, sin pasar por alto el punto en que se había originaba el fuego ni el hecho de que, si bien se sospechaba que el incendio había sido provocado, los investigadores no habían encontrado pruebas de ello. Primero, llamé al departamento de policía de Baltimore, y en la división de detectives encontré a alguien que parecía dispuesto a charlar.

—De ese caso se encargó Johnny Montgomery —dijo el detective entre dos audibles caladas a un cigarrillo.

—¿Usted sabe algo del asunto? —le pregunté.

—Será mejor que hable con él. Además seguramente habrá que comprobar de alguna manera que es usted quien dice ser.

—Para verificarlo puede llamarme al despacho por la mañana. —Le di el número—. Estaré allí no más tarde de las ocho. ¿Y un correo electrónico? ¿El detective Montgomery tiene una dirección a la que enviarle un mensaje?

—Ninguna que pueda darle.

Oí que abriría un cajón y, a continuación, me dio lo que necesitaba.

—Me parece que he oído hablar de usted —dijo el hombre con tono pensativo—, si es usted quien pienso. Sé que es una mujer, y guapa, por lo que he visto en la tele. Hum... ¿Ha estado alguna vez en Baltimore?

—He estudiado en la facultad de Medicina de su hermosa ciudad.

—Vaya, veo que es usted muy lista.

—Austin Hart, el joven que murió en el incendio, también era alumno de la Johns Hopkins —apunté en un intento de sacarle algo más.

—También era homosexual. Personalmente, opino que fue una agresión sexual.

Aproveché el momentáneo desliz del detective e insistí:

—Lo que necesito es una foto de él y todo lo que sepan de su vida, de sus costumbres y de sus pasatiempos.

—¡Desde luego, señora! —dio una chupada al cigarrillo—. Sí, uno de esos chicos guapos. He oído que hacía de modelo para pagarse los estudios: anuncios de ropa interior Calvin Klein y cosas así. Sin duda fue algún amante celoso. Si vuelve por Baltimore, doctora, debería darse una vuelta por Camden Yards. Ya sabe lo del nuevo estadio, ¿no?

—Desde luego —respondí mientras, alterada, asimilaba la información que me acababa de proporcionar.

—Si quiere, podría conseguirle entradas.

—Sería muy amable por su parte. Me pondré en contacto con el detective Montgomery. Le agradezco mucho su ayuda.

Colgué antes de que el hombre me preguntara por mi equipo de béisbol favorito. Envié inmediatamente un mensaje de correo electrónico a Montgomery en el que esbozaba lo que me hacía falta saber, aunque me parecía que ya tenía suficientes datos. Después probé en la división del Pacífico del Departamento de Policía de Los Ángeles, que se ocupaba de Venice Beach, y tuve suerte. El investigador que se había encargado del caso de Marlene Farber hacía el turno de noche y acababa de entrar. Se llamaba Stuckey y no se mostró demasiado puntilloso en cuanto a comprobar mi identidad.

—Ojalá alguien me lo resolviera —dijo de inmediato—. Seis meses y seguimos igual. Ni un indicio que nos haya llevado a ninguna parte.

—¿Qué me puede contar de Marlene Farber? —le pregunté.

—Salía de vez en cuando; en *Hospital General* y en otras series de televisión. ¿No la ha visto nunca?

—Apenas veo televisión. Sólo el cable, alguna vez.

—¿En qué otra, en qué otra...? ¡Ah, sí! En *Ellen*. No hacía grandes papeles pero quién sabe hasta dónde habría podido llegar. Era una chica preciosa. Salía con un productor, y estamos bastante seguros de que éste no tuvo nada que ver con lo sucedido. Lo único que le importa a ese tipo es la coca y tirarse a todas las estrellas jóvenes a las que consigue algún papel. ¿Sabe?, cuando me encargué del caso, repasé un puñado de cintas de escenas en las que salía la chica. No lo hacía mal. Fue una verdadera lástima.

—¿Vio algo fuera de lo normal en la escena del crimen? —le pregunté.

—Allí no había nada. No tengo ni idea de cómo pudo iniciarse un incendio así en el cuarto de baño principal de la planta baja, y la ATF tampoco ha sabido encontrar explicación. No había nada para quemar salvo el papel higiénico y las toallas. Tampoco se apreciaron señales de que se forzara la entrada, y la alarma antirrobo no se disparó.

—Detective Stuckey, ¿por casualidad el cadáver fue encontrado en la bañera?

—Sí, ése es otro punto muy raro, a menos que fuera un suicidio. Tal vez prendió el fuego y luego se cortó las venas o algo así. Mucha gente se corta las venas en la bañera.

—¿Algún indicio o prueba que se pueda aportar?

—Señora, no quedó apenas nada de la chica. Parecía que hubiera pasado por un crematorio. Quedaba suficiente de la zona del torso para identificarla mediante radiografías pero, salvo esto, no había más que unos cuantos dientes y partes de huesos, y algunos cabellos.

—¿Por casualidad había trabajado de modelo en alguna ocasión? —pregunté entonces.

—Sí, en anuncios de televisión y en revistas. Se ganaba bastante bien la vida. Tenía un Viper negro y vivía en una casa preciosa junto al mar.

—¿Me haría el favor de enviarme las fotografías y los informes por correo electrónico?

—Déme su dirección, haré lo que esté en mi mano.

—Los necesito pronto, detective Stuckey —añadí.

Colgué, y la cabeza me dio vueltas. Todas las víctimas eran muy atractivas y estaban relacionadas con la publicidad o con la televisión. Era un factor que no podía pasarse por alto, y llegué al convencimiento de que el asesino había elegido a Marlene Farber, Austin Hart, Claire Rawley y Kellie Shephard por una razón importante. Aquello era lo único que quedaba claro, y el perfil de las víctimas encajaba con la existencia de un asesino en serie, como Bundy, que seleccionaba a mujeres con el cabello largo y liso que se parecían a la novia que lo había dejado. Lo que no encajaba era Carrie Grethen. En primer lugar, cuando se produjeron las tres primeras muertes, Carrie estaba encerrada en Kirby y su modus operandi había sido siempre muy distinto.

Estaba perpleja. Carrie no estaba metida en aquello, pero sí lo estaba. Dormité un rato en mi asiento y, a las seis, desperté sobresaltada. Me dolía el cuello y tenía la espalda tensa y dolorida. Me levanté despacio, me desperecé y supe lo que tenía que hacer, aunque no estuve segura de si sería capaz de llevarlo a cabo. La mera idea me llenó de terror y el corazón me latió con violencia. Noté que el pulso me golpeaba como un puño contra una puerta y contemplé las bolsas de papel marrón que, cerradas con cinta adhesiva y rotulados, Marino había colocado delante de una estantería llena de revistas de leyes. Las recogí y seguí el pasillo hasta la habitación de Benton.

Aunque normalmente habíamos compartido mi cama, el ala opuesta de la casa había sido suya. Allí trabajaba y guardaba sus pertenencias cotidianas pues, conforme nos habíamos hecho mayores, habíamos aprendido que el espacio era nuestro amigo más fiable. Las retiradas quitaban hierro a las peleas, y las ausencias durante el día hacían más íntimas las noches. Su puerta seguía abierta de par en par, como él la había dejado. Las luces estaban apagadas, y las cortinas, corridas. Las sombras se hicieron más oscuras cuando, paralizada por un instante, me detuve a contemplar la estancia. Encender la luz del techo requirió de todo el valor que había demostrado tener en cualquier momento de la vida.

La cama, con sus sábanas y su colcha de color azul intenso, estaba perfectamente hecha, pues Benton siempre había sido meticuloso, por mucha prisa que tuviese. Nunca había esperado a que yo cambiara la ropa o me ocupara de su colada, y ello se debía, en parte, a un sentido muy acusado de la independencia y de la autosuficiencia, que nunca había relajado ni siquiera conmigo. Tenía que hacerlo todo a su modo. En este aspecto éramos muy parecidos, y me asombraba que hubiéramos llegado a estar juntos. Recogí su cepillo del pelo en el cuarto de baño porque, si no había más fuentes de identificación, sabía que podía resultar útil para una comparación de ADN, me acerqué a la mesilla de noche, de madera de cerezo, para echar un vistazo a los libros y a los gruesos expedientes que tenía apilados allí.

Benton estaba leyendo una novela y había utilizado como punto la solapa arrancada de un sobre; aún no había llegado a la mitad. Por supuesto, allí estaban las páginas de la última revisión del manual de clasificación de delitos que estaba a punto de publicar y ante la visión de su escritura apresurada me desmoroné. Pasé con ternura las páginas del manuscrito y, mientras las lágrimas me asaltaban de nuevo, tracé con los dedos las palabras apenas legibles que Benton había escrito. Después, coloqué las bolsas en la cama y las abrí.

La policía había inspeccionado por encima el armario y los cajones, y nada de cuanto habían guardado en las bolsas estaba bien doblado, sino arrugado y en desorden. Fui sacando y alisando las camisas blancas de algodón una por una, las atrevidas corbatas y los dos juegos de tirantes. Benton había metido en la maleta dos trajes ligeros, y los dos estaban arrugados como papel de manualidades. Había zapatos de vestir, zapatillas y calcetines de deporte y pantalones de montar, pero lo que me llamó la atención fue su equipo de afeitado.

Unas manos habían rebuscado metódicamente en su interior, y el tapón de rosca de un frasco de Givenchy III había quedado mal cerrado y se había vertido. Al percibir el familiar aroma seco, masculino, me embargó la emoción. Sentí otra vez sus suaves mejillas recién afeitadas y, de pronto, lo vi tras su mesa de despacho en su antigua oficina de la academia del FBI. Recordé sus pronunciadas facciones, su ropa limpia y su aroma, en aquella época en que yo estaba enamorándome ya sin saberlo. Doblé y amontoné sus ropas y me decidí a mirar en otra bolsa, que rasgué con dedos torpes. Coloqué el maletín negro de piel sobre la cama y lo abrí.

Observé enseguida que faltaba en su interior la pistola Colt Mustang del 38 que a veces llevaba sujeta al tobillo, y me pareció significativo que hubiera llevado el arma consigo la noche de su muerte. Siempre llevaba la nueve milímetros en la sobaquera, pero la Colt era su recurso cuando consideraba que una situación podía ser peligrosa. Aquel acto singular me indicaba que Benton había estado realizando una misión en algún momento después de dejar la escena del incendio de Lehigh. Sospeché que había acudido a ver a alguien y no entendí por qué no había puesto al corriente a nadie. A menos que se hubiera vuelto descuidado, algo que yo ponía en duda.

Tomé su agenda de piel marrón y la repasé en busca de sus citas más recientes. Había apuntado una visita al peluquero, otra al dentista y varios viajes programados, pero no había anotaciones para el día de su muerte, excepto el aniversario de su hija, Michelle, a mediados de la semana siguiente. Imaginé que ella y sus hermanas estaban con su madre, Connie, la ex esposa de Benton. Detesté la idea de que, finalmente, tendría que compartir su pena, al margen de cuáles fueran los sentimientos de la familia hacia mí.

Había garabateado comentarios y preguntas sobre el perfil psicológico de Carrie, el monstruo que poco después le había causado la muerte. Aquello constituía una ironía inconcebible, pensé mientras imaginaba sus esfuerzos por analizar la conducta de Carrie con la esperanza de prever sus movimientos. Supuse que ni se le había pasado por la cabeza la idea de que, mientras él se concentraba en ella, era muy probable que ella también estuviera pensando en él. Carrie había planificado lo del condado de Lehigh y la cinta de vídeo, y probablemente se había hecho pasar por miembro de un equipo de producción.

Mis ojos toparon con frases como «relación/fijación agresor-víctima», o «fusión de identidad/erotomanía» y «percepción de la víctima como persona de posición superior». En el revés de la hoja había anotado: «Comparaciones: ¿cómo encaja el victimario de Carrie? Kirby. ¿Qué acceso tiene a Claire Rawley? Al parecer, ninguno. Inconsistente. ¿Apuntan a un autor distinto? ¿Un cómplice? Gault. Bonnie & Clyde. Su modus operandi original. Aquí puede haber algo parecido. Carrie no está sola. ¿Varón blanco, de 28 a 45? ¿El helicóptero blanco?»

Tuve un escalofrío al darme cuenta de cuáles habían sido las reflexiones de Benton mientras, estando en el depósito, tomaba notas y observaba lo que hacíamos Gerde y yo. Benton le había dado vueltas, entonces, a lo que de pronto parecía obvio. Carrie no estaba sola en aquel asunto. Se habría aliado con alguien tan perverso como ella, quizá mientras estaba encerrada en Kirby. De hecho, tuve la certeza de que aquella alianza se remontaba a antes de la fuga. Tal vez había conocido a otro paciente psicópata que después había sido puesto en libertad. Quizá se había mantenido en contacto con él con la misma libertad y la misma audacia que empleaba con los medios de comunicación y conmigo.

También era significativo que el maletín de Benton hubiese aparecido en la habitación del hotel, pues yo sabía que un rato antes lo llevaba consigo en el depósito. Estaba claro que había regresado a la habitación en algún momento después de dejar el escenario del incendio de Lehigh. Dónde había ido, y por qué, seguía siendo un enigma. Leí más notas acerca del asesinato de Kellie Shephard. Benton había subrayado «violencia excesiva», «enloquecida» y «desorganizada». También había marcado «pérdida de control» y «la respuesta de la víctima no se ajusta a lo previsto. Pérdida de sentido del ritual». *«No estaba previsto que las cosas salieran de aquella manera. "Rabia." Volverá a matar pronto.»*

Cerré el maletín y, apesadumbrada, lo dejé sobre la cama. Salí del dormitorio, apagué la luz y cerré la puerta, consciente de que la siguiente vez que entrase sería para vaciar los cajones y el armario de Benton y tomar, como fuese, la decisión de seguir viviendo soportando su ausencia. Me acerqué con cuidado a ver qué hacía Lucy y vi que dormía con la pistola en la mesilla de noche. Mis pasos inquietos me llevaron al vestíbulo, donde desconecté la alarma el tiempo imprescindible para recoger el periódico del porche. Después entré en la cocina a preparar café. A las siete y media estaba a punto para ir al despacho y Lucy no se había movido. Entré otra vez en la habitación, donde el sol filtraba un ligero resplandor por las rendijas de la persiana y acariciaba su rostro con una luz suave.

—¿Lucy? —Le toqué el hombro con la misma suavidad.

Mi sobrina se incorporó de un brinco y quedó sentada en la cama, alerta.

—Me voy —le dije.

—Yo también tengo que levantarme.

Retiró las sábanas.

—¿Quieres tomar una taza de café conmigo? —le pregunté.

—Claro.

Puso los pies en el suelo.

—Deberías comer algo —señalé.

Lucy había dormido con unos pantalones cortos de deporte y una camiseta y me siguió con pasos tan silenciosos como un felino.

—¿Qué te parece un poco de cereales? —sugerí mientras sacaba un tazón de café de una estantería.

No contestó nada, se limitó a mirarme cuando abrí la lata de galletas de cereales caseras que Benton tomaba casi todas las mañanas con plátano o frutos del bosque frescos. El mero aroma tostado de las galletas bastó para echarme atrás; se me hizo un nudo en la garganta y sentí una presión insoportable en la boca del estómago. Me quedé inmóvil, impotente durante un largo instante, incapaz de levantar la cuchara, de acercar un cuenco o de hacer el menor movimiento.

—No, tía Kay —dijo Lucy, que sabía perfectamente qué me sucedía—. No tengo hambre, gracias.

A pesar de que agarraba con fuerza la tapa del frasco de café, las manos me temblaban.

—No sé cómo vas a quedarte aquí —me dijo.

Se sirvió una taza.

—Aquí es donde vivo, Lucy.

Abrí el frigorífico y le pasé la botella de leche.

—¿Dónde está su coche? —me preguntó mientras echaba un poco de leche en el café.

—En el aeropuerto de Hilton Head, supongo. Voló directamente a Nueva York desde allí.

—¿Y qué piensas hacer con él?

—No lo sé. —Me sentía cada vez más trastornada—. Ahora mismo no puedo pensar en el coche. Tengo todas sus cosas en la casa —le expliqué con un profundo suspiro—. No puedo tomar todas las decisiones a la vez —agregué.

—Deberías deshacerte de todo ahora mismo.

Lucy se apoyó en el aparador, tomó un sorbo de café y me observó con expresión abatida.

—Lo digo en serio —continuó en un tono que no trasmitía la menor emoción.

—No tocaré nada hasta que su cuerpo sea devuelto a casa.

—Puedo ayudarte, si quieres.

Tomó otro trago. Yo empezaba a enojarme con ella.

—Llevaré todo esto a mi manera, Lucy —repliqué con un dolor que parecía irradiar de todas y cada una de las células de mi ser—. Por una vez no voy a dar un portazo a un asunto y salir huyendo. Lo he hecho la mayor parte de mi vida, desde que murió mi padre. Luego, Tony se marchó y a Mark lo mataron, y cada vez me volví más experta en desmontar una relación como quien desmonta una casa vieja; en salir de ella como si nunca hubiera vivido allí. ¿Y sabes una cosa? No sirve de nada.

Mi sobrina tenía la mirada fija en sus pies descalzos.

—¿Has hablado con Janet? —pregunté.

—Está al corriente. Ahora se siente fatal porque no quiero verla. No tengo ganas de ver a nadie.

—Cuanto más corre una, menos se mueve de un lugar —dije—. Aunque no me hagas caso en nada más, Lucy, aprende esto por lo menos. No esperes a que haya pasado media vida.

—He aprendido muchas cosas de ti —dijo mi sobrina cuando las ventanas captaron la mañana e iluminaron la cocina—; más de las que piensas.

Durante un buen rato miró el hueco de la puerta abierta que conducía al gran salón.

—No dejo de pensar en que él va a entrar en cualquier momento —murmuró.

—Lo sé —asentí—. A mí me pasa lo mismo.

—Telefonearé a Teun. Cuando sepa algo, te llamaré al busca —dijo.

El sol brillaba con intensidad y algunas personas que se dirigían al trabajo entornaban los ojos para protegerse del resplandor de un día que se anunciaba despejado y caluroso. El flujo de tráfico de la Novena me condujo más allá de Capitol Square, con sus edificios jeffersonianos de un blanco impoluto y sus monumentos a Stonewall Jackson y a George Washington, protegidos por una alta verja de hierro forjado. Pensé en Kenneth Sparkes y en sus influencias políticas. Recordé el miedo y la fascinación que me había inspirado cuando llamaba con peticiones y quejas. Ahora sentía una gran pena por él.

Todo lo sucedido últimamente no había limpiado de sospechas su nombre por la mera razón de que incluso quienes sabíamos que tal vez nos enfrentábamos a unos asesinos en serie no teníamos libertad para difundir tales informaciones a los medios. Yo estaba segura de que Sparkes no sabía nada. Deseé desesperadamente hablar con él para tranquilizarlo en lo posible, como si de este modo tal vez, pudiera calmarme también yo. La pena me estrujaba el pecho con frías manos de hierro, y cuando tomé la bocacalle de Jackson para entrar en el aparcamiento bajo el edificio, la visión de un coche fúnebre que descargaba un cadáver en una bolsa negra me sobresaltó como no me había sucedido nunca.

Intenté no imaginar los restos de Benton envueltos de la misma manera, ni la oscuridad de su frío nicho de acero cuando se cerrara la puerta de la cámara frigorífica. Era estremecedor conocer todo aquello. Para mí, la muerte no era nada abstracto. Tenía imágenes concretas de cada paso del procedimiento, de cada ruido y de cada olor en un lugar donde no había ningún contacto cálido ni emocional, sino sólo un distanciamiento clínico y un crimen por resolver.

Estaba apeándome del coche cuando apareció Marino.

—¿Te importa si dejo el coche aquí? —me preguntó, aunque sabía que el aparcamiento subterráneo no era para policías. Marino siempre se saltaba las reglas.

—Adelante —respondí—. Una de las furgonetas está en el taller. Al menos, creo que estaba allí. Además tú no te quedarás mucho rato.

—¿Cómo coño lo sabes?

Cerró la portezuela y sacudió la ceniza del cigarrillo. Marino me hablaba con la brusquedad de siempre, y advertirlo me tranquilizó lo indecible.

—¿Vas a pasar primero por tu despacho? —me preguntó mientras seguíamos una rampa hacia unas puertas que conducían al interior del depósito.

—No. Voy arriba directamente.

—Entonces, voy a decirte qué debes de tener ya sobre la mesa. Hemos recibido una identificación positiva de Claire Rawley; de los cabellos del cepillo.

La noticia no me sorprendió, pero la confirmación me llenó de tristeza otra vez.

—Gracias —respondí—. Por lo menos, ahora lo sabemos.

19

Los laboratorios de análisis de pruebas estaban en la tercera planta y lo primero que hice fue acercarme al microscopio electrónico de barrido, que exponía las muestras, como las raspaduras de metal del caso Shephard, a un haz de electrones. La composición elemental de la muestra emitía electrones y las imágenes se reproducían en una pantalla de vídeo.

En pocas palabras, el microscopio reconocía casi la totalidad de los ciento tres elementos, se tratara de carbono, cobre o cinc y, debido a la profundidad de foco del aparato, a su alta resolución y a su potencia de aumento, era posible observar con detalle sorprendente, casi mágico, indicios como los residuos de pólvora o la pelusa de una hoja de marihuana.

El microscopio Zeiss estaba instalado en una sala sin ventanas llena de estanterías y cajones de tonos claros, repisas y fregaderos. Como el instrumento, sumamente caro, era muy sensible a las vibraciones mecánicas, a los campos magnéticos y a las perturbaciones eléctricas y térmicas, el ambiente estaba controlado con precisión.

El sistema de ventilación y de aire acondicionado era independiente del resto del edificio, y la luz inocua a efectos fotográficos era suministrada por lámparas de filamento que no causaban interferencias eléctricas y estaban dirigidas hacia el techo, para iluminar la sala con una luz tenue e indirecta. Suelos y paredes eran de cemento reforzado con vigas de acero, impenetrables a la actividad humana y al tráfico de la autovía.

Mary Chan, una experta en microscopio electrónico, menuda y de piel clara, se encontraba en aquel momento al teléfono, rodeada de su complejo aparato. Con sus paneles de instrumentos, unidades de energía, cañón de electrones y columna óptica, analizador de rayos X y cámara de vacío unida a un cilindro de nitrógeno, el microscopio parecía más bien el tablero de control de un transbordador espacial. Chan llevaba la bata de laboratorio abotonada hasta el cuello y con un gesto amistoso me indicó que me atendería en un instante.

—Tómale la temperatura otra vez y prueba con la tapioca. Si también vomita, vuelves a llamarme, ¿de acuerdo? —le decía a alguien—. Ahora tengo que irme.

»Mi hija —me explicó en tono de disculpa—. El estómago revuelto, seguramente porque anoche se pasó con el helado. Se llevó el dinero del bote de las monedas sin que me diera cuenta.

Exhibía una sonrisa animosa pero fatigada, y sospeché que había estado casi toda la noche levantada.

—Vaya, me encanta todo esto —soltó Marino mientras le entregaba nuestro paquete con la prueba para analizar.

—Otra limadura —le expliqué—. No me gusta meterle prisas en esto, Mary, pero si pudiera echarle un vistazo ahora... Es urgente.

—¿De otro caso, o del mismo?

—Es del incendio de Lehigh County, Pensilvania —respondí.

—¿En serio? —exclamó con sorpresa mientras cortaba el papel marrón con un bisturí—. Señor, ha sido horrible, ¿no? Al menos, por lo que he oído en las noticias. Y, luego, lo del tipo del FBI. Qué cosa más rara. Rara, rara...

No había ningún motivo para que Mary Chan conociera mi relación con Benton.

—Entre estos casos y el de Warrenton, una tiene que preguntarse si no habrá algún pirómano chiflado por ahí —continuó.

—Es lo que intentamos descubrir —me limité a responder.

Chan sacó la cubierta del botón para pequeñas muestras metálicas y, con unas pinzas, extrajo una capa de algodón y dejó a la vista las dos pequeñas raspaduras brillantes. Hizo retroceder su silla con ruedas hasta una repisa situada detrás de ella y procedió a colocar un cuadrado de cinta negra de carbono, adhesiva por ambas caras, sobre un pequeño fragmento de aluminio. Encima colocó la raspadura que parecía tener más superficie. Medía más o menos la mitad del tamaño de una pestaña normal. Mary Chan conectó un estereomicroscopio, colocó la muestra en el visor y ajustó la luz para echar un vistazo a pocos aumentos antes de examinarla con el electrónico.

—Veo dos superficies distintas —dijo al tiempo que ajustaba el enfoque—. Una, muy brillante, y la otra, que parece gris mate.

—Eso es distinto de la muestra tomada en Warrenton —dije—. Allí, las dos superficies eran brillantes, ¿no?

—Exacto. Supongo que aquí una de las superficies quedó expuesta a la oxidación atmosférica, aunque no sé por qué.

—¿Me permite?

Se apartó y eché un vistazo por el visor. A cuatro aumentos, el metal se convertía en una cinta de papel de aluminio arrugado, y apenas se distinguían las finas estrías dejadas por lo que se había utilizado para afilar el metal. Mary tomó varias fotografías con la Polaroid y se trasladó de nuevo a su silla hasta la consola del microscopio. Pulsó un botón para ventilar la cámara o liberar el vacío.

—Tardará unos minutos —nos anunció—. Si quieren ir a tomar un café y volver.

—Iré por café —dijo Marino, que nunca había sido aficionado a la tecnología avanzada y, casi con toda seguridad, quería encender un cigarrillo.

Chan abrió una válvula para llenar la cámara de nitrógeno y así mantenerla libre de contaminación, como, por ejemplo, humedad. Después, pulsó el botón de la consola y colocó nuestra muestra sobre una mesa de óptica electrónica.

—Ahora tenemos que mantenerlo a una presión de diez a la menos seis milímetros de mercurio, pero a mí me gusta bombear un poco más para asegurarme —explicó Chan, y alargó la mano para alcanzar el café—. Creo que las últimas noticias son muy desconcertantes —añadió a continuación—; están llenas de ambigüedades.

—¿A qué se refiere? —comenté con sequedad.

—Sé lo que me digo. Cada vez que leo la transcripción de algún testimonio mío en los tribunales me pregunto si no sería otra la que ocupaba mi lugar. Lo que quiero decir es que, primero, arrastran a Sparkes al asunto y, para ser sincera, ya estaba casi convencida de que tal vez sí había quemado la casa y a una chica dentro. Por dinero, probablemente, y para librarse de ella porque tal vez sabía algo. Luego, de pronto se producen esos otros dos casos en Pensilvania y mueren dos personas más... ¿Y hay indicios de que todo ello puede estar relacionado? ¿Y dónde está Sparkes, mientras sucede todo esto?

Alargó la mano para beber más café.

—Disculpe, doctora Scarpetta. Ni siquiera le he preguntado... ¿Le traigo uno?

—No, gracias.

Advertí que la luz verde se desplazaba en el medidor al tiempo que el nivel de mercurio subía lentamente.

—También me parece extraño que esa mujer, la psicópata, escape del manicomio de Nueva York. Esa... ¿cómo se llama? ¿Carrie no sé cuántos? Y el tipo del FBI que elaboraba perfiles psicológicos, y que estaba a cargo de esta investigación, aparece muerto de repente. Creo que ya estamos a punto para la medición.

Conectó el haz de electrones y la pantalla de vídeo. La ampliación estaba establecida a quinientos aumentos y la redujo. Pronto empezamos a tener una imagen de la corriente del filamento en la pantalla. Al principio parecía una onda, que luego empezó a aplanarse. Mary pulsó más teclas, redujo de nuevo los aumentos hasta dejarlo en veinte y comenzamos a tener una imagen de las señales procedentes de la muestra.

—Cambiaré el tamaño del haz de luz para tener un poco más de energía.

Concentrada en la labor, ajustó botones y diales.

—Parecen las raspaduras metálicas que ya conocemos, casi como una cinta enroscada —anunció.

La topografía del objeto era simplemente una versión ampliada de lo que habíamos visto en el microscopio óptico momentos antes, y la imagen, no demasiado brillante, apuntaba a que estaba compuesto por un elemento con un número atómico inferior. Mary Chan ajustó la velocidad de barrido de la imagen directa y quitó parte del ruido, que parecía una tormenta de nieve en la pantalla.

—Aquí se aprecia claramente la zona brillante en comparación con la mate —indicó.

—¿Y eso se debe a la oxidación, dice? —inquirí, y acerqué una silla.

—Bien, tenemos dos superficies del mismo material. Yo aventuraría que la cara brillante fue afilada hace poco, y la otra, no.

—Suena lógico.

El metal enroscado parecía metralla suspendida en el espacio.

—El año pasado tuvimos un caso... —continuó diciendo Mary Chan al tiempo que pulsaba la tecla de «guardar imagen» para sacar fotos para mí—. Un tipo muerto a golpes con un tubo de un taller de reparaciones mecánicas. Y el tejido del cráneo tenía una viruta metálica de un torno, que se traspasó directamente a la herida. Bien, cambiemos la iluminación de fondo de la imagen y veamos qué clase de radiografía obtenemos.

La pantalla de vídeo se puso gris y empezó una cuenta atrás de un marcador digital. Mary pulsó otros botones del panel de control y de pronto apareció en la pantalla un brillante espectro anaranjado contra un fondo de un azul intenso. Movió el cursor y amplió algo que parecía una estalagmita psicodélica.

—Veamos si hay otros metales. —Hizo nuevos ajustes y, finalmente, dijo—: No. Está muy limpio. Creo que estamos ante el mismo sospechoso. Podemos probar con el magnesio y ver si se produce un solapamiento de líneas.

Superpuso el espectro del magnesio sobre el de nuestra muestra y eran idénticos. Abrió una tabla de elementos en la pantalla de vídeo y el cuadrado del magnesio se iluminó con una luz roja. Habíamos logrado identificar el elemento y, aunque ya esperaba la respuesta que acabábamos de obtener, la comprobación me dejó perpleja.

—¿Se le ocurre alguna explicación de por qué habían de pasar a una herida esas virutas de magnesio puro? —pregunté a Chan mientras Marino reaparecía.

—Bien, ya le he contado la historia del tubo —fue su respuesta.

—¿Qué tubo? —preguntó Marino.

—Lo único que se me ocurre es un taller mecánico —continuó Chan—, aunque yo diría que trabajar con magnesio sería inusual. Vamos que no imagino para qué.

—Gracias, Mary. Tenemos que ir a otro departamento, pero necesitaré que me deje las raspaduras del caso Warrenton para llevárselas a los de armas de fuego.

Echó una ojeada al reloj, y el teléfono sonó otra vez y no pude por menos que imaginar la cantidad de trabajo que le aguardaba.

—Enseguida —me respondió, generosa.

El laboratorio de armas de fuego y el de marcas de herramientas estaban en la misma planta y, en realidad, eran la misma sección, ya que los surcos y montes y las impresiones de la aguja percutora en cartuchos y balas eran, en realidad, las marcas de herramientas dejadas por las armas. Comparado con el antiguo, el espacio en el nuevo edificio era un estadio, y ello hablaba tristemente del continuo deterioro de la sociedad.

Al parecer, no era inusual que los chicos ocultaran armas de fuego en las taquillas de las escuelas, o que las exhibieran en los aseos y las llevaran en el autobús escolar, y no era raro que los agresores violentos tuvieran apenas once o doce años. Las armas de fuego eran todavía la primera elección para suicidarse, para matar al cónyuge o incluso para acabar con el vecino que tiene un perro que no para de ladrar. Más peligrosos resultaban los locos y descontentos que entraban en lugares públicos y abrían fuego a discreción, lo cual explicaba por qué mi oficina y el vestíbulo estaban protegidos con cristales blindados.

El área de trabajo de Rich Sinclair estaba alfombrada y bien iluminada y tenía vistas sobre el coliseo, que siempre me recordaba un hongo metálico a punto de despegar. Sinclair estaba concentrado en utilizar distintos pesos para comprobar la fuerza de tracción de una pistola Taurus, y Marino y yo entramos en la sala al tiempo que sonaba el chasquido del martillo al chocar con el percutor.

No me sentía muy conversadora e hice cuanto pude por no parecer desagradable cuando, sin rodeos, le dije a Sinclair lo que necesitaba y que me corría prisa.

—Ésta es la viruta metálica de Warrenton —le dije, y abrí la cajita con la prueba—; y esta otra es la que hemos recuperado del cadáver del incendio de Lehigh.

Se la enseñé y añadí una explicación:

—Las dos muestran estrías claramente visibles en el microscopio electrónico de barrido.

El propósito era observar si las estrías o marcas se correspondían, lo cual indicaría que se había utilizado el mismo instrumento para producir las dos muestras recuperadas hasta el momento. Las raspaduras de metal eran muy frágiles y delgadas, y Sinclair utilizó una fina espátula de plástico para recogerlas, si bien éstas no se mostraron muy colaboradoras y tendían a saltar como si quisieran escapar cuando las intentaba recuperar de su mar de algodón. Rich utilizó unos cuadrados de cartón negro para centrar las raspaduras procedentes de Warrenton, en uno, y las de Lehigh, en el otro. Después, colocó ambos en sendos portaobjetos del microscopio de comparación.

—Sí —dijo Sinclair sin interrumpir su trabajo—. El material es bastante bueno.

Manipuló las virutas con la espátula y las aplastó al tiempo que aumentaba la ampliación a cuarenta.

—Tal vez proceden del filo de un arma blanca —señaló—. Probablemente, las estrías se originaron en el proceso de acabado y han terminado siendo un defecto, ya que ningún proceso de acabado deja una superficie perfectamente lisa. Me refiero a que el fabricante estará contento, pero, claro no está aquí, viendo esto. Creo que ahí hay una zona aún mejor.

Se apartó para que echáramos una mirada. Marino fue el primero en inclinarse sobre el visor.

—Parecen marcas de esquís en la nieve —comentó—. Eso es de la hoja, ¿no? ¿O de qué?

—Sí, son imperfecciones, o señales, dejadas por lo que raspó este metal. ¿Ve cómo coinciden, cuando una marca se alinea con la otra?

Marino no lo veía.

—Venga, doctora, mire usted.

Sinclair se apartó. Lo que observé por el microscopio era suficiente para llevarlo como prueba ante un tribunal; las estrías de la raspadura metálica de Warrenton en uno de los campos iluminados coincidía con las de la viruta del otro incendio. Estaba claro que en ambos casos de homicidio se había empleado la misma herramienta para raspar algo compuesto de magnesio. La cuestión era de qué herramienta podía tratarse y, como las virutas eran finísimas, había que imaginar una hoja afilada de alguna clase. Sinclair tomó varias fotos con la Polaroid para mí y las guardé en sobres de glicina.

—Bien, y ahora, ¿qué? —preguntó Marino, y me siguió por el laboratorio de armas de fuego, abriéndose paso entre científicos ocupados en procesar ropas ensangrentadas bajo máscaras de protección contra riesgos biológicos, y otros que examinaban un destornillador Phillips en una gran repisa en forma de U.

—Ahora me voy de compras —dije.

Seguí hablando sin aminorar el paso, pero en realidad me sentía cada vez más alterada porque sabía que me acercaba a reconstruir lo que había hecho Carrie, su cómplice o quienquiera que fuese.

—¿Qué quieres decir?

A través de la pared me llegaban los estampidos amortiguados de las pruebas de fuego en la galería de tiro.

—¿Por qué no buscas a Lucy? —le respondí—. Más tarde me pondré en contacto con los dos.

—No me gusta nada eso de «más tarde» —objetó Marino al tiempo que se abrían las puertas del ascensor—. Significa que vas a rondar por ahí a tu aire y que meterás las narices en asuntos que tal vez no deberías. Y no es el momento de andar por ahí, por la calle, sin protección. No tenemos ni idea de dónde está Carrie.

—Es verdad, no lo sabemos —admití—. Sin embargo, espero que esta circunstancia cambie.

Salimos en la planta baja y me dirigí resueltamente hacia la puerta que conducía al aparcamiento cubierto. Abrí la puerta del coche y me subí. Marino parecía tan frustrado que lo creí capaz de agarrar una rabieta.

—¿Quieres decirme adónde coño vas? —exigió saber a voz en grito.

—A una tienda de deportes —respondí al tiempo que ponía en marcha el motor—. La más grande que encuentre.

Dicha tienda resultó ser Jumbo Sports, al sur del James y muy cerca del barrio donde vivía Marino, la única razón de que conociera el local, ya que rara vez se me ocurría la idea de darme una vuelta entre tableros de baloncesto, platos voladores, pesas y palos de golf.

Tomé la autopista Powhite y, al cabo de dos peajes salí a la autovía Midlothiana en dirección al centro. La tienda de deportes era un edificio grande, de ladrillo rojo, con figuras adhesivas de atletas pintados en rojo y enmarcados en blanco en las paredes exteriores. El aparcamiento estaba sorprendentemente lleno para ser la hora que era, y me pregunté cuánta gente bien tonificada pasaba allí la hora del almuerzo.

No tenía ni idea de dónde estaban los artículos y tuve que dedicar un rato a estudiar los rótulos colocados sobre kilómetros de hileras. Había a la venta guantes de boxeo y máquinas de musculación capaces de torturas inimaginables. Las filas de colgadores con prendas para cada deporte no acababan nunca, y la ropa era de colores deslumbrantes. Me pregunté qué había sucedido con el blanco tradicional, que era aún lo que yo llevaba en las muy contadas ocasiones en que encontraba tiempo para jugar a tenis. Decidí que los cuchillos estarían entre el material para caza y excursionismo, una amplia zona que había junto a la pared del fondo. En ella se podían encontrar arcos y flechas, dianas, tiendas, canoas, equipos de acampada y camuflaje y, en ese momento, era la única mujer que parecía interesada en aquel tipo de artículos. Al principio, nadie estaba dispuesto a atenderme y aguardé con paciencia ante un expositor de cuchillos.

Un hombre muy bronceado buscaba un rifle BB para el décimo aniversario de su hijo, y otro hombre ya mayor que lucía un traje blanco preguntaba por equipos contra mordeduras de serpiente y repelentes contra mosquitos. Cuando ya no aguanté más, lo interrumpí.

—Disculpe —dije. En un primer momento el empleado, de edad universitaria, fingió que no me oía.

—El asunto es que debería usted consultar con un médico antes de utilizar un equipo para mordeduras —le explicaba al hombre mayor de blanco.

—¿Y cómo coño se supone que voy a hacerlo si estoy en medio de la selva y una serpiente venenosa acaba de picarme?

—Me refiero a que consulte con él antes de irse a la selva, señor.

Cuando escuché los argumentos en contra, no pude soportarlo más.

—Los equipos para mordeduras de serpiente no sólo son inútiles, sino perjudiciales —intervine—. Los torniquetes y las incisiones locales para chupar el veneno y todas esas cosas no hacen sino empeorar la situación —le dije al hombre de blanco—. Si sufre una mordedura, lo que tiene que hacer es inmovilizar esa parte de su cuerpo, evitar las maniobras agresivas de primeros auxilios y acudir al hospital.

Los dos hombres me miraron con expresión de sobresalto.

—Entonces, ¿no es necesario que me lleve nada? —me preguntó el hombre de blanco—. ¿Me está diciendo que no vale la pena comprar nada?

—Nada salvo un buen par de botas y un bastón para tantear el terreno —respondí—. Evite la hierba alta y no meta las manos en huecos o madrigueras. Como el veneno es transportado por el cuerpo mediante el sistema linfático, está bien llevar unas vendas compresivas; y tal vez una tablilla para mantener absolutamente inmovilizada la extremidad.

—¿Es usted médico o algo así? —preguntó el empleado.

—He tratado mordeduras de serpiente en más de una ocasión.

No añadí que, en todas esas ocasiones, las víctimas no habían sobrevivido.

—Quería saber si tienen afiladores de cuchillos —dije al empleado.

—¿De cocina o para acampada?

—Empecemos por estos últimos —respondí.

El empleado señaló una pared donde colgadas de estaquillas, había una gran diversidad de piedras y otras clases de afiladores. Unos eran metálicos, y otros, de cerámica. Todas las marcas eran lo bastante registradas para no revelar la composición en los envoltorios. Seguí mirando y me detuve en un pequeño paquete del estante inferior. Bajo un plástico claro había un sencillo bloque rectangular de metal gris plata. Recibía el nombre de «iniciador de fuego» y estaba compuesto de magnesio. Cuando leí las instrucciones fui presa de la excitación. Para iniciar un fuego, sólo había que rascar con un cuchillo la superficie de magnesio y formar una pequeña pila de virutas del tamaño de una moneda. No eran necesarias las cerillas, pues el iniciador de fuego incluía un fulminante para la ignición.

Desanduve mis pasos por la tienda a toda velocidad, con una decena de iniciadores de magnesio en la mano y, con las prisas, me perdí en un par de secciones. Me abrí paso entre bolos, zapatillas y guantes de béisbol y terminé en los artículos de natación, donde me cautivó al instante una exposición de gorros de natación de colores fluorescentes. Había uno rosa intenso. Pensé en el residuo encontrado en los cabellos de Claire Rawley. Desde el primer momento, había estado segura de que la difunta llevaba algo en la cabeza en el momento de ser asesinada o, al menos, cuando el fuego la había alcanzado.

Durante un instante había pensado que podía tratarse de un gorro de ducha, pero enseguida lo había descartado porque el material plástico, muy fino, no habría resistido el calor ni cinco segundos. Lo que no se me había ocurrido nunca era pensar en un gorro de natación y, al inspeccionar rápidamente varios estantes llenos de ellos, descubrí que todos estaban hechos de licra, de látex o de silicona.

El rosa era de silicona, un material capaz de resistir temperaturas mucho más altas que los otros. Compré varios de ellos, volví a mi despacho y tuve suerte de que no me pusieran una multa por conducción temeraria. Varias imágenes me atenazaban la mente, demasiado dolorosas y horribles para recrearme a ellas. En aquel momento deseaba que mi teoría estuviese equivocada, y volvía a los laboratorios con prisa porque tenía que averiguarlo.

—¡Oh, Benton! —musité, como si lo llevara al lado—. Por favor, no permitas que sea eso...

20

Cuando aparqué otra vez en el recinto cubierto y me apeé del coche era la una y media. Me dirigí rápidamente al ascensor y marqué el botón de la tercera planta. Buscaba a Jerri Garmon, que había realizado el primer examen del residuo rosa y me había informado de que era silicona.

Tras asomar la cabeza por varias puertas, la localicé en una sala que albergaba el instrumental más moderno que se utilizaba en el análisis de sustancias orgánicas, desde heroína a aglutinantes de pintura. Jerri Garmon estaba empleando una jeringa para inyectar una muestra en una cámara caliente del cromatógrafo de gases y no reparó en mi presencia hasta que pronuncié su nombre.

—Jerri —dije, casi sin aliento—. Lamento molestarte, pero tengo algo que creo que querrás ver.

Sostuve en alto el gorro de baño rosa y su reacción fue de absoluta perplejidad.

—Silicona —dije.

Se le iluminó la mirada.

—¡Vaya! ¡Un gorro de natación! ¡Vaya, vaya! ¿Quién lo habría pensado? —musitó—. Esto te demuestra lo difícil que resulta mantenerse al día.

—¿Podemos quemarlo? —pregunté.

—Bien, de todos modos esto llevará un buen rato. Vamos. Ahora me ha picado la curiosidad a mí también.

El laboratorio de indicios y pruebas, donde se procesaban las evidencias aportadas antes de hacerlas pasar por instrumentos complejos como el microscopio electrónico o el espectrógrafo de masas, era una sala espaciosa que, sin embargo, ya se estaba quedando pequeña. Montones de latas utilizadas en la recogida de escombros de incendios y de residuos inflamables formaban pirámides sobre los estantes, y había grandes tarros de drierita azul granular, cápsulas de Petri, decantadores, tubos de filtro de carbono y las habituales bolsas de papel marrón de guardar pruebas. La prueba que yo tenía pensada era sencilla y rápida.

El horno de mufla estaba en un rincón; era un pequeño crematorio de cerámica beige, del tamaño y aspecto de un minibar de hotel, que podía calentarse hasta los mil cuatrocientos grados centígrados. Jerri lo puso en funcionamiento y una aguja empezó muy pronto a indicar que subía la temperatura. A continuación colocó el gorro en un plato de porcelana blanco que parecía un cuenco para cereales, abrió un cajón y sacó un grueso guante de amianto que la protegía hasta el codo. Después aguardó de pie con unas tenazas en la mano mientras la temperatura iba ascendiendo. A los ciento treinta, miró cómo estaba el gorro. No parecía afectado en absoluto.

—Puedo confirmarle sin la menor duda que, a esta temperatura, el látex y la licra ya empezarían a fundirse —me informó Jerri—. No obstante, este material ni siquiera está viscoso y el color no ha cambiado.

El gorro de silicona no empezó a humear hasta los doscientos sesenta grados. A los cuatrocientos, se volvió gris en los bordes, se reblandeció y empezó a fundirse. A los quinientos cincuenta grados, se puso a arder y Jerri tuvo que buscar un guante más grueso.

—Es asombroso —comentó.

—Supongo que precisamente por eso se utiliza la silicona como aislante —asentí, también maravillada.

—Será mejor que se mantenga a distancia.

—No se preocupe.

Me aparté un poco mientras Jerri acercaba el cuenco con las tenazas y transportaba nuestro llameante experimento en la mano protegida por el amianto. La exposición al aire fresco avivó el fuego y, después de colocar el recipiente bajo una campana de extracción, la superficie externa del gorro ardió descontroladamente, lo cual obligó a Jerri a cubrir el cuenco con una tapa.

Finalmente, se apagaron las llamas y Jerri retiró la tapa para ver qué quedaba dentro. El corazón me palpitó con fuerza cuando observé una ceniza blanca, como de papel, y unas zonas de restos de silicona que todavía revelaban un visible color rosa. El gorro de natación no se había derretido ni licuado en absoluto. Sencillamente, se había desintegrado hasta que la temperatura más fría, la ausencia de oxígeno o quizás una rociada de agua había cortado el proceso. El resultado final del experimento era prácticamente idéntico al material que había recuperado de los largos cabellos rubios de Claire Rawley.

La imagen del cuerpo de la mujer en la bañera con un gorro rosa de nadador en la cabeza resultaba repulsiva, y lo que daba a entender era casi más de lo que yo podía asimilar. Cuando el cuarto de baño había estallado en llamas, la mampara de la ducha había estallado y los fragmentos de cristal y los laterales de la bañera habían protegido el cuerpo mientras las llamas se elevaban desde el foco inicial y prendían el techo. La temperatura en la bañera no había sobrepasado en ningún momento los quinientos cincuenta grados, y una pequeña parte reveladora del gorro de baño de silicona se había conservado por la sencilla e impensada razón de que la mampara era anticuada y estaba hecha de una única plancha gruesa de cristal macizo.

Mientras iba hacia casa, el tráfico de la hora punta me enervó, y cuanto mayor era mi prisa más agresivo me parecía. Varias veces estuve a punto de descolgar el teléfono para llamar a Benton y contarle lo que había descubierto. Después vi agua y restos quemados en el rincón trasero de una tienda de alimentación consumida en un incendio en Filadelfia. Vi lo que quedaba del reloj de acero inoxidable que le había regalado por Navidad. Vi lo que quedaba de él. Imaginé el cable que le había sujetado los tobillos y las esposas cerradas con llave. Entonces comprendí qué había sucedido y por qué. Benton había sido asesinado como los demás pero, en su caso, fue por venganza, por despecho, para satisfacer el ansia diabólica de Carrie por convertirlo en su trofeo.

Las lágrimas me cegaban cuando entré en el camino particular de mi casa. Eché a correr rebosando de sonidos primitivos y cerré de un portazo la entrada principal. Lucy salió de la cocina. Llevaba unos pantalones caqui de patrulla y una camiseta negra, y sostenía una botella de aliño para ensalada.

—¡Tía Kay! —exclamó, y corrió hacia mí—. ¿Qué te sucede, tía? ¿Dónde está Marino? Dios mío, ¿está bien?

—No es Marino —dije entre hipidos.

Lucy pasó un brazo en torno a mí y me ayudó a llegar hasta el sofá del salón.

—Benton... —murmuré—. Igual que los demás... —añadí con un gemido—. Como Claire Rawley. Un gorro de nadador para recoger los cabellos. La bañera. Como una operación quirúrgica.

—¿Qué? —Lucy estaba perpleja.

—¡Querían su rostro!

Salté del sofá.

—¿No lo entiendes? Las heridas hasta el hueso en la sien y en la mandíbula. ¡Como para arrancar un cuero cabelludo, sólo que peor! ¡Quien hace esto no provoca los incendios para disimular los homicidios! ¡Lo quema todo porque no quiere que sepamos qué les hace! Les arrebata su belleza, todo lo que tienen de hermoso: les roba la cara.

Lucy entreabrió los labios, perpleja.

—Pero Carrie... —balbuceó a continuación—. ¿Ahora se dedica a hacer eso?

—No, no —respondí—. No exactamente.

Eché a andar de un lado a otro, retorciendo las manos.

—Es como Gault. A ella le gusta mirar. Quizá colabora. Tal vez le salieron mal las cosas con Kellie Shephard, o tal vez ésta se resistió porque Carrie era otra mujer. Entonces hubo una pelea y vinieron los cortes y puñaladas hasta que intervino el cómplice de Carrie y, finalmente, la degolló. Fue ahí donde encontramos las raspaduras de magnesio. Eran de su arma, no de la de Carrie. Ese cómplice es el detonante, el autor de los fuegos, y no Carrie. Y no le arrancó la cara a Kellie porque estaba estropeada, llena de cortes como consecuencia de la pelea.

—¿No pensarás que le hicieron eso a... a...? —empezó a preguntar Lucy, con los puños cerrados en el regazo.

—¿A Benton? —levanté más la voz—. ¿Si pienso que también le quitaron la cara?

Di una patada a la pared forrada de madera y me apoyé contra ella. Procuré distanciarme y noté la mente envuelta en sombras, muerta.

—Carrie sabía que yo imaginaría todo lo que pudo hacerle —dije despacio, con voz grave—. Disfrutaría cada instante pensando en ello mientras lo tenía allí inmovilizado, esposado, mientras se burlaba de él con la navaja en la mano. Sí, creo que también se lo hicieron a él. De hecho, sé positivamente que así fue.

Este último pensamiento fue casi imposible de completar.

—Sólo espero que ya estuviera muerto —añadí.

—Tenía que estarlo, tía Kay. —Lucy lloraba también cuando se acercó y me echó los brazos al cuello—. No podían correr el riesgo de que alguien oyera sus gritos.

Al cabo de una hora, comuniqué los últimos acontecimientos a Teun McGovern y ésta se mostró de acuerdo en que era fundamental descubrir al cómplice de Carrie, si era posible, y averiguar cómo lo había conocido. McGovern estaba más irritada de lo que dejó entrever cuando le expliqué mis sospechas. Kirby podía ser nuestra única esperanza y estuvo de acuerdo en que, por mi situación profesional, yo tenía más posibilidades de hacer la visita con éxito. Ella era miembro de las fuerzas del orden. Yo, médico.

La Patrulla de Fronteras había transportado un Bell JetRanger a HeloAir, cerca del aeropuerto internacional de Richmond, y Lucy quería despegar de inmediato y hacer un vuelo nocturno. Me había negado en redondo, aunque sólo fuera porque, una vez llegáramos a Nueva York, no teníamos alojamiento y, desde luego, no podíamos dormir en Ward's Island. Por la mañana necesitaba poder avisar a Kirby de nuestra llegada. No sería una petición, sino una declaración de intenciones. Marino pensaba que debía acompañarnos, pero no quise ni oír hablar del tema.

—Nada de policías —le dije cuando se presentó en mi casa casi a las diez de la noche.

—Estás chiflada.

—¿Me culparías, si lo estuviera?

Pete bajó la mirada a las gastadas zapatillas de deporte a las que nunca había dado la oportunidad de llevar a cabo su función primordial en este mundo.

—Lucy es agente —objetó.

—Por lo que a ellos concierne, es mi piloto.

—¡Ja!

—Tengo que hacerlo a mi manera, Marino.

—Vaya, doctora, no se qué decir... No sé cómo puedes enfrentarte a todo esto.

Pete estaba ruborizado hasta la raíz del pelo y, cuando me miró, tenía los ojos inyectados en sangre.

—Quiero ir porque tengo que descubrir a esos hijos de puta —declaró—. Le tendieron una trampa, ya lo sabes, ¿verdad? El Buró tiene registrada la llamada de un tipo el martes por la tarde, a las tres catorce. Dijo que tenía un soplo sobre el caso Shephard y que sólo hablaría con Benton Wesley. Le dijeron lo de costumbre, eso de «sí, claro, todo el mundo dice lo mismo». Esa gente es especial, dice el tipo. Tengo que hablar con Wesley en persona. El informante parecía auténtico. Según dijo, y cito: «Dígale que es sobre una mujer muy rara que vi en el hospital Lehigh County. Estaba sentada a una mesa de distancia de Kellie Shephard.»

—¡Maldita sea! —exclamé, y la rabia me atenazó las sienes.

—Así que, por lo que sabemos, Benton llama al número que dejó ese cabronazo. Resulta ser un teléfono público que hay cerca de la tienda de alimentación que se incendió —prosiguió Marino—. Supongo que Benton se encuentra con el tipo, el cómplice psicópata de Carrie; y que no tiene ni idea de con quién está hablando hasta que empieza todo.

Di un respingo.

—Benton tiene un arma, tal vez un cuchillo apuntado a su garganta. Lo esposan y cierran con dos vueltas de llave. ¿Por qué lo hacen? Porque el cómplice ha estado en prisión y, a diferencia del tipo de la calle, sabe lo de la doble vuelta. Normalmente, lo único que hacen los agentes cuando detienen a alguien es cerrar la uña de seguridad de las esposas. El detenido se agita y las esposas no hacen sino estrecharse. Si logra hacerse con un alfiler para el pelo o algo parecido e intenta abrir la uña puede que incluso consiga liberarse. Sin embargo con la doble vuelta de llave, no. Es imposible quitársela si no es con la llave o con algo exactamente igual. Es algo que Benton tuvo que saber cuando le sucedía. Era una señal aciaga de que estaba tratando con alguien que sabía muy bien qué se traía entre manos.

—Ya he oído suficiente —espeté a Marino—. Vete a casa. Por favor.

Tenía un principio de migraña. Siempre sabía que se acercaba un ataque cuando empezaba a dolerme el cuello y la cabeza y comenzaba a sentir náuseas. Acompañé a Marino a la puerta. Sabía que lo había herido. Estaba cargado de dolor y no tenía adónde volcarlo, porque no sabía demostrar sus sentimientos. Quizá ni sabía lo que sentía.

—No ha muerto, ¿sabes? —dijo al tiempo que abría la puerta—. No lo creo. No lo he visto, y no me lo creo.

—Pronto enviarán el cadáver a casa —le recordé mientras las cigarras cantaban en la noche y las mariposas nocturnas revoloteaban en torno al resplandor de la lámpara del porche—. Benton está muerto —declaré con sorprendente energía—. No te distancies de él negando su muerte.

—Aparecerá cualquier día de éstos. —La voz de Marino había adquirido un tono más alto—. Tú, espera. Conozco a ese hijo de puta. No se deja atrapar tan fácilmente.

No obstante, Benton se había dejado atrapar muy fácilmente. Sucedía muchas veces: Versace, al volver a casa de comprar café y revistas, o Lady Di en el coche sin cinturón de seguridad. Cuando Marino se alejó en el coche, cerré la puerta. Después conecté la alarma, lo cual a aquellas alturas se había convertido en un acto reflejo que a veces me ponía en apuros cuando olvidaba que tenía la casa protegida y abría una ventana. Lucy estaba estirada en el sofá, contemplando el canal de artes y espectáculos en el salón, con las luces apagadas. Me senté a su lado y le puse la mano en el hombro.

Permanecimos en silencio mientras ponían un documental sobre los gángsteres de los primeros tiempos de Las Vegas. Le acaricié sus cabellos y noté su piel enfebrecida. Me pregunté qué sucedería dentro de su cabeza. Aquello también me tenía muy preocupada. Los pensamientos de Lucy eran muy distintos. Eran claramente suyos y no podían ser interpretados mediante ninguna piedra de Rosetta, la psicoterapia ni la intuición, tal como había ido descubriendo a lo largo de los años. En su caso, era más importante lo que se callaba, y Lucy ya no hablaba nunca de Janet.

—Vamos a acostarnos para salir mañana temprano, señora Piloto —le dije.

—Creo que dormiré aquí mismo.

Apuntó el mando a distancia y bajó el volumen.

—¿Vestida?

Se encogió de hombros.

—Si podemos llegar a HeloAir hacia las nueve, llamaré a Kirby desde allí.

—¿Y si dicen que no vayas? —preguntó Lucy.

—Les diré que ya estoy en camino. En este momento la ciudad de Nueva York tiene un alcalde republicano. Si es necesario, haré que intervenga mi amigo, el senador Lord, y él pondrá en marcha al comisionado de Sanidad y al alcalde. No creo que Kirby tenga interés en que suceda tal cosa. Es más fácil dejarnos aterrizar, ¿no crees?

—¿Ahí no tendrán misiles tierra-aire, verdad?

—Sí. Pero los llaman «pacientes» —respondí, y por primera vez en varios días nos reímos.

No me explico cómo pude conciliar el sueño, cuando el despertador sonó a las seis, me di la vuelta en la cama y caí en la cuenta de que no me había levantado una sola vez desde poco antes de medianoche, lo que era indicio de una cura, de esa recuperación que tanto necesitaba. La depresión era un velo a través del cual casi alcanzaba a ver y empezaba a sentir cierta esperanza. Hacía lo que Benton esperaría que hiciese, no para vengar su asesinato, realmente, porque él no habría querido tal cosa.

Su deseo habría sido evitar que Marino, Lucy o yo sufriéramos daño. Habría querido que protegiese la vida de otros a quienes no conocía, a otros individuos inocentes que trabajaban en hospitales o como modelos y que habían sido sentenciados a una muerte terrible en la fracción de segundo que el criminal necesitaba para fijar en ellos sus ojos maléficos y dañinos.

Lucy se fue a correr cuando salía el sol y, aunque temía que fuese por ahí a solas, sabía que llevaba una pistola en el macuto y que ninguna de las dos podíamos dejar de hacer nuestra vida por culpa de Carrie. Al parecer, ella nos llevaba esa ventaja. Si seguíamos nuestra jornada como de costumbre, podíamos morir. Si dejábamos de llevar nuestra vida normal por miedo, también, sólo que de un modo que en realidad resultaba aún peor.

—Supongo que todo estaba tranquilo, ahí fuera —dije cuando Lucy volvió a la casa y me encontró en la cocina.

Lucy se sentó a la mesa de la cocina y serví café. El sudor le caía por el rostro y los hombros, de modo que le arrojé un paño de cocina. Ella se quitó los zapatos y los calcetines y me topé de pronto con la imagen de Benton allí sentado, que hacía lo mismo. A Benton siempre le gustaba rondar un rato por la cocina después de volver de correr. Le gustaba reposar, charlar un rato conmigo antes de tomar una ducha y vestirse y abotonarse perfectamente sus ropas limpias y sus profundos pensamientos.

—Hay un par de personas paseando el perro en Windsor Farms —dijo Lucy—. Ni rastro de presencia alguna en el vecindario. He preguntado al tipo de la verja si ha sucedido algo más, si han aparecido más taxis o repartidores de pizza preguntando por ti, o si ha habido llamadas extrañas o visitantes inesperados que quisieran entrar. Me ha dicho que no a todo.

—Me alegro de saberlo.

—Todo esto son bobadas. No creo que fuera ella quien hizo esas llamadas.

—¿Quién, entonces? —repliqué, sorprendida.

—Lamento decírtelo, pero por ahí hay más gente a la que tampoco inspiras mucha simpatía.

—Una buena parte de la población penitenciaria.

—Y de gente que no está en la cárcel. Por lo menos, todavía no. Como esos de la iglesia de la Ciencia Cristiana, a cuyo hijo hiciste la autopsia. ¿Crees que pudo ocurrírsele a ellos esa forma de acosarte? ¿Eso de enviar taxis o una excavadora, o llamar al depósito de madrugada y colgarle el teléfono al pobre Chuck? Lo que te faltaba: un ayudante en el depósito que se asusta demasiado para quedarse solo en el edificio. O, peor aún, que abandone y se largue. Bobadas —repitió—. Tonterías infantiles, lamentables, producto de una mente ignorante y torpe.

Hasta aquel momento no se me había ocurrido contemplar las cosas desde aquel punto de vista.

—¿Sigue aún con sus obsesiones? —preguntó Lucy.

Me observó mientras daba un sorbo al café al otro lado de la ventana del fregadero, el sol era un pequeño círculo de luz anaranjada en un horizonte azul difuso.

—Lo averiguaré.

Descolgué el teléfono y marqué el número del depósito. Chuck respondió de inmediato.

—Depósito —dijo, nervioso.

Aún no eran las siete y sospeché que estaba solo.

—Soy la doctora Scarpetta —le dije.

—¡Ah! —Lo noté aliviado—. Buenos días.

—¿Chuck? ¿Y esas extrañas llamadas? ¿Todavía se producen?

—Sí, doctora.

—¿No has oído ninguna voz? ¿Ni el sonido de una respiración?

—A veces me parece oír el tráfico de fondo, como si las llamadas tal vez se hicieran desde un teléfono público.

—Tengo una idea.

—Adelante.

—La próxima vez que suceda quiero que digas: «Buenos días, señor y señora Quinn.»

—¿Qué? —Chuck estaba desconcertado.

—Tú hazlo —insistí—. Tengo el presentimiento de que las llamadas cesarán.

Cuando colgué, Lucy estaba riéndose.

—*Touché!* —dijo.

21

Después de desayunar, me entretuve por el dormitorio y el estudio hasta decidir qué me llevaba para el viaje. El maletín de aluminio, por supuesto; últimamente tenía por costumbre llevarlo casi a cualquier parte. También puse en la bolsa una muda de blusa y pantalones, artículos de aseo para una noche y la Colt del 38 en el bolso de mano. Aunque estaba acostumbrada a viajar con armas, nunca se me había ocurrido llevar una a Nueva York, donde sólo por eso podían meterte en la cárcel sin más trámites. Cuando Lucy y yo estuvimos en el coche, le expliqué lo que había hecho.

—Se llama ética situacional —me dijo—. Es mejor que te detengan a que te maten.

—Pues sí —respondí, aunque en otro tiempo había sido una ciudadana fiel cumplidora de la ley.

HeloAir era un servicio chárter de helicópteros situado en el extremo oeste del aeropuerto de Richmond, donde algunas de las empresas de la zona que aparecían entre las quinientas más importantes según *Fortune* tenían su propia terminal para los King Airs y sus Lear Jets y sus Sikorskys de la empresa. El Bell JetRanger se hallaba en el hangar y, mientras Lucy se encaminaba a ocuparse de él, yo encontré a un piloto que tuvo la amabilidad de permitirme usar el teléfono del despacho. Busqué la tarjeta de la AT&T en la cartera y marqué el número de las oficinas del Centro Psiquiátrico Penitenciario Kirby.

La directora era una psiquiatra llamada Lydia Ensor, que no se mostró muy dispuesta a colaborar. Intenté explicarle con más detalle quién era, pero me interrumpió.

—Sé perfectamente quién es usted —me dijo con acento del Medio Oeste—. Estoy al corriente de la situación y le prestaré toda la ayuda que pueda. Sin embargo, doctora Scarpetta, no acabo de entender su interés. Usted es la forense jefe de Virginia, ¿no?

—En efecto, y también soy asesora en patología forense de la ATF y del FBI.

—Naturalmente, ellos también se han puesto en contacto conmigo. —Su tono de voz expresaba auténtica perplejidad—. Así pues, usted busca información que podría afectar a uno de sus casos? ¿A algún muerto?

—Doctora Ensor, en este momento intento establecer una relación entre algunos casos —respondí—. Tengo razones para sospechar que Carrie Grethen puede estar involucrada en todos ellos; y que tal vez ya lo estaba cuando aún se encontraba en Kirby.

—Imposible.

—Está claro que no conoce a esa mujer —señalé con firmeza—. Yo, en cambio, llevo trabajando en muertes violentas causadas por ella la mitad de mi carrera, desde que junto a Temple Gault organizó una carnicería en Virginia hasta Nueva York, donde él resultó muerto. Y ahora, esto: cinco asesinatos más; y puede que haya otros.

—Conozco perfectamente el historial de la señorita Grethen —declaró la doctora Ensor. Su voz no era hostil, pero en sus palabras asomaba un leve tono defensivo—. Puedo asegurarle que en Kirby nos ocupamos de ella como hacemos con todos los pacientes de máxima seguridad.

—En sus evaluaciones psiquiátricas no aparece casi nada útil —interrumpí.

—¿Cómo es que conoce sus datos médicos...?

—Porque formo parte del equipo nacional de respuesta de la ATF que investiga estos homicidios relacionados con incendios —respondí midiendo mis palabras—; y porque trabajo para el FBI, como ya le he dicho. Todos los casos de los que hablamos están bajo mi jurisdicción porque soy asesora de las fuerzas del orden federales. Sin embargo, mi trabajo no consiste en detener a nadie ni en ensuciar el nombre de instituciones como la suya, doctora. Mi tarea es hacer justicia a los muertos y procurar toda la paz posible a los que éstos dejan aquí, para lo cual debo responder preguntas. Y lo más importante de todo: siento el impulso de hacer cuanto pueda para evitar que muera nadie más. Carrie volverá a matar. Quizá lo haya hecho ya.

La directora guardó silencio un instante. Miré por la ventana y distinguí el helicóptero azul marino en el remolque en que lo arrastraban hacia la pista.

—¿Qué quiere que hagamos? —dijo por fin la doctora Ensor con voz tensa y preocupada.

—¿Carrie tenía algún asistente social, alguien que le prestara ayuda legal, alguien en quien confiara? —le pregunté.

—Pasaba bastante tiempo con un psicólogo forense, pero no es de nuestro personal. Viene sobre todo para hacer evaluaciones y formular recomendaciones al tribunal.

—Entonces, es probable que ella lo manipulara —dije mientras observaba a Lucy, que estaba subida en los patines del helicóptero para empezar la inspección previa al vuelo—. ¿Quién más? ¿Alguien con quien haya podido mantener un contacto íntimo?

—Su abogada. Si quiere hablar con ella, podemos arreglarlo.

—Salgo del aeropuerto ahora —le anuncié—. Aterrizaremos ahí dentro de tres horas, más o menos. ¿Tienen helipuerto?

—No recuerdo que aquí haya aterrizado nunca nadie. Hay varios parques en las inmediaciones. Con gusto le escogeré uno.

—No creo que haga falta. Supongo que nos posaremos cerca.

—Entonces, estaré pendiente de su llegada y la acompañaré a ver a la abogada o donde sea preciso.

—También me gustaría ver la celda de Carrie Grethen y los lugares donde pasaba el tiempo.

—Como usted diga.

—Es muy amable de su parte —reconocí.

Lucy estaba concentrada en abrir paneles para comprobar niveles de líquidos, cables y cualquier posible fallo antes de despegar. Con movimientos ágiles y seguros, se encaramó a lo alto del fuselaje para inspeccionar el rotor principal y me pregunté cuántos accidentes de helicóptero sucederían en tierra. Hasta que hube ocupado el asiento del copiloto no reparé en el fusil de asalto AR-15 colocado en un armero encima de su cabeza y, al mismo tiempo, observé que los controles de mi lado no habían sido retirados. Los pasajeros no tenían permitido acceder al control del plato colectivo y del cíclico, y se suponía que los pedales antitorsión debían estar lo bastante retirados para que al no iniciado le resultara imposible presionarlos con los pies inadvertidamente.

—¿Qué es esto? —le pregunté a Lucy al tiempo que me ajustaba el cinturón de cuatro puntos de sujeción.

—El vuelo será largo.

Mi sobrina dio gas varias veces para asegurarse de que no había trabas y que el aparato estaba preparado.

—Ya lo sé —dije.

—... y a campo traviesa la mayor parte del tiempo. Es un buen momento para que hagas una prueba.

Levantó la palanca del colectivo y trazó una gran equis con la del cíclico.

—¿Una prueba? —pregunté, alarmada.

—Una prueba de pilotaje. Sólo tendrás que conservar la altura y la velocidad y mantener el aparato nivelado.

—Ni hablar.

Lucy pulsó la puesta en marcha y el motor empezó a girar.

—No pienso cambiar de idea.

Las aspas empezaron a girar y el rugido del viento se hizo más sonoro.

—Si quieres volar conmigo —dijo por encima del ruido mi sobrina, piloto e instructora de vuelo titulada—, me gustaría saber que eres capaz de tomar el relevo si surge algún problema, ¿de acuerdo?

No puse más objeciones y Lucy dio gas otra vez y aumentó las revoluciones. A continuación pulsó interruptores y probó las luces de aviso; después, conectó la radio y nos pusimos los auriculares. Nos elevamos de la plataforma como si la fuerza de gravedad hubiera desaparecido. Con el viento a favor, fuimos acelerando hasta que el aparato dio la impresión de flotar por sí solo. Ascendimos sobre los árboles y vimos el sol al este, alto sobre el horizonte. Cuando quedamos por encima de la torre y de la ciudad, Lucy empezó la primera lección.

Yo ya conocía la función de la mayoría de controles, pero tenía una idea muy somera de cómo se combinaban. Por ejemplo, ignoraba que cuando se levanta la palanca colectiva y aumenta la potencia, el helicóptero se inclina hacia la derecha, lo cual significa que hay que presionar el pedal antitorsión izquierdo para contrarrestar la torsión del rotor principal y mantener compensado el aparato; por otra parte, conforme aumenta la altitud, la velocidad se reduce debido a la fuerza ascensional sobre el colectivo, lo cual significa que hay que presionar el cíclico hacia delante. Y así, todo. Se me ocurrió que era como tocar la batería, sólo que en este caso tenía que estar atenta a pájaros despistados, torres, antenas y otros aparatos aéreos.

Lucy fue muy paciente, y el tiempo transcurrió deprisa mientras avanzábamos a una velocidad de ciento diez nudos. Cuando estuvimos al norte de Washington, incluso logré mantener el helicóptero relativamente estable, ajustando al mismo tiempo el giroscopio direccional para mantener la misma lectura que la brújula. Nuestro rumbo era 050 grados y, aunque no podía consultar nada más, como el Sistema de Posicionamiento Global, o GPS, Lucy dijo que lo estaba haciendo muy bien y que manteníamos el curso.

—Tenemos una avioneta a las tres —me advirtió por el micrófono—. ¿La ves?

—Sí.

—Nosotros utilizamos «registrado». Está por encima del horizonte. Lo distingues, ¿verdad?

—Registrado.

—No, «registrado» no es lo mismo que «afirmativo» —señaló Lucy con una carcajada—. Además, cuando algo está por encima del horizonte, también se halla por encima de nosotros. Esto es importante porque si tanto un avión como el otro se encuentran en la línea del horizonte y el que vemos parece inmóvil, significa que vuela a la misma altitud que nosotros y que tanto puede estar alejándose como viniendo directamente hacia nosotros. En tales casos, es muy conveniente prestar atención y determinar en qué sentido se desplaza, ¿de acuerdo?

Las instrucciones de Lucy continuaron hasta que tuvimos a la vista la silueta de los rascacielos neoyorquinos. A partir de allí, yo no debía tener nada que ver con los controles. Lucy nos llevó a baja altura cerca de la estatua de la Libertad y de Ellis Island, donde mis antepasados italianos se habían congregado hacía tanto tiempo para partir desde cero en un nuevo mundo lleno de oportunidades. La ciudad se extendía en torno a nosotros; los edificios del barrio financiero eran enormes y los sobrevolamos a quinientos pies, mientras la sombra del helicóptero se desplazaba por el agua. Era un día cálido y despejado, y los helicópteros de las rutas turísticas hacían sus rondas mientras otros transportaban ejecutivos que tenían de todo menos tiempo.

Lucy estaba ocupada con la radio, y el control de aproximación no quería reconocernos: por lo visto el tráfico aéreo estaba muy congestionado y los controladores no mostraban mayor interés en ayudar a los helicópteros que volaran a poco más de doscientos metros del suelo. A aquella altura, en aquella ciudad, las reglas eran ver y evitar, y poco más. Seguimos el East River sobre los puentes de Brooklyn, Manhattan y Williamsburg, a noventa nudos sobre barcazas de la basura, buques que transportaban combustible y barcos de turismo blancos que hacían sus recorridos de siempre. Cuando pasamos junto a los edificios en ruinas y los viejos hospitales de Roosevelt Island, Lucy dio aviso a La Guardia de lo que estábamos haciendo. En aquellos momentos, Ward's Island estaba justo delante. Era muy adecuado que el tramo de río de la punta sudoeste se llamara Puerta del Infierno.

Lo que sabía de Ward's Island procedía de mi profundo interés por la historia de la medicina; por otra parte, como cabía decir de tantas islas de la zona de Nueva York durante las primeras épocas de colonización, había sido un lugar de confinamiento para presos, enfermos e incapacitados mentales. El pasado de Ward's Island era especialmente infausto, según recordé, porque a mediados del siglo XIX era un lugar sin calefacción ni agua potable en el que se mantenía en cuarentena a los enfermos de tifus y donde se hacinaban los judíos rusos refugiados. Al iniciarse el presente siglo, el frenopático de la ciudad había sido trasladado a la isla. Desde luego, las condiciones habían mejorado desde entonces, pero la población estaba mucho más desquiciada. Los pacientes disfrutaban de aire acondicionado, abogados y pasatiempos, así como acceso a asistencia médica y dental, a psicoterapia, a grupos de apoyo y a deportes organizados.

Entramos en el espacio aéreo clase B sobre Ward's Island de una manera engañosamente civilizada, volando bajo sobre parques verdes cubiertos de árboles mientras a lo lejos aparecían las antiestéticas moles, de ladrillo oscuro, del Psiquiátrico de Manhattan y psiquiátrico infantil, junto al recinto de Kirby. La autovía de Triborough

Bridge transcurría por el centro de la isla, donde, en una absoluta incoherencia, estaba instalado un circo con sus tiendas de brillantes franjas de colores, sus ponis y sus saltimbanquis. El público era escaso, y distinguí niños que comían algodón de azúcar. Me pregunté por qué no estaban en la escuela. Un poco más al norte había una planta de eliminación de residuos urbanos y la academia de instrucción del Departamento de Bomberos de la ciudad, donde un largo camión con escalera practicaba giros en un aparcamiento.

El centro psiquiátrico forense era un edificio de doce plantas cuyas ventanas estaban cubiertas de reja metálica, cristal opaco y salidas de aire acondicionado. Unas vueltas de alambre de espino puestas de cualquier manera se inclinaban sobre la zona de paseo y las áreas de recreo para evitar una fuga que, al parecer, a Carrie no le había resultado tan difícil. El río allí tenía un kilómetro y medio de anchura y corría caudaloso y atemorizador; la corriente era rápida y poderosa y no me pareció probable que alguien pudiera cruzarlo a nado. Sin embargo, había una pasarela. Estaba pintada con una capa de minio y quedaba quizás a un kilómetro y medio, al sur de Kirby. Le sugerí a Lucy que la sobrevolara y, desde lo alto, vi gente que cruzaba en ambas direcciones, entrando y saliendo de la urbanización East River de Harlem.

—No se me ocurre cómo pudo cruzar a plena luz del día —le dije a Lucy—. Imposible, sin que la viera alguien. No obstante, aunque lo hubiera hecho, ¿qué venía a continuación? Todo el lugar iba a estar lleno de policía, sobre todo al otro lado del puente. ¿Y cómo consiguió llegar al condado de Lehigh?

Lucy volaba trazando lentos círculos a quinientos pies. Los rotores traqueteaban sonoramente. Observamos los restos de un transbordador que en otro tiempo debía de haber llevado pasaje entre East River Drive y la calle Ciento Seis, y ruinas de un embarcadero que se había convertido en un montón de maderas en proceso de putrefacción, pese a estar tratados con creosota, que se adentraban en unas aguas hostiles desde un pequeño campo abierto en el costado oeste de Kirby. El campo parecía un buen lugar para el aterrizaje, siempre que nos mantuviéramos más cerca del río que de los paseos y bancos del hospital, cubiertos por la sombra de los árboles.

Mientras Lucy iniciaba un reconocimiento desde lo alto, contemplé a las personas que esperaban en tierra. Todos iban vestidos de civil; unos estaban tumbados en la hierba; otros, sentados en los bancos o deambulando por los caminos entre bidones oxidados de basura. Incluso desde lo alto, identifiqué la indumentaria desgarbada y los gestos extraños de los desquiciados sin remedio. Miraban hacia arriba, embelesados, mientras estudiábamos la zona en busca de posibles dificultades en forma de tendidos eléctricos, alambres o terrenos blandos o desiguales. Un reconocimiento a muy baja altura confirmó que podíamos aterrizar sin problemas; para entonces había más gente que había salido de los edificios o contemplaba el espectáculo desde las ventanas o desde los quicios de las puertas, pendiente de qué sucedía.

—Quizá deberíamos haber aterrizado en uno de los parques —comenté—. Espero que no causemos un alboroto.

Lucy descendió hasta quedar a metro y medio del suelo, y las hierbas y plantas se agitaron violentamente. Un faisán y sus crías se llevaron el susto consiguiente y echaron a volar a toda velocidad por la ribera hasta desaparecer entre los arbustos. Costaba de imaginar que ningún ser vivo, inocente y vulnerable, habitara tan cerca de la perturbación humana. De repente pensé en la carta de Carrie, en la extraña dirección que había adjudicado a Kirby, que hacía referencia al «lugar de los faisanes»: Pheasant Place, Uno. ¿Qué me decía? ¿Qué ella también había visto los faisanes? ¿Y qué más daba eso?

El helicóptero se posó con suavidad, y Lucy dejó el motor al ralentí. Era necesaria una larga espera de dos minutos antes de parar el motor. Los rotores giraron mientras se desgranaban los segundos en el reloj digital y los pacientes y el personal del hospital nos contemplaban. Algunos estaban totalmente quietos y nos miraban con ojos inexpresivos; otros, ajenos a todo, tiraban de las vallas o caminaban con movimientos espasmódicos y la mirada fija en el suelo. Un anciano que liaba un cigarrillo saludó con la mano, una mujer con rulos murmuraba por lo bajo y un joven con auriculares empezó a bailar en la acera como si se descoyuntara las rodillas, acaso para divertirnos.

Lucy dejó el motor al ralentí y frenó el rotor principal, que nos encerró debajo. Cuando las aspas se detuvieron del todo y nos dispusimos a bajar, una mujer se adelantó a la masa de enfermos mentales y de sus cuidadores. Vestía un elegante traje chaqueta, a pesar del calor. Llevaba el cabello corto, con un elegante peinado. Desde antes de que abriese la boca supe que era la doctora Lydia Ensor. Ella también dio la impresión de reconocerme, pues me estrechó la mano primero y luego hizo lo propio con Lucy, al tiempo que se presentaba.

—He de admitir que ha suscitado usted mucha expectación —me dijo con una leve sonrisa.

—Le pido disculpas por ello —fue mi respuesta.

—No se preocupe.

—Me quedo aquí, con el helicóptero —intervino Lucy.

—¿Estás segura?

—Sí —respondió, y echó una mirada a la irritante multitud.

—La mayoría de éstos son pacientes externos del centro psiquiátrico de ahí —explicó la doctora Ensor señalando otro edificio—. Y de Odyssey House.

Con un gesto de cabeza, indicó otro edificio de ladrillo mucho más pequeño, detrás de Kirby, donde al parecer había un huerto y una pista de tenis de asfalto, erosionada, con una red rota que el viento agitaba.

—Drogas, drogas y más drogas —añadió—. Vienen para recibir consejo, y los hemos pillado liándose un porro a la salida.

—No me moveré de aquí —dijo Lucy—; o quizá voy a cargar combustible y regreso —añadió, vuelta hacia mí.

—Preferiría que esperases.

La doctora Ensor y yo empezamos el breve paseo hasta Kirby mientras las miradas nos seguían y vertían sobre nosotras un dolor y un odio indecibles. Entre gestos que señalaban al cielo, un hombre de barba enmarañada nos gritó que quería dar un paseo, batiendo los brazos como si fuesen alas y saltando a la pata coja. Unos rostros contraídos expresaban que estaban en otro mundo, vacíos o llenos de una amargura y un desprecio que sólo podían proceder de estar encerrado y ver a gente como nosotras que no estábamos esclavizadas por la droga ni por la demencia. Nosotras éramos las privilegiadas. Pertenecíamos al mundo de los vivos. Éramos Dios para aquellos que sólo estaban capacitados para destruirse a sí mismos y a los demás; y, al acabar el día, nos íbamos a casa.

La entrada al Centro Psiquiátrico Penitenciario Kirby, cuyas paredes tenían una capa de la misma pintura antióxido que la pasarela sobre el río, era la típica de una institución estatal. La doctora Ensor me acompañó por el vestíbulo, dobló una esquina y se detuvo ante un botón insertado en la pared, que procedió a pulsar.

—Acérquese al interfono —dijo una voz brusca que me recordó la del Mago de Oz.

La directora del centro se acercó sin necesidad de más instrucciones y habló por el interfono.

—Doctora Ensor —dijo.

—Sí, señora. —La voz se hizo humana—. Pase.

Para acceder al centro neurálgico de Kirby había que pasar por los controles habituales de una penitenciaría: las puertas cerradas herméticas que no permitían que hubiera nunca dos de ellas abiertas a la vez y los avisos sobre objetos prohibidos, como las armas de fuego, los explosivos, la munición, el alcohol o los objetos de cristal. Por obstinados que se mostraran políticos, trabajadores sanitarios o la Unión por las Libertades Civiles, aquello no era un hospital. Los pacientes eran internos. Eran delincuentes violentos alojados en una instalación de máxima seguridad. Habían violado y golpeado. Habían disparado contra sus familias, quemado a su madre, destripado a un vecino o descuartizado a sus amantes. Eran monstruos que se habían convertido en celebridades, como Robert Chambers, conocido como el *yuppie* asesino; o Rakowitz, que había asesinado y cocinado a su novia y que, presuntamente, había repartido parte de ella a mendigos de la calle; o Carrie Grethen, la peor de todos ellos.

La puerta atrancada, de color azul verdoso intenso, se abrió con un chasquido electrónico, y los funcionarios del lugar, que lucían uniformes azules, se mostraron muy amables con la doctora Ensor y también conmigo, dado que era, evidentemente, su invitada. Con todo, nos hicieron pasar por un detector de metales y registraron meticulosamente nuestros bolsos de mano. Me sentí azorada cuando recordé que se podía entrar con una sola dosis de cualquier medicación, mientras que yo llevaba suficiente Motrin, Immodium, Tums y aspirinas para atender a toda un ala de hospital.

—Señora, veo que tiene problemas de salud —comentó uno de los guardias, de buen talante.

—Las preocupaciones... —respondí, aliviada de haber dejado la pistola en el maletín, que estaba a buen recaudo en el compartimento de equipaje del helicóptero.

—Bien, voy a tener que quedarme todo esto hasta que salga, ¿de acuerdo? Acuérdese de pedirlo.

—Gracias —le dije como si acabara de hacerme un favor.

Nos franquearon el paso a través de otra puerta en la que había un aviso: «No tocar los barrotes.» Luego, nos encontramos en unos pasillos desnudos y pintados de un color neutro, doblamos esquinas y pasamos ante puertas cerradas tras las cuales se celebraban audiencias.

—Es preciso saber que los abogados del turno de oficio están empleados en la Legal Aid Society, que es una entidad benéfica, privada, contratada por la ciudad de Nueva York. Evidentemente, los que hay aquí forman parte de la división criminal. No forman parte de nuestra plantilla.

La doctora Ensor quería asegurarse de que yo lo entendía bien todo.

—Aunque, después de varios años aquí, desde luego traban amistad con el personal a mi cargo —continuó diciendo mientras caminábamos con un sonoro taconeo en las baldosas—. La abogada en cuestión, la que ha trabajado con Carrie Grethen desde el principio, probablemente atenderá con sumo gusto cualquier pregunta que quiera formularle.

Se volvió y me miró.

—No ejerzo ningún control al respecto —confesó.

—Lo entiendo perfectamente —respondí—; y si algún defensor o algún abogado del turno de oficio hiciera una reverencia en cuanto yo apareciese, pensaría que el planeta ha cambiado.

La oficina de Consejo Legal y de Higiene Mental estaba perdida en mitad de Kirby y sólo sabía con seguridad que se encontraba en la planta baja. La directora abrió una puerta de madera y me franqueó el paso a un pequeño despacho tan repleto de papeles que cientos de expedientes se amontonaban en el suelo. La abogada que estaba al otro lado de la mesa era un espanto; llevaba la ropa desaliñada y los cabellos negros rizados y desordenados. Era una mujer robusta, con pechos generosos que habrían resultado más atractivos dentro de un sostén.

—Susan, le presento a la doctora Kay Scarpetta, forense jefe de

Virginia. Como sabe, quiere hablarle de Carrie Grethen. Doctora Scarpetta, le presento a Susan Blaustein.

—Qué tal —dijo Susan Blaustein, que no parecía dispuesta a levantarse ni a estrecharme la mano y se limitó a seguir revisando un grueso informe legal.

—Bien, las dejaré solas. Susan, confío en que le muestre todo esto a la doctora. De lo contrario, encargaré a alguien de mi equipo que lo haga —señaló la doctora Ensor y, por su modo de mirarme, me di cuenta de que me estaba hablando de la visita a los infiernos.

—Descuide.

El ángel guardián de los malvados tenía un acento de Brooklyn tan áspero y cargado como una barcaza de basuras.

—Tome asiento —me dijo cuando la directora desapareció.

—¿Cuándo reenviaron aquí a Carrie Grethen? —pregunté.

—Hace cinco años.

La mujer no levantó la vista de sus documentos.

—¿Está usted al corriente de su historial, de los casos de homicidio que todavía han de juzgarse en Virginia?

—Desde luego, estoy al corriente de todos.

—Carrie se fugó de aquí hace once días, el diez de junio —continué—. ¿Se ha llegado a alguna conclusión sobre qué pudo suceder?

Blaustein pasó una página y tomó una taza de café.

—No se presentó a cenar, eso es todo —replicó ella—. Cuando desapareció, me llevé la misma sorpresa que todo el mundo.

—No me cabe duda.

Pasó otra página sin que todavía hubiese levantado la vista. Ya me tenía harta.

—Señora Blaustein —le dije con voz áspera al tiempo que me inclinaba sobre el escritorio—. Con el debido respeto a sus clientes, ¿quiere usted oír algo de los míos? ¿Quiere que le hable de todos esos hombres, mujeres y niños que fueron objeto de una carnicería a manos de Carrie Grethen? ¿De un muchacho secuestrado de una tienda 7-Eleven a la que lo había enviado su madre a comprar una lata de crema de champiñones...? El chico aparece con un disparo en la cabeza y varias zonas de la carne aparecen extirpadas para disimular unas marcas de mordiscos; el cadáver en ese lamentable estado sólo está vestido con ropa interior y apoyado en un contenedor de basura bajo la lluvia helada.

—Ya le he dicho que conozco perfectamente el historial —repitió la abogada, y continuó con su trabajo.

—Le sugiero que deje ese papel y me preste atención —le advertí en tono de amenaza—. Soy patóloga forense, pero también abogada, y sus artimañas conmigo no servirán de nada. Resulta que usted es la representante legal de una psicópata que, en ese preciso momento, anda suelta asesinando gente. No permita que al final del día descubra que tenía usted información que podría haber salvado una sola vida...

La abogada me dirigió una mirada fría y arrogante, porque su único poder en la vida era defender a los perdedores y fastidiar a personas como yo.

—Deje que le refresque la memoria —continué—. Desde que su cliente escapó de Kirby, presumimos que ha asesinado o ha sido cómplice de asesinato en dos casos, cometidos con escasos días de diferencia. Fueron unos homicidios perversos que el autor pretendió disimular con un incendio. Pero además estas muertes estuvieron precedidas por otros homicidios con uso del fuego que, por lo visto, guardan relación con aquéllas aunque, en esos casos anteriores, su cliente aún estaba recluida aquí.

Susan Blaustein me miró y guardó silencio.

—¿Cree que puede usted ayudarnos?

—Todas mis conversaciones con Carrie tienen carácter confidencial. Estoy segura de que lo entiende... —apuntó, pero reparé en que sentía curiosidad por mis palabras.

—¿Es posible que estuviera en contacto con alguien del exterior? —proseguí—. Y si es así, ¿cómo y quién?

—Dígamelo usted.

—¿Le habló alguna vez de Temple Gault?

—Confidencial.

—Eso significa que sí —apunté—. Claro que le habló de él, ¿cómo no iba a hacerlo? ¿Sabía usted que me escribió, señora Blaustein, y me pidió que fuera a verla y que le llevara fotos de la autopsia de Gault?

La abogada guardó silencio, pero en sus ojos apareció una chispa de interés.

—Lo atropelló un tren en el Bowery. Quedó destrozado sobre los raíles.

—¿Usted le hizo la autopsia?

—No —respondí.

—Entonces, ¿por qué iba Carrie a pedirle las fotos, doctora?

—Porque sabía que yo podía conseguirlas. Carrie quería verlas, con sangre, vísceras y todo lo demás. Eso sucedió menos de una semana antes de que escapara. Me pregunto si sabía usted que Carrie enviaba cartas de ese tipo. Por lo que a mí respecta, esos escritos son una clara indicación de que había planificado minuciosamente todo lo que iba a hacer después.

—No estoy de acuerdo. —Blaustein me señaló con el dedo—. Lo que ella pensaba era que la estaban acusando falsamente para poder cargarle los crímenes porque el FBI era incapaz hasta de encontrar la manera de salir del atolladero y necesitaba colgarle el muerto a alguien —dijo la abogada en tono acusador.

—Veo que lee los periódicos...

Blaustein se mostró irritada.

—He hablado con Carrie durante cinco años —declaró—. Y no era ella, precisamente, quien se acostaba con personal del Buró, ¿de acuerdo?

—En cierto modo, sí lo hacía —pensé con franqueza en Lucy—. Voy a ser muy sincera, señora Blaustein: no estoy aquí para cambiar la opinión que tenga usted acerca de su defendida. Mi propósito es investigar diversas muertes y hacer cuanto pueda por evitar otras.

La abogada de Carrie se puso a revolver papeles otra vez.

—Me da la impresión —proseguí— de que el motivo de que Carrie haya pasado tanto tiempo aquí es que cada vez que se ha presentado la oportunidad de hacer una valoración de su estado mental, ustedes se han ocupado de no declarar su aptitud legal. Porque esto significa que también está incapacitada para comparecer a juicio, ¿no? Porque la considera tan enferma que ni siquiera es consciente de los cargos que pesan sobre ella, ¿no? Sin embargo, debe de haber sido consciente, de alguna manera, de la situación. De lo contrario, ¿cómo podría haber urdido toda esta historia respecto a que el FBI la había encerrado con pruebas falsas? ¿O acaso fue usted quien se lo inventó?

—La reunión ha terminado —anunció Blaustein. De haber sido una jueza, habría dado un golpe en la mesa con el mazo.

—Carrie no es una mentirosa redomada —insistí—. Fingía y

manipulaba. Deje que adivine... Estaba muy deprimida y no recordaba nada cuando era importante que lo hiciera. Probablemente tomaba Ativan, que sin duda no le hacía ningún efecto. Está claro que tenía el ánimo necesario para escribir cartas. ¿Y de qué otros privilegios disfrutaba? ¿Teléfono, fotocopias?

—Los pacientes gozan de derechos civiles —respondió Blaustein sin alzar la voz—. Carrie era muy tranquila. Jugaba mucho al ajedrez y a los naipes. Le gustaba leer. En el momento de cometer los delitos había circunstancias agravantes y atenuantes, y no era responsable de sus actos. Sentía muchos remordimientos.

—Carrie siempre ha sido una gran embaucadora —repliqué—. Siempre ha sido maestra en el arte de conseguir lo que quería, y ello pasaba por seguir aquí el tiempo suficiente para ejecutar su siguiente movimiento; y ya lo ha hecho.

Abrí el billetero y saqué una copia de la carta que me había enviado Carrie. La dejé caer delante de Blaustein.

—Preste especial atención a la dirección del remitente, en la parte de arriba: *Pheasant Place, Uno, Pabellón de Mujeres de Kirby* —dije—. ¿Sabe a qué se refería con eso, o prefiere que formule una hipótesis al azar?

—No tengo ni idea —murmuró la abogada. Estaba leyendo la carta con una expresión de perplejidad.

—Es posible que eso de *Pheasant Place, Uno* esté sacado de *Hogan place, Uno*, que es la dirección del fiscal de distrito que, en su momento, habría presentado la acusación contra ella.

—Ignoro qué le rondaba por la cabeza.

—Hablemos de faisanes —dije entonces—. Aquí, en la ribera del río, delante de la puerta del edificio, tienen faisanes.

—No me había dado cuenta.

—Yo, sí, porque el helicóptero que me ha traído se ha posado en ese campo de ahí. Pero tiene razón: no tiene modo de saberlo a menos que vadee una franja de terreno de hierbas altas y zarzas y baje hasta el borde del agua, cerca del viejo embarcadero.

La abogada no dijo nada, pero advertí que estaba incómoda.

—Bien, mi pregunta es cómo pudo enterarse Carrie, o cualquiera de los internos, de la existencia de esos faisanes.

Mi interlocutora guardó silencio.

—Sabe muy bien la respuesta, ¿no es así? —insistí.

Ella me miró fijamente.

—Una paciente de máxima seguridad no debería haber estado nunca en ese campo, señora Blaustein; ni tan siquiera cerca de él. Si no quiere hablar de eso conmigo, dejaré que sea la policía quien se entreviste con usted, ya que ahora mismo la fuga de Carrie es una prioridad para quienes velan por el cumplimiento de la ley. De hecho, estoy segura de que su buen alcalde no estará precisamente satisfecho con la mala publicidad que continúa proporcionando Carrie a una ciudad que se ha hecho famosa por vencer a la delincuencia.

—Ignoro cómo se enteró Carrie —dijo finalmente la abogada—. Es la primera vez que oigo hablar de esos dichosos faisanes. Quizá le contó algo algún miembro del personal, o del servicio de transporte de alimentos para el economato; en otras palabras, alguien de fuera, como usted.

—¿Qué economato?

—El programa de privilegios de los pacientes, les permite obtener créditos o dinero para el economato; sobre todo, bocaditos y tentempiés. Hay una entrega a la semana y tienen que utilizar su propio dinero.

—¿Y de dónde sacaba Carrie el suyo?

Blaustein no contestó.

—¿Qué día hacen la entrega?

—Depende. Normalmente, a principios de semana, el lunes o el martes; casi siempre a última hora de la tarde.

—Carrie se fugó un martes por la tarde —apunté.

—Exacto. —La mirada de la abogada se hizo más dura.

—¿Y qué hay del encargado de las entregas? —pregunté entonces—. ¿Alguien se ha molestado en averiguar si puede guardar alguna relación con el caso?

—No ha habido manera de localizar al chico —señaló con indiferencia—. Era el sustituto del conductor habitual, quien al parecer estaba enfermo.

—¿Un sustituto? Bien. A Carrie le interesaba algo más que las patatas fritas. —Mi tono de voz se elevó—. Deje que lo adivine. Los repartidores llevan uniforme y conducen furgonetas. Carrie se pone un uniforme y sale como si tal cosa con su repartidor. Sube a la furgoneta y desaparece de aquí.

—Eso son simples conjeturas. No sabemos cómo se marchó.

—Pues a mí me parece que usted sí lo sabe, señora Blaustein; y me pregunto si no ayudaría también a Carrie con dinero, ya que era un caso tan especial para usted.

La abogada se puso en pie y volvió a apuntarme con el dedo.

—Si me acusa de ayudarla a escapar...

—De una manera u otra usted la ayudó —la interrumpí.

Pensé en Carrie, libre en la calle, y en Benton. Tuve que contener las lágrimas.

—¡Qué monstruosidad! —exclamé, y la miré con rabia—. Me gustaría que pasase un día, solo uno, con las víctimas. Un solo día, maldita sea, metiendo las manos en su sangre y tocando sus heridas. Las de esos inocentes que las Carries del mundo asesinan por deporte en crueles carnicerías. Creo que habría gente a la que no le gustaría enterarse de la existencia de Carrie, de sus privilegios y de su inexplicada fuente de ingresos —le dije—. Me refiero a otra gente aparte de mí.

Nos interrumpió una llamada a la puerta, y acto seguido la doctora Ensor entró en el despacho.

—He pensado que podría acompañarla yo a dar esa vuelta —me dijo—. Susan parece ocupada. ¿Ha terminado aquí? —preguntó a la abogada.

—Sí, ya está todo.

—Estupendo —dijo la doctora con una sonrisa gélida.

En aquel momento me di cuenta de que la directora era plenamente consciente de cuánto había abusado Susan Blaustein del poder, la confianza y la pura y simple decencia. Al final, la abogada había manipulado el hospital tanto como lo había hecho Carrie.

—Gracias —dije a la directora del centro.

Salí dándole la espalda a la defensora de Carrie.

«Que te pudras en el infierno», pensé.

Seguí de nuevo a la doctora Ensor, esta vez hasta un gran ascensor que daba a unos pasillos pintados de beige, desiertos y cerrados con sólidas puertas rojas que requerían de un código para entrar. Todo estaba controlado por un circuito cerrado de televisión. Al parecer, a Carrie le había gustado intervenir en el programa de animales de compañía, lo cual significaba visitas diarias a la undécima planta, donde se guardaba a los animales en jaulas, dentro de una pequeña estancia con vistas a la alambrada.

La sala de los animales estaba a media luz e impregnada de los olores almizcleños de las bestias y de astillas de madera y del rasgar de las zarpas. Había periquitos, conejillos de Indias y un hámster enano ruso. Sobre una mesa había una caja de tierra abonada repleta de brotes tiernos.

—Aquí producimos nuestra propia comida para pájaros —explicó la doctora Ensor—. Alentamos a los pacientes a cultivarla y venderla. Naturalmente, no se trata de una gran producción, sino sólo lo suficiente para nuestros pájaros. Por lo que hay en algunas de las jaulas y en el suelo, observará que los pacientes suelen dedicarse a alimentar a sus mascotas con bolitas de queso y pedazos de patatas fritas.

—¿Carrie venía aquí arriba todos los días?

—Eso me han dicho, ahora que he procurado averiguar todo lo que hacía la reclusa mientras permaneció en el centro.

La doctora hizo una pausa y contempló las jaulas en las que los animalitos, de hocico rosado, se agitaban y rascaban los barrotes.

—Es evidente que entonces no reparé, por ejemplo, en el detalle de que, durante los seis meses en que Carrie supervisó el programa de mascotas, se registró un número de muertes y de fugas inexplicables muy superior al habitual: un periquito aquí, un hámster allá... Los pacientes llegaban y encontraban el cuerpo sin vida en la jaula, o ésta con la puerta abierta y un pájaro que no aparecía por ninguna parte...

La doctora Ensor volvió al pasillo con los labios muy apretados.

—Es una lástima que usted no estuviera aquí en esas ocasiones —se limitó a decir mordazmente—. Quizás habría podido explicarme de qué estaban muriendo los animales; o quién acababa con ellos.

Al fondo del pasillo había otra puerta que daba paso a una estancia pequeña y mal iluminada en la que había un ordenador relativamente moderno y una impresora sobre una mesa sencilla de madera. También observé una clavija telefónica en la pared. Un oscuro presentimiento me asaltó antes incluso de que la doctora Ensor empezase a hablar.

—Aquí era donde Carrie pasaba la mayor parte del tiempo libre —me dijo—. Como sin duda sabrá, tiene una amplia formación en informática. Era extraordinariamente efectiva para estimular a otros pacientes a aprender, y el ordenador había sido idea suya. Sugirió que buscáramos donantes de equipos usados, y ahora tenemos un ordenador y una impresora en cada planta.

Me acerqué a una terminal y tomé asiento ante ella. Pulsé una tecla y se desconectó el salvapantallas. A continuación, observé los iconos que me indicaron qué programas eran ejecutables.

—Cuando los pacientes trabajaban aquí —pregunté—, ¿los supervisaba alguien?

—No. Los conducían hasta aquí y la puerta quedaba cerrada con llave. Una hora después, los llevaban de vuelta a su celda. —La doctora se quedó pensativa—. Soy la primera en reconocer que me quedé impresionada con el número de pacientes que empezaron a aprender a procesar textos y, en algunos casos, hojas de cálculo.

Entré en America Online y me pidieron un nombre de usuario y una contraseña. La directora de la institución observó lo que hacía.

—Desde luego, no tienen ningún acceso a Internet —apuntó.

—¿Cómo lo sabemos?

—Los ordenadores no están conectados.

—Sin embargo, llevan módem incorporado —señalé—. O, por lo menos, éste lo tiene. Si no está conectado es simplemente porque no existe una línea digital enchufada a una clavija telefónica.

Indiqué el pequeño receptáculo de la pared y volví a mirar a la directora del centro, cara a cara.

—¿Es posible que haya desaparecido de alguna parte un cable de teléfono? —le pregunté—. ¿Tal vez de uno de los despachos? ¿Del de Susan Blaustein, por ejemplo?

La directora apartó la mirada con expresión inquieta cuando empezó a darse cuenta de por dónde iban mis preguntas.

—Dios santo... —murmuró.

—Por supuesto, pudo conseguirlo del exterior. Tal vez del encargado de entregarle las chucherías del economato.

—No lo sé.

—La cuestión es que hay muchos factores que siguen siendo una incógnita, doctora Ensor. Por ejemplo, ignoramos qué diablos hacía realmente Carrie mientras estaba encerrada aquí. Quizá participaba en sesiones de charla en Internet y establecía contactos por correo electrónico. Estoy segura de que se interesa usted por la actualidad lo suficiente para saber que por la Red se cometen un gran número de delitos, ¿no? Pedofilia, violación, homicidio, pornografía infantil...

—Por eso tal actividad estaba sometida a una estrecha supervisión —respondió ella—. O cabía suponer que lo estaba.

—Tal vez así fue como Carrie planificó la fuga. ¿Cuánto hace que empezó a trabajar con el ordenador?

—Un año, más o menos; después de una larga temporada de conducta intachable.

—De conducta intachable —repetí con amarga ironía.

Pensé en los casos de Baltimore, de Venice Beach y el más reciente de Warrenton. Me pregunté si era posible que Carrie hubiera encontrado a su cómplice a través del correo electrónico, de una página web o de las sesiones de charla. ¿Era posible que cometiera delitos informáticos durante su reclusión? ¿Cabía la posibilidad de que hubiera estado trabajando en las sombras, aconsejando y animando a un psicópata que robaba caras humanas? Luego había escapado y, a partir de entonces, había empezado a cometer los crímenes en persona.

—¿Durante el año pasado ha sido dado de alta en Kirby alguien que estuviese aquí por pirómano, que tuviera sobre todo un historial de homicidios? ¿Alguien a quien Carrie hubiese llegado a conocer? ¿Un compañero de alguna de sus clases, tal vez? —pregunté, sólo para estar segura.

La doctora Ensor apagó la luz del techo y volvimos al pasillo.

—No se me ocurre nadie —respondió—, al menos nadie del estilo de los que apunta. No obstante, añadiré que siempre estaba presente un funcionario, un agente del orden.

—Y los pacientes varones y mujeres no se mezclan durante las horas de recreo.

—No, nunca. Hombres y mujeres están completamente separados.

Aunque no sabía con certeza que Carrie tuviera un cómplice varón, lo sospechaba, y recordé lo que había escrito Benton al final de sus anotaciones acerca de un varón blanco de entre veintiocho y cuarenta y cinco años. Los funcionarios, que eran meros guardianes sin armas, quizá podían asegurar el mantenimiento del orden en el aula, pero dudaba mucho de que tuvieran la menor idea de que Carrie se dedicaba a establecer contactos a través de Internet. Montamos de nuevo el ascensor y esta vez bajamos en la tercera planta.

—Es el ala de mujeres —explicó la doctora Ensor—. De momento tenemos veintiséis pacientes femeninas de un total de ciento setenta internos. Aquí está la sala de visitas.

Señaló a través del cristal una zona abierta, espaciosa, con cómodas sillas y televisores. En aquel momento no había nadie.

—¿Carrie recibía visitas alguna vez? —pregunté mientras seguíamos caminando.

—De fuera, no, ni una sola. Eso hacía que inspirase más simpatías, supongo —añadió con una sonrisa amarga—. De hecho, las mujeres están ahí dentro.

La directora señaló una zona dispuesta con camas individuales.

—Carrie dormía allí, junto a la ventana —indicó la doctora Ensor.

Recuperé la carta de Carrie del billetero y la releí. Me detuve en el quinto párrafo:

Lucy Bu por la tele. Sal volando por la ventana. Ven con nosotras. Bajo las mantas, ven hasta el alba. Ríe y canta. La misma vieja canción.
¡LUCY, LUCY, LUCY y nosotras!

De repente pensé en la cinta de vídeo de Kellie Shephard donde aparecía la actriz de Venice Beach que representaba pequeños papeles en comedias de televisión. Pensé en fotógrafos y equipos de producción, y cada vez me convencía más de que tenía que existir alguna relación. Pero ¿qué tenía que ver Lucy con todo aquello? ¿Por qué habría de ver Carrie a Lucy en televisión? ¿O era tan sólo que había averiguado de una forma u otra que Lucy pilotaba helicópteros?

Al doblar la esquina nos encontramos con cierto alboroto. Las celadoras conducían a las reclusas dentro después del recreo. Las internas sudaban y lanzaban voces con rostros torturados y a una de ellas la escoltaban con un aparato de prevención de agresiones, que era el término políticamente correcto para referirse a un artefacto que encadenaba muñecas y tobillos a una gruesa tira de cuero que rodeaba la cintura. La presa era joven y atractiva, con unos ojos que se olvidaron de todo lo demás al fijarse en mí y con una boca contraída en una sonrisa vacía. Por sus cabellos decolorados y su cuerpo pálido y andrógino, podía haber sido Carrie, y por un momento, en mi imaginación, lo fue. Se me puso la piel de gallina cuando aquellos iris dieron la impresión de girar como un remolino, de absorberme, mientras las pacientes pasaban junto a nosotras a empellones. Algunas hacían cuanto podían por tropezar conmigo.

—¿Es usted abogada? —casi me escupió una mujer negra, obesa, mirándome con rencor.

—Sí —respondí, y le devolví la mirada sin pestañear, porque había aprendido hacía tiempo a no dejarme intimidar por la gente que expresaba odio.

—Vamos. —La directora tiró de mí para que la siguiera—. Había olvidado que a esta hora vuelven a las celdas. Le pido disculpas.

Sin embargo yo me alegraba de que aquello hubiera sucedido. En cierto sentido, había mirado a los ojos a Carrie y no había apartado la vista.

—Cuénteme exactamente qué sucedió la noche de su desaparición, por favor —pedí a la doctora Ensor. Ella marcó un código en otro cerrojo electrónico y abrió otra puerta de color rojo intenso.

—Según la mejor reconstrucción posible —expuso entonces—, Carrie salió con las demás pacientes para tener esta hora de recreo que acabamos de presenciar. Llegaron los aperitivos del economato y, a la hora de la cena, ya no estaba.

Bajamos en el ascensor. Ensor echó un vistazo al reloj.

—De inmediato, se organizó una batida y se llamó a la policía. No hallamos ni rastro de ella y eso fue lo que continuó inquietándome —añadió—. ¿Cómo abandonó la isla a plena luz del día sin que nadie la viera? Teníamos policías, perros, helicópteros...

Obligué a mi interlocutora a detenerse en mitad del vestíbulo de la planta baja.

—¿Helicópteros? —repetí—. ¿Más de uno?

—Oh, sí.

—¿Usted los vio?

—Era difícil no verlos —fue su respuesta—. Estuvieron sobrevolando el lugar en círculos durante horas. Todo el hospital estaba conmocionado.

—Por favor, descríbame los helicópteros —le pedí mientras el corazón me aporreaba el pecho.

—¡Oh, vaya! —respondió ella—. Al principio, tres de la policía; después llegaron los de los medios de comunicación, como un enjambre de avispas.

—¿Por casualidad había entre ellos un aparato blanco, de pequeño tamaño? ¿Uno que parecía una libélula?

La doctora Ensor me miró con aire de sorpresa.

—Recuerdo haber visto uno como el que describe —respondió—. Pensé que era algún piloto que sentía curiosidad por todo aquel revuelo.

22

Lucy y yo despegamos de Ward's Island con un viento cálido y una presión atmosférica en descenso que volvió al Bell JetRanger más perezoso. Seguimos el East River y continuamos volando por el espacio aéreo de Clase B de La Guardia, donde nos detuvimos el tiempo imprescindible para repostar y comprar unas galletas saladas y unos refrescos en las máquinas dispensadoras, mientras yo llamaba a la Universidad de Carolina del Norte en Wilmington. En esta ocasión me pusieron con la directora de tutorías. Lo interpreté como una buena señal.

—Entiendo su necesidad de protegerse —le dije desde detrás de la puerta cerrada de una cabina telefónica, dentro de la terminal de Firmas—. Sin embargo, le ruego que reconsidere su postura. Desde la muerte de Claire Rawley otras dos personas han sido asesinadas.

Hubo un largo silencio. Finalmente, la doctora Chris Booth preguntó si yo podía acudir en persona.

—Ésa era mi intención —le aseguré.

—Perfecto.

A continuación llamé a Teun McGovern para contarle lo que sucedía.

—Creo que Carrie escapó de Kirby en el mismo Schweizer blanco que vimos sobrevolar la finca de Kenneth Sparkes cuando trabajábamos en la escena del incendio —le expliqué.

—¿Carrie sabe pilotar? —preguntó la voz perpleja de McGovern.

—No, no. No puedo imaginarlo siquiera.

—¡Ah...!

—Su cómplice —apunté—, ése es el piloto. El que la ayudó a escapar y el que está haciendo todo eso. Los dos primeros casos, Baltimore y Venice Beach, fueron una especie de ensayo. Hubiese podido suceder que nunca nos enterásemos de ellos, Teun. Creo que Carrie esperó hasta Warrenton para empezar su cacería.

—Entonces, ¿crees que el objetivo que buscaba era Sparkes? —apunté, pensativa.

— Sí, para atraer nuestra atención. Para asegurarse de que acudíamos —concluí.

—Entonces, ¿cómo encaja Claire Rawley en eso?

—Eso es lo que voy a averiguar en Wilmington, Teun. Creo que, de algún modo, ella es la clave de todo el caso, la conexión que nos conducirá al asesino, sea quien fuere. Y también creo que Carrie sabe que llegaré a esta conclusión y estará esperándome.

—¿Crees que estará ahí?

—Sí, estoy segura. Carrie esperaba que Benton fuera a Filadelfia, y así fue. Ahora espera que Lucy y yo acudamos a Wilmington. Sabe cómo pensamos, cómo actuamos... Nos conoce muy bien, al menos tanto como nosotras a ella.

—¿O sea, que vosotras sois su siguiente objetivo?

Sentí un escalofrío.

—Su presunto objetivo —puntualicé.

—No podemos correr ese riesgo, ni pensarlo, Kay. Estaremos allí cuando toméis tierra. La universidad debe de tener un campo de deportes. Lo dispondremos todo de la forma más discreta. Cuando os poséis para repostar o lo que sea, llámame al buscapersonas y nos mantendremos en contacto.

—No ha de saber que estás allí —le advertí—. Esto lo echaría todo por tierra.

—Confía en mí. No sabrá nada —dijo McGovern.

Despegamos de La Guardia con trescientos litros de combustible. Nos aguardaba un vuelo insoportablemente largo. Para mí tres horas en helicóptero eran siempre más que suficiente. El peso de los auriculares y el ruido y las vibraciones me producían un agudo dolor de cabeza y parecían descoyuntarme todos los huesos. Aguantarlo más de cuatro horas solía producirme un terrible ataque de migraña. Tuvimos suerte de contar con un generoso viento de cola y, aunque la velocidad del aire marcaba ciento diez nudos a bordo, el GPS mostraba que la velocidad real respecto al suelo era de ciento veinte.

Lucy me hizo tomar los mandos otra vez y en esta ocasión piloté con más tranquilidad, pues había aprendido a no excederme en el control y a no presentar resistencia. Cuando las térmicas y las rachas de viento nos sacudían como una madre irritada, me dejé arrastrar. Tratar de contramaniobrar bajo las ráfagas de viento no hacía sino empeorar las cosas y me costaba un gran esfuerzo. Me gustó comprobar que lo hacía mejor. Aprendí a observar los pájaros y, de vez en cuando, distinguía un avión al mismo tiempo que Lucy.

Los minutos transcurrieron monótonos y confusos mientras remontábamos el litoral, cruzábamos el río Delaware y enfilábamos hacia la Costa Este. Repostamos cerca de Salisbury, Maryland, donde fui al servicio y tomé una Coca-Cola, y seguimos hasta Carolina del Norte, donde las granjas de cerdos destrozaban el paisaje con largas construcciones de aluminio y charcas de tratamiento de residuos del color de la sangre. Entramos en el espacio aéreo de Wilmington casi a las dos en punto. Los nervios empezaron a hacer de las suyas dentro de mí cuando imaginé lo que podía aguardarnos.

—Bajemos a doscientos pies —indicó Lucy—; y aminora la velocidad.

—¿Eso quieres que haga? —quise asegurarme.

—Tú pilotas.

No fue lo que se dice una maniobra elegante, pero logré llevarla a cabo sin percances.

—Supongo que la universidad no estará sobre el agua y que, probablemente, será un grupo de edificios de ladrillo.

—Gracias, Sherlock.

Allí donde miraba veía agua, complejos de casas adosadas y plantas de tratamiento de aguas y de otros tipos. El mar quedaba a la izquierda, chispeante y rizado, ajeno a las nubes oscuras y amoratadas que se formaban en el horizonte. Se avecinaba una tormenta que no parecía tener prisa, pero amenazaba con descargar con fuerza.

—Señor, me gustaría no tener que aterrizar ahí —dije por el micrófono cuando, como era de esperar, surgió ante la vista un cúmulo de edificios de ladrillo de estilo georgiano.

—No sé qué pensar —Lucy miraba alrededor—. Si Carrie se encuentra aquí, ¿dónde estará, tía?

—Donde crea que vamos a estar nosotras —repliqué con rotundidad.

Lucy se encargó de tomar tierra.

—Ya tengo los mandos —anunció, y añadió—: No sé si esperar que tengas razón o que te equivoques.

—Deseas que esté en lo cierto —le contesté—. De hecho, lo esperas con tantas ganas que me da miedo, Lucy.

—No he sido yo quien nos ha traído aquí.

Carrie había intentado arruinar la carrera de mi sobrina; y había matado a Benton.

—Yo sé quién ha sido —apunté—. Ella nos ha traído.

La universidad quedaba a poca distancia, debajo de nuestra posición, y encontramos el campo de atletismo donde nos esperaba McGovern. Había hombres y mujeres jugando a fútbol, pero se distinguía un claro cerca de las pistas de tenis y fue allí donde Lucy se dispuso a tomar tierra. Dio un par de vueltas sobre la zona, una más alta y otra más baja, y ninguna de las dos advertimos el menor obstáculo, salvo algún árbol esporádico. En la periferia había varios coches y, cuando nos posamos en la hierba, observé que uno de ellos era un Explorer azul marino con el conductor al volante. Después me fijé en que el partido de fútbol estaba dirigido por Teun McGovern, que llevaba una camiseta y unos pantalones cortos del gimnasio de la policía y un silbato al cuello. Los equipos eran de jugadores de ambos sexos en muy buena forma.

Miré a mi alrededor como si Carrie estuviese observando todo aquello, pero los cielos estaban despejados y no había nada que trasmitiera el más ligero atisbo de ella. En el instante en que estuvimos en el suelo y con el motor al ralentí, el Explorer avanzó por la hierba y se detuvo a distancia segura de las aspas. Lo conducía una mujer a la que no conocía, y me asombró ver a Marino en el asiento del acompañante.

—Si no lo veo no lo creo —comenté a Lucy.

—¿Cómo diantre habrá llegado hasta aquí? —Mi sobrina también estaba perpleja.

Marino nos contempló desde el otro lado del parabrisas mientras esperábamos el par de minutos de rigor a que se detuviera el motor. Cuando subí a la parte de atrás del coche, mientras Lucy sujetaba y ataba las palas del rotor principal, Marino no sonrió ni dio la menor muestra de habernos reconocido. McGovern y sus jugadores de fútbol continuaron el partido sin prestarnos atención. Sin embargo, observé las bolsas de gimnasio colocadas bajo los bancos de los laterales del campo y no tuve ninguna duda de qué contenían. Era como si esperasen la llegada de un ejército, o una emboscada de las tropas enemigas, y no pude evitar preguntarme si Carrie nos había tomado el pelo a todos una vez más.

—No esperaba encontrarte aquí —comenté a Marino.

—¿Te parece posible que USAirways te lleve a alguna parte sin obligarte a hacer escala en Charlotte? —soltó con tono de queja—. Llegar hasta aquí me ha costado casi el mismo tiempo que habréis tardado vosotras...

—Me llamo Ginny Correll. —Nuestra chófer se volvió y me estrechó la mano.

Tenía cuarenta años, por lo menos, era una rubia muy atractiva que llevaba un traje gris pálido de un estilo un tanto cursi. De no haber sabido la verdad, habría dado por sentado que formaba parte de la junta rectora de la universidad. Pero en el coche había un escáner y un radiotransmisor y capté brevemente un reflejo metálico de la pistola en la sobaquera, bajo la chaqueta. La mujer esperó a que Lucy estuviera dentro del Explorer y empezó a dar la vuelta en la hierba mientras el partido de fútbol continuaba.

—Así están las cosas aquí —empezó a explicar Correll—. No sabíamos si el o los sospechosos podían estar aguardándolas, siguiéndolas o lo que fuera, de modo que nos hemos preparado para cualquier eventualidad.

—Ya lo veo —asentí.

—Dentro de un par de minutos abandonarán el campo; en cualquier caso, tenemos agentes por todas partes. Unos van vestidos de estudiantes, y otros rondan por la ciudad y verifican hoteles, bares y otros lugares públicos. Ahora nos dirigimos al despacho de tutorías, donde nos recibirá la ayudante del director, que era consejera y tutora académica de Claire Rawley y tiene todos sus expedientes.

—Bien —dije.

—Y para tu información, doctora —terció Marino—, hay un

agente de policía del campus que cree haber visto a Carrie ayer, en el sindicato de estudiantes.

—En The Hawk's Nest, para ser más exactos —aclaró Correll—. Es la cafetería. Al parecer, iba con el cabello corto teñido de rojo y tenía una mirada rara. Estaba comprando un bocadillo y el agente se fijó en ella porque la chica lo taladró con los ojos cuando pasó junto a su mesa; luego, cuando empezaron a hacer circular su foto, dijo que tal vez se trataba de ella. Aunque no podía jurarlo.

—Sería muy propio de ella clavar la mirada en un policía —soltó Lucy—. Joder a la gente es su deporte favorito.

—Añadiré también que no es inusual que los chicos de instituto vistan como los indigentes —comenté.

—Estamos buscando en tiendas de empeño de por aquí para averiguar si alguien que encaje con la descripción de Carrie ha adquirido un arma, y también coches robados en la zona —dijo Marino—. Si ella y su cómplice han robado coches en Nueva York o en Filadelfia, no van a aparecer por Wilmington con esas matrículas.

El campus era una colección inmaculada de edificios georgianos remodelados, semiocultos entre palmeras, magnolios, arrayanes y pinos de hoja larga. Las gardenias estaban en flor y, cuando nos apeamos del coche, su perfume impregnaba hasta tal punto el aire cálido y húmedo que me sentí un poco mareada.

Me encantaban los aromas del Sur y, por un instante, me pareció imposible que allí pudiera suceder nada malo. Era la temporada de verano y el campus no estaba muy poblado. Los aparcamientos sólo estaban medio llenos, y muchos de los soportes para bicicletas aparecían vacíos. Algunos de los coches que pasaban por College Road llevaban planchas de surf sujetas al techo.

El centro de tutorías estaba en el segundo piso del ala Westside Hall, y la zona de espera para alumnos con problemas de salud era malva y azul, muy soleada. Sobre las mesillas auxiliares había rompecabezas de mil piezas en varias etapas de desarrollo, lo que ofrecía una agradable distracción para quienes tenían hora de consulta. Un recepcionista nos esperaba y nos condujo por un largo pasillo, en el que dejamos atrás salas de observación y de terapia de grupo, y espacios para realizar los test. La doctora Chris Booth era una mujer enérgica, de ojos amables y vivaces, que según mi apreciación rondaba los sesenta, y a la que gustaba mucho tomar el sol. Tenía la tez curtida de un modo que le daba carácter, con la piel intensamente bronceada y surcada de profundas arrugas, los cabellos cortos y canosos y el cuerpo delgado pero vital.

Era psicóloga y tenía un despacho en una esquina con vistas al edificio de bellas artes y a unos exuberantes robles. Siempre me había fascinado la personalidad que rezumaban los despachos. El lugar donde trabajaba aquella mujer resultaba tranquilizador, sosegante, pero también inteligente en la disposición de los asientos, que se adaptaba a personalidades muy distintas. Había un sillón bajo para el paciente que quería enroscarse entre mullidos cojines y estar abierto a la ayuda, una mecedora de respaldo de bejuco y un confidente rígido. El color principal de la estancia era un verde suave, con cuadros de marinas en las paredes y begonias en cuencos de terracota.

—Buenas tardes. —La doctora Booth nos recibió con una sonrisa, al tiempo que nos invitaba a entrar—. Me alegro mucho de conocerla.

—Y yo a usted —respondí. Me instalé en la mecedora mientras Ginny se acomodaba en el confidente. Marino miró a su alrededor con aire tímido y se abrió paso hasta el sillón bajo, donde hizo cuanto pudo por no ser engullido por éste. La doctora Booth estaba sentada en su silla de despacho de espaldas a su mesa, perfectamente ordenada, en la que no había nada más que una lata de Pepsi baja en calorías. Lucy se quedó junto a la puerta.

—Esperaba que alguien vendría a verme —empezó a decir la doctora Booth, como si la reunión la hubiese convocado ella—. Pero, para ser sincera, no sabía con quién ponerme en contacto o siquiera si debía hacerlo.

Nos examinó a todos con sus perspicaces ojos grises.

—Claire era muy especial... aunque sé que todo el mundo dice lo mismo de los muertos —continuó.

—Todo el mundo, no —replicó Marino en tono irónico.

La doctora Booth le dedicó una sonrisa triste.

—Sólo digo que a lo largo de los años he asesorado a muchos alumnos. Claire me había llegado a lo más profundo del corazón y tenía grandes esperanzas depositadas ella. La noticia de su muerte me dejó destrozada.

Hizo una pausa y miró por la ventana.

—La vi un par de semanas antes de que muriese y he intentado pensar en cualquier detalle que pudiera proporcionarme una explicación a lo que sucedió.

—Cuando dice que la vio, ¿se refiere aquí, en el campus? ¿Vino para una sesión? —pregunté.

La doctora Booth asintió:

—Estuvimos reunidas una hora.

Lucy estaba cada vez más inquieta.

—Antes de que pasemos a eso —dije—, ¿podría facilitarnos toda la información previa que tenga disponible?

—Desde luego. Por cierto, tengo fechas y horas de las citas, por si lo necesita. He estado viéndola aquí, esporádicamente, desde hace tres años.

—¿Esporádicamente? —Marino se inclinó hacia delante en el profundo sillón, y enseguida empezó a deslizarse otra vez hacia el fondo, engullido por los mullidos cojines.

—Claire trabajaba para pagarse la carrera. Estaba empleada de camarera en el Blockade Runner, en la playa de Wrightsville. No hacía otra cosa que trabajar y ahorrar y con eso pagaba un semestre; después, dejaba las clases para ganar más dinero. Cuando no acudía a la facultad no la veía, y así fue cómo en mi opinión, empezaron muchas de sus dificultades.

—Voy a dejar que ustedes se ocupen de esto —intervino Lucy bruscamente—. Yo quiero asegurarme de que alguien vigila el helicóptero.

Lucy cerró la puerta a sus espaldas y experimenté una oleada de miedo. Temía que Lucy saliera sola a la calle en busca de Carrie. Marino me miró a los ojos durante unos instantes y advertí que estaba pensando lo mismo que yo. Nuestra escolta, Ginny, estaba sentada muy tiesa en el confidente, discreta como era debido, sin demostrar otra cosa que atención.

—Hace un año y medio —continuó la doctora Booth—, Claire conoció a Kenneth Sparkes. Sé que no les estoy revelando nada que no sepan ya. Ella era una surfista de competición, y él tenía una casa en la playa en Wrightsville. En pocas palabras, mantuvieron una relación breve y muy intensa, que él cortó.

—Y eso sucedió mientras ella asistía a las clases de la facultad —comenté.

—Sí, en el segundo semestre. Rompieron en otoño y Claire no volvió a la universidad hasta el invierno siguiente. No acudió a verme hasta febrero, cuando su profesor de inglés advirtió que se quedaba dormida en clase con mucha frecuencia y que olía a alcohol. Preocupado, el hombre acudió al decano y a Claire se la mantuvo como alumna con carácter provisional y bajo la condición de que tenía que volver a mi consulta. Me temo que todo aquello estaba relacionado con Sparkes. Claire era adoptada, una situación muy desgraciada. Se marchó de casa cuando tenía dieciséis años, llegó a Wrightsville y se instaló. Hacía cualquier clase de trabajo para sobrevivir.

—¿Dónde están los padres, ahora?

—¿Los padres biológicos? Ignoramos quiénes son.

—No, los adoptivos.

—En Chicago. No han tenido contacto con ella desde que se marchó de casa. Pero saben que ha muerto. Hablé con ellos.

—Doctora Booth —pregunté entonces—, ¿tiene usted idea de por qué acudió Claire a la casa de Sparkes en Warrenton?

—La chica carecía por completo de resistencia al fracaso. Sólo puedo hacer especulaciones acerca de si acudió para verlo con la esperanza de resolver su situación. Sé que había dejado de llamarlo la primavera pasada, porque al final Sparkes había optado por cambiarse a otro número de teléfono que no aparecía en el listín. Supongo que la única forma de hablar con él era presentándose allí.

—¿En un viejo Mercedes perteneciente a un psicoterapeuta llamado Newton Joyce? —preguntó Marino, al tiempo que cambiaba otra vez de posición.

La doctora Booth se sobresaltó.

—Vaya, ignoraba eso —admitió—. ¿Llevaba el coche de Newton?

—¿Lo conoce?

—En persona, no, pero sí conozco su reputación, desde luego. Claire empezó a acudir a él porque consideraba que necesitaba una perspectiva masculina. Eso fue en los dos últimos meses. Desde luego, yo no lo habría elegido.

—¿Por qué? —preguntó Marino.

Con una tensa expresión de cólera, la doctora Booth resumió sus pensamientos.

—Todo esto es un buen lío —dijo—, lo cual quizás explique mi resistencia a hablar de Claire la primera vez que usted llamó. Newton es un niño de papá que nunca ha tenido que trabajar pero que decidió estudiar psicoterapia. Todo un reto para él, imagino.

—El tipo parece haberse esfumado —señaló Marino.

—Eso no tiene nada de extraordinario —respondió la mujer secamente—. Entra y sale cuando le da la gana; a veces está fuera meses o incluso años seguidos. Llevo casi veinte años en esta universidad y lo recuerdo cuando era un muchacho. Es capaz de hipnotizar a los pájaros en las ramas y de convencer a la gente para que haga cualquier cosa, pero es un egoísta. Cuando Claire empezó a verse con él, me preocupé mucho. Digamos que Newton no destaca precisamente por su sentido ético. Establece sus propias normas, pero nunca lo han atrapado.

—¿En qué? —quise saber—. ¿En qué no lo han atrapado?

—En controlar a sus pacientes de la forma más inapropiada.

—¿Manteniendo relaciones sexuales con ellas? —pregunté.

—Nunca he obtenido pruebas de eso. Se trataba más bien de un asunto mental, de una cuestión de dominio, y era muy evidente que tenía a Claire completamente dominada. Ella mostraba una absoluta dependencia de él. —Hizo chasquear los dedos de forma elocuente—. Desde la primera sesión. Claire llegaba y se pasaba todo el tiempo hablando obsesivamente con él. Por eso me extraña tanto que acudiera a ver a Sparkes. Para ser sincera, pensaba que había terminado con él y que estaba volada por Newton. Con franqueza, opino que habría hecho cualquier cosa que Newton le hubiera pedido.

—¿Es posible que él le sugiriese la idea de acudir a ver a Sparkes? ¿Por razones terapéuticas, para dar el episodio por cerrado? —apunté.

La doctora Booth me dedicó una sonrisa irónica.

—Quizá le sugiriese que fuera a verlo, pero dudo que lo hiciera para ayudarla —fue su respuesta—. Lamento decir que si la presencia de Claire en la casa era una idea de Newton, es muy probable que éste la estuviera manipulando.

—Desde luego, me gustaría saber cómo se liaron estos dos —dijo Marino, inclinándose hacia delante en el sillón bajo—. Supongo que alguien le envió la chica...

—¡Oh, no! —replicó la doctora Booth—. Se conocieron en una sesión fotográfica.

—¿A qué se refiere? —La sangre casi se me había detenido en las venas.

—Ese hombre está enamorado de todo lo que huele a Hollywood y se las ha arreglado para trabajar con equipos de producción en películas y sesiones fotográficas. El estudio de Screen Gems está aquí mismo, en la ciudad, y una de las asignaturas optativas de Claire fue la de introducción al cine. Su sueño era llegar a ser actriz. Sin duda era lo bastante hermosa para ello. Por lo que Claire me contó, estaba trabajando de modelo en la playa para alguna revista de surf, creí entender. Pues bien, él era parte del equipo de producción; en este caso, el fotógrafo. Al parecer, conoce bien el oficio.

—Decía usted que Newton pasa mucho tiempo fuera —dijo Marino—. ¿Tal vez tiene otras residencias?

—No sé nada más de él, de verdad —respondió.

Al cabo de una hora, el Departamento de Policía de Wilmington tenía una orden de registro de la propiedad de Newton Joyce situada en el barrio histórico, muy cerca de la playa. Su casa, de marcos blancos, tenía una planta con un techo voladizo de color gris que cubría el porche delantero y se hallaba al fondo de una calle tranquila junto a otras maltrechas casas del siglo pasado, que tenían también sus porches y sus galerías.

Unos magnolios enormes envolvían en densas sombras el patio de la casa, al que llegaban unos desvaídos rayos de sol, y el aire estaba plagado de insectos. Para entonces, McGovern se había unido a nosotros y esperábamos en el porche trasero mientras uno de los detectives utilizaba una porra para romper un cristal de la puerta. Después, introdujo la mano y abrió el pestillo.

Marino, McGovern y un detective llamado Scroggins entraron primero con sendas armas, preparados para disparar. Yo los seguí de cerca, desarmada y muy nerviosa ante lo siniestro de aquel lugar que Joyce llamaba casa. Entramos en una pequeña sala de estar que se había modificado para acomodar a los pacientes. Había allí un espantoso sofá victoriano de terciopelo rojo, una mesa rinconera con el tablero de mármol donde habían colocado una lámpara de vidrio oval, y una mesilla auxiliar rebosante de revistas atrasadas. Tras una puerta se encontraba el despacho, que resultaba aún más extraño.

Las paredes, de pino nudoso amarillento, estaban cubiertas casi por completo de fotos enmarcadas de lo que imaginé que eran modelos y actores en varias poses publicitarias. Había cientos de ellas, y supuse que Joyce las había tomado personalmente. Me costaba imaginar a un paciente que expusiera sus problemas en medio de tantos cuerpos y rostros hermosos. Sobre el escritorio de Joyce observé un tarjetero Rodolex, una agenda, papel de escribir y un teléfono. Mientras Scroggins empezaba a pasar los mensajes del contestador automático, seguí examinando la estancia.

Sobre las estanterías había volúmenes en tela y cuero de algunos clásicos cubiertos de polvo, lo cual me indicaba que hacía muchos años que no se abrían. También había un diván de cuero marrón cuarteado, presumiblemente para los pacientes, y al lado una mesilla con un simple vaso de agua, casi vacío y con el borde manchado de lápiz de labios color melocotón pálido. Justo delante del diván había un sillón de caoba de respaldo alto, primorosamente tallado, que me recordó un trono. Oí que Marino y McGovern inspeccionaban otras habitaciones mientras seguían saliendo voces del contestador. Todos los mensajes habían sido grabados después de la tarde del cinco de junio, el día anterior a la muerte de Claire. Varios pacientes habían llamado en relación con sus citas. Un agente de viajes le había dejado aviso de que tenía dos billetes para París.

—¿Qué aspecto tiene ese iniciador de fuego? —preguntó Scroggins al tiempo que abría otro cajón del escritorio.

—Es una barra fina de metal plateado —le contesté—. Cuando lo vea, sabrá que es eso.

—Aquí dentro no hay nada sospechoso, pero al tipo le gustan las gomas elásticas, de eso no cabe duda. Debe de tener miles. Parece que se dedica a hacer estas pelotillas tan extrañas.

Sostuvo en alto una esfera perfectamente redonda hecha exclusivamente de gomas elásticas.

—¿Y cómo carajo creen que hizo eso? —Scroggins estaba asombrado—. ¿Piensan que empezó con una y luego continuó enrollando las demás como si tuviera una pelota de golf por dentro?

Lo ignoraba.

—¿Qué clase de mente es ésa, eh? —continuó Scroggins—. ¿Cree que se quedaba ahí sentado, enrollando gomas elásticas, mientras hablaba con sus pacientes?

—A estas alturas —repliqué—, no hay nada que me sorprenda gran cosa...

—Vaya chiflado. Hasta ahora he encontrado trece, catorce... diecinueve bolas como ésta.

Las sacó del cajón y las colocó sobre el escritorio. Entonces, Marino me llamó desde la parte trasera de la casa.

—Doctora, será mejor que venga a ver esto.

Seguí el ruido que hacían él y McGovern y entré en una cocina pequeña, llena de utensilios antiguos, restos de otra civilización gastronómica. Los platos se amontonaban en el agua fría y cubierta de restos del fregadero, y el cubo de la basura, lleno a rebosar, desprendía un hedor repugnante. Newton Joyce era más desaseado incluso que Marino, y me resultaba difícil de aceptar, sobre todo teniendo en cuenta el sentido del orden que revelaban aquellas bolas de gomas elásticas y lo que yo consideraba sus crímenes. Sin embargo, pese a todos los textos de criminología de las escenificaciones que hacía Hollywood, las personas no eran robots y muchas veces no actuaban de manera coherente. Un ejemplo claro de ello era lo que Marino y McGovern habían descubierto.

En la cocina había una puerta que daba al garaje. En una hábil maniobra, Marino había quitado el candado que cerraba la puerta mediante una cizalla cortatornillos que McGovern había traído del Explorer. Al otro lado había una zona de trabajo sin puertas al exterior, puesto que se había cegado la salida con ladrillos. Las paredes estaban pintadas de blanco y pegados a una de ellas había unos bidones de doscientos litros de gasolina de aviación, así como un congelador Sub-Zero de acero inoxidable cuya puerta estaba cerrada con otro candado lo cual también me resultó inquietante. El suelo de cemento estaba muy limpio y en un rincón se hallaban cinco cajas de aluminio para cámaras y varios cajones de virutas de porexpán de diversos tamaños. En el centro de la sala había una gran mesa de contrachapado cubierta de fieltro en la que Joyce había dispuesto el instrumental que utilizaba en sus crímenes.

Seis cuchillas aparecían ordenadas en una hilera perfecta con el mismo espacio de separación entre ellas. Cada una estaba dentro de su funda de cuero y en una pequeña caja de madera de secoya había piedras de afilar.

—¡Vaya si...! —exclamó Marino, señalándome las cuchillas—. Déjame que te indique qué es cada una, doctora. Las de cachas de hueso son cuchillas de peletero R. W. Loveless, fabricadas por Beretta; para coleccionistas, numeradas y a un precio de seiscientos dólares cada una.

Las miró con codicia, pero no las tocó.

—Las de acero azul son Chris Reeves, al menos a cuatrocientos dólares la pieza, y la parte inferior de las cachas se desenrosca por si uno quiere guardar cerillas dentro —continuó Pete.

Oí que se cerraba una puerta a lo lejos y, a continuación, Scroggins apareció con Lucy. El detective se quedó tan asombrado ante el despliegue de cuchillas como el propio Marino, y los dos, junto con McGovern, continuaron abriendo cajones de cómodas llenas de herramientas. Con una palanca forzaron dos armarios que contenían otros indicios escalofriantes de que habíamos dado con nuestro asesino. En una bolsa de plástico Speedo había ocho gorros de nadador de silicona, todos ellos de un color rosa intenso. Iban dentro de una bolsita de plástico con la etiqueta del precio, lo cual nos permitió saber que Joyce había pagado dieciséis dólares por cada uno de ellos. En cuanto a los iniciadores de fuego, había cuatro en una bolsa de supermercado.

En aquella especie de guarida, Joyce también tenía un equipo informático completo y Lucy intentó acceder a toda la información posible. Sentada en una silla plegable, mi sobrina empezó a teclear mientras Marino llevaba las cizallas al frigorífico que, sorprendentemente, era del mismo modelo que el que yo tenía en casa.

—Esto es demasiado fácil —dijo Lucy—. Ha descargado su correo electrónico en un disco. No hay contraseña ni nada parecido: todo el material recibido y enviado desde hace unos dieciocho meses. Tenemos como nombre de usuario un FMKIRBY. «De Kirby», supongo. Me pregunto quién será su corresponsal —soltó con sarcasmo.

Me acerqué más y eché una ojeada por encima de su hombro mientras mi sobrina pasaba notas que Carrie había enviado a Newton Joyce, cuyo espantoso nombre de usuario era «el desollador» y las que él le había enviado a ella. El diez de mayo, él escribía:

«He dado con ella. Una conexión perfecta. ¿Qué tal un gran magnate de la prensa? ¿A que soy un hacha?»

Y al día siguiente, Carrie le había respondido:

«Sí, genial. Los quiero a ellos. Luego, sácame de aquí volando, hombre pájaro. Después me enseñarás. Quiero mirar a sus ojos vacíos y ver.»

—Dios mío —murmuré—. Carrie quería que el tipo cometiera un crimen que asegurara mi participación en el caso.

Lucy pasó algunos mensajes más, y su presión repetida en la tecla de «abajo» se volvió impaciente e irritada.

—Entonces, el tipo tropieza con una foto de Claire Rawley y ésta resulta ser el cebo. El reclamo perfecto debido a su antigua relación con Sparkes —continué—. Joyce y Claire acuden a la finca de Sparkes, pero éste no está en la ciudad y logra salvarse. Joyce mata y mutila a la chica e incendia el lugar. —Hice una pausa para leer más correo electrónico antiguo y concluí—: Y ahora, aquí estamos.

—Estamos aquí porque ella así lo ha dispuesto —advirtió Lucy—. Quería que descubriéramos todo esto.

Pulsó la tecla con energía.

—¿No lo entiendes? —preguntó. Dio media vuelta y me miró fijamente—. Nos ha atraído hasta aquí para que lo veamos todo.

Las cizallas cortaron de pronto el candado de acero con un sonoro chasquido y la puerta del frigorífico se abrió de golpe.

—¡Por Dios! —gritó Marino—. ¡Mierda! —añadió.

23

En el estante superior de alambre había dos cabezas de maniquí calvas, una de hombre y otra de mujer, con la cara inexpresiva manchada de negro, debido a la sangre coagulada. Los maniquíes habían sido utilizados como moldes para las caras que Joyce había arrancado, cada una colocada sobre el rostro del maniquí y luego congeladas rápidamente a muy baja temperatura para dar forma a los trofeos. Joyce había envuelto aquellas espantosas piezas a modo de máscaras en una triple capa de bolsas de plástico de congelar que fueron marcadas como pruebas con el número de caso, la ubicación del hallazgo y las respectivas fechas.

La más reciente era la que estaba encima, y la agarré como un robot mientras el corazón empezaba a latirme con tal fuerza que, por un instante, perdí el mundo de vista. Me puse a temblar y no fui consciente de nada más hasta que volví en mí en los brazos de McGovern, quien me ayudó a sentarme en la silla que había ocupado Lucy, junto a la mesa.

—Que alguien le traiga un poco de agua —decía McGovern—. Todo va bien, Kay. Ya ha pasado.

Fijé la vista en el congelador, cuya puerta abierta de par en par mostraba los montones de bolsas de plástico que contenían carne y sangre. Marino deambulaba de un lado a otro del garaje y se pasaba los dedos por los mechones de su ya escaso cabello. Su tez tenía el color de quien está a punto de sufrir un síncope; y mi sobrina había desaparecido.

—¿Dónde está Lucy? —pregunté con la boca seca.

—Ha ido a buscar un botiquín de primeros auxilios —respondió McGovern con voz tranquila—. Quédate quieta, procura relajarte y te sacaremos de aquí. No es preciso que veas todo esto.

Pero ya lo había visto. Había visto la cara vacía, la boca contrahecha y la nariz sin puente. Había visto la carne teñida de anaranjado y burbujeante por el hielo. La fecha de la bolsa del congelador era 17 de junio; la ubicación, Filadelfia, y el dato me había penetrado mientras observaba el contenido. Luego ya fue demasiado tarde, o tal vez habría decidido mirar de todos modos, porque tenía que saber...

—Ellos han estado aquí —dije.

Pugné por incorporarme y volví a sentirme mareada.

—Han estado aquí el tiempo suficiente para dejar eso. Para que lo encontráramos —continué.

—¡Maldito hijo de puta! —gritó Marino—. ¡Maldito hijo de puta, cabrón de mierda!

Se restregó los ojos contra el puño y continuó deambulando como un poseso. En aquel momento Lucy bajaba los peldaños, pálida y con los ojos vidriosos. Parecía aturdida.

—McGovern a Correll —dijo Teun por el radioemisor.

—Correll —llegó la voz del otro lado.

—Venid enseguida.

—Entendido.

—He llamado a nuestros forenses —nos anunció el detective Scroggins.

También él estaba aturdido, pero no tanto como los demás. Para él, aquello no era personal. No había oído hablar jamás de Benton Wesley. Scroggins revisaba cuidadosamente las bolsas del congelador y movía los labios mientras contaba.

—Dios santo —dijo con asombro—. Aquí hay veintisiete cosas de ésas.

—Fechas y lugares —señalé yo, haciendo acopio de todas mis fuerzas para avanzar hasta él.

Lo revisamos juntos.

—Londres, 1981. Liverpool, 1983. Dublín, 1984, y uno, dos, tres, cuatro, cinco, seis, siete, ocho, nueve, diez, once. Once en total, de Irlanda, a lo largo de 1987. Parece que entonces empezó realmente a actuar... —apuntó Scroggins, que empezaba a dar muestras de excitación, como suele suceder cuando uno está al borde de la histeria.

Seguí mirando a su lado, y la ubicación de las muertes empezaba en Irlanda del Norte, en Belfast y Galway, y continuaba en la Republica de Irlanda, con nueve asesinatos en Dublín y en las ciudades periféricas, como Ballboden, Santry y Howth. Tras esto, Joyce había empezado su actuación en Estados Unidos, sobre todo en el Oeste, en zonas remotas de Utah, Nevada, Montana y Washington, y en una ocasión en Natches, Misisipí, lo que me explicaba muchas cosas, sobre todo al recordar lo que había escrito Carrie en la carta que me había enviado. Allí había hecho una extraña referencia a «huesos aserrados».

—Los torsos —dije, y la verdad me asaltó como un fogonazo de luz—. Los descuartizamientos sin resolver en Irlanda. Luego no se supo nada de él durante ocho años, porque estaba matando en nuestro Oeste y los cadáveres no se encontraban nunca o, al menos, no se informaba de los sucesos a nivel nacional y, en consecuencia, no sabíamos que estaban produciéndose. Ese tipo no se detuvo nunca y luego fue a Virginia, donde su presencia llamó claramente mi atención y me sacó de mis casillas.

En 1995 habían aparecido dos torsos, el primero cerca de Virginia Beach y el segundo en Norfolk. Al año siguiente se produjeron dos casos más, esta vez en la zona occidental del estado, uno en Lynchburg y el otro en Blacksburg, muy cerca del campus del Instituto Politécnico de Virginia. En 1997, Joyce parecía haber guardado silencio y fue entonces cuando empecé a sospechar que Carrie se había aliado con él.

La publicidad acerca de los descuartizamientos se había vuelto abrumadora y sólo dos de los cadáveres sin extremidades y decapitados habían podido ser identificados mediante radiografías que coincidieron con placas tomadas a personas desaparecidas, en los dos casos estudiantes varones del instituto. Las investigaciones me habían correspondido a mí; había sabido montar un alboroto tremendo en torno a ellos y había acudido a testificar el FBI.

En aquel instante me di cuenta de que el principal propósito de Joyce no era tanto retrasar o impedir la identificación como, y eso era lo más importante, ocultar la mutilación de los cuerpos. No quería que supiéramos que estaba robándoles la belleza a sus víctimas, que estaba arrebatándoles su esencia al llevar la cuchilla al rostro y añadir una pieza más a su macabra colección. Quizás el autor temía que el descuartizamiento adicional hiciera demasiado intensa la búsqueda y ello lo había llevado a cambiar su estrategia y a dedicarse a los incendios; quizás había sido Carrie quien le había sugerido tal actuación. Sólo podía suponer que la pareja había establecido contacto a través de Internet.

—No lo entiendo —decía Marino.

Se había tranquilizado un poco y había cobrado la presencia de ánimo necesaria para hurgar entre los paquetes y cajas de Joyce.

—¿Cómo consiguió traerse todo eso? —preguntó—. ¿Cómo pudo importarlo desde Inglaterra e Irlanda? ¿O desde Venice Beach y Salt Lake City?

—Hielo seco —me limité a responder, y dirigí la mirada a las cajas metálicas para equipo fotográfico y a las bolsas isotérmicas—. Tal vez lo embaló todo y pasó el control de equipajes con ello encima sin que nadie lo advirtiera.

Una nueva inspección de la casa de Joyce aportó más indicios incriminatorios, todos a plena vista, pues la autorización de registro hacía referencia a los iniciadores de fuego de magnesio, a las armas blancas y a las partes de cadáveres humanos, lo cual daba licencia a la policía para revolver cajones y hasta para derribar tabiques, si lo consideraba necesario. Mientras un forense local sacaba el contenido del congelador para trasladarlo al depósito de cadáveres, se hizo un repaso de los cajones y, con un taladro, se procedió a abrir la caja fuerte. En el interior había moneda extranjera y miles de fotografías de centenares de personas que habían tenido la fortuna de no ser asesinadas.

También había fotos de alguien que presumiblemente era Joyce, sentado en el puesto del piloto de su Schweizer blanco o apoyado en el aparato con los brazos cruzados sobre el pecho. Contemplé su imagen e intenté fijarla en mi mente. Joyce era un tipo bajo y delgado, de cabellos castaños, y habría podido resultar atractivo de no haber estado tan terriblemente marcado por el acné.

Tenía la cara cubierta de cicatrices hasta el escote de la camisa, que llevaba abierta, y no pude por menos que imaginar la vergüenza que habría pasado de adolescente, las burlas y las risas despreciativas de sus compañeros. De jovencita, había conocido a muchachos como él, desfigurados por nacimiento o por enfermedad, incapaces de disfrutar de las prerrogativas de la juventud o de ser objeto de amor.

Por eso había robado a otros lo que él no tenía. Había destruido a otros igual que él había padecido la destrucción. El foco de su actuación había sido los miserables dones que le había proporcionado la vida, su propio yo desgraciado. No me inspiraba lástima. Tampoco creía que él y Carrie estuvieran todavía en la ciudad o en sus inmediaciones. Carrie había conseguido lo que quería, al menos por el momento. En la trampa que le había tendido sólo había caído yo misma. Ella había querido que encontrase a Benton y así había sucedido.

Tuve la certeza de que el último acto de todo aquello sería lo que algún día me haría a mí. Pero, de momento, estaba demasiado extenuada para que me importase. Estaba agotada. Encontré el silencio sentada en un viejo banco de mármol desgastado que había entre la tupida maraña de zarzas del descuidado jardín trasero de la casa. Begonias, hostas e higueras competían por el sol con las hierbas altas y encontré a Lucy en el límite de las sombras intermitentes que proyectaban los robles, donde los hibiscus rojos y amarillos crecían exuberantes y hermosos.

—Vámonos a casa, Lucy.

Tomé asiento junto a mi sobrina en una piedra fría y dura que siempre asociaba a los cementerios.

—Espero que estuviera muerto antes de que le hicieran eso —murmuró una vez más.

Yo no quería pensar en el tema.

—Sólo espero que no sufriera —insistió.

—Carrie quiere que nos preocupemos de cosas así —repliqué en un acceso de cólera que asomó entre mi bruma de incredulidad—. Ya nos ha robado mucho, ¿no crees? No le concedamos nada más, Lucy.

Ella no supo qué responder.

—Del resto se ocupará la ATF y la policía —continué, y le di la mano—. Vamos a casa y ya seguiremos desde ahí.

—¿Cómo?

—No estoy segura —respondí con toda la franqueza de que fui capaz.

Nos levantamos a la vez y volvimos a la parte delantera de la casa, donde McGovern hablaba con un agente apostado junto al coche de ella. Nos miró y la compasión dulcificó su mirada.

—Si nos llevas de vuelta al helicóptero —dijo Lucy con una firmeza que no sentía—, lo devolveré a Richmond para que la Patrulla de Fronteras pueda recogerlo. Si ya no lo necesitamos, claro.

—No estoy segura de que debas pilotar en el estado en que te encuentras... —De repente, McGovern volvía a ser la supervisora de Lucy.

—Confía en mí —replicó Lucy, que siguió en un tono un poco más brusco—. Me encuentro bien. Además, ¿quién va a pilotarlo, si no? No podemos dejarlo ahí tirado, en mitad de un campo de fútbol.

Con la vista fija en Lucy, McGovern titubeó. Abrió el Explorer.

—Bien —dijo—. Subid.

—Trazaré un plan de vuelo —apuntó mi sobrina, tras instalarse en el asiento del acompañante—. Para que puedas comprobar dónde estamos, si con eso te sientes mejor.

—Así me sentiré mejor —afirmó McGovern, y puso en marcha el motor. Después, habló por la radio con uno de los agentes que se hallaban en el interior de la casa.

—Que se ponga Marino —ordenó.

Tras una breve espera, nos llegó la voz de Marino por las ondas.

—Adelante.

—El grupo se va. ¿Qué hará usted?

—Me quedo en tierra —fue su respuesta—. Primero quiero echar una mano por aquí.

—Entendido. Se lo agradecemos.

—Deséeles buen vuelo de mi parte —añadió Marino.

Cuando llegamos junto al helicóptero, un agente de seguridad del campus que patrullaba en bicicleta estaba apostado ante el aparato. En las pistas de tenis contiguas se desarrollaba una gran actividad y las bolas iban y venían mientras cerca de una de las porterías del estadio había varios jóvenes que jugaban a fútbol. El cielo exhibía un azul radiante y los árboles apenas se movían, como si no hubiera sucedido allí nada malo. Lucy llevó a cabo un minucioso examen previo al vuelo mientras McGovern y yo esperábamos en el coche.

—¿Qué vas a hacer? —le pregunté.

—Bombardear las noticias con fotos de ellos dos y con cualquier otro dato que facilite su identificación —contestó—. Tendrán que comer, o dormir, y también buscar carburante para el helicóptero. No podrán volar eternamente sin repostar.

—Es increíble que aún no lo haya visto posándose, volando o lo que sea.

—Parece que tenía una buena reserva de combustible ahí mismo, en el patio de la casa. Por no hablar de los muchísimos campos de aviación pequeños en los que podría tomar tierra para llenar el depósito —dijo—. Los hay por todas partes. Además en un espacio aéreo sin control no tiene por qué mantener contacto con la torre. Y los Schweizer no son aparatos raros de ver, precisamente. Además, en realidad, ya ha sido visto en alguna ocasión. —Se volvió hacia mí—. Incluso nosotros lo vimos, y también el herrador y la directora de Kirby. Pero no sabíamos qué estábamos viendo.

—Supongo que es eso.

Mi malhumor se acrecentaba por momentos. No quería irme a casa. No quería ir a ninguna parte. Era como si el tiempo se hubiera vuelto gris, y me sentía aterida de frío, y solitaria, y no podía escapar a nada de ello. En mi cabeza daban vueltas muchas preguntas y respuestas, muchas deducciones y muchos gritos. Y cuando la agitación se calmaba, veía a Benton entre escombros humeantes. Veía su rostro bajó el plástico resistente.

—¿... Kay?

Me di cuenta de que McGovern estaba hablándome.

—Quiero saber cómo te sientes. De verdad.

McGovern me miraba fijamente. Solté un profundo y tembloroso suspiro y mi voz sonó quebrada cuando murmuré:

—Saldré adelante, Teun. Aparte de eso, no sé cómo me encuentro, ni quiera estoy segura de qué decisión tomar. De lo que sí soy consciente es de lo que he hecho: lo he echado todo a perder. Carrie ha jugado conmigo como con una baraja de cartas y Benton ha muerto. Ella y Newton Joyce siguen en libertad, dispuestos a cometer algún nuevo crimen; o quizá lo hayan cometido ya. Ninguna de mis acciones ha servido absolutamente para nada, Teun.

Los ojos se me llenaron de lágrimas cuando observé a una Lucy borrosa que comprobaba si el tapón del depósito de carburante estaba bien cerrado. A continuación, empezó a desatar las palas del rotor principal. McGovern me ofreció un pañuelo y me apretó el brazo con suavidad.

—Eres una persona brillante, Kay. Para empezar, si no hubieras descubierto un montón de cosas, no habríamos tenido nada que aportar a la lista del mandamiento judicial. Ni siquiera habríamos conseguido la orden de registro, en cuyo caso ¿dónde estaríamos ahora?

—Hemos descubierto lo que ellos han querido —objeté.

Lucy terminó la inspección y se volvió hacia mí.

—Creo que será mejor que me vaya —le dije a McGovern—. Gracias.

Cuando nos dimos la mano, se la estreché con fuerza.

—Cuida de Lucy —le dije.

—Creo que sabe cuidar de sí misma perfectamente.

Me apeé del Explorer y me volví una vez para decir adiós con la mano. Abrí la puerta del copiloto del helicóptero y me instalé en el asiento; después, me ajusté el equipo de seguridad. Lucy sacó la lista de comprobaciones técnicas de una guantera de la puerta y la repasó, concentrándose en los interruptores automáticos y otros controles. El corazón no me latía con normalidad y me di cuenta de que respiraba muy superficialmente.

Despegamos y pusimos proa al viento. McGovern nos siguió con la vista mientras ascendíamos, protegiéndose los ojos con la mano. Lucy me entregó una carta de navegación por secciones y me dijo que tendría que ayudarle a seguir el rumbo. Se elevó rápidamente y entré en contacto con Control del Tráfico Aéreo.

—Torre de Wilmington, aquí el helicóptero dos-uno-nueve Sierra Bravo.

—Adelante, helicóptero dos-uno-nueve. Aquí, torre de Wilmington.

—Solicito autorización de despegue desde el campo universitario de atletismo, directo a su localización para ISO Aero. Cambio.

—Contacte con la torre cuando introduzca el plan de vuelo. Autorizado desde su presente posición, en rumbo; siga en contacto conmigo e informe y confirme en ISO.

—Dos Sierra Bravo. Seguiré instrucciones.

A continuación, Lucy me tradujo la jerga.

—Seguiremos rumbo tres tres cero. Tu trabajo cuando hayamos repostado será mantener ajustadas las lecturas del giroscopio y de la brújula y ayudarme con la carta de navegación.

Ascendió a quinientos pies y la torre volvió a ponerse en contacto con nosotras.

—Helicóptero dos Sierra Bravo —intervino la voz por los auriculares—. Tienen un aparato sin identificar a las seis, a trescientos pies, acercándose.

—Aquí dos Sierra Bravo, no establezco contacto visual.

—Aeronave no identificada a dos millas al sudeste del aeropuerto, identifíquese —transmitió la torre a todo el que podía escuchar.

No hubo respuesta.

—Aeronave no identificada en el espacio aéreo de Wilmington, identifíquese —repitió la torre.

El silencio se mantuvo.

Lucy fue la primera en descubrir la aeronave, directamente detrás de nosotros y debajo del horizonte, lo cual significaba que volaba a menos altura que nosotros.

—Torre de Wilmington —dijo por las ondas—. Aquí helicóptero dos Sierra Bravo. Tengo a la vista una aeronave en vuelo bajo. Mantendré la distancia de separación.

»Aquí hay algo raro —me comentó Lucy, y se volvió en el asiento para mirar de nuevo a nuestra espalda.

24

Al principio sólo vi una mota oscura que volaba detrás de nosotras, siguiendo nuestro mismo rumbo y acortando distancias. Cuando estuvo más cerca, distinguí que era de color blanco. Después, se
convirtió en un Schweizer en cuya carlinga se reflejaba el sol como
en una burbuja. Me dio un vuelco el corazón y me sentí paralizada
de miedo.

—¡Lucy! —exclamé.

—Lo tengo a la vista —dijo ella, súbitamente furiosa—. ¡Mierda! Es increíble.

Tiró del timón de profundidad y empezamos una pronunciada
ascensión, pero el Schweizer se mantuvo a la misma altitud, más rápido que nuestro aparato porque, conforme ganábamos altura, la
velocidad se redujo hasta los setenta nudos. Lucy tiró del cíclico
hacia delante al tiempo que el Schweizer se nos echaba encima y se
colocaba más cerca a estribor, donde estaba sentada Lucy, que agarró el micrófono y pulsó la tecla de conexión.

—Torre de Wilmington, aquí helicóptero dos Sierra Bravo. La
aeronave no identificada ha iniciado movimientos agresivos —informó—. Efectuaremos maniobras evasivas. Contacten con las autoridades policiales de la ciudad. Es posible que a bordo de la aeronave
no identificada viaje una conocida fugitiva, armada y peligrosa. Evi-
taré las zonas densamente pobladas y realizaré acciones de distracción hacia el agua.

—De acuerdo, helicóptero. Nos pondremos en contacto con
las autoridades locales.

A continuación, la torre pasó a una frecuencia de uso general.

—Atención a todos los aviones. Aquí la torre de Wilmington en servicio permanente. La zona de tráfico aéreo se encuentra cerrada al tráfico de entrada. Todos los tráficos en tierra deben detenerse. Todas las aeronaves en esta frecuencia deben cambiar inmediatamente a la de control de aproximaciones de Wilmington, en Victor 135,75 o en Uniform 343,9. Repetimos: todas las aeronaves que se encuentran en esta frecuencia deben cambiar de inmediato a la de control de aproximaciones de Wilmington en Victor 135,75 o en Uniform 343,9. Helicóptero dos Sierra Bravo, permanezca en esta frecuencia.

—De acuerdo, dos Sierra Bravo —confirmó Lucy.

Yo sabía por qué nos dirigíamos al mar. Si nos derribaban, Lucy no quería caer en una zona poblada, donde más gente podría resultar muerta o herida. También estaba segura de que Carrie había previsto que Lucy haría exactamente eso. Porque Lucy era buena; siempre era capaz de pensar en el bienestar del prójimo. Viramos hacia el este y el Schweizer siguió nuestros movimientos, pero se mantuvo a la misma distancia, a unos cien metros por detrás de nosotras, como si confiara en no tener que apresurarse. Fue entonces cuando caí en la cuenta de que Carrie probablemente nos había estado observando desde el primer momento.

—No puedo superar los noventa nudos —me avisó Lucy. Nuestro nerviosismo aumentó tanto como la temperatura en el interior de la cabina.

—Hace un rato, Carrie nos vio entrar en el campo de atletismo y tomar tierra —apunté—. Sabe que no hemos repostado.

Volamos en ángulo sobre la playa y seguimos brevemente la línea costera, por encima de brillantes manchas de color que eran bañistas y gente que tomaba el sol. Todos dejaban lo que estaban haciendo y alzaban la vista hacia los dos helicópteros que pasaban sobre ellos a toda prisa y se perdían en el mar. A casi un kilómetro de altura sobre el agua, Lucy empezó a reducir la marcha.

—No podemos mantener la altura —señaló. La frase parecía un anuncio de malos presagios—. Si se para el motor, no podremos ponerlo en marcha otra vez; y nos queda poco combustible.

La aguja marcaba menos de cien litros. Lucy inició un viraje cerrado de ciento ochenta grados. El Schweizer quedó a menos de veinte metros por debajo de nuestro aparato y vino directamente hacia nosotras. El sol impedía distinguir a los pasajeros, pero yo sabía quiénes eran, no tenía la menor duda. Cuando no hubo más de doscientos metros entre ambos aparatos y vimos el Schweizer acercándose por el costado de Lucy, noté una serie de impactos en rápida sucesión, como golpes apresurados, y el helicóptero se ladeó súbitamente. Lucy sacó la pistola de la sobaquera.

—¡Nos están disparando! —exclamó, volviéndose hacia mí.

Me acordé del fusil Calico que faltaba en la colección de armas de Sparkes.

Lucy forcejeó hasta que consiguió abrir la puerta de su lado, la empujó y consiguió arrojarla lejos. La puerta cayó girando y dando tumbos en el aire. Mi sobrina redujo la velocidad.

—¡Nos están disparando! —repitió Lucy, con el micrófono ante los labios—. ¡Respondemos al fuego! ¡Mantengan alejado todo el tráfico de la zona de la playa de Wrightsville!

—Recibido. ¿Necesitan más ayuda?

—¡Desplieguen los equipos de emergencia en tierra, en la playa de Wrightsville! ¡Prevean una situación con posibles bajas!

Cuando el Schweizer vino directamente hacia nosotros desde abajo, aprecié destellos en las bocas de los cañones y la punta de un fusil que asomaba ligeramente de la ventanilla del copiloto. Noté otra racha de impactos rápidos.

—Me parece que le han dado a los patines de tomar tierra —casi gritó Lucy mientras, con la mano vendada, intentaba apuntar con la pistola por el hueco de la puerta y, al mismo tiempo, pilotar el helicóptero.

De inmediato, me llevé la mano al bolso, pero recordé frustrada que mi arma seguía en el maletín, a buen recaudo en el compartimento de equipajes. En ese instante, Lucy me entregó su pistola y alzó la mano por detrás de la cabeza para agarrar el fusil de asalto AR-15. El Schweizer nos sobrevoló en círculo, dispuesto a perseguirnos tierra adentro, consciente de que estábamos en un apuro porque no queríamos poner en peligro la seguridad de la población.

—¡Tenemos que volver sobre el agua! —dijo Lucy—. Aquí no puedo disparar. Abre tu puerta a patadas. ¡Desmóntala de las bisagras y arrójala al vacío!

No sé cómo pero lo conseguí. La puerta voló y el aire me golpeó con fuerza. El suelo, de pronto, me pareció mucho más cercano. Lucy trazó otro giro y el Schweizer hizo lo propio. La aguja del medidor de combustible descendió aún más. Así seguimos un rato que se hizo eterno: el Schweizer acosándonos para arrojarnos al mar y nosotras intentando ganar la tierra con el propósito de posarnos. No se podía disparar hacia arriba sin riesgo de acertar en las palas del rotor.

Después, a una altitud de mil cien pies, cuando estábamos sobre el agua a cien nudos de velocidad, las balas alcanzaron el fuselaje. Las dos notamos los impactos justo detrás de nuestros asientos, precisamente en la zona de la portezuela del pasajero de la izquierda.

—Voy a dar la vuelta ahora mismo —me dijo Lucy—. ¿Serás capaz de mantener el aparato precisamente a esta altura?

Me sentía aterrorizada. Íbamos a morir.

—Lo intentaré —asentí, y agarré los mandos.

Volábamos en línea recta hacia el Schweizer. No debía de haber más de veinte metros entre los dos aparatos, cuando Lucy tiró de la guía del arma hacia atrás e introdujo una bala en la recámara.

—¡Empuja el cíclico hacia abajo! ¡Ahora! —me gritó al tiempo que asomaba el cañón del fusil por el hueco donde antes estaba la puerta abierta.

A continuación, tras haber ganado altura, descendimos a mil pies por minuto y tuve la certeza de que íbamos a chocar con el otro helicóptero. Intenté desviarme de su curso, pero Lucy no me lo permitió.

—¡Ve directa hacia él! —gritó.

No pude captar el tiroteo mientras volábamos directamente sobre el Schweizer, tan cerca que pensé que sus palas acabarían destrozándonos. Lucy continuó disparando y percibí varios destellos; acto seguido, agarró el mando del cíclico y lo desvió haciendo un giro cerrado a la izquierda y separándose del Schweizer en el momento en que éste estallaba en una bola de fuego que estuvo a punto de derribarnos. Lucy se hizo con los mandos mientras yo me encogía adoptando una postura defensiva contra el impacto.

Las violentas ondas de choque desaparecieron con la misma rapidez con que se produjeron, y distinguí brevemente una masa de restos en llamas que se desplomaba sobre el océano Atlántico. Equilibramos el helicóptero y trazamos un amplio giro. Luego, me quedé mirando a mi sobrina con una expresión de perpleja incredulidad.

—Que se joda —masculló Lucy con frialdad mientras el fuego y los fragmentos de fuselaje llovían sobre las aguas relucientes.

Después, tomó el micrófono y habló por radio, más tranquila de lo que la había visto en mi vida.

—Torre —dijo—, el aparato sin identificar ha estallado. Los restos quedan a unos tres kilómetros de Wrightsville Beach, mar adentro. No se han visto indicios de supervivientes. Ahora volamos en círculos buscando alguna señal de vida.

—Entendido. ¿Necesitan ayuda? —Nos llegó la respuesta con interferencias.

—En este momento ya no es preciso. Ahora volvemos a Wilmington para repostar de inmediato.

—Bien, de acuerdo. —La omnipotente torre parecía tartamudear—. Procedan directamente. Las autoridades locales acudirán a recibirlas en el ISO.

Sin embargo, Lucy aún dio un par de vueltas más sobre el lugar a apenas veinte metros de altura, mientras bomberos y coches patrulla aceleraban la marcha camino de la playa entre los destellos de las luces de emergencia. Varios bañistas salían del agua aterrorizados, agitando las manos y lanzando patadas y cayendo al suelo como si los persiguiera un gran tiburón blanco. Los restos se mecían en la superficie del agua con el movimiento de las olas. Varios chalecos salvavidas flotaban en el mar, pero nadie los llevaba puestos.

UNA SEMANA MÁS TARDE
HILTON HEAD ISLAND

Aquella mañana nubosa, el cielo era del mismo gris que el mar y los pocos que habíamos querido a Benton Wesley nos hallábamos reunidos en un punto desierto e inexplotado de la plantación de Sea Pines. Aparcamos cerca de unas casas adosadas y seguimos un sendero que conducía a una duna. Desde allí tomamos un camino de arena cubierto de algas secas. Allí la playa era más estrecha, la arena, menos firme, y los maderos que traía el mar marcaban el recuerdo de muchas tormentas.

Marino vestía un traje oscuro a rayas finas, camisa blanca y corbata negra, y sudaba profusamente debajo de todo aquello. Era la primera vez que lo veía tan bien vestido. Lucy venía de negro, pero sabía que no podría estar con ella hasta más tarde, porque tenía algo muy importante que hacer.

Había acudido McGovern y también Kenneth Sparkes, no porque hubieran conocido al difunto, sino porque la presencia de ambos era una especie de reconocimiento hacia mí. Connie, la ex esposa de Benton, y sus tres hijas formaban un grupo cerca del agua, y resultaba extraño contemplarlas en ese momento y no sentir nada más que lástima. No quedaba en nosotros ningún resentimiento, ninguna animosidad. La muerte lo había borrado todo de forma tan completa como la vida lo había traído.

Había más gente presente, personas del preciado pasado de Benton, agentes retirados y el ex director de la academia del FBI, que muchos años antes había mostrado fe en las visitas de Benton a la cárcel y en su investigación acerca de perfiles psicológicos. El campo en que había profundizado Benton era ya un terreno trillado, que la televisión y el cine habían desvalorizado, pero hubo un tiempo en que había sido una novedad, virgen. En cierta época, Benton había sido el pionero, el creador de una manera mejor de entender a los seres humanos que eran auténticos psicóticos o personas perversas y sin remordimientos.

No había ningún sacerdote porque Benton no había pisado ninguna iglesia desde que yo lo había conocido; sólo estaba el capellán presbiteriano que aconsejaba a los agentes cuando se encontraban en algún apuro. Se llamaba Judson Lloyd, un hombre frágil casi completamente calvo. El reverendo Lloyd llevaba alzacuellos y tenía en las manos una pequeña Biblia negra encuadernada en piel. En total, apenas llegábamos a veinte los reunidos junto a la orilla.

No hubo música ni flores, ni responso ni comentarios elogiosos, porque Benton había dejado muy claro en su testamento cómo quería que se hicieran las cosas. Me había designado a mí para que me ocupara de sus restos mortales porque, como él mismo había escrito: «Ésa es una de tus virtudes, Kay. Sé que harás cumplir mi voluntad como es debido.»

No había deseado ceremonia alguna. No había querido el entierro militar al que tenía derecho, ni coches de policía abriendo la comitiva, ni salvas de honor ni banderas que envolvieran el féretro. Lo que había pedido era muy sencillo: ser incinerado y que sus cenizas se esparcieran en el lugar que más quería, la civilizada tierra de Nunca Jamás de Hilton Head, donde nos habíamos secuestrado a nosotros mismos cada vez que habíamos tenido ocasión y donde habíamos olvidado, durante el breve tiempo de un sueño, la batalla que librábamos.

Siempre lamentaría que Benton hubiera pasado sus últimos días allí sin mí, y nunca me recuperaría de la amarga ironía de que la carnicería que Carrie había preparado me hubiera impedido estar con él. Aquél había sido el principio del fin que significaría la muerte para Benton.

Para mí era fácil desear no haberme involucrado en el caso. Pero si no lo hubiera hecho yo, otra persona hubiese asistido en ese momento a otro funeral, en alguna parte del mundo, igual que otros lo habían hecho en el pasado, y la violencia seguiría sin desaparecer. Empezó a caer una llovizna que me acarició el rostro como unas manos frías y tristes.

—Benton no nos ha reunido aquí en este día para decirnos adiós —empezó el reverendo Lloyd—. Él querría que nos apoyáramos unos a otros y continuáramos su obra. Respaldar el bien y condenar el mal, luchar por el caído y llevarlo todo dentro, padecer los horrores a solas para no herir las tiernas almas de otros. Benton ha dejado el mundo mejor de lo que lo encontró. Nos deja a nosotros mejor que cuando nos conoció. Amigos míos, id y obrad como él ha hecho.

Abrió la Biblia por el Nuevo Testamento.

—«Y no seamos parcos en obrar el bien, porque a su debido tiempo cosecharemos, si no desfallecemos» —leyó.

Me sentí acalorada y desolada, y no pude contener las lágrimas. Me sequé los ojos con unos pañuelos de papel y bajé la vista a la arena que ensuciaba la puntera de mis zapatos de ante negros. El reverendo Lloyd se llevó la punta del índice a los labios y pronunció más versículos de la Epístola a los Gálatas, o quizás era de Timoteo.

Apenas entendí sus palabras, que se convirtieron en una corriente continua, como agua que fluyera por un arroyo. Luché y traté de parar unas imágenes que una y otra vez se imponían en mi mente. Sobre todo, recordaba a Benton con su cazadora roja, plantado ante mí y con la vista fija en el río cuando se enfadaba conmigo. Habría dado cualquier cosa por retirar todas las palabras ásperas que nos habíamos dicho. Y sin embargo, él había entendido. Estaba segura de que había entendido.

Recordé su limpio perfil y lo impenetrable de su expresión cuando estaba con otros. Tal vez los demás lo encontraban frío cuando en realidad aquello era una coraza en torno a una vida suave y tierna. Me pregunté si me habría sentido distinta de haber estado casados. Me pregunté si mi independencia habría nacido de una inseguridad genética. Me pregunté si me había equivocado.

—Sabiendo esto, que la ley no está hecha para el hombre honrado sino para el desenfrenado y el desobediente, para el impío y para el pecador, para el profano y el malvado, para los asesinos de padres y de madres, para los homicidas... —decía el reverendo.

El aire se agitó a mi espalda mientras yo contemplaba un mar triste y perezoso. Al instante siguiente, Sparkes estaba a mi lado y nuestros brazos se rozaban levemente. Con la mirada fija al frente y la mandíbula tensa y resuelta, tenía un porte muy erguido con su traje oscuro. Se volvió hacia mí y me dirigió una mirada de profunda condolencia. Asentí con un leve gesto.

—Nuestro amigo amaba la paz y la bondad. —El reverendo Lloyd había pasado a otro libro—. Deseaba la armonía que las víctimas a las que defendía no habían tenido jamás. Quería estar libre de ultrajes y de penas, ajeno a la cólera y a sus noches de insomnio cargadas de amenaza.

Oí las aspas a lo lejos. Su traqueteo sería para siempre el ruido de mi sobrina. Levanté la vista y el sol apenas brillaba tras unas nubes que bailaban la danza de los velos, deslizándose interminablemente y sin exponer nunca por completo lo que anhelábamos ver. El azul asomaba aquí y allá, fragmentado y brillante como vidrio tintado sobre el horizonte hacia el oeste, y la duna que había a nuestra espalda se encendía mientras las tropas de la tempestad empezaban a amotinarse. El sonido del helicóptero se hizo más potente. Miré hacia atrás, sobre las palmeras y los pinos, y lo distinguí con el morro ligeramente hacia abajo terminando el descenso.

—Por eso os insto a rezar. A que, donde estéis, elevéis unas manos santas sin ira y sin dudas —continuó el reverendo.

Las cenizas de Benton estaban en la pequeña urna metálica que sostenían mis manos.

—Oremos.

Lucy empezó la parte final del descenso sobre los árboles. Las aspas cortaban el aire y lo impulsaban con fuerza contra los oídos. Sparkes se inclinó hacia mí para decirme algo; no logré entenderlo, pero la proximidad de su rostro me confortó.

El reverendo Lloyd continuó sus oraciones, pero los demás ya no éramos capaces elevar una petición al Todopoderoso ni lo deseábamos. Lucy mantuvo el JetRanger suspendido a baja altura más allá de la orilla y el viento levantó del agua una rociada de espuma.

Distinguí los ojos de mi sobrina fijos en mí al otro lado de la burbuja transparente e hice acopio de fuerzas para recuperar mi espíritu hecho añicos. Avancé hacia la tormenta de aire turbulento que ella provocaba mientras el reverendo protegía sus ya escasos cabellos. Me metí en el agua.

Pronuncié unas palabras que nadie más pudo escuchar:

—Que Dios te bendiga, Benton. Descansa en paz. Te echo de menos, Benton.

Abrí la urna y alcé el rostro hacia mi sobrina, que estaba allí para crear la energía que Benton había querido que hubiese cuando le llegara el momento. Hice un gesto de asentimiento a Lucy y ella me hizo otro con los pulgares hacia arriba que me desgarró el corazón y me hizo verter más lágrimas. Las cenizas parecían seda y, cuando hundí la mano y las tuve entre los dedos, noté los fragmentos de hueso. Lancé las cenizas al viento y devolví a Benton al orden superior que él habría creado, de haber sido posible.